人质

Hostage Taker

（美）斯蒂芬妮·品特福 著

徐悟 译

山西出版传媒集团
·太原·
北岳文艺出版社

图书在版编目（CIP）数据

人质 /（美）斯蒂芬妮·品特福著；徐悟译. — 太原：北岳文艺出版社，2021.1
书名原文：Hostage Taker
ISBN 978-7-5378-6239-4

Ⅰ.①人… Ⅱ.①斯… ②徐… Ⅲ.①长篇小说—美国—现代 Ⅳ.①I712.45

中国版本图书馆CIP数据核字（2020）第118500号

著作权合同登记号：图字04-2020-002

HOSTAGE TAKER: A NOVEL
by
STEFANIE PINTOFF
Copyright © 2015 by Stefanie Pintoff
This edition arranged with Bantam Books, an imprint of Random House, a division of Penguin Random House LLC
through Big Apple Agency, Inc., Labuan, Malaysia.
Simplified Chinese edition copyright:
2021 Beiyue Literature & Art Publishing House
All rights reserved.

书名：人质	策　　划：续小强
	责任编辑：庞咏平
著者：〔美〕斯蒂芬妮·品特福	装帧设计：萨福文化
译者：徐悟	封面原图：默　默
	印装监制：郭　勇

出版发行：山西出版传媒集团·北岳文艺出版社
地址：山西省太原市并州南路57号　邮编：030012
电话：0351-5628696（发行部）　0351-5628688（总编室）　传真：0351-5628680
网址：http：//www.bywy.com　E-mail：bywycbs@163.com
经销商：新华书店　印刷装订：山西基因包装印刷科技股份有限公司
开本：880mm×1230mm　1/16　字数：376千字
印张：25.5　版次：2021年1月第1版　印次：2021年1月太原第1次印刷
书号：ISBN 978-7-5378-6239-4
印数：1-3000　定价：69.80元

本书版权为本社独家所有，未经本社同意不得转载、摘编或复制

序幕

你犯有什么罪？

这我早知道。

如果你看见封存在闪存盘里的卷宗，你就会知道你的处境，意识到你的处境有多危险。

你的第一反应是报警。

不。

接着你会去找朋友。

那都不明智。

有三件事你完全可以放心：

1. 我不会伤害那些照我的话去做的人。
2. 我不会杀死那些不该有这种结局的人。
3. 照我说的做，我就会保护你所珍惜的。

第一部

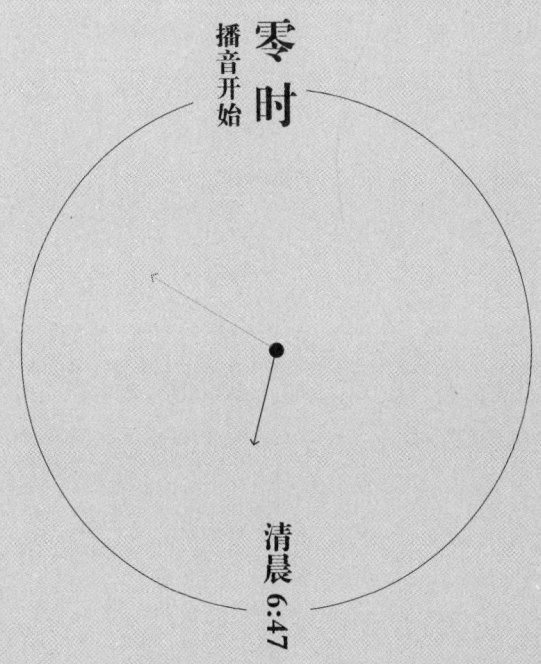

早晨好,纽约!

  市中心的气温约五摄氏度,清晨出行将伴有大雨和浓雾。幸运的是,这样的雨雾天气到中午就会结束。不过,由于全天气温会持续下降,建议您还是要在雨衣内加件羊毛衫。

  今天是"交通堵塞预警日"。今晚7点,我们将现场直播在洛克菲勒中心举行的圣诞树亮灯仪式。预计,届时这一地区将会有数万人聚集。因此,您最好乘坐公共交通工具……

第1章

克里斯蒂娜·希尔瓦从来不是个信徒。

在她还是个小女孩时,她就不相信童话故事、独角兽,也不相信圣诞老人。长大后,她依然不相信有什么奇迹,不相信魔法,不相信神话的美国梦。

克里斯蒂娜始终认为,最好连上帝也别信。

不过,她也有信念。在读文科准学士(AA)时,她学会了这种生活信条:不管你信不信,都要假装相信。

此刻,她注视着下方通向第5大道的圣帕特里克大教堂的台阶,正竭力让自己相信这一切。因为,此刻已不可能蹦出个什么神奇想法来解救她了。

她朝前挪了挪,眨掉眼里的雨水。天还未破晓。雨仍旧在下,雨水正从上方脚手架的间空落下来。冬季的天空,朦胧阴暗,连街道也被水雾弄得模糊不清。她只能勉强看清在面前延伸几个街区的第5大道。

空寂无人。

克里斯蒂娜紧张地四下张望,渴望黑暗中会有人出现。但是,她什么也没看见。如果说这个城市有打盹的时候,那就是在天快亮的时候。

在她身后,随着砰的一声,厚重的铜铸大门被有力地关上了。几千磅重的金属门——上面有五六个圣徒的雕像——瞬间将她与其他的人隔离开来。那些不幸的傻瓜,同她一样,一早便来到圣母堂。大教堂一开门就进来了。

随后，她被挑出来——为什么，她一点也不明白。

他在哪儿？

她感到血往上涌，脑袋里轰鸣着。那轰鸣声像海涛声，只是更响，与不断打在她脸上的凄风、冷雨相比，也更让人不安。

第5大道上，一个淋得湿透的人在绿色高尔夫伞的遮挡下匆匆走过。

克里斯蒂娜张开嘴，却没喊出声。

"救救我！"她默默祈祷着。

这个人没有转身。大雨中，他无暇顾及这哥特式的尖塔，或者是精美的大理石建筑，更不会注意身穿黄雨衣、手拿木牌的女士，尽管木牌上有鲜红色的字——"救命"。

克里斯蒂娜再次朝前挪了挪。

又一个打伞的人经过，是个黑人。之后是两辆车。

没有哪个人不是急匆匆的。

"就打个电话。"她默默祈祷，"411。911。就说雨地里站着个疯女人。"在那个圣帕特里克大教堂——那个地标，游览胜地，宗教庇护所，人人都可以来的地方。

她再次挪了一步，伸长脖子朝上面脚手架的深处望去。

"他正盯着吗？"

又向前挪一步。

泪水从眼里溢出，同雨水汇在一起。她知道，圣帕特里克大教堂是个标志，她拿的标牌也是个标志，甚至她曾被迫做过的忏悔也不过是个标志。尽管她什么也不相信，她还是非常害怕，她就要死去这件事也会是一个标志。

唯有上帝知道为什么。

离此一个街区,安格斯·麦克唐纳下了M4路巴士,直接踏入了深水坑,水坑一直延伸到第52街和第5大道交叉的拐角处。感觉雨水漏进了据说是防水的上衣里,他不得不赶紧跑了起来。

至少,他试着跑起来。多亏了关节炎的腿,他有时想跑也跑不起来。无论有谁说过"意志力战胜一切",显然都不可能在一个六十四岁的人身上实现了。

事实上,安格斯几乎什么也看不见。在他前面,只有红绿灯摇摆时发出嘎吱嘎吱的呻吟声。这不仅是市中心最安静的时刻,天气也让这个城市成了鬼城。

正在此时,雨雾中出现一个身穿印有"NYPD"(纽约市警局)雨衣的人。安格斯看见他从街区横穿过第5大道,正疾步朝大教堂走去。显然,他不想错过7点的弥撒。

这提醒了安格斯,他最好要加快脚步了——否则也要迟了。他抄近路斜穿过大街。

警察走到圣帕特里克大教堂台阶中间,停下了。

有位女士,正站在那儿。淡黄色的雨衣格外醒目,即使教堂入口杂乱的脚手架也无法遮住。安格斯眯着眼。她起码有二十五六了,他想。她看上去十分恐惧,紧张得连警察盯着她看也没有任何反应。好像他根本不在那里似的。

她只是呆立在那儿,四下张望。

那个警察也四下看了看。

什么也没有——没有一个人——什么也没看见。只有雨、雾和偶尔路过的出租车闪着前灯经过。当然,还有安格斯。

警察摇摇头,走开了——好像不干他什么事。他转身走进了大教堂。

那个警察是个大块头,面色红润,大概六英尺高、二百五十磅。与安慰心慌意乱的女士相比,他更适合制服街上的暴徒。

安格斯不再想弥撒迟到的事。在他看来,年轻女士都喜欢别出心裁,自己的侄女就曾做过类似出格的举动:拿着愚蠢的标志牌站在雨中，只为证明一个观点，或者分手后引人注意。

"喂，女士——你为什么不进去避避雨？"离她很近时，他招呼道。

她吓得跳了起来。

她显然是走神了，因为安格斯不是那种让人害怕的人。他黑皮肤，满脸皱纹，卷曲的灰发，啤酒肚，如果穿套合身的红外套，他甚至会被当成圣诞老人。

他伸手想去拉她——但她没动，便也没有拉成。脚手架下遮蔽很少，他边向大门走，边像淋湿的狗一样抖外套上的雨水。

她呆立不动，犹如长在地上一般，只扭过头望着他。

"我叫安格斯。你叫什么？"他把手插进衣服口袋里。

她没有回答，尽管望着他时神情紧张。她看上去想说些什么，却又不敢说。

"只跟我说说你叫什么。并不很难，是吧？"

一阵劲风吹掉了她黄色的兜帽，头发散开来，随即被淋得湿透，而她却没动手把兜帽拉上来。

"你这样会感冒的，"安格斯责怪道，"和我一块进去吧！"

又一次，她没有回答，而是抬起头，像在努力听着什么。但是，除了雨水敲打大理石台阶的声音外，什么也没有。

"弥撒的时间到了，"他说，"无论出了什么事，无论你有什么烦恼，咱们到里面聊聊，暖和暖和。"

她抬起头，心里计算着脚手架的高度。

"你牌子上写着'救命'，"他说道，"我会救你的。咱们一块进去吧！"

她试着抬了抬胳膊，但没有成功。刹那间，安格斯注意到，她手里的牌子用铁丝紧紧地捆在她的手上。

他心里一阵烦乱。她不可能自己将牌子捆到手上。

一道闪电划过摩天大楼楼顶，紧跟着是隆隆的雷声。气氛发生了某些变化。

他需要帮助，那个警察。那些巨大的铜门刚才一直是开着的。他伸手够右边的门——雕有圣母伊丽莎白·塞顿像的一扇——用力拉。

门一动不动。即使他再用力拉，也是无济于事。

他又去抓左边的门——雕有圣卡塔尔·特卡维萨像——也失败了。他不得不再次试了试侧面入口的一扇门。

这些门不应该会被锁上。7点钟做弥撒前是不会锁上的。他刚刚还看见那个警察进去。出事了！

安格斯强迫自己想，对这个女人"行事"的无论是谁，一定在大教堂里面。一切都会好起来的，毕竟那个警察是个大块头。当然，大块头警察可以应付教堂里任何潜在的威胁。安格斯该关注外面的情形。

他转过身来，正对着那个女人。

她死死地盯着安格斯。

就在他试图读懂她眼中无声的哀求时，他看到她前额上跳动着一个怪异的红点。红点看起来就像他教代数课时用过的激光笔。

接着，她死了。

当子弹射入她额头时，没有枪声。她猝然倒地，鲜血瞬间向四周蔓延，与落在大教堂台阶上的雨水汇到一起。

尽管安格斯知道自己没有被击中，但还是感到头部剧烈的刺痛。

他的腿无法挪动，只双膝一跪，便瘫坐在她身旁。

"身体和血液的献祭。"安格斯边想边摸索手机。他忘了要做弥撒的事。

大雨过后的清晨，寂静无声，空无一人。

安格斯双手颤抖，竭尽全力呼叫911。

当救援人员赶到，将绑住女尸双手的金属丝从小木牌上解下来时，女尸的手仍紧紧抓着木牌。这样，七分钟过去了。

在赶来勘案的警官注意到另外一样东西之前，又过去了九分钟。她抓着的木牌上留着一条信息。

贴在木牌后面的，不是给众人的求救信，而是一个便条，上面是一封密信。

警官不明就里。

但他十分明智地通过广播告诉了公众。

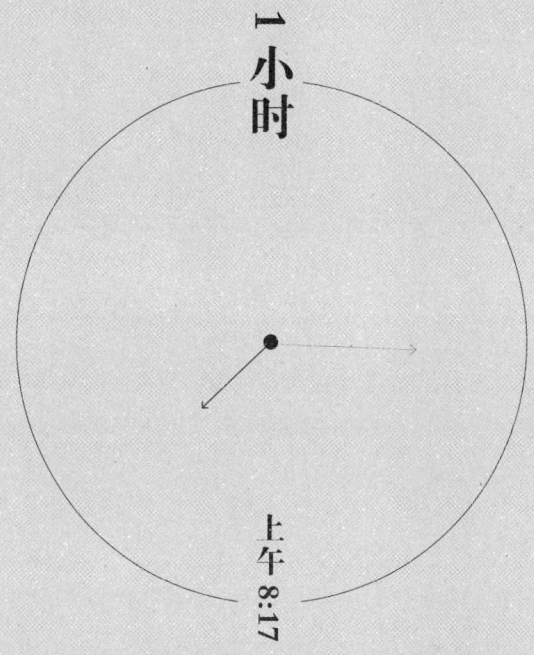

清晨出行好消息,纽约人:雨雾一个小时内将消散。一天中的大部分时间里,仍然会是阴天,晚间可能会有阵雪。

如果你途经第5大道57街附近去市区上班,请设法绕行。我们收到消息,警方在那一带有警务行动……

第2章

纽约城外，大雨倾盆，夏娃·罗西在继父的墓碑上放了一块石头，以纪念他逝世一周年。这是习俗——尽管她不知道是为什么。有人说石头象征着她对故人的敬意，长久而永恒。还有人说，石头可以辟邪。甚至还有一种迷信的说法认为，石头的重量可以让人的灵魂永生，就好像塞弗·伯格想成为幽灵待在这里一样。

夏娃根本不信这些。

尽管这样，塞弗仍然遵循着这些习俗，夏娃也尊重这一习俗，并按自己认为的方式去接受。不过，她放的并非是普通的石头，而是从塞弗喜爱的海滩上挑选的一个蛤壳——那个海滩很偏僻，在长岛南岸，尖声啼鸣的珩鸟在那里筑巢，汹涌的海浪拍击着黑色岩壁。

蛤壳非常的漂亮，有紫色、奶油色相间的纹理，不规则的纹理。她总想去感受一下蛤壳色彩绚烂的背缘，但壳摸上去非常光滑。就像塞弗本人，他是一名坚强的经验丰富的中情局探员，从未被人超越过——但却总是"屈服"于夏娃和她的妈妈。

夏娃站在雨中，一动不动。她既不祈祷也不讲话。她在回忆。如果她想象她和塞弗正进行了一次无声的对话，那仅仅是因为她曾经非常了解他。十二月凛冽的天空下，她心中五味杂陈。

她度过了最悲痛的时期。她否认这一点，冲塞弗大喊，与自己都不太确定的上帝争论不休，学会阴郁地生活下去。现在，也只有接受眼前这一切了。

"接受是无人给予的礼物。"一个新德里人这样跟她说。夏娃不懂其中的含义,但她每次都本能地排斥接受塞弗去世的现实。她不愿踏进塞弗的家,也不回复遗嘱执行律师的电话。塞弗葬礼结束三个月后,她即从肯尼迪机场登上飞往罗马的飞机,不断向前。

塞弗的死仿佛带走了谢赫拉莎德[①]的许多秘密——她决心要揭开那些重要的秘密。她想了解他的生活,需要找出他的死因。于是,她从罗马和马德里开始,然后是巴黎和布鲁日[②],接着是慕尼黑、布拉格、阿姆斯特丹、哥本哈根、雅典、上海。到了香港,当在公园里看男人们打麻将,就像塞弗曾经做过的那样,她才体会到内心的挣扎,意识到自己想要的答案其实就在家里。

于是,她回到纽约,来到墓地。这样做一定会有益处。

她收起雨伞,转身离开了墓地。一直下到清晨的暴雨终于停了,但浓雾弥漫,气温很低。她哆嗦着把灰色夹克衫裹紧身子,便沿着环河路围墙一侧向北走去。

墓地里除了她以外,空无一人。这时,浓雾中有两个男人朝她这边走来。

没有理由怀疑他们。墓地里有很多墓,可能会有来悼念的人。那么,两个人一大早来墓地有什么可怀疑的呢?

不管怎么说,她还是加快了脚步,撩开挡在脸上的亚麻色头发,定睛一看。

见那两人正从155西街向南走,她遂向东朝百老汇走去。

用眼角余光一扫,她发现两人也掉头向东走来。

显然,他们不是来悼念故人的。

她扫视一下周边的环境。附近没有人,只有她——和这两个男人。

她加快脚步,两人也随即跟上,并快速靠了上来。

[①]《天方夜谭》中苏丹的新娘。
[②] 比利时西北部城市。

她掉头朝东南走，用余光观察着两人的动向。

两人步履从容，每一步都透着威武，腰间微微隆起，看来带着武器。是在执法，她断定。

他们找她干什么？

她加快脚步，依旧观察着，依旧警惕着。

左边那个穿便服的，她断定，是纽约市警局的人。他好几天没有刮胡子了。虽然他曾经是橄榄球线卫的体格，但现在已经开始发福了。他昂首阔步，信心十足——像球场上的线卫，尽管没穿球服。

右边的那个，胡须剃得干净、整洁，始终落后同伴半步。因为他受过团队融入训练，绝不引人注目。联邦调查局的，肯定是。

两人步调一致——协同配合模式。"9·11"事件后的新规。

希望他们只是路过，但她知道，他们找她一定有事——于是，她放慢了脚步，等他们赶上来。

纽约市警局的警官先跟了上来。"是特工罗西吗？我叫里克·康纳，这是特工克里斯·安德斯。"康纳把自己的纽约市警局的证件递到她面前，安德斯出示了联邦调查局的盾型徽章："请你跟我们走一趟。"

夏娃生硬地打断道，"我在休假。"

"事情很重要。"

"我在休假。"她又道，"亲人去世。你们得去找别人。"

"局长的命令。"安德斯坚持道，"他要见你。"

"亨利？"夏娃挑眉问道。对于联邦调查局副局长亨利·麻的命令，她的态度与她看待坟墓上的石头没有什么两样。她会服从习俗——或者命令——只要她认为恰当。她不服从，不是因为她不信服亨利的工作，也不是因为觉得他的工作不重要，而是此人是个让人信不过的政客。"跟麻局长说，抱歉，但我没空。"说着，她便要准备走开。

"是紧急的事。"

夏娃顿时紧张起来，他们说的不是某个人的紧急情况。她是家里的独女，父母刚刚过世，不需要为任何人负责。安德斯没有客套，也没有多余的废话，夏娃也便直接问道："哪类紧急事件？"

"有位女士被杀了。"

"还有别的犯罪心理画像师——"

"必须是你。路上我会给你解释。"说着，他指了指斜坡。雾气很大，隐约可见一辆无明显标志的小轿车停在那儿。

"你们怎么找到我的？"夏娃没有动。

"这是我们的工作。现在该你了。"

"我还没上班。"按规定，有十三天的带薪休假。夏娃有六次这样的休假，但都没休成。她本可以享受很多的休假。"我在市里还有个约会。"她刻意看了一眼自己的手表。

康纳从口袋里掏出一支烟，点燃，狠狠吸了一口。好像他对尼古丁的需求比空气更迫切。"比那位女士的死更危急？麻局长说，你必须到现场。"

"什么？"夏娃追问道。

"人质。我们认为受害人是人质，担心还有跟她一样的人质。"康纳这样说着，语气里却听不出一点担心。他是那类不再有什么抱负的警察，一边干着活，一边掐指算着日子：什么时候结案离开、离假期几周，甚至离退休还有几年。

"仅仅是'担心'，那就是不确定啦。"

"很复杂。"康纳站在那里抽着烟，眼睛却盯着夏娃，就好像她是问题所在。

夏娃摇摇头。她不想让事情变得复杂。她对包括人质在内的危机已越来越不感兴趣，即使她被认为是纽约联邦调查局的首席人质谈判代表。

现在不再是了。

在接手了一个更为特殊的任务之后，她再没想过那个工作。是的，那工作她不想干。

"人质案件我已经一年多没接触了。"她背转身。"可以从FBI人质救援队挑人。"联邦调查局的人质救援队是一流的，纽约市警局的人也不错。

这次是康纳打断了夏娃。"这次的案子是在圣帕特里克大教堂。"

尽管感到好奇，但在纽约警察局的警官面前，夏娃仍表现出一脸茫然的样子。"我不知道这新闻。"在她家里，自小起，便至少有三台电视机一直开着，这样塞弗便能录下各新闻频道的节目。这是她家的另一个传统。

"媒体还不知道。但是，你该已收到附有详情的加密信息。"

夏娃手指插进口袋夹出手机——尽管是私人信息，但她仍吃惊地发现，康纳所说不虚。她打开首页飞速地浏览。官方简短的通讯引起了她的兴趣，她随即保存了下来。确实很复杂。

她抬起头。"人质劫持者封锁大教堂有多久了？"

"最早的报告是早晨7:09。第一个受害人被杀。"

"怎么死的？"

"枪击。我们拘留了一个嫌疑犯——但看来他是清白的。射击位置在大教堂脚手架的高处——大教堂正在进行维修，脚手架是用钢铁和木板搭建的。"康纳把烟蒂丢到地上，并用脚捻灭。

"案发地控制住了吗？"

"完全控制住了，由纽约市警局和FBI人质救援队的五六个警官守着。没人从里面出来。"

"受害人的身份呢？"

"还在查。"

夏娃的兴趣再次摇曳起来——但还是将手机放进了口袋。"我很长时间没干这个工作了。再说，我现在太忙了。"

"过去的三个早晨，你跑了七英里。不能等了吗？这让我觉得有点自私了吧。"康纳微笑着讥讽道。

她转身冷眼望着安德斯。"从联邦调查局暗中监视我算起？"

"11月初以来，"安德斯特工耸耸肩道，"那是上级开始怀疑出状况时间。什么原因让你去了那么多国家，中间你可曾回来过？"

"把我的号码给首席谈判专家。如果有人需要协助，我会跟他们谈。"她撒谎了，她压根不想介入。

安德斯不想就此放弃。"理解错了。麻局长是想让你去做首先谈判专家。"

"不可能，"夏娃坚决地说。她最后一次解救人质时，因打错了电话——导致人质死亡。十一个人，其中还有孩子。那个经历是她不敢再提起的。

康纳瞪大眼睛望着她。"今天早晨，圣帕特里克大教堂里面可能有很多人，你得慎重考虑一下你的回答。"

"抱歉。"夏娃重又返回小路。

"人质劫持者留下了一条信息。"

"交给其他人。"

"不可能。"康纳在她身后叫道。

"为什么不可能？"她扭头丢下一句话，继续往前走。

"他指名找你，罗西特工。"

维多克卷宗 #A3065277

机密

目前状况	在职——丧假中
伊万杰琳·罗西	
昵称	夏娃
年纪	34
民族/种族	意大利/白种人
身高	5英尺5英寸
体重	117磅
眼睛	淡褐色
头发	亚麻色
现地址	第57街（地狱厨房）西348号
犯罪记录	无
简历	行为科学及犯罪调查分析，运动学和法律语言学专业。经验丰富的审讯者和人质谈判专家。
教育	耶鲁大学，理学学士学位及逻辑学学士学位，临床心理学。
个人	
家庭情况	母亲，安娜贝拉，已故。继父，塞弗·伯格，近期亡故，中情局前特工。父亲，不详。
配偶及其他亲属	无
宗教	不可知论者
嗜好	痴迷于填字智力游戏。具有一定水平的钢琴家。酷爱长跑，曾参加过四次纽约市马拉松长跑。
概况	
长处	继父是中情局特工，夏娃熟悉这一行业，并对这一行业满怀热情，相信这个工作能让世界变得更美好。她的天赋及后期的训练让她对犯罪心理有了深刻的认识，而在这个时代和现实生活中，这是大多数特工所不具备的。
弱点	完美主义者。她喜欢控制，但不善委派。
备注	因压力，或睡眠不足，或因咖啡使用不当，导致轻微的偏头痛。据说通过药物治疗，病情已得到控制。一次人质谈判失败致多人死亡（案史175137662号），导致信任危机。自维多克小组解散后，一直处于休假中。

*编写评估报告——并更新——由防空情报中心（ADIC）亨利·麻负责。仅供内部使用。

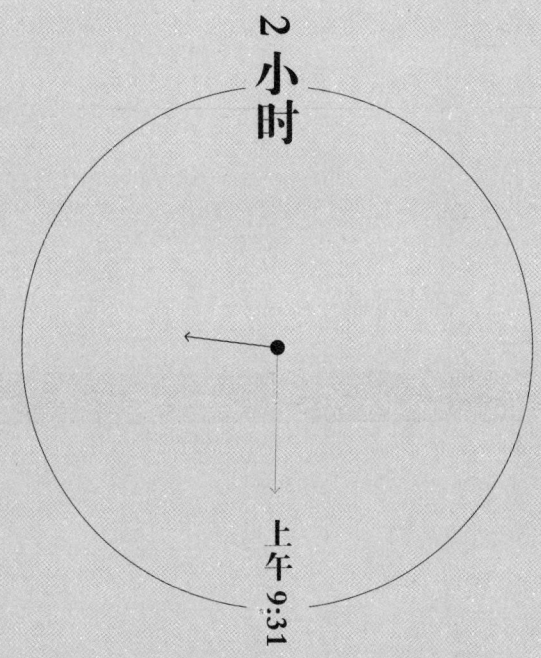

刚刚接到消息。我们得到市中心警方的进展情况报告。

在警方及先到场志愿者的积极努力下,第5大道和麦迪逊大道附近多个街区已暂时禁行,涉及街道四十多条,甚至五十多条。

随着空中的直升机,我们来到了事发现场。现场有很多应急车辆——包括多功能的消防车——挤满第5大道两边的第50大街和51大街上。

交给你了,吉姆。从你的位置看比较清楚,你能否告诉我们,这一事件大概是在洛克菲勒中心——还是在圣帕特里克大教堂?

吉姆:目前我看到,地面第5中央大道这两个名胜间的区域正进行大规模的应急反应。

第3章

与圣帕特里克大教堂隔街对望的洛克菲勒中心，巨大的阿特拉斯铜像下，那个召夏娃应援的人——亨利·麻，正来回踱着步。见此情形，夏娃意识到这次人质危机发生的节点很糟，可能比想象的还要糟。幸运的是，在数万民众慕名涌来参加晚上的圣诞树亮灯仪式前，这一区域已经被管制了。

曼哈顿市中心，游客最喜欢光顾、游玩的地方，此时早已是一片堂皇的假日景象。空气中弥漫着烘烤板栗的香味，圣诞老人铃铛的叮当声与周围商店传来的圣诞颂歌交相呼应。

缤纷的橱窗光彩夺目，一个比一个华丽、闪耀，吸引着人们的眼球。建筑物上装饰着华丽的圣诞彩灯、红缎带以及无处不在的绿色花环。即使最腻歪的纽约人也会觉出纽约的非凡之处——他们或在萨克斯购物，或在洛克菲勒购物中心溜冰，或游荡在圣帕特里克大教堂的游客之中。

夏娃看见，宏伟的圣帕特里克大教堂，三百英尺的哥特式尖塔直插云霄，彩色玻璃窗更是让人称羡，而此刻正隐身于雨后的云雾中。虽然与周围的摩天大楼形成鲜明的对比，但大教堂依然宏伟，依然是这个街区的标志性建筑。即便大教堂正在进行大规模整修，高大的脚手架挡在教堂前面，大教堂依然显得十分神秘。此刻，夏娃是不是天主教徒，甚至是不是信仰宗教，这些都不再重要。这幢建筑是如此美丽，她总能在那里感受到安宁。

今天不行了。

此时的第5大道的第49街至第52街简直成了游乐场，到处都是警车、救护车、设备车以及挂着不同标志的公务小轿车。当萨克斯百货的七万余支白炽灯与红色、蓝色的救护车灯争奇斗艳之时，第一时间赶到的应急人员——纽约市警局、联邦调查局、国安局、急救队，已在圣帕特里克大教堂四周拉起了警戒线。

如预料的一样，圣帕特里克大教堂周围已被封锁，再远一些的地方，全副武装的警察守在白色混凝土路障旁，挡住带着摄像机、麦克风的媒体人。被迫绕行的司机不停地鸣喇叭，汽车的警报声也一直响个不停。因为无法通过，一个老妇人显得焦躁不已。她挥动着雨伞，正与警察争辩着什么。

"我要把路障移走，听到了吗？"亨利·麻对着人群喊道，"拦住那些摄影机！"这位局长转身脱掉雨衣，丢给跟在旁边手里拿着笔记板的助手。他擦了擦额上的汗，尽管天气越来越冷，但他还是感到很热。如往常一样，他系着鲜艳的红领带，穿着锃亮的皮鞋。与夏娃三个月前见他时相比，他的体重至少增加了十五磅，西装还勉强穿得上，衬衣没有烫过，连婚戒也不知下落。

夏娃在那里等着，等他发现自己。接着，她见他愣了一会儿，遂朝一辆战术反应车打了个手势。这是信号。拿着文件夹的女助手闪到一旁，一个穿着普通卡其布裤子的西班牙女人冲众人点点头，遂和一个穿着得体的黑人下了反应车。那女人三十出头，长长的黑发在后面扎了个简单的马尾。她没带武器。但她的胸部丰满，在苗条身材的衬托下，里面的防弹背心更是看得清楚。

这位女士便是纽约市警局的人质谈判专家。

亨利扯了扯领带，遂径直朝夏娃走去。"我不确定你能来。"或许他对两人处理最后一起案子时的背弃感到后悔，或许根本不是那么一回事，无论如何，亨利就这样表达了他的歉意。

"我不想来，但没得选择。"夏娃答道。

"因为没有人。关于那位被杀的女士身上带着的信息，他们跟你说了吗？她手里的牌子背后，有一张小纸条。上面说要找你。"

夏娃点点头："说了。人质劫持者为什么找我？"

"这也是我们想知道的，或许你以前接触过他。"

"你认为我们有过接触？"

亨利沮丧地叹道："鬼知道，里面那家伙或是罪犯，或是恐怖分子，甚或是牢骚满腹的反天主教的疯子什么的。我的一个小组正在检索监控，还有一个小组正设法打入教堂，另外还有一个战术小组待命。红外线无法穿透大教堂墙壁，所以我们也没有办法。"

"军队的设备怎么样？"

亨利恼怒道："我们的装备都是军事级的——最先进的科技，只是没法穿透墙壁。教堂的墙壁都是用十英尺见方的花岗岩、大理石、钢筋混凝土和砖建造的。"

"里面有多少人，有这方面的消息吗？"

"不知道。人质劫持发生在7点做弥撒前，所以我们怀疑里面有多名人质。至少，恶劣的天气可能也会让伤害少一些。如果今天早晨这样的雨天还有很多人来这里，我就不知道是怎么回事了。"

"有身份信息吗？"

"媒体还没有披露人质案件的内情。如果报道出去，我们就会知道更多关于圣帕特里克大教堂内的信息，不管是已经知道的，还是我们推测的，会有很多。"

"那，人质劫持者的消息呢？有人声称对人质劫持负责吗？"那个劫持者——或那些劫持者，可能不止一个——需要在短时间内搞清楚。

"我们什么也不知道。只是字条上写着要找你。"

"这么大的教堂，一个人想要控制，是很难的。"如此想着，她便说出了声。

"试一下所谓的不可能。安全摄像头和安保，多个出入口，不断涌入的游客，平日里两百多个整修教堂的工人。"

"进入教堂有多少个门？"

"七个，不算通向堂区礼堂和红衣主教住宅的门。"

"楼里的人都疏散了吗？"

亨利点点头。

"红衣大主教本人呢？"

"幸好他不在，他正在梵蒂冈访问，同他一起去的还有修道院院长和牧师。日程的关系，早晨第一场弥撒前不久，代替主教的迪安吉洛神父极有可能是人质中的一个。"

"人质劫持者——杀死这位女士前——没有发出警告，也没有诉求吗？"

"与通常的人质劫持不同，"亨利犹豫一下说道，"从曾被拘押的那个老人那里你可能会知道更多，他说受害人被打死前曾同他说过话。"

"与人质劫持者联系上了吗？"

"快了。相信我，战术小组正在考虑所有的可能。"

战术小组正在考虑可能发生的情况？亨利不愿意就此开始谈判，这让夏娃很失望。谈判的首要规则——一直是这样——就是与人质劫持者建立沟通。这不仅可以确定劫持者身份，也可以了解劫持者的诉求，更是降低人质伤亡的最佳途径。这个时候，人质劫持者处于谈话状态，他既不会射击，也不用担心警方的催泪弹或是其他什么袭击。

"我给弄糊涂了，亨利，你为什么不马上与人质劫持者联系？"

亨利清了清喉咙，这才意识到自己正站在水坑里。他皱着眉头看了看自己定制的鞋子，说："我想让你见见萨根特·马丁尼兹，她将开始与人质劫持者接触。"

"亨利，你要我来这里，是因为人质劫持者要求我来。"夏娃感觉自己快受不了了。

"他一提要求，我们不能马上就答应。这你是知道的，夏娃。但我依然要你在旁边——万一那纸条上的名字有其他的意思。"

"那当然有其他的意思。"夏娃想。否则她也不会来。

她想说明两点：人质劫持者已无端杀了一个人，那么，用另一个谈判专家代替要求的谈判专家本身就是失策。亨利不让她去谈判的借口完全是在胡扯。

但她知道,亨利想自己解决危机。他不露声色地接手这个案子——让夏娃参与进来——这么做目前于他有利。但危机一旦演变为骚乱,那他就会将责任推给纽约市警局。

"恕我直言,亨利——"

"我已经决定这样做了。"他打断她的话说,"安妮·马丁尼兹他们在解决人质劫持危机方面很有经验。要知道,他们的声誉很好。"

"她干谈判专家多久了?"

"快两年了。"

"她有没有通过谈判成功解救过人质?"

"她还年轻,经验也少,但她办过两个教科书级别的案子,给高层留下了深刻印象,这一点很像当初的你,夏娃。另外,确实必要时,她会那么做的。我看过她的档案。她父亲似乎一直在与精神疾病做斗争。大学毕业那年,她回家过春假,发现妈妈被打死了,而父亲当时拿着猎枪和她的小弟弟躲在车库里。整整十三个小时,她都坐在那里与父亲谈话,直到父亲出来自首。"

"她的表现非常优秀。"夏娃钦佩道,"问题是,人质劫持者找的是我。"

"这就是为什么要你来这儿的原因。"亨利实事求是地说道。他忘了,或更有可能是有意不理会——她不想介入这一事实。他示意那位梳着马尾辫的苗条女士过来,介绍两人认识。他瞥了一眼正调试电子设备的特工,他们正招呼他过去。

"失陪一下。"

"看来他们要准备投掷电话进去了,"安妮·马丁尼兹说道。那不是真正的手机——跟现在的手机不是一回事——尽管人们不再用它了,但仍然很有用。那是麦克风与扬声器的一体话机,结实耐用,耐压,声音穿透力极强,能穿透门、墙壁和窗户。人质劫持者不想讲话也没关系。只要把话机投掷到目标附近,人质劫持者便能听到话机这边的声音。幸运的话，附近的人质也能听到。

"如何掷进教堂？"夏娃问道。十英尺厚的大理石、花岗岩墙，四千多公斤的铜门，大教堂犹如堡垒一般。

"其中一扇彩色玻璃窗上有裂口。战术小组计划扩大裂口，然后把话机丢进去。"安妮可怜兮兮地望了望夏娃："可有一个古迹保护组织的人来了，看上去不大高兴。"

"不用担心，"夏娃安慰道，"等教会介入再说，但那不是你的事。"

"顺便说一声，认识你很高兴。"安妮红着脸说道，"案例实录书里收入了你经办的马什案。你的语言风格、措辞，包括你建立联络的方式等等，都已成为谈判的典范。"

夏娃耸耸肩。"如果需要，我就在这儿。如果我的名字被再次提到——但愿不会。"

安妮正要说什么——但阿特拉斯雕像前的骚乱吸引了两人的注意力。一名在现场负责安全的警官大声叫嚷着不要乱动，两名刚刚到达的警察停了下来，五六个已冲下战术反应车的联邦探员也立刻停了下来。大家的注意力都集中到了一点。

圣帕特里克大教堂，中间的铜门——一个男孩，十一二岁，被推出了教堂。

他穿着牛仔裤和一件宽松的蓝色夹克，根根直立的头发上抹着定形发胶。他飞快地眨了眨眼睛，以适应周围闪烁的灯光。他似乎被周围的警察和救护人员吓坏了。

男孩小心翼翼地朝前走了四步，来到台阶。他右手抓着部手机，左手抓着一块牌子，上面写着"救命"。夏娃不知道这块牌子是否与先前受害者手中拿着的一样。

两组警察开始靠近男孩，有的还举起了手中的枪。

男孩吓坏了，紧张地叫道："别！"

那声音听起来像"先别"——但"先"的音调却很弱。

"别，别，别动！我必须照他说的做，否则他就开枪。"

警察们放慢了脚步，有人命令后退，遂有几个人往后退了一步。

狙击手都已就位，以防人质劫持者出现在脚手架后面。

男孩挥动着手机，声音沙哑地喊道："他想同罗西特工谈判。夏娃·罗西。"

"想同"只发出一个"想"字的音——呼吸急促，"同"字显然没发出来，但"想"字很清楚。口音显然是英国人的，约克郡的吗？游客——说明他母亲或父亲还在教堂里面。

男孩把电话放到耳朵上听着。"他说，你们有十分钟，让她接电话。现在开始计时。"

又是他，不是他们。

夏娃瞥了亨利·麻一眼，见他正与纽约市警局的一位警官热烈地谈着什么。随后，他们很快做出了决定。"马丁尼兹！你上。"

安妮·马丁尼兹端着肩膀朝台阶上走去。

"失策。"夏娃觉得这样做是错误的，但不知道错在哪里。

"你好，"马丁尼兹警官跟男孩说，"我叫安妮，是纽约市警局的谈判专家。我是来帮你的。我知道你一定很害怕。"

孩子的眼睛注视着她，但什么也没说。

"你叫什么？"

没有回应。

"我们已经让罗西特工往这里来了，但十分钟内肯定来不了。今天早上路上就一直拥堵。罗西特工在来的路上，但需要时间。或许你能跟他解释一下。假如是'他'，当然。"

男孩只是注视着前方。

"我该怎么称呼他？"安妮催促道，"你可以告诉他，我叫安妮。"

很好，不是"马丁尼兹警官"，也不是安妮·马丁尼兹，而是他的朋友，安妮——友善，而且亲切。

尽管亨利在和纽约市警局的人玩着权术，但他有一点是对的：不配合人质劫持者的第一个要求是通常的谈判策略。这就是拖延战术——安妮正是这么做的。她所做的一切，完全是为争取到更多的时间。她的目的很简单：拖垮人质劫持者。如果拖得乏了，他就可能犯错误；如果拖得时间长了，他就可能为了食物做出让步。那时，较量的天平就会倾斜，谈判专家就会掌握控制权并最终达成目的。这便是类似危机得以解决的原因。

但是，在这样一个开放的空间里，他们能够拖多长时间呢？整个世界都在关注着，而由此带来的冲击波将会使纽约陷入瘫痪。

安妮又向前走了一步。"你为什么不给我电话？那样我就能同他交谈了，成年人对成年人。你不必夹在中间。"

一阵狂风呼啸而过，第5大道上警报齐鸣。起初，夏娃根本没有注意到这些声音，她的注意力一直在前面这个男孩的身上。过了好一会儿，她才意识到，越来越多的救护车正从洛克菲勒广场驶来。

男孩喊叫道："别再靠近！"

安妮停下，点了点头。"我想和他解释一下，我们会怎样解决此事。或者如果他愿意，他可以用我的话机。我有个可以直接与他通话的专线话机，个人的。你能转告他吗？"

男孩没有回答，但手机始终贴在耳朵上。

安全区内，救护车红色和蓝色的灯不断闪烁着，仿佛将安妮和男孩困在了里面。

"我想跟他说，罗西特工正赶过来。在她没来之前，我可以帮他。"

男孩闭上眼睛，认真地听着。

"他只是需要和我谈谈。"安妮等在那里，一动不动。这都是为了争取时间的把戏。

时间在一点点过去。这本该是件好事，因为时间是谈判专家的朋友。

只是这种特殊的情况并不常见。

安妮·马丁尼兹解决这次危机的方法完全是照教科书里讲的。她的注意力集中在如何安抚人质、如何设法与人质劫持者建立联系。她的肢体语言表现得很放松，语气耐心，又有礼貌。她所说的每一句话，都在表明，她愿意提供帮助。

洛克菲勒广场，夏娃旁边的医务人员和纽约警局的警官们都在想方设法占据有利位置。每个人都想离得男孩更近一些，帮助他。

无线电啵啵作响，手机震动；远处，喇叭长鸣，警笛刺耳，警戒线外聚集的人越来越多。

但是，这些嘈杂仿佛离男孩很遥远，他依然沉默不语。他颤抖着，被风吹得不断摇晃。此时，那个写着"救命"的牌子掉在大理石台阶上，发出啪嗒啪嗒的响声。

夏娃常为自己极强的推理能力而自豪。客观地讲，她知道，一切都在按部就班地进行：花时间了解人质劫持者，说服他，弄明白他的诉求，让他把自己当作朋友。安妮正在做一件很重要的工作。夏娃清楚，没有不对头的地方。

然而，当她望向男孩掉在地上的那块牌子时，她甩不掉一种感觉，悲剧正在发生。这不是童话。不会有好结果的。

第4章

远渡大西洋，珀涅罗珀·米勒为富尔顿·施恩而来。

重要的是，她来纽约——圣帕特里克大教堂——只为同施恩一起祈祷。

施恩这位好神父几十年前便已去世，对于这一点，潘妮（珀涅罗珀的昵称）并不介意，她认为他们彼此需要。

神父施恩，与其他几个大主教一样，就葬在大教堂祭坛下的地穴里。不同的是，因为一个奇迹的发生与他有关，他差点成了圣徒。不过，如果想成为真正的圣徒，他还需要第二个奇迹。

那第二个奇迹便是珀涅罗珀来这里的原因。她的丈夫斯图患肺癌六期，该采取的治疗方案都尝试过了。他是祈求奇迹的最佳人选——如果神父施恩的第一个奇迹复活了一个死婴，那他第二个奇迹为什么不是治愈她丈夫的癌症呢？

于是，她做好了安排：把儿子卢克从利德格罗夫接上，预订了机票和旅馆，并在昨晚说服了主教，领她进圣帕特里克大教堂的地穴。

她想，当时就应该察觉到其中的异常，但还是被那一刻吸引了。她感到很特别，因为她和卢克被特许秘密访问地穴。

神父为他们打开厚重的铜门——如愿以偿，因为他们的到访是在正式关门数小时后。卢克一直很放松，问了几个关于门上圣徒的问题。

他想知道修道院院长伊丽莎白·塞顿的传说，特别是，她做过什么便获得右门下方的位置？她右边是蔷薇丛，左边是题赠：纽约的女儿。

神父没有回答卢克的问题。

接着，卢克又想知道紧挨着院长塞顿的格言是什么意思。

这是我的荣耀。追随上帝。

神父们通晓拉丁文，因此，真正的神父都知道里面说了些什么。就像真正的神父定会欣赏卢克的兴趣那样。唯有这位神父不愿被打扰。

珀涅罗珀本该拉着卢克的手，就在那时，就在那儿，她松开了他的手——她脑子里想的是，到施恩的墓穴时她要跟富尔顿·施恩说的话。她要准确表达，让他能够明白斯图需要帮助。要不然，神父施恩会忽视她，就像忽视其他来忏悔的人一样。

下到楼梯一半时，卢克被绊了一下。

当他一路跌跌撞撞滚下去，仰面倒在楼梯下面时，她以为卢克是被什么东西绊倒的。她朝儿子冲过去，随即便感到脖颈被冰冷的铁器重重地击中。

"别动，"神父轻声说道，"否则我就把你们送去天国。"

等她醒来的时候，她想起刺目的灯光，想起自己的后脑勺猛地被什么东西打了一下，此时还在隐隐作痛。

她独自一个人。

在圣帕特里克大教堂里的某个地方，被绑在椅子上——一组彩色电线从她身上引出来，连在一个黑匣子上面，就在她身后的那扇门上。

她扭头看看四周。

卢克不在这里。

她只看见一间石砌的小房间，灯光柔和。

她听了听。

没有声音。没有脚步声。

那个假冒的神父把她的卢克带到哪里去了？

接着，她听到一个古怪的铃声，就像墙壁的回音。

有没有可能——还是她产生了幻觉？袭击她的人给她灌了迷幻药？

珀涅罗珀想起在家时神父曾说过的话：凡教堂都会有秘道、夹墙和暗门。这是很久远的一个传统，是石匠们的独特发明，不在设计图内。

因为，即使是大教堂，也会有鬼魂，鬼魂也需要一个叫家的地方。

# 第5章

当安妮深表同情地继续与男孩谈话的时候，夏娃一直在旁边注视着。她听安妮平静地对男孩说道："你干吗不走下台阶？把手机递给我。"

男孩没动。他站在那里，浑身颤抖，紧抓着贴在耳朵上的手机，等着下一步指示。

安妮问男孩，教堂里的人是否安全，是否有人受伤。她想知道同他一样处境的人还有多少。

男孩没有回应。夏娃知道，他不敢。十一岁的约克郡男孩不会自己来参加弥撒。对这孩子来说，非常重要的人定还在里面——那意味着他必须照着指示去做事。

为了看得更清楚一些，夏娃往前靠了靠。如果不是战术小组反对，她便可离得更近一些。

她注意到，男孩手腕红肿，上面有擦伤。就像第一个受害人一样，他已经被控制了。

此时，安妮正在询问里面的人是否需要食物和水，还说真正要紧的是，是否有人患有糖尿病，是否需要医药。

她依然按部就班进行着：收集重要信息的同时，竭力表达友善。若这是一次实战模拟，夏娃那个匡蒂科的老教练一定会给安妮评个"A+"。

问题是，这是现实，不是演练。人质劫持者对安妮的做法没有任何反应。

"你们还有四——四分钟。"突然,男孩停了下来。

"孩子,告诉我,你叫什么。"安妮又道。

夏娃摇了摇头,给出时间便是在警告。安妮得调整策略。

亨利去哪儿了?

"你的家人呢?"安妮问。

此刻,夏娃需要亨利同意她上去。这样做不是向人质劫持者妥协,而是因为这是这个孩子唯一的机会。

"同你在一起的还有几个人?"安妮仍照本宣科般询问着。

男孩的声音颤抖起来。"你们有三分钟。"

夏娃很想跑到安妮那里,但本能提醒她:她既没穿制服,也没佩戴徽章。狙击手不认识她。当危机不断加剧时,随意行动会让自己很快被淘汰掉,抑或是被打死。

孩子跪了下来,开始祈祷。"我们在天上的父,愿你的国降临,愿人人都尊你的名为圣。"

夏娃小声咒骂着,随即转身去找亨利。

他没有同纽约警局的人在一起,也没有和他的手下在一起。

他没有同前来应援的人在一起。

他没有同国土安全局的人在一起。

最终她在战术反应车里找到了他,他正通过视频密切地关注着事态进展。"你必须让我上去。"她说,"马上。"

他嘬了嘬嘴。"坐,夏娃。我认为,马丁尼兹干得不错。"

夏娃没有回答。屏幕上,安妮在问:"与你通电话的那个人想要什么?如果我不知道,我就帮不了他。"

"还是那一套照本宣科。"夏娃指了指屏幕,"在这种时候,她这种做法是错误的。"

"所以我们才要训练。"亨利振振有词地回答,"这样,谈判者临场时,就有章可循。即使你在现场,也不会有什么不同。"

夏娃摇摇头。"不,我恰恰知道这家伙想要什么。"

"当危机尚未造成影响时,这能很快让他上钩。你该复习一下谈判要则第一○一条。"

"他要开枪了。"夏娃坚持着,"他已经杀了一个人质,现在就要杀死这个孩子了。"

"你错了,夏娃。或许你太长时间没有接触类似的案件了。你知道我们有多少狙击手吗?更别说现场还有很多的警察。绝不会让人伤到这个孩子的。这个孩子的安全同样得靠这些程序。"

有那么一瞬,夏娃居然开始怀疑自己。然后,她转过身,听安妮说话。"我们一边等罗西特工,一边让我先跟他谈谈。"安妮说。

夏娃倒吸了一口气。安妮不该提醒劫持者,他的要求没有得到满足。一旁的亨利立马表现得局促不安起来。

男孩做完祷告,听了听电话,然后抬起头。"你们还有一分钟。"说完,他把电话换到了左手,然后画了个十字。

情况不妙。

没有再征求亨利的同意,夏娃转身冲出反应车。她转过拐角,然后迅速走到安妮身后。

"我有她需要的信息。"她跟警戒的警官说着,见他冻得通红的大耳朵在帽子下面尤其明显。"我是联邦调查局的。我只知道马丁尼兹参与此事。"

她听见亨利用喇叭命令,马上拦住她!

"必须等在这里。"警官厉声道。

"不能等。"夏娃坚持。

"命令就是命令。"

"男孩的生命就靠它了。"最需要改进条例的时候,所有的人都严格遵守着条例。

警官拦住她。"女士,后退!"

她抬头看着那个孩子。他在发抖。他放下了手机,然后说道:"时间到了。"

围在台阶周围的警官迅疾分成两队。一队举枪对着天空,集中精力消除潜伏在脚手架后的射手。另一队冲上台阶向男孩狂奔过去。

并不是他们来得太迟，而是救援根本不在点上。

没有一个人看到子弹从哪里来，从高处的某个地方。

极其精准，子弹命中目标，正中眉心。前一分钟，生命鲜活；一分钟过后，生命就此陨落。尸体面朝下猛摔在地上，鲜血顿时向四周晕开。

人群中有人尖叫，有人跑开。

警察们一拥而上，把防弹背心盖在嘤嘤哭泣的男孩身上。

混乱中，夏娃只是往前走。此时，已无人再阻止她了。她踏上台阶，一步一级朝铜门走去。

当走到已失去生命的安妮·马丁尼兹的身旁时，她绕着尸体检查了一圈，便来到男孩获救的地方，那里警察们正一起密切注视着脚手架上的动静。她大声宣布，声音清晰："我叫夏娃·罗西。把地上的那个手机递给我。我要马上同教堂里面的家伙说话。"

第6章

夏娃一拿到男孩刚才拿的手机，便转身避开嘈杂的台阶。沿着上方的脚手架，越过华丽的彩色玻璃窗，她的视线落在刚用石头、水泥整修过的地方。

子弹是从哪儿射出的呢？

她按下最后一次通话的重拨键。安妮·马丁尼兹的话机上装了一个超级灵敏的装置，可以记录双方的谈话内容。如果她与人质劫持者成功建立了直接联系，语音识别软件便可以同步开始分析劫持者的语音、词汇选择等特征。

夏娃此时仓促介入，只能依赖自己的耳朵和推理能力。这样做并非是最佳的选择，但她相信，时间至关重要。人质劫持者说得很清楚：局面尽在他的掌控之中，即使执法者也无法保护自己。夏娃希望以一种出其不意的手段来动摇他的控制力。在这种情况下，需要更快速的反应。

电话拨通，铃声响起，一下，两下。

三下，四下，五下，六下，七下。

突然，咔嗒一声，电话接通。一个声音，浑厚而低沉。"早晨好。哪位？"

男性的声音。有教养，"早晨好"之后，是很自然的短语"哪位"，而不是"你他妈的谁呀"或是"找谁"。

夏娃吸了一口气。"我是夏娃·罗西。我知道你想与我通话。"她感觉自己的声音听起来很好：平静，坚定，有礼貌。

"很高兴你不再观望，决定加入这次行动，罗西特工。"

她一边听他说话，一边细细揣摩：自信，冷漠。典型的纽约口音——或是布朗克斯（纽约市最北端的一区）口音，或是布鲁克林口音。他的重音发在首字母的辅音上，好像与人开战一样。

"说到行动，今天早晨你把一大群人召集到了这里。"夏娃说道。

"那是因为人人都喜欢看火车失事，不是吗？他们不想看，但他们又不会离开。"

"不过火车失事是意外。我并不认为你做的事是意外，先生……怎么称呼？"

她屏住呼吸，等着，想他会绕开这个问题。

"先生？"他笑了起来，"美好的称谓，夏娃。你很有教养。顺便说一句，你刚失去亲人，真为你难过。"

他还对她做了功课。聪明，缜密，事先做好准备。

"这儿有很多人都有资格同你谈判，"她淡然地说，"你为什么要找我？"

"我觉得我们互相还不了解，没必要谈这么私人的问题。我们甚至还不认识，我不知道你喜欢什么食物，你也不知道我支持的是巨人队还是喷气机队。"

他熟悉操作指南。

根据操作指南手册，谈判专家的首要目标是建立联系，与人质劫持者建立一种友好的联系。找出对他来说重要的信息：家人？工作？业余爱好？特别的癖好，是喜欢山还是喜欢湖泊？夏娃的任务相当简单——获得他的认同，让他相信她理解他，并了解他的内心，直至把他击垮。她需要透彻地了解他，这样才能判断他的每句话、每个行为的意义。

这是最难的部分——并非是她不擅长，而是她从未喜欢过。当人质劫持者开始行动时，她还没有做好准备。

"你为什么要伤害别人？"她问道。

"谁会这样说？"听起来他很惊讶。

"那两个受害人，"夏娃简要答道。

他咯咯笑了起来："你不喜欢按规矩办事，对吧，罗西特工？"

他说得对。标准的操作是要避免提及危机，保持轻松的交谈，但不涉及主题。但她明白，这种惯常的手段对这个家伙不起作用。"你不会把我当作闲聊天的人。"夏娃说，"当然，我们可以谈谈这糟糕的天气，或者聊聊昨晚纽约尼克队输了的事。"

他笑了。这是个友好的信号。"好吧，你对我很坦诚，那我也会对你坦诚。我杀死那两个人，因为她们没有照我说的去做。那个男孩活下来，是因为他照我说的做了。"

"但是，马丁尼兹警官——"

"我不想讨论家鼠。"他打断道，"这就是全部，这第一次的谈话富有成效。"

"对我来说不是。我依然不知道你想要什么。"

"首先，我想要你来。"

"那很容易，我就在这儿。现在能让那些人质走了吗？"

"看过'YouTube'上的视频吗，夏娃？你应该看看最近进入圣帕特里克大教堂的视频。你不可能从中了解我的需要，但你会看到我的能力。"

"我已见识过你的能力。如果你继续杀死人质，"夏娃继续说道，"那么我会认为他们实际上都死了。我会授权突击队除掉你，以结束这次危机。"

他又笑了起来。"我可以杀死我想要杀的人质，很多，——而且我依然掌握着最大王牌——圣帕特里克大教堂。为什么？我敢打赌，保护名胜和教堂的人已经开始在你们面前胡扯了，因为子弹正从他们珍视的建筑里射出。"他的声音变得极其严肃。"三十分钟后再打给你，到时我们再讨论我的诉求。我已经完成了我的功课，接下来该你了。"

咔嗒一声——他挂断了电话。

夏娃上了战术反应车，与亨利·麻擦肩而过。

"你刚才太莽撞了，"他唾沫横飞。"没有授权，没穿防弹衣，没有电话联系。彻底暴露自己。"

她从提包里拿出一个空白的笔记本，啪的一声拍到桌子上，抓起一支黑色记号笔，列出一个清单。在第一栏中，她写道，受过教育，自信，有备而来的策划者。在第二栏中，她写着"重要"：目睹过一次火车事故。

亨利戳着笔记本说："你不是在向我解释。"

夏娃摇摇头。"我对这家伙没有把握。至少现在还没有。"她转向战术管理小组，四男一女，全穿着黑色牛仔裤及同色的夹克衫。他们年龄不同，种族不同，体格也不同，共同之处在于他们的职业和亨利·麻一样的扑克脸。"圣帕特里克大教堂一案的大事记，从昨晚安保部门的最后一次检查算起。我需要关于两个受害人的完整身份证明和背景资料。两次射击中的子弹弹道分析。还有设计图：我想了解圣帕特里克大教堂的每一英寸和每一个角落，包括管道、电路以及下水道管网。"

人们没动。等亨利点头表示了同意，那位女士点击按钮，在计算机上打开一个新的页面，一旁的男子抓起电话开始拨号。

"我要同今天清晨被羁押的那个人谈话。"夏娃说。

"安格斯·麦克唐纳。"亨利插话道，"他目前正在接受治疗，心动过速。"

"那么我从男孩开始。我需要一个房间——办公室。"

"好的，我来安排。其他还要什么？"

她挺直了身体。"我同意由我来谈判。"

"那就看你的啦，夏娃。没人会质疑联邦调查局的头，尤其是在纽约警局刚遭到惨败之后。"说罢，亨利不自然地笑笑，露出洁白的牙齿。

这再次提醒她亨利政客的特质。她身边这些特工们都是他精心培养出来的，非常忠诚，或是被完全收买。他们服从她的指令，但只是在亨利许可的范围之内。

她需要自己的团队，对她忠诚的团队特工，而不是联邦调查局的，更不是机械忠实于行动指南的。"情势非同寻常,我需要的是非常规的支持。"

亨利的微笑消失了。"你的人都走了。"

"那我就去找他们。"

"你无法肯定他们会回来。"

"那是我的问题,不是你的。我只需要你做一件事:下令给维多克小组开绿灯。"

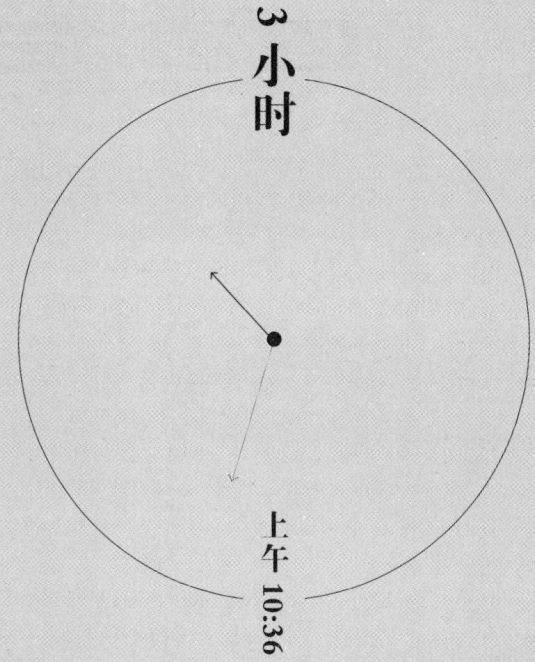

我们继续跟踪报道曼哈顿市中心事件的动向,我们正与现场记者戴夫·布莱索连线。

他在第5大道的第57街,那里聚集了数百人,或数千人,都被挡在警方的警戒线之外。戴夫,你能跟我们讲讲吗?

戴夫:我正同从长岛康马克来的阿丽·莫塔格和她十岁的女儿克洛伊站在这儿。这一天,她们的计划被打乱了,而这令人失望的计划是我今天早晨听到的很多人的经历。阿丽,你能跟我们讲讲吗?

阿丽：今天是克洛伊的生日，我们来城里买圣诞礼物，参观节日橱窗，在美国女孩咖啡馆吃顿特别的早餐。我们8:30就到了这儿，但警察却不让人进去，而在咖啡馆里，没有人接到相关事件的电话！

戴夫：对从纽约区外来的人来说，美国女孩咖啡馆所在的位置恰恰位于圣帕特里克大教堂南侧街区，要穿过洛克菲勒中心才能到达，那里发生了重大事件。敬请继续关注我们的详情报道……

第7章

联邦调查局机动反应部——为夏娃准备的临时办公室里,夏娃的注意力都在两台电脑上。底部装有轮子的"MRU"(移动式无线电台)刚刚送过来,就停在第5大道第50大街西北角的"博纳呢·里帕伯里克"服装商场,正对着大教堂。这一科技奇迹非常大,大到足以容纳八名特工,由加密的卫星网接口和一个独立的电力系统组成。从小小的防弹窗口望出去,她可以直接看到圣帕特里克大教堂。不过,当法医和医护人员收集证据的时候,她便没再往那里看过。

她刚刚目睹一个几乎不认识的女士死在自己面前,刚与一个男人通过话,那个男人杀人就如习惯性地打死蚊子一般。她感到腹痛难忍,头痛欲裂。

她伸手从手提包里取出缓解头疼的白色小药丸,丢进嘴里干咽下去。她知道,大教堂里可能有很多人质。她不想为他们担心,也不想看到有人死去。事实上,她的顾虑越少越好——否则,她就会分心,无暇考虑此时唯一应该考虑的事情。

人质劫持者。

首先,她必须做好自己的功课:找到有关他的信息,研究大教堂的布局图,分析法医报告。其次,追踪并找到她之前的团队成员。第三,从仅有的两个目击证人——男孩和老人那里了解情况。

我真的准备好了吗?

这不重要，人质劫持者已让她别无选择。

有很多事情她无法改变，她不能让死者复生，也不能保证可以拯救活着的人质，但这并不意味着她不能试一试。

她切换屏幕，不断在视频中进行搜寻。用"时间"作为关键词进行检索没有效用，在刚刚过去的四十七分钟里，即圣帕特里克大教堂节日游行期间，至少有八个人发布了自己在大教堂的视频。但是，这些视频与即将来临的圣诞节无关，都是去年3月份拍的。

或许该找个年轻特工来干这事？

念头一闪，旋即她又放弃了自己的想法。她在寻找一些具体的东西，而这要靠自己的直觉才能达成。再说，她更愿意自己掌控信息。

夏娃知道，在联邦调查局内，她被认为是孤狼。与她不同的是，其他的特工跟自己的上级保持着良好的关系，而且必要时还会有利益交换。她在发现自己有一种读心的天赋后，便被训练成了一个犯罪心理画像师——必要时，可借助读心控制人。但是，夏娃不是玩弄权术的人，不愿空谈，也不愿与人博弈。在联邦调查局任职之初，她多次成功解除人质危机，并很快得到了提拔。之后，她在一个备受瞩目的案子中失利，情况急转直下。

如果维持正常的上下级关系，她的事业可能会朝不同的方向发展。一次短暂的休假后，她接受挑战，接手领导一个非同寻常且极具争议的秘密部门——维多克小组。

维多克小组是效法法国的尤根·维多克而建。尤根·维多克是18世纪后期法国一个臭名昭著的罪犯。后来，他为警察所用，展现自己的侦察才能，成为法国保安部的头儿，是与罪犯做斗争的传奇人物。

第一次世界大战后，联邦调查局成立维多克小组，招募有卓越才能的盗贼、伪造者、诈骗犯以及杀人犯，让他们破解罪犯惯常而特工不知道的犯罪手段。交易很简单，联邦调查局为他们提供待遇，他们要么将自己的技能为政府所用，要么回监狱里服刑。他们获得了巨大的成功，从20世纪30年代逮捕德国破坏分子，到美国潜艇在大西洋海岸登陆前几天获得重要情报，再到纽约五大家族里几个成员的倒台，可谓功不可没。随着时代的发展，维多克小组继续招募不同背景、具有专长的人才，涉及武器、弹药等高科技安全手段。

起初，夏娃感到带领这支团队颇为费力。

她照章行事，而成员们却无视规则。

局里的训练使她感到自己无足轻重，而成员们却有极强的自我意识。

为了团队，她学会了如何妥协，而成员们的词汇中没有"团队"一词。

换句话说，她与团队其他成员之间毫无共同之处。和她一样，除了对那些废话没有耐心外，他们都是独一无二的，最重要的是，他们好胜心强。

维多克小组是危急时刻服务于联邦调查局的部门。无论何时，需要救场，他们便能反败为胜。倘若失败了，他们便成了承担责任的人。

夏娃深吸一口气，抓起电话，拨号。

第8章

第106街东，离城区约三英里半的公众球场。梅斯，本名朱利叶斯·梅森，却以自己最喜欢的球员的名字为名。他常在二对二的篮球赛中获胜。他从起点开始，奋力运球接近防卫线上的人。他突然停下，向后一转，然后抛高球给高大、秃顶、健壮的队友。只见队友大手接住球，瞬时又掷出一个长长的弧线，唰的一声将球准确投入篮中。

"准备好爆米花，好戏开始了。"低声说话的就是著名的球员艾瑞尔·考德。

"傲慢的狗娘养的。"已经后悔不及的球员只得交出两张一百美元的票子。

艾瑞尔·考德咧嘴笑了笑，露出一颗金牙。"我不自大。我只是善良。"说着，他将一张票子塞进口袋。

梅斯突然伸手抓住另一张票子，皱了皱眉。目前，他们的收入还是很不错的，尽管不是很多。况且，他虽身处困境，但还能享受这美好时光。

他有两个天赋：一个是做买卖，另一个是打篮球。

他可以回黑市做买卖——幸运的话，他会像过去一样挣大钱。那是人人都期盼的。多年来，他们一直嘲笑他要正直做人的志向。当手头拮据，他必须在支付租金和饲养在"No Bull Pit"（拒绝斗犬的组织）非法得来的狗两者之间抉择时，他认为自己就得返回黑市了。

他知道，如果运气不佳，他会被送进雷克斯（监狱）去过苦日子。

当他的牙齿朽坏时,他的大脑变成面团,他的狗最终还会返回斗犬场,流血并可能死掉。

只剩街头篮球了。在东哈莱姆区,街头篮球的水平上了一个新的高度。

他把艾瑞尔·考德拉到一边。"听着,我要大干一番,否则就回家。难道不想用百元比赛赢得我所需要的?你不想挣五千?"

"梅斯,这些人可不是你在凯奇学校商业区遇到的那种。他们打球,街上有后援。如果输了球,我们从什么地方找那么多钱?"

"让我想想。你参加吗?"

"为什么不?如果输了,我要做的就是跑得比你快。"艾瑞尔·考德傻笑道。

梅斯拿起球,走到球场中央,一边手指转着球,一边观察一下四周。

篮球架生锈了。

球网也破了。

除了他和艾瑞尔·考德之外,还有四个人。他们都站在边上,一声不吭。大家都穿着针织汗衫和上篮短裤,满脸的混蛋表情。梅斯不知道他们的真名,只知道他们所在的街名和绰号。

"教授",精瘦,大约五英尺九英寸,不大爱讲话。人们觉得他迟钝,绰号"教授"不过是开玩笑。但是,梅斯清楚,安静与沉默不同,有时,沉默的人最危险。那就是为什么他猜"教授"实际上是女王街血统队的头头。对面站着的是"闪光灯","闪光灯"无所顾忌地咧嘴笑着——脸上有道刀疤,暴脾气,一点就着。"教授"和"闪光灯"像平常打球一样,不过是些小角色。梅斯觉得,用不着担心他们。要注意的是另外两个人——"蚱蜢"和"盾牌"——他们最危险。球场下,这两人都以刺毛脾气、好冲动、倒卖海洛因闻名。球场上的教授,身量中等,但弹跳很好;"盾牌"则身材壮实,体重三百磅,能挡住所有冲到自己面前的东西。

此刻,那四个人都威胁地盯着梅斯。

"看什么看?""盾牌"瞪着眼说道。

魔鬼，梅斯想，过去、现在，未来也是。

不知道怎么回事，他总是在这里结束。当然，他曾涉足黑市买卖。他被抓过，和联邦特工合作过。或许灵魂中的美好一闪亮，不通过"No Bull Pit"也能拯救动物。但这些都不重要。

是纯粹爱好篮球吗？他想象不出还会有其他的理由。

他不善交际，似乎不喜欢与那些人玩，也讨厌他们的谎言和莽撞。

梅斯不愿意与那些人为伍，也从未掺和过他们的事，从来没有。

一旦投篮得中，他便兴奋不已，得意自己的准确判断，得意自己的制胜策略。最重要的是，他擅长用言语扰乱对方的阵脚。

什么时候来钱如此容易过？好啦，这比赛让人无法拒绝。

"四处看看，看看谁排第二。"他信心满满地答道，"跟我说五千块，我这哥们便能对付你们中的任何一个。既定规则。"

大家都清楚这个赌局，投中一个得一分，十一分制。比赛输了的一方需在三小时内付清赌资；如若不然，就要付出血的代价。

梅斯又玩了一把手指顶球，说道："看看谁是爷们？"

其他四个人挤在一处，显然对赚快钱极有兴致。"蚱蜢"和"盾牌"从众人中走了出来。

梅斯咧嘴笑笑——把球丢给艾瑞尔·考德。

"蚱蜢队有你的位置。""闪光灯"说。

"胡扯，还未注册呢。"说着，艾瑞尔·考德运球走了。

梅斯专注防卫"盾牌"。这是个艰难的任务。梅斯，身高六英尺七英寸，肌肉发达，他全身心应对"盾牌"。然而，街球是智力比赛，不只是体力比拼。讲废话也是有用的——尽管有些球员只是耍嘴皮子。

"你要用这些砖盖房子？"梅斯见"盾牌"第三次投篮未进，遂抢下篮板球，将球传给了艾瑞尔·考德。

艾瑞尔·考德在发球区边上接到球。他在身高、力量上都不及对手，于是想靠速度和灵敏的跳投取胜。他抛高球传给梅斯，梅斯单手接球，然后带球朝"盾牌"冲去，一回身，离篮四五米投球出手。球在篮筐上转了一圈，没进。"你前面！"梅斯喊道。

"蚱蜢"得球后，跳身传给"盾牌"。"盾牌"正在篮下防守梅斯。

梅斯寸步不让。

"盾牌"遂又把球传给队友，但艾瑞尔·考德已闪进发球区，抢下球，随即投出一个漂亮的弧线球。"最好有人报警，我刚偷了个球！"

两人毫无争议地赢了第一局。接着，两人同意再打一场，赌注更高。

如果梅斯和艾瑞尔·考德赢了，他们将得到两万元，这足够还清梅斯的欠债了。

如果两人输了，他们仅输五千元。即便如此，他们手中连五千元也没有。

"教授"上场换下"蚱蜢"。"扳回一局。"他说着，遂把球掷到梅斯怀里。

随后，"教授"一连串跳投，炫技般上篮、扣篮。他不再出声。事实上，他根本没有讲话。他控制着接下来的比赛。

当他反身上篮、投篮得中，他第一次笑了。

"我们完蛋了。"梅斯牢骚道。

"你们准备怎么付钱？""盾牌"问道。

"这是我的事，你无须操心。我会在三小时内带钱回来。"梅斯冲他们尴尬地做个鬼脸。

"盾牌"怒目说道："你耍我？"

梅斯耸耸肩。"既定规则。"

"既定规则是对女王血统队说的。你早不是女王血统队的人了。"

"你说什么？我的话不管用？"

"我说，我们得拿到保证金。"说着，"蚱蜢"把满是刀痕的手搭在艾瑞尔·考德胳膊上。艾瑞尔·考德赶紧闪开，预备动手。

"盾牌"和"闪光灯"则站在艾瑞尔·考德一旁，步步逼近。

妈的。

突然，艾瑞尔·考德惊恐地瞥了梅斯一眼。

太好了。现在他欠了迪格斯不止八千元。迪格斯，留着的拉斯塔法里式发辫足有六十厘米，胳膊上文着骷髅头和蛇，是个放债的老手。梅斯还欠这伙人五千块，而且把艾瑞尔·考德也扯进了这是非窝。

"你们知道，他不是我朋友。"梅斯沉着说着，想读懂他们的肢体语言，但没看明白。

"别废话。""盾牌"一脸无辜，但当他亮出刀时，眼睛瞬间露出凶光。"你们把钱给我，三个小时。否则我就不客气了。"

梅斯抬头望望冬日的天空，似乎那上面有什么应急办法。身后，罗斯福大道上的车按着喇叭。六个十几岁的少年正向篮球场走来。他们一边大摇大摆地走，一边争论着什么。一位穿着樱桃色外套的老妇费力推着一辆装满杂货的小推车走下街区。问题来了。

就在这时，梅斯的电话响了。手机铃声显示，是莱德·宰泊林的"黑狗"。

他朝下瞥了一眼。

陌生号码。

但这亦能成为一种受欢迎的消遣，无论怎样，他还是接通了电话。

他听着电话那头的声音，然后——尽管身处困境——他的脸上瞬间绽放出阳光般笑容。

问题有了解决的办法。

维多克卷宗　#A30652

目前状态	活跃
朱利叶斯·梅森	
绰号	梅斯
年龄	43岁
民族/种族	非裔美国人
身高	6英尺7英寸
体重	230磅
眼睛	棕色
头发	黑色
突出特征	靠左耳有道3英寸疤痕
现住址	莱星顿（东哈勒姆）大道1883号
犯罪记录	被控多项罪名——非法进口和贩运非法违禁品。判决：15—25年监禁
专长	货物的秘密跨境流动。具有武器、毒品以及外来野生动物走私网的专业知识
教育	曾就读于南布朗克斯（纽约市最北端的一区）地区高中。
个人	
家庭成员	母亲，多劳尔丝。父亲，不详。兄弟，马克斯，死于帮派械斗。兄弟，杜安，死于飞车射击。斗牛犬——罗密欧，艾斯，丹泽。
配偶/社会关系	无。有多名女性伴侣。
宗教	浸礼会。
嗜好	十足的玩家，投篮高手。创建"No Bull Pit"，致力于帮助从斗犬场里拯救斗牛犬。
其他	开始进行拯救斗牛犬，便脱离了帮派——女王血统队。
概况	
长处	只喜欢近距离比赛的刺激——赢得比赛。
弱点	不易与人相处。不尊重权威，按自己的规则行事，与计划相比更赞成直觉。弱点是太爱动物。
备注	外表强悍，但个性善良。想为联邦调查局K-9计划训练他营救的犬。

* 评估报告由特别行动的夏娃·罗西编写，情报中心亨利·麻校正。
  仅为内部使用。

第9章

夏娃又给设在商业区的总部打了电话。她简要说明了自己所需之物，并解释了所需之物的紧迫之用。

电话另一头，有一个令人不安的停顿。接着，一个声音生硬地说："我知道麻局长批准了你的请求，但这极不合规矩。"

"你们一直在为特别行动提供大笔资金。"夏娃直截了当地说。

"当然，但那是为了行动，而不是为新聘人员准备的。"

"只是重复我方才的说法。"

"我们拟拨出一万五千美元作为签约金，其中五千美金可以从今天可自由支配的资金中支出。"接着对方又犹豫道，"罗西特工，是你——"

"请在半小时内准备好这笔现金。"夏娃打断他的话，随即挂了电话。

在打下一个电话之前，夏娃重又开始视频搜索。

在过去的三十六小时，"YouTube"上有过去五年来的圣诞节午夜弥散的视频，就在圣帕特里克大教堂专题里。

她仔细查阅视频。奇怪，你的信息在哪儿，混蛋？

第10章

宿醉是个婊子。伊莱·科恩趔趔趄趄走进他在敖茶德街123号第5楼的寓所，用一瓶强力维生素C水喝下三片泰诺，又喝下一瓶酚麻美敏混悬液，拉下百叶窗，一屁股坐下，遂又躺倒在他那未整理的床上。床垫嘎吱作响，向他的体重提出抗议——他至少比医生建议的体重超出六十磅。

他想睡，或至少让他平静地躺一会儿。但是，他的头却像被捅了刀子般生疼。

伊莱闭上眼睛——呻吟着。

在等酚麻美敏混悬液和维他命水起作用的时候，他又想起了昨晚的事。聚会好似一部无法关闭的烂电影。

他又回到了那里，神经质地注视着一个穿黑色连衣裙的女人——连衣裙上缀满闪亮的装饰片，嘴上涂着鲜红的唇膏——她手里拿着嘶嘶冒泡的粉红色汽水，面带微笑，径直朝他走来。

他产生了个愚蠢念头，这个节日派对可能还不错。

他本可以说这不是他的派对，或者说这些人不是他的朋友。但说实话，他恰恰并不喜欢派对，而且从来不参加什么派对。他原来是有社交障碍的超重的孩子，现在是有社交障碍、超重的四十多岁的中年人。如此而已。

"你是伊莱?"那位女士问。

"是我。"他大胆地回答说。

"我叫芭芭拉。约翰跟我们讲了很多关于你的事,我觉得我了解你。"说着,她伸出手臂搂住他。犹如奇迹,她手里的饮料竟然没有洒出来。"你看上去是那么的孤单。约翰怎么不向大家介绍介绍你?"

伊莱的眼睛已经飘到约翰喝蛋奶酒的地方,他和他的两个兄弟正唱着《我要回家过圣诞节》。伊莱想,他们就像长岛那三个男高音一样。令人费解的是:他们似乎相处得很好。既没有嫉妒,也没有长时间隐忍的怨恨。或许那是因为酒滋润着这个信奉天主教的爱尔兰大家族,这个大家族的人口是他犹太家族的二十倍。他见过约翰的表兄妹、妯娌等家人和朋友比自己记得的人可能还要多。他们的名字是那种既模糊又长而且无意义的符号。

他脸上挂着微笑,竭力装出高兴的样子。那是大家所期望的,而且这个聚会——哦,所有聚会,真的——都是为了满足人们的期望。当然,他会假装两个小时。"是的,约翰介绍过我。"

那个女人似乎并未听他说话。"我想让你见见我女儿。"她拉住他的右臂。"她离婚了。"她声音像是画外音般耳语道。

伊莱不知道这与他有什么关系。不过,人们闲谈的大多数话题都不相关。

没办法拒绝,别无选择,他只好跟着她走。她的手紧紧抓着他的手臂。他注意到她手上血红的指甲和足有好几克拉的钻戒,还看见自己领带上有片深黄色的污渍——可能是吃迷你热狗时沾上的。怎么就把约翰为他挑选的天蓝色爱马仕领带给毁了呢?大家甚至还未坐下来吃晚餐。他想,绝不能让自己尴尬。

当然,如果约翰会被伊莱社交能力方面的无能吓走的话,最好还是早点让他知道。自从伊莱来了纽约,坐在那个戴金丝边眼镜的漂亮的税务律师旁边,欣赏着美食和葡萄酒,很快已过去了三周。伊莱分不清夏顿埃酒和沙维侬白葡萄酒的区别,甚至不知道是橡木味还是香草味,但他就是喜欢吃。

令人惊讶的是，约翰丝毫也不在意。他们相处得很好——到鲍比·弗雷的美食结束时，伊莱已重重倒下了。

现在，他来到了这里，见过了约翰的家人，而且努力让自己适应——或者说，起码那令人恼火的如拇指大小的深黄色污渍不要让人看见。

芭芭拉残忍地把他带到吧台，一个瘦小的女人正在那里喝香槟。她穿着绿色的连衣裙，一副心不在焉的样子。伊莱立刻想到脆弱的玻璃杯在桌子边沿正摇摇晃晃地失去平衡掉下来。

"这是我的米凡。"芭芭拉介绍道，"她会成为你最好的伴侣。"然后，她朝刚进来的人招招手，走了。

伊莱伸出手。"很高兴见到你。约翰是你的……"

米凡好奇地注视着他。要么他以前见过她，忘了——要么她可能是约翰跟他说过的什么人。他在同谁开玩笑？他注定要出丑。

"堂兄妹。同龄。在隔壁长大。"米凡冲他歪了歪还剩一半香槟的酒杯。"想喝吗？"

他看看四周，其余的人都在喝酒。只有努力适应，他提醒自己。另外，或许喝上一两杯便能让他放松，有助于聊天。

他极想喝杯啤酒，但他还是选择了伏特加加苏打。这样，当不小心把酒洒到身上——或者，上帝保佑，把酒洒到别人身上——看得不太清楚，气味也不至于难闻。

"认识约翰多久了？"

"几周。"

米凡放肆地笑笑。"还在蜜月期。想起当年遇到我前夫时，我还是圣约翰大学的本科生。那天晚上，我和一个朋友出去庆祝她的生日，他正同他的警察兄弟在那儿喝酒。他请我跳舞。他比我大很多，但当乐队奏起慢歌，他把手搭在我腰上，我知道，我们属一路货色。"说着，她又喝了一大口香槟。"婚礼上，人们都说这两个人走到一起有多棒！很多时候，这只是句空话。一旦结了婚，就说明两个人比你独自一人要好，要强。"

伊莱将信将疑，因为他有过与此完全不同的经历：一段糟糕的关系中，他让自己变得丑陋、卑鄙。

伊莱绞尽脑汁想着，下一句该说什么。他不擅与人闲聊。"你还住附近吗？"他没话找话地说。

"生在长岛，长在长岛，被拴在父母家里。"她咕咚又吞下一大口香槟。

他觉得她说得不对。管他呢，最好醉了，什么都不知道。

"我不如你。我出生在下东区，长在下东区，一直住在我祖母家。"伊莱说道。

米凡扬了扬眉毛。

"真的？"

"租金的原因，非常便宜。再说，我失业了。"每次一说到失业，他就希望自己没说。怎么一紧张总是多说话？他松了松领带。

"你失业多久了？"说着，她又吞下一大口香槟。

伊莱本有其他的方式回答这个问题。八年前因内部股票交易被捕。三个月前丢了唯一的工作。他没什么值得骄傲的事说。他希望约翰不要再唱那些愚蠢的圣诞颂歌，赶紧过来帮他解围。"抱歉，我不擅长交际。"

她微微一笑，"那你对一般交往很在行啦？"

"不。"他马上反驳道。

这话引得她一阵笑。"别这么想。挺好。你干什么的？"

"跟你说过，没事干。"

"那你做过什么？让我猜猜——法律方面的，跟约翰一样？"

伊莱摇摇头。

"会计师？"

突然，伊莱特别希望自己能够受人尊重，就一会儿，即使仅仅在约翰堂姐妹醉意朦胧的眼神里。"我实际上在为联邦调查局工作，在一个机密部门。"

这话引起了她的注意。她坐直身子，眼睛也睁得大大的。

她等着伊莱能再多讲点，但他没再说什么。刚才的两句话，已违反了他签署的保密协议。不过再想想，自己已被解雇了，那还叫违约吗？

"我再给你倒一杯吧。"他说。

他希望她把空香槟酒杯递给他。没想到,米凡却斜着身子靠过来。他担心她要吻他。幸运的是,她的嘴唇停在了离他耳朵极近的地方。"跟我说说你侦办过的最刺激的案子。"

伊莱再次绝望地瞥了一眼约翰,只见约翰面对着钢琴,依然在那儿同他的兄弟们唱歌,曲子已改为《装饰大厅》。那是一个小小的休息区,咖啡色皮沙发,离大电视很近。伊莱很希望自己正坐在那里喝着啤酒看尼克的节目。别在意他们这些人。"我觉得你不懂我特别的兴趣。"

"试试看吧。"一个穿银色高跟凉鞋的女人摇晃着经过,她向她挥挥手。她们看起来很难清醒,更不用说喝了几杯之后了。"嘿,洛丽——来这儿。"

"见见约翰的新男友。"米凡口齿不清,但还是竭力介绍道,"他是联邦调查局的特工,他要跟我讲讲那些令人感兴趣的案子。"

"我真的不能说。"伊莱扯下领带塞进衣服口袋。洛丽犀利的蓝眼睛,仿佛刺穿了他,他不想讲那片深黄色的污渍。

"我们的朋友都来了。"洛丽柔声说,"我确实想知道秘密特工都干什么。"

其他两位女士也听见了"秘密"两字,四位女士霎时都期待地注视着伊莱。

这些女人完全不明白"秘密"一词的含义。伊莱想着,遂答道:"说到秘密,我真正指的是雷达。就是在不引人注意的情况下完成任务。"

"你看起来不像联邦特工。"长着棕色卷发、鼻音浓重的一位女士说道,"你是干什么的?"

"无聊的资料。我的专长是钱。解密复杂的金融计划。"

"我想特工们每年都得进行健康检查。"洛丽冲伊莱的啤酒肚斜眼瞟了一眼,"像消防队员那样。"

"我的工作可不需要。"伊莱说。

"听起来不像联邦调查局。"洛丽满腹狐疑地眯起眼睛。

这是真的。伊莱在联邦调查局的办公室的工作没超过一个月,即使有人愿意给他工作。联邦广场26号的那台官僚机器肯定会咬碎他,然后再把他吐出来。他要自由,就是空想家们所说的"全权委托",维多克小组给过他。

"好在纽约警局不要求每年一次体检,"米凡评论道,"否则我的前夫就完蛋了。这是你被解雇的原因吗?"

"我从没说我被解雇了,"他硬着头皮分辩道。

他的眼睛扫视了一下房间。约翰去哪儿了?

"但你失业了,是被停职吧?"

米凡是想刺激伊莱,但她没想到这引起了洛丽的兴趣。"像你的前夫?"洛丽手臂搭到米凡肩上,一股茉莉香水味差点让伊莱打喷嚏。

"内部事件还在调查。"为引起伊莱的兴趣,米凡补充道,"他们认为他偷了证物柜里的东西。"

"你认为呢?"洛丽追问道。

伊莱看看米凡,好大一会儿,米凡才磕磕巴巴地说道:"是。不。我不知道。"

"或许这位秘密特工能帮上忙。"洛丽讥讽道。

众人的目光都转向了伊莱。

他已习惯被人取笑,所以回答起来颇为理性。"不是这样的。我告诉你们,我的工作吧,就是追查钱,理清资金的来龙去脉。"

米凡摇摇头。"内部事件可以慢慢来。我可不能。看在上帝的分上,他每周都来看我女儿。"

"她认为是自己父亲干的吗?"卷发女士问。

"我不想问,这个问题伤害她和她父亲的关系。但我还是想弄清。我不知道他是谁——不再知道了。"她喝干了杯中的酒,解释道,"去年,他开始两班倒。疲倦,心烦意乱,他的车撞了过马路的行人。他没有被控有罪。他没有饮酒,而那行人是闯红灯过马路。但是,离开家上班的男人同那天夜里回家的男人不是一个人。"

谁也不再讲话。也没什么好说的。

米凡希望有人说说，她前夫是否依然是尽责的父亲。问题是，没人能够回答。

当米凡凝视着某个地方时，伊莱不知道她在看什么，但能感受到她的悲哀。

"难道连一个能帮忙的人都没有吗？"洛丽问伊莱。

伊莱摇摇头。他让这几个女人大失所望。

洛丽跳了起来。"我认识你！"她张着嘴，眼睛也瞪得大大的。

伊莱放下酒杯。该走啦。

"我认识你。"她肯定地说道，"从报纸上看到的。白领罪犯。洗钱。逃税。"

女人们神情复杂地盯着他，自以为是中流露出一丝怜悯。

"我想起来了，"深褐色头发的白人女子尖声道，"他们在《每日新闻》头版报道过你的新闻，审了好几周！"

周围聚集的人越来越多。《装饰大厅》唱完了，约翰从房间的另一边跑过来。

"报纸头条说，他们把你关了起来，并扔了钥匙。"有人又说，"你是怎么逃出来的？"

伊莱只是抱着肩膀站在那儿，没用的家伙。

"你们说得对。我蹲过监狱，但我确实在为联邦调查局工作。"

正说着，约翰走到跟前来把他推走了。

那天早晨，伊莱躺在床上，仍想着自己准备要说的话。选择不同，可能就会不一样，不会是那么一个灾难性的夜晚。

他一无所有，没有工作，没有自尊。昨晚之后，可能连男友也失去了。

正想着，电话铃响了，一切都变了。

维多克卷宗　#A30888

目前状况	不活跃
伊莱·科恩	
年龄	46
民族/种族	白种人
身高	5英尺8英寸
体重	237磅
眼睛	淡褐色
头发	红头发
现在住址	敖茶德街（下东区）123号。
犯罪记录	被控贪污、逃税、洗钱等多项重罪。判决：35年。
专长	企业金融系统和资金的秘密流动。
教育	纽约城市大学B.S.及福德姆大学工商管理硕士。
个人	
家庭关系	父母已故。1990年3月公开性取向后，便与大家庭疏远了，仅与家里的姐姐伊莱恩保持着联系。
配偶/社会关系	有了新的伴侣约翰·墨菲（税务律师）。
宗教	传统的犹太教，喀巴拉神秘主义的信徒。
嗜好	漫画和奇幻棒球。
概况	
长处	喜好质疑并破译复杂的金融模式。
弱点	孤独，不善与人相处。过度关注个人健康会损害他的能力和工作习惯。有抑郁症史（未诊断）。2010年，曾因自杀未遂住院七周。
备注	孤立，容易被误解。愿意依赖理解他的人。不安全感主要因为他容易受到更具支配地位人物的影响——包括诉诸贿赂或其他胁迫手段的敌对分子。

★ 评估由特别行动的夏娃·罗西单独编写。由情报中心亨利·麻校正。
仅供内部使用。

第11章

在"YouTube"上搜索"午夜弥撒"一词，没有记录。但在过去的七十二小时里，有五个人上传了圣帕特里克大教堂建筑工程的视频。夏娃快速浏览视频，仔细观察彩色玻璃窗的清洁和混凝土修补工程。

没有比这更清晰的了。

是不是刚才漏掉了？绑架者上传的视频在我看过的视频中吗？

如果她能解决这个问题的话，迫切需要的就是信息。

她检索了为游客上传的视频，还是没有线索。

夏娃接着切换到"YouTube"上圣帕特里克大教堂唱诗班做弥撒的三个视频，终于找到了绑架者发布的视频。

视频不长，只有三分十八秒。她强迫自己仔细过了四遍。

第一遍，她集中在电线上。

第二遍，她集中在引爆装置上。

接着，她集中在人质的模糊影像上。

第四遍，她集中在石雕图像上。其中最令人不安的：石雕几乎全是大教堂的墙雕，但并非一般的圣徒——圣母玛利亚，甚至是圣帕特里克，而是关于纽约市的毁灭。

布鲁克林大桥断为两截。

人们在证券交易所惊慌奔跑。

自由女神像被完全吞没在水中。

是恐怖主义吗？不能不这样想。"9·11"后，几乎所有人都会这么想。

除非她不明白刻在石头上的图像。这些雕像有没有可能是圣帕特里克大教堂的一部分，只是她从来没有注意过，也没听人说过的？

人质劫持者留言，要夏娃给她的前队友——弗兰克·加西亚——挂电话。弗兰克·加西亚以前是陆军特攻队的，考虑到这些特殊的挑战，他可能是执行特别任务的唯一人选。

但几次在电脑上点击查找，都清晰显示，加西亚不在。至少现在不在。

弗兰克与特里莎的离婚协议一直存在争议。显然是他威胁过她。她获得了对他的限制令后同意：如果弗兰克治疗他的创伤后应激障碍和酒精依赖，她将不再起诉离婚。他在"纽约市长老会"选了一个接受治疗。

夏娃看完，心中一阵内疚。她知道加西亚的问题。问题是，偏执、超级病毒让加西亚及其家人付出了代价，但同时也让他出色完成了任务。

她关了加西亚的数字档案后，却无法让自己拨打电话。她知道在哪里能找到他，这就行了，她可以等。

但她还是拿起了电话。她把最难打的电话留到了最后。她与哈多克斯的关系非常复杂，因此她想让谈话简单些。

第12章

那天清晨,考利·哈多克斯很晚才醒来,那时波士顿大雨倾盆。如纽约的天气一样,他仍有些记不太清楚,郁闷,极想抽烟。听着窗外排水管汩汩的流水声,他伸腿到床边去够他的白衬衣和夹克。

我的衬衫呢?

不在地板上。

不在椅子上。

他扭头看看床的右边,发现衬衫在身边轻轻打鼾的大美人身上。

她只穿着一件衬衣——他的衬衣。在她身上显得很宽大。

他从衣袋里抽出一支万宝路,点燃,坐起身。他享受这一刻,瞥一眼身边这个美人,红头发,接吻高手,床上功夫了得。他想最后一次把手伸入她的衬衣下面,女人的皮肤紧致、结实、温暖。

没错,他喜欢与布里奇特·麦隆待在一起,但他得走了。

哈多克斯觉得自己很幸运,知道运气终有一天会用尽。

他这支烟抽了很长时间。最后,他把烟蒂丢进临时的烟灰缸里。这个"烟灰缸"是个粉红色贝壳样的肥皂碟,是她给他放在床头柜上的。找到扔出房间外的鞋子,他披上夹克,轻手轻脚走进大厅。他心里默默祷告,但愿她不要醒来。因为他现在有事要干。也许这就是他的浪漫,他希望布里奇特·麦隆相信,是她昨晚在翡翠酒店选择的他。她应该会记得他的样子——一个迷人的爱尔兰人,来波士顿拜访老友短暂停留。

屋外很黑，哈多克斯只得打开客厅里的台灯。客厅奇特的装饰风格是纯"pottery barn"风格，沙发松软，简单的沙发套，还有类似药店抽屉的小橱柜。虽是全新的家具，但式样看起来却很老旧。

她还真是个怪胎。遥控器放在桌子上的一个特殊支架上。咖啡桌上放着杂志——《芭蕾舞》《舞蹈精神》《闲暇波士顿》。杂志按日期散放着，最上面是最新的，很有秩序，甚至比他希望的还要好。一个知道整理杂志的女孩可能会把自己的包放在一个特殊的地方。

她的包在哪儿呢？

他扫视一下房间，没看见。

有大厅壁橱吗？

没有壁橱。其实也没什么可奇怪的，像这样的老建筑里是不会有的。

他朝大门走去。门边有一个伞架和一条长凳，长凳上叠着一条毯子，略超过凳子。

他抱起毯子，下面什么也没有。

他本该按自己的计划，在酒吧里只和她聊天，然后盗走她的手机。问题是，他喜欢女人——而且爱，特别爱这个女人。

地板上是她那简便的芭蕾舞平底鞋，他突然记起，昨晚他们一进门，她就甩掉了鞋——而且……

然后呢？

答案有了，厨房。到厨房看看。

她的手提包在那儿，丢在料理台上。迈克尔·考斯牌的小拉链包，里面东西不多，粉红色唇膏，一包三叉戟口香糖，薄荷口味。他掏出她的钱包，拉开，里面有五张二十美元、六张一美元。此外，还有若干信用卡、签证和驾照。

他满怀希望——但地址却是这个公寓的地址，是他来的这个，不是他要找的。他妈的。

没有照片，也没有收据，连纸片也没有。如今电子时代，他要找到她的手机。

外面街上，雨声很响，大雨滂沱的。

他扫视一下台面。这是个小厨房，不大，仅放一台咖啡机和一卷纸巾。手机显然不在这里。

他回到客厅，检查所有的电源插座。

依然没有找到手机。

他偷偷从窗户往外看，雨仍然下得很大，三辆福特探险者一字排开停在路边。车门一开，六个穿雨衣的人从车里走下来，一辆车两个。

不妙。

他不知道，自己是否该回卧室，是否漏掉了没检查到的地方。

不，她在浴室时，我便在那里找过了。我动作快，而且彻底。

他听见关车门的砰砰声响，遂见六个人围成一圈，其中一个还抬头朝哈多克斯站着的窗户望了望。

他躲在暗处。

确实不妙。

他们就要上来了。

又过了两秒，街上传来对讲机的嗡嗡声。哈多克斯等着。只听见接着手按下按钮，将手指放在麦克风上。那人什么也没说，回答的声音模糊不清。

布里奇特住在三楼，那意味着要经过四段楼梯和两个平台。

他估计还有六十秒到九十秒时间。不会再多了。

我对你了解多少，布里奇特，亲爱的？

什么都有，什么都在它应该在的位置上。

钱包还在厨房里。

他返回厨房。

想想，他跟自己说。

听声音正向这边来了，响动越来越大。

他拉开抽屉，一个里面是银器，一个里面是擦洗餐具的毛巾，一个里面正是他想要的东西。

这是个装着充电器的抽屉，里面还有电源插座。

聪明。他想。

公寓外的楼梯上传来嘎吱嘎吱的响声。

他不想偷她的手机，他要的是信息，仅此而已。问题是，他得离开这儿，动作要快。

他把手机塞进口袋，奔向窗户，把锁扣往左边一拉。使劲一拉。

没动。

仔细一看，原来是窗户被油漆粘住了。

他听见楼梯上仍嘎吱作响，而且越来越近。

他从牛仔裤口袋里抽出一把小刀，在窗扇周围划了一圈。

六个男人分量不轻，楼梯在他们脚下不断呻吟，湿鞋子也发出很响的吱吱声。

他听见他们在上楼梯，上到楼梯平台。

他使劲一推，窗户依然没动，再推，窗户开了。

就在那些人按响门铃的那一刻，他已跳上防火梯，逃进倾盆大雨中。

身后，窗户重又关上。他们会发现——也或许漂亮的布里奇特会花些时间去开门。这为他争取了点时间。

一般人下楼后便会奔向大街，而哈多克斯却沿着防火梯往上攀。他蹑手蹑脚地登上光滑的金属梯子，但梯子仍然叮当作响。

彻底暴露了。

他清楚，如果静不下来，那他就得快。

他爬上逃生梯，爬过四楼、五楼，上了楼顶。他清楚地听见，布里奇特厨房窗户被打开来。

他一动不动，静静听着。

什么也没听见。

他鞋里灌满了水，皮夹克也毁了。

他把衣服看得比命还值钱。

他朝楼下望望，五六英尺高的胸墙将这幢楼与其他三幢隔开。没有什么是他办不到的，但眼下必须要找到下去的办法。第四幢楼的楼顶是光滑的斜坡，他远远应付不了。

哈多克斯是一流的计算机黑客，有专业的编码技能，对计算机操作有种直观的理解,并有渗透貌似不可渗透目标的能力。他之所以能走到今天这一步,只有一个原因:他总能出人意料。这是他的生活准则,在这儿他也用上了。

那些人一发现他去了楼顶,便判断他会尽可能地到三号楼去,从那里找到回街上的路;抑或不到一号楼冒险,遂选择到二号楼去。

他迅速爬上第一道墙,飞快地穿过楼顶花园。经过雨水的冲刷,柚木的家具和可能违规的丙烷烤架为漂亮的花园增色不少。哈多克斯想,建造这样一个城市花园,租赁人定是花了很多钱。

攀过第二道砖墙,他发现自己到了一个与之前大小差不多的楼顶,虽也很美,但设计却迥然不同。除了沥青铺地,只一张草坪椅和一个小型望远镜,什么都没有。有些人喜欢简约静养,只要天空和星星。

他偷偷往街上一看,见那六个人已分散开来,三个在布里奇特的楼前正快速地搜检小巷。这说明其他三个人可能爬上了楼顶。

防火梯就在那儿,哈多克斯想自己如果动作快的话,他完全可以下到地面。

哈多克斯并未完全算错。即使踏进水坑,他也有充足的时间下到地面。但是,他却无法从防火梯下面的小巷逃掉,六个人里的一个正在巷口踱来踱去。他吸着烟,似乎在等指令。

抑或是在等着同伴。

哈多克斯不是个好打斗的人,不是传统意义上的斗士。在酒吧这种没什么危险的地方,他与人打过架。但面对吉米·麦隆手下的六个彪形大汉,他认为自己没有胜算。不过,此时只有一个人,则可能会是例外,他要抓住这个机会。

他沿小巷朝大街走去。他知道,必须要快,他只有一次机会,因为长时间的打斗定会招来其他人。

打那家伙一下就赶紧跑。就这么办。他脑子里琢磨着。

挪到小巷口,他见对手是个二百五十多磅的壮汉。

再往前走,出了小巷,便到了开阔的街上。

走到他预想的地方,他说:"有火吗?"

那个人果然转过身来，但已没时间反应。

哈多克斯突然一脚，正踢中那家伙的大腿根。

这一脚便把那家伙踢成了面团。

哈多克斯算好距离，接着便用肘猛击他头部，并将他击倒在地。

哈多克斯拔腿就跑，跑过泊在拐角处的那三辆探险者，看见布里奇特带赛车条纹的黄色迷你车。这正是昨晚她停车的地方。

他掏出一个手机大小的小设备，湿了，却还能用。

他拐进第二条小巷，用无线电发出信号。

现如今，大多数新车便是轮子上的计算机。哈多克斯的这个小设备——不到二十元，却能控制车里的网络。昨晚，他已用迷你蓝牙连接到车里安装了恶意软件，当时布里奇特正开车拉他回家。

小设备连接到车里的控制系统，哈多克斯发信号打开车门，发动汽车，然后就朝汽车跑了过去。

他跳过水坑。

听见身后追他的跑步声越来越近，好在还没追上来。

他有足够的时间坐到驾驶位上，便走了过去。

确实，他的时间非常充裕——只不过遇到了个问题。

布里奇特·麦隆的车不是空的。

吉米·麦隆早已坐在乘客位上，手里握着一把带消音器的枪，正对着哈多克斯。他看上去非常生气。哈多克斯从车上退了下去，其他五个恶棍堵在他身后，围成一个密实的包围圈。他们看来同样很不高兴。

"狗屎。"他说。

"确实是狗屎。"吉米·麦隆吼道。他那三百磅重的身子从车子里挤出来。"操狗屎，你这个卑鄙的杂种混蛋，占我女儿便宜。利用她来找我。"说着，他绕到车前头，伸出那多肉的手。"好呀，你找到我了，你这个混蛋。现在高兴了吧？"

五个暴徒在哈多克斯背后围成半圆。他别无选择。

有人把他的头掰到后面，哈多克斯觉得自己的脊柱成了肉冻。这回糟了。

他模糊意识到他的手机响了，掉在地上咔嗒咔嗒作响。

有人用右拳猛击他的下巴。

哈多克斯顿时失去平衡，遂倒在另一个家伙身上。他一边胡乱抓着那暴徒的肩膀，一边想着决不能就这样倒下。

突然，一只胖胖的大手搭到他肩上，把他扭了过来。"这是干什么？"吉米·麦隆把哈多克斯的手机猛地砸到他脸上。雨点滴满了手机屏幕。

有个未接电话。呼叫人——夏娃·罗西——联邦调查局。

"你是联邦调查局的线人？所以才一直追我？"吉米狠狠地揍了他一顿。

哈多克斯咳嗽一阵儿，在水泥地上啐了一口。吉米说错了，但哈多克斯觉得，承认自己正为比利·麦考特干活并无多大益处。比利可是吉米的冤家对头。

"你要我们干掉他？"哈多克斯听一个家伙问道。他感到手臂动弹不得，其他人还疯狂用拳头砸他。他跟跟跄跄朝一条排水沟走去，排水沟里淤着枯叶和水。

"这不能完。咱们先看看他手里捏着什么把柄。"吉米又狠狠给了他一拳。"你不过是他们雇的骗子，愚蠢透顶。"他抹了抹额头上的雨水，命道："把他带回仓库。"

哈多克斯虽然动弹不得，但勉强还能思考。但当他看到手机时，意识到机会来了。

"给那位女士回电，"他差点噎住，"告诉她是你逼我的。她也许会与你做笔你感兴趣的交易。"

维多克档案 #Z22721

当前状态	新聘特工
考利·哈多克斯	
年龄	39
民族/种族	白人/爱尔兰人
身高	6英尺1英寸
体重	178磅
眼睛	蓝色
头发	棕色
突出特征	颏裂
现住址	不明
犯罪记录	根据《格拉姆-里奇-布莱利法案》（Gramm-Leach-BlileyAct）被判有罪，涉及多项计算机黑客攻击、银行记录借记和身份盗用。被判25年。
相关记录	尽管从未受到过指控，但哈多克斯仍被怀疑杀害了他的姐夫。他的姐夫曾是从真爱尔兰共和军（RIRA）分裂出来的准军事组织的领导人，常年酗酒、虐待妻子。为了报复，"RIRA"已为爱尔兰人哈多克斯签发了死亡证。
专长	难得的黑客计算机世界的天才。凭借个人魅力和网络天才，成为终极追踪者和骗子高手。
教育	都柏林圣三一学院（荣誉），信息系统专业。
个人	
家庭	父亲：邓肯（患有多种疾病，现住在都柏林疗养院）。姊妹：玛丽。母亲：艾米丽，已故。
配偶/社会关系	无。承诺事项。
宗教	天主教。放弃宗教信仰。
兴趣	不沉浸于网络世界时，可以和任何一支他能找到的凯尔特蓝调乐队一起弹吉他。
简况	
长处	喜欢揭秘和破解密码，越复杂兴趣越浓。享受追踪的刺激，能让他渐入佳境。
弱点	不确定性。他反感受制于人或受制于事。对飞行极度的恐惧。
备注	哈多克斯自我感觉非常好，且极为敏感。传统的激励手段对他不起作用，假如无法保持平衡的时候，他更愿意选择留在竞赛中。他对需要帮助的女士表示着同情，却也顺便玩玩"英雄救美"之类的事情。

★ 评估由特别行动部的夏娃·罗西编写，亨利·麻确认。仅限内部使用。

第13章

"看看我能不能看明白,"亨利怒视着夏娃。"把你的人招回来一共花了我一万五千美元?"

"不包括从波士顿来的私人飞机。否则——"

他打断她。"我不想知道。他们什么时候到?"

"伊莱和梅斯预计一小时内到。哈多克斯一到机场,七十五分钟就能到。"

"只要能完成任务。假如你可以。"

"感谢信任。"

亨利脸上不自然的微笑让她有种不寒而栗的感觉。"人质劫持者完全控制了大教堂,这证明劫持者的计划周密。他枪杀了一个人质和一个谈判专家。最让人恼火的是,他还没提出任何诉求。"

"想跟我通话。"

"你知道这意味着什么。"

"他这样冒险,说明他想死在那儿,别管还有谁和他一起。"她闭上眼睛,认真思索,这种令人绝望的局面,维多克小组该如何设计。有时候,只有罪犯才能阻止这个恶魔。

如果做不到这一点,她之前的罪犯小组就得解散——就像亨利和上级已证明的那样。

不,她不信任亨利和联邦调查局。不再信任。

亨利转身离开。"我得去跟教会代表谈谈。他们派人来，为的是让我们小心行事，以免损坏了大教堂里的东西。与此同时，急救队说，那个男孩已经准备好了。从护照上他们了解到，男孩叫卢克·米勒，十一岁。可能是孩子自身的原因，他不说话。"

六分钟后，夏娃坐在了男孩的对面，桌子的这边。

留着刺猬头的男孩是由负责护卫的资深特工领进来的。那特工面容悲戚，手里拿着一盒纸巾。卢克·米勒坐在那里不安地扭动着。他盯着夏娃，眼里满是责备。

卢克看上去很小——瘦瘦的身子装在一件大大的洋基队队服里。恐惧——他那双似烟雾缭绕的灰色眼睛里满是恐惧和伤心。复杂的情感，是夏娃永远无法完全理解的。尽管她获得了心理学学位，还在罪犯画像高级培训班里学过不少，——她自己也有很多的回忆——但别人的痛苦在她看来永远是个谜。她知道，一个人有一个人的经历。

夏娃知道，卢克希望这一切都结束。他想回家。最重要的是，他想要见他的妈妈。而此时的夏娃对他来说，却是阻碍这些愿望实现的怪物。

急救队对卢克大致进行过一次体检。他们认为，这个孩子在圣帕特里克大教堂里遭到劫持时没有受到伤害。

无论如何，不是身体上的伤害。

根据他的护照号码，人们找到了他母亲的名字：珀涅罗珀·安妮·米勒。两天前，她和卢克住进市中心的假日旅馆。在旅馆房间里，人们找到两人近期使用过的票根。他们游览了埃利斯岛，看了《狮子王》，参观了美国自然历史博物馆里的恐龙。当然，他们最后的游览地是圣帕特里克大教堂。

尽管人们还不知道第一个受害人的身份，但夏娃知道，那不是卢克的母亲。珀涅罗珀·米勒的护照照片和今天清晨被枪杀的那位女士一点也不像。

卢克抓起一袋未拆封的花生味的"M&M豆"——是特工为了哄他拿来的。夏娃遇到了一个艰难任务：用合适的词汇去交流。在这种情况下,没有恰当的词汇是万万不行的。

夏娃把椅子移到男孩的斜对角,跷着二郎腿坐在那里,显出很悠闲的样子。"我是夏娃·罗西特工。我听说,你叫卢克·米勒,是从英国谢菲尔德市来的,那是在南约克郡,对吗?"

卢克目光闪闪烁烁。

"你多大了,卢克?"

沉默。

"十一岁?"

还是沉默,卢克不讲话。

夏娃的继父是中情局的特工,但她也是音乐家的孩子。她明白,倾听有时要比说话更有用。当一个好听众,夏娃知道,就必须懂得比语言更多的东西:必须去观察,注意什么是让对方兴奋的——或什么是让对方害怕的;注意他们犹豫的地方以及仓促结束的地方;要观察一个人如何用不同的方式展现自己——手,眼睛,姿势,表情,动作——肢体语言几乎能让人明白对方真正想要的是什么,即便那人一个字都不说。

此时,她看着卢克撕开"M&M豆"的袋子,把里面的"M&M豆"全倒在桌子上。卢克把棕色、黄色、红色、蓝色、橘黄色和绿色的"M&M豆"堆了起来。他先是加固了底座,最后终于码成一座巧克力高山。

接着,卢克又按颜色将巧克力分成六堆,棕色的一堆最大,黄色和红色的次之。

"棕色的,一直是我最不喜欢的,"夏娃漫不经心地说,"但也吃得最快,因为它们太多了。你知道吗?科学研究表明,每个袋子里的棕色巧克力都多。"

卢克没有回答,但她注意到,他那单薄的肩膀放松下来。

他把三个数量最少的颜色与其他颜色分开,橘黄色、绿色和蓝色一组移到自己的左侧,红色和黄色放在中间,棕色——数量最多的一组——放到右边。

小,中,大。

《金发女郎和三只小熊》的故事闪现在夏娃的脑海里:熊爸爸、熊妈妈和熊宝宝。

她仍然只是看着，但现在已有了主意。

她从来没有和孩子们在一起待过多长时间，所以也便没有假装很了解他们。不过，她在卢克的"M&M游戏"中找到一些线索，不仅仅是亲近的方式，还有一定的思维方式。她不知道，是不是所有的孩子都是这样的思维方式，但她认为这个孩子可能会是这样。因为她还是个孩子的时候，便是如此。

七岁时，她一直说"不"，周二不去健身房，这惹得她妈妈很生气。有体育课她就想上，将体育课看作是完全不同的活动，而有些孩子的注意力则在文字上。或许这正是孩子们所需要的。

"我知道你是同妈妈一起来的。"夏娃让自己的话听起来像是在聊天，"我知道她还在教堂里。我要带她出来，但我需要你的帮助才能尽快带妈妈出来。我相信，你想跟我说，但教堂里的那个人威胁你，如果说了，他就要伤害你妈妈。"

卢克抬起头，小心翼翼。

"如果我说得对，"夏娃提议，"你就把其中一部分巧克力推到我这边，行吗？"

她看出他很忐忑，只有恐慌。

"他说你不能说话。但我打赌他没有提过'M&M豆'。"

卢克咬了咬下唇，苍白的脸上露出了坚定的神情。他把棕色的'M&M巧克力豆'朝夏娃推过来。

"真棒，卢克。我要问几个小问题。你的答案能帮我找到可以让妈妈自由的办法。我保证，你不需要说一个字。教堂里的那个人永远不会将答案追查到你身上。"

卢克点点头。

"里面同你一样的人质有多少？你注意过吗？我打赌你知道。你可以用一颗颗'M&M'摆给我看。"

他没动"M&M豆"。

夏娃耐心等着。

这时，卢克用食指敲了敲桌面，两下，然后把"M&M豆"一颗一颗地随意摆在桌上。

"那就是说，人质是被分开关着的啦？绿色代表'是'，红色代表'不是'，黄色代表'不知道'。"

一颗绿色"M&M豆"推到了夏娃面前。"是。"

"你能说说其他人质吗？"

一颗黄色"M&M豆"滑向夏娃。"我不知道。"

"人质中有牧师吗？"

黄色"M&M豆"滑过桌面。

"你有没有看到人质劫持者的帮手？"

一颗红色"M&M豆"推到夏娃面前。"没有。"

"跟我说说那个人的样子。他高吗？"

绿色。"高。"

"你注意过他的脸吗？"

红色。"没有。"

夏娃感觉两人非常融洽的时候，问了一个帮助最大的问题。她想知道，为什么劫持者挑选了这个男孩。劫持人质者更想杀人。然而，他却愿意放了卢克。

是不是巧合——因为男孩在离大门最近的地方？

是不是策略——因为他母亲在里面，男孩容易被控制？

或者是对孩子有特殊的同情？

答案很快就会出来了，只要有耐心，她便能知道教堂里的人是谁，从而找到劫持人质的人。但与此同时，她将与他谈判。如果她知道答案——释放卢克的原因？——那她便清楚同她打交道的是什么样的人了。

"卢克，我还有个问题，不过不能用'是'或'不是'来回答。这是你的'看法'。我想知道，你怎么会认为是教堂里的那个人决定释放你的？"

卢克来回搓着穿运动鞋的脚。

"无论怎样，这只是你我之间的谈话。我保证不告诉任何人。我需要你的帮助，卢克，这样才能把你妈妈从里面带出来——回到你身边——越快越好。"

卢克瞥了一眼夏娃刚使用过的电脑。《金发女郎和三只小熊》的故事再次闪现在夏娃的脑海。

"也许你想写个故事？"她提议，"一个怪物入侵教堂的故事？"

他似乎在思考。

夏娃补充说："纯粹虚构，只是个故事，不会违背你的承诺。写相关的故事和谈论劫持人质不一样，不是吗？"

卢克从椅子上滑下来，走到左边的电脑旁。

"是的，这一台很好用。"夏娃向他保证。"让我来退出程序，打开新文档。"

十四分钟后，卢克打完字，社工带他去旁边饭店去吃巧克力片的冰激凌，这是之前说好的。夏娃看了男孩写的故事。故事讲的是，一天晚上，披着牧师长袍的狼人拉开教堂大门。狼人微笑着，可看上去并不友好。女王没有在意，于是王子跟着走进了那个幽灵般阴暗的地方。里面空无一人。原本今晚是不开门的。牧师把他们带到地下室，因为之前特别预约了与使徒们一起祈祷。在没有任何防备的情况下，狼人袭击了他们，并打伤了他们，还把他们绑了起来。后来，狼人把王子放了，因为王子是个好孩子，是个不敢不服从的孩子。

这个故事差不多全是她推理的情景，但只有一个细节例外。

时间。

他们一直以为危机始于早上7:09，第一个受害人在圣帕特里克大教堂台阶上被杀之前。

如果那个判断是错误的呢？如果绑架事件昨晚便已经开始了呢？

她给信息技术部门打了个电话，让他们把前一天晚上的所有街头监控录像转发给她。

"当然，夏娃。从什么时间开始？"

跟她说话的是特工汤姆·巴罗。早在夏娃进入纽约办事处之前，他就在那里工作——她一直很喜欢他。他安静、稳重，读数据像她阅人一样：从上千个不同角度判断和分辨。

那么，该从什么时间开始检索呢？大教堂正式关门都是在晚上，差一刻21点。她决定，"把注意力集中在20点以后，但要检索当天的所有录像。如果看到有大的材料运进教堂，尤其是附近出现了卡车或货车，也务必发给我。怎么样，汤姆？"

"好的。"他的声音好像有点敷衍。其实，他已开始工作了。

"我需要尽快，你可以做到的。"

"理解。"他挂断电话。

时间。

谈判者的优势往往就是时间。除此之外，人质劫持者的表现好像他拥有世界上所有的时间。事实上，如果卢克讲的是实情，人质劫持者昨晚就控制了大教堂——但直到早晨，天快亮时，才暴露他的存在。为什么？

最令人费解的是，除了提出要跟夏娃谈判之外，他并没有提出别的要求。

他想要什么？他手里有多少人质？他们怎么才能搞清楚？

这些都是夏娃一直苦思冥想的问题，就在这时，电话丁零零响了起来。

不是她的。不是联邦调查局的。

是人质劫持者给卢克的那个电话。

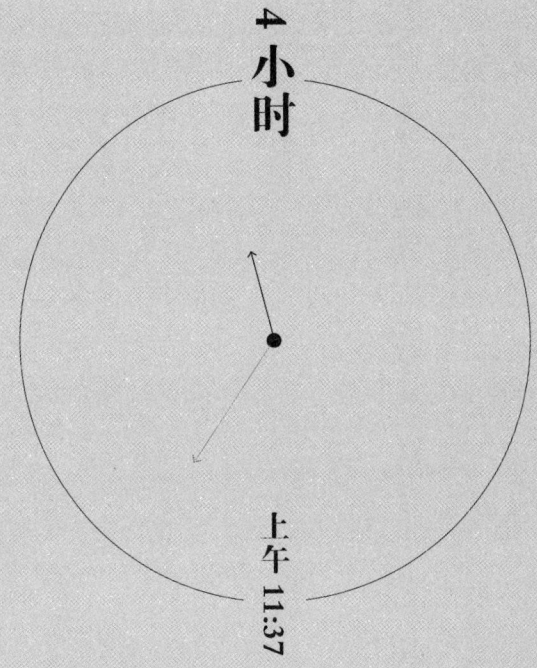

此刻，我们接到一个目击者——维尼的电话。维尼是奥林匹克大厦的大楼工作人员。奥林匹克大厦是一幢五十一层的高楼，位于第5大道，圣帕特里克大教堂隔壁。

维尼，你能跟我们说说你看到了什么吗？

维尼：好的，被疏散一小时前，我正在第三十四层干活，从那里我能清楚地看见大教堂的房顶和第5大道。我能确定的是，教堂里出事了。我不仅看见了急救人员，还看见了纽约市警局的警官们。特警队似乎包围了那幢建筑，并在第5大道设立了几个临时的指挥所，正对着大教堂。

维尼，跟我们说说大厦里的疏散情况。

维尼：疏散主要以纽约警局为主，消防员和联邦调查局协助，非常有秩序，人们也不惊慌。他们把我们从后门带出，让我们继续朝北走，远离大教堂。

第14章

夏娃检查一下录音设备，然后接起铃铃作响的电话。"我以为你已把我丢在了脑后。说好三十分钟。现在已过去四十八分钟了。"

"我一直在忙。你找到我的信息了吗？"

"找到了，但那里面是怎么回事？"

"我要确定你们已看清形势。所以，你们不要再冒险，不要采取愚蠢的行动。"

"我要你明白一件事，在媒体还没发现之前，我已经把你的信息删除了。"她等在那里，耐心等着。既然她接受挑战，就要弄清楚，他是暴脾气的家伙，还是一个冷血的谋划者？

"小心，夏娃。"他语气强硬，但显出一丝紧张。不过，他一直努力克制着。"别忘了，世界都在看着。不管你愿意不愿意。"

夏娃冷静地答道："我确信，实际上你并不明白那些关注意味着什么。直升机在教堂上空盘旋，那长焦镜头始终都在关注着。"

"你们把媒体撇在一边，干得漂亮。但这件事人尽皆知。"

"那么，告诉我你的名字。"

"这可涉及我的信息。名字不重要。"

"你发送的唯一信息——也不是很有创意——是你控制了圣帕特里克大教堂。你用控制人质的炸药封住了教堂的所有入口。"

"这样做是为了让你知道这个赌注：如果破坏大教堂，人质就得死。用你的技术分析分析视频，就会知道我所使用的炸药足能毁掉大教堂。"

"我明白你所说的交易，但你想要什么？"

"你有笔和纸吗，夏娃？"

"听起来有点老套了。"

"我给你个名单，你必须按名单给我带来这五个人。"

"我的职责是让你和那些人质出来，而不是让更多的人进去。"

"你还没搞懂，夏娃？这可能是世界上最精彩的表演了，但这是我的表演，而表演需要观众。"

"你自己说过，全世界都在关注。"

"仅全世界关注还不够，我还需要这五个人。我们姑且称他们为目击证人。"

"为什么要指定目击证人？"

"不关你的事。你的工作是把他们给我带来。时间截止到晚上7点，否则会有更多的人质得死。"

"我需要更多的时间，"夏娃马上反驳道。"多久能找到人，无法预料。"

"我保证，名单上的人既没在洛杉矶度假，也没在巴黎度蜜月。"

"我们会让他们与你远程保持联络，要知道，我们生活在网络电话和视频聊天的时代。"

"你知道什么叫目击证人吗，夏娃？目击证人必须在现场见证所发生的事。在现场。这才能证实事件的真实性。"

"我不能带人——目击证人——来这儿，这不合理。"

"你不懂视频，夏娃？你见过纽约被毁的那些图像吗？如果不照我说的办，他们就会把圣帕特里克大教堂加上非常逼真的蒙太奇画面。你要把这几个人带到这儿来。让他们穿上防弹衣，或让他们坐进他妈的教皇座驾。我不在乎。但必须让我看得见他们在现场。"

"看见什么，说准确点那是什么？"

"第一个名字是布莱尔·范德维特。"

电话录音已被录了下来，不过夏娃还是草草记了下来。

"路易斯·拉莫斯。"

"你呢？一旦这些目击者抵达，你不需要一架直升机或一辆装甲车？我能帮你离开这儿。"

"第三个名字是阿琳娜·马特洛夫斯基。"

"你怎么认识这些人的？"

"第四个名字是辛妮亚·威利斯。"

"你有什么特别的话带给他们？"

"最后一个名字是卡西迪·琼斯。"

"如果遇到什么问题，我怎么找你？如果有两个布莱尔·范德维特住在东86街，我没办法判断是哪一个，怎么办？"

"你会找出来的。"

"为什么是我？"

"因为有人特别推荐。最好快点，夏娃。时钟嘀嗒嘀嗒……"

"等等！人质有什么需要？食物？药品？"

电话咔嗒一声，随即一片死寂。

布莱尔·范德维特

路易斯·拉莫斯

阿琳娜·马特洛夫斯基

辛妮亚·威利斯

卡西迪·琼斯

五个人，他叫他们目击证人。

他说，把他们放进他妈的教皇座驾里。难道是因为教会？

人质劫持者为什么要特别选定这五个人来这儿呢？

过了四分半钟，夏娃听见梅斯低沉、沙哑的嗡嗡声。"嗨，现在我完全明白了。伊莱·科恩穿着西装也来上班了？"

她拉开门，见一个四十多岁的矮胖男人局促不安地站在那里，还有一个人正往这边走来。先到的这位穿着一件橙红色夹克，与他的红头发和胡子形成鲜明的对比——与他橄榄绿的裤子更是格格不入。后到的这位是个非裔美国人，身高六英尺七英寸，精瘦、肌肉结实，行动像在赛场上一般、凶猛、令人捉摸不定。

"看来你像是打劫了你老爹，1975年的老古董、樟脑丸和所有这些。"梅斯继续说道，"伙计，你在哪儿找到的这身衣服？"

伊莱用力扯了扯自己的衣领。"这不是西装，是运动夹克。最新款，我新买的。"

"橙色。看起来就像是把早餐吐到了上面。"梅斯眼睛直勾勾盯着衣服的咖色斑点上。

"我的夹克是棕褐色的。这些天我穿得再好又能怎样？你也该试试。"伊莱的端详，简直就是不赞同梅斯带帽的灰色夹克和上篮短裤。

"听起来夏娃好像很急切。"梅斯冲夏娃眨眨眼，跨步上前热情地抱住了她，几乎勒断她的脊骨。"欢迎回来，我和科特来报到了。"

伊莱羞涩地点点头。"真不敢相信，我居然又同意和你们这些白痴合作了。里面的疯子是谁？是恐怖分子？还是宗教狂？"

夏娃眼睛潮湿，任眼泪流淌。她抬头看向圣帕特里克大教堂的塔尖，又看看下面的第5大道。雾气逐渐散去，露出奇异的幻景：正值圣诞，曼哈顿市中心被冻住了。

住宅区，卡地亚大厦外面绑着一个直径四米开外的特大红蝴蝶。商业区，萨克斯商场装饰着圣诞花环。上万只白炽灯犹如雪花，在商场大楼外闪闪发光，神奇的雪人耶缇今年再次回归，一改它标志性的布置，令人叹为观止。而更远处，七十六英尺高的挪威云杉正等着圣诞亮灯仪式的开始。此时，成群的游客和纽约人应该已经挤满了第5大道，翘首等待着纽约最盛大的节日。但恰恰相反，一切活动突然停了下来。交通堵塞影响周边四十个街区。

穿着防弹背心、带着防弹盾牌的警察密切注视着围观的人群。

警笛长鸣，一名警察手举着扩音器大声指挥着。

一架直升机在市中心较大范围内一直盘旋着。

所有的人都在关注着,等待着,而此时的夏娃正设法解除危机,这是她职业生涯中最公开的一次。

"如果知道在与谁打交道就好了。"她打开房门,对机动应急小队的人招呼道,"进来,你们两个。帮我把这个人找出来。"

第15章

俯视着第5大道，想象着夏娃在某个小房子里，犹豫不决，束手无策，不知道该怎么办。

我同情她。

我怎么不懂？她没得选择。

有些情况不明。

七十三天前，大约15:30分，我坐在通往住宅区的M104路巴士车上。那个时间正是学生离校的时间，学校在劳动节后开的学。我坐在后门靠窗的座位上。学生们蜂拥而上，中学的女孩子们，互相推挤着上了车。

粗鲁的小婊子。

其中个子最小的那个女生，穿着黑色弹力裤，搭配一件胸前闪闪发亮的粉红色超大T恤。我见她不推也不挤，独个儿走在后面。这个孩子脸瘦瘦的，一双悲伤的眼睛，勉力背着显然很重的紫色背包。背包是全新的，没有划痕，没有泪痕，但肯定跟她一样重。

她想坐，左右寻找着空位。她看见一个，遂走了过去——那座位在我前面两排靠过道的位置。

"你不能坐这儿。"说着，一头卷发、戴着牙套的胖女孩把腿放到座位上。

"你移过去一点，还是有空的。"小个子女孩客气地说着，遂把背包换到另一个肩上。

"好好看看，这个座位已经有人了。"

"玩脱了吧。谁想坐在你旁边？"

车开了，小女孩在过道上摇来晃去，竭力保持平衡，但还是差点摔倒。

我伸出手臂让她抓，她本能地抓住了——如同在风浪中抓住救生艇一样。

就这个动作，我帮了她，相对其他乘客而言。

她让自己站稳后，遂走到后车门，等着到站下车。

她扬起下巴，忍着不去理会背后的嘲讽。

"怎么了，不能走了？"

"一脚前，一脚后，怂人。"

"你一定是长虱子了，才会没人愿意和你坐。"

我从来不喜欢欺负人的人。我鄙视他们，专拣软柿子捏。这些人有种不可思议的能力，能够识别那些信心不足、自尊心受挫的人，并将他们作为自己攻击的目标。

我还不喜欢袖手旁观，能搭把手就搭把手。大多数人都不大关心如何去改变现状。

但这有什么意义呢？

不去做也是一种"做"，就像犹豫不决依然是个决定一样。

在这辆车上，我数了数，存在九个不同的问题。我认为解决问题要抓重点，主要问题解决了，其他也就迎刃而解了。

我站起来让那个女孩坐在我的座位上，女孩瞬间就脸红了。她害羞地笑笑，温柔地说了句"谢谢"，便坐了下去。然后，我朝那个女孩走过去，就是那个一头卷发、霸占空位的女孩。她的粗腿仍占在座位上。落座之前，我抓住那条腿，顺势塞到她另一条腿下，这样她就是想踢，也踢不到我了。空间不大，我正可以把她紧紧挤靠到窗户上。

"嘿！"她叫了起来。

我直视前方，装作若无其事的样子。车上也根本没人注意这些。人们都努力屏蔽那些个吵闹的女孩。三个女孩的说话声音太吵，六个女孩的笑声和尖叫声实在刺耳，那九个十几岁的女孩们呢？她们那叽叽喳喳的声音简直叫不近人情了。

我身子向里一靠，抓住胖女孩的左手腕一拧，是反着拧了小半周。一碰到徒手格斗这种事，多年来的训练便派上了用场，自然而且流畅。另一只空着的手，一个快击，打在她太阳穴上，教训一下罢了。

她没有尖叫，虽然我深知她又惊又痛。

"我本可以更狠一些，但想必你明白我的意思了。"我耳语道。

她哭了，大口大口地喘着粗气，鼻涕从鼻子流出来。

我站起来。我快到站了。

那个穿粉红色衣服的小女孩小心翼翼地望着我，不知道在想些什么。

我凝视着她。"放弃永远不应该是一个选项。因为这样的人？假使她们这样伤害你，同样她们也会伤害别人。"

她不置可否地点了点头。她根本不明白我做了什么。

她更不知道是为什么。

公交车进站靠边，减速时发出刺耳的刹车声。车中门吱嘎一下，我把门推开时，门又发出嘶嘶的声响。

这就是我的生活方式，一切皆在自己的掌控之中。

那个胖女孩还是个小毛孩，但我不想伤害她。不是因为那个。

糟糕的情况下没有什么好的选择。

但不行动也是一种行动。犹豫不决依然是一种决定。

而如今，依然没有正义可言。

第二部

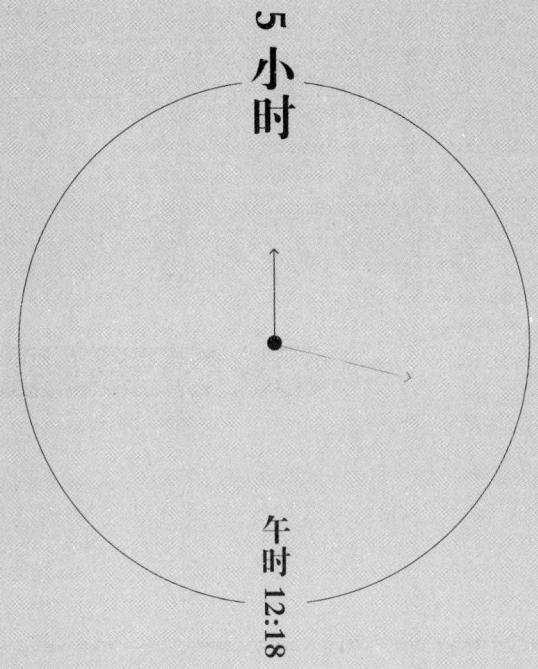

5小时

午时 12:18

刚收到美联社的报道……

一直密切关注的曼哈顿市中心事件现已确认，这是一桩人质劫持事件。强调一下，已确认圣帕特里克大教堂内发生了人质劫持事件。

我们不知道数字——不知道大约有多少人被关在大教堂里，也未收到哪个个人或组织说对此事负责。

在今天这个时代，人们首先想到的是：这怎么可能？里面的人质是谁？这会不会是恐怖活动？

据有消息称，市长不久将举行新闻发布会……

卷宗 #B7685

圣帕特里克大教堂	
地点	第5大道和麦迪逊大道之间,包括第50大街至第51大街的街区。邻近的建筑包括南边的萨克斯第5大道精品百货(Saks Fifth Avenue)、位于北边的奥林匹克塔以及街对面的洛克菲勒中心(直对着阿特拉斯雕像)。
容纳人数	这一庞大的建筑可容纳2200人。
开放时间	每天早6:30至晚8:45 (*假日以及洛克菲勒中心每年一度的亮灯仪式的日子除外)
大教堂布局	用砖和塔卡霍石砌成。 ● 十字结构。 ● 纵深的中殿(长332英尺) ● 两边突出的耳堂(174英尺宽) ● 两座塔尖距地面330英尺。 ● 圣母堂位于十字结构的顶端。(注:圣母堂并不是詹姆士·伦威克最初规划的一部分。) ● 大唱诗班和管风琴位于十字结构的底部(二楼)。 ● 大教堂旁还有两栋建筑: ● 主教座堂,也称作教区,左上角。 ● 主教官邸,右上角。
主教座堂史	● 该地购置于1810年。 ● 奠基石1858年置放,教堂开始建造。 ● 内战期间停工,1865年重启。 ● 大教堂于1878年竣工。 ● 塔尖于1888年增补。 ● 除大教堂外,包括圣母堂,始建于1900年,完工于1906年。 ● 最后主要的翻新在1931年(机构补充,庇护所扩大)。 ● 1976年大教堂被定为国家地标性建筑。 ● 大教堂里有无数的彩色玻璃窗、雕刻等艺术品,这些都被认为是无价的和不可替代的。
蓝图	● 找不到一套完整的设计图。 ● 大教堂断断续续修建(曾因内战停止),后来又修正,致使建筑蓝图汇编不全。 ● 由多个建筑师设计。成百上千名石匠参加。 ● 奠基石已彻底丢失。其他原始建筑的细节无人知晓。
另外入口	除了大教堂的正常入口外,还有从教区和红衣主教住宅的地下通道可进入教堂。
备注	教区和红衣主教住宅的地下通道很安全。 ● 没有其他入口,尽管有传言说,从地下隧道系统可以进入大教堂。

翻修工作	始于2012年，耗费估计为1.77亿美元。内部工程正在进行中。外部工程即将完成。为给众多参与翻修的石匠和木匠提供通道，走廊上架设了脚手架。大教堂前面铜门上方的脚手架正在被移除当中。
其他信息	● 巨大的青铜门每扇重达9200磅，高为16.5英尺，宽为5.5英尺。上面有六个圣人雕刻：圣约瑟夫、圣以撒·约克、圣卡塔尔·特卡奎莎、圣帕特里克、圣弗朗西斯·卡博里尼以及圣伊丽莎白·安·塞顿。他们都受到卡迪纳尔·斯拜尔曼的供奉和祝福。 ● 大教堂有19口钟，每天两次（12:00和18:00）都会响起几乎两个高八度的钟声。钟声响起，管风琴演奏也会立即开始。 ● 有七十多扇窗户，大部分对着第5大道。 ● 大教堂以爱尔兰守护神的名字命名。

*分析报告是由特别行动肯代尔·朗沃斯为夏娃·罗西准备的。仅供内部使用。

第16章

"我们有两个视频,能看到圣帕特里克大教堂的内部结构,但不能全看到。"尼尔·布劳德斯基解释道。他是联邦调查局指派协助夏娃的战术联络人。他笔直地站在两个电脑屏幕之间,有点过于紧张。"左边这个视频是绑架者上传到'YouTube'的视频,右边的视频是特别行动组设法搞到的。从这两个视频中,我们没有找到什么线索。当然,我们也认为人质劫持者不纯粹是为了博人眼球。但如果把两者综合考虑,我们就能了解到更多里面的情况。"

"这样我们就能找出里面有多少人质?在模糊不清的屏幕上,什么都看不出来。"梅斯抱怨道。他那硕大的身子往椅背上一靠,把穿着运动鞋的脚在桌子上一翘,非常随便的样子。

与梅斯不同,尼尔一说话就畏畏缩缩的。

"我……我们确认的绑架者视频基本上是准确的。"尼尔越紧张越结巴。

"满屏的雪花,想必你们有比这更好的设备吧。"梅斯恼怒地摇摇头。

"你什么时候变成技术专家了?"伊莱向梅斯挑衅道。

"安静,科特。要看到球才能算。我们需要高清的视频。"

"你能不能别再这么叫我了?"

"那你别穿70年代的夹克了。"

"你总要让人心烦吗?"

"谁——我？我有二百三十磅，既健壮又灵巧。"梅斯笑着反驳道。

夏娃知道他们从来没把这些当回事。她双手撑在桌子上，注意力重又集中到尼尔身上。"你能讲讲细节吗？"

这个提议似乎令他很兴奋。"我——我们从西51街区的建筑里开一个小——小孔，伸进一根伸缩的摄像头，对着还没有完工的修复施工区。我们拿到的清晰视频是教堂所谓北耳堂入口的位置。那是离第5大道最近的西51街，我们叫它4号门。"尼尔在屏幕上移动橙色的光标点指出了这个区域。"据我们所知，为阻止我们进去，人质劫持者已采取了必要的措施。所有的空——空隙都可能已被建筑用的黏合剂填满了。从这里，你们便可以看到。"

"对。"夏娃的目光追随着橙色的点。

"那阻——阻止了我们的摄像头，也无法注入任何微小的东西——包括煤气——穿过这些门。那么，你们看见了什么，看起来像铁丝网，浇筑在混凝土里？"尼尔指了指金属线圈，在门框四周围了一圈。"这实际上是蛇腹形铁丝网。贵得很——比铁丝网要厉害得多。这些一般都用在监狱和军事基地。这是非常重要的问题，我们需要获得最高安全级别的权限。"

夏娃想，其中很可能有军事或安保背景。但她只说了句："想必战术队可以通过。"

"当然可以。这只是个装饰。因为在教堂里安着，我们认为不过是为了阻止人质愚蠢地想逃跑。但问题是：他设置了其他的阻挡装置。你们看到这个活动的水银开关了吗？那是引爆器。它连在一根细铜丝上，一直连到门上。注意看它是如何覆盖圣帕特里克大教堂北边的脚手架——纵横交错，一个接一个，一直布满整个教堂。"

"是的，我们看到了。"梅斯说着，遂伸开了双臂。

"看，两根成对的电线连接在那根铜丝上。我们跟着这根铜丝……"

夏娃的目光跟着尼尔的橙色光标，见铜丝好像连着个包裹一样的东西，旁边是把长椅。一个人坐在长椅上——手脚被捆着。仿佛刻意给纽约警局和联邦调查局看似的。明显的警告。生命的证明。

中等个，中等身材，短发。

从这个角度很难看清楚，但可能是位女士。夏娃判断，那是人质手指上戴着的戒指的亮光。

"他在那儿做了什么手脚？"伊莱眯着眼睛，推了推鼻子上的眼镜。

"从根本上说，如果我们冲破那道门，这根活动的雷管就会被引爆，椅子上的人质会被炸死。"梅斯直截了当地说。

"你只对了一部分，"尼尔继续解释道，"继续跟着这根线。"

"这样我们就能看到更多人质了吗？我想知道的是，有多少人质？我们什么时候能通过谈判把他们弄出来？"梅斯手放在桌子上，准备行动。他认为只有在竞技中，在进攻中才能取胜——而不是在一旁做计划。

"我们只有一个小窗口的视——视野，所以不可能知道里面有多少人质。但我们必须假设还有其他人，可能是同样方法被控制着，"尼尔冷静地告诫道。"这完全是个挑战，但看这个。"视频传输开始了。"根据建筑师的说法，其他电线和更多的包裹被连到非承重的柱子上。整个系统基本上是一组雏菊花链的简易爆炸装置。如果链条上的一个点出了问题，就会引发一连串的爆炸。"

"有点像伊拉克和阿富汗的路边炸弹？"夏娃不太确定地猜测道。

"比那更糟。基本上，整个系统是我们所说的有组织的犯罪。这就是室内简易爆炸装置。你说得对，它来自中东——具体来说，情报交换所扫清房屋的军事行动。叛乱分子通过操纵房屋进行反击，那是要在我们的人进入后立即引爆。"尼尔转过脸，看着夏娃紧蹙着眉头，"这里的问题是，这是圣帕特里克大教堂。"

"这个人质劫持者真的有能力炸毁这幢建筑吗？"伊莱摇了摇头，"似乎太过庞大——有太多的石头——不可能被摧毁。"

"人们说过，比这更大更坚固的建筑，"梅斯反驳道，"像'9·11'中的那两幢大楼，也无法阻止它们被摧毁。"

"当有合适的炸药时，任何东西都是脆弱的，尤其是战略性的薄弱点。"尼尔证实道，"我跟你们说，这家伙知道自己在做什么。"

"他是怎么做到的？"伊莱问道，"似乎……荒谬的是，任何人都可以做到。想想，他得要多少帮手？"

夏娃说："我们不知道。在我看来，尽管细节还需要再考量，但他成功抓住了时机。想必他是在晚上8∶45教堂关闭前进入教堂的。那也是夜间安保和日间安保换班的时候。除了晚上的那些人，大家都接到电话，说是由于施工，本周的日程安排有所改变。因此，没有一个人来。日间的那些人经过漫长的一天后，也都准备回家了。因此，当一个新来的安保打卡上班时，说其他人要来了，只是因为地铁信号出现问题被耽搁了，没有一个人会怀疑。那就只剩人质劫持者——和帮助他的什么人——单独留在了大教堂里。他进入安全网络关闭了摄像头。与此同时，他关闭了所有的出入口。用建筑水泥堵住上下水管道。在所有入口都安放了炸药。他需要做的就是实施全面控制。"

没人说话。

梅斯诅咒道："他是怎么把炸药和水泥弄进去的？"

"我们问过负责翻新工程的供货公司，结果发现他们有一辆卡车昨天早晨被盗了。"尼尔解释道，"奇怪的是，当我们查看监控视频时，似乎在同一天下午，一辆牌照相同的卡车运送材料到了大教堂。取证组正在检查这辆卡车，想必他们能找到炸药痕迹。参与这个项目的工人有几百名，没人会质疑正常送达的供应商提供的货物——伪装成通常的石膏材料。"

梅斯吹了声口哨。

"这个疯子有你想象不到的能力。我只是想让你知道，我们面对的是什么。"尼尔警告道，"你在谈判时务必记住这一点。"

夏娃飞快地思索着。"所以当我和人质劫持者谈判时，战术队要探索不同的突破方案。"

"你打算怎么做，"梅斯问道，"才能不伤及生命？只要一个地方震动，就有可能引发单倍效应。"

"如果我们能找出其中的薄弱点，我们就有机会。"尼尔解释道，"基本上说，大教堂的地上和地下都是紧密联系的。但由于建筑的原因，地上的面积与地下的面积会有出入。"

"就像一大块瑞士奶酪。"伊莱说。

梅斯不相信。"你在想什么特别的洞？"

"在管风琴楼后面有个彩色玻璃窗——不管在圣殿的哪个地方都看不见，任何图纸上都没有标注——那是修复工程中的'新发现'。或许我们能找到类似的点。"

夏娃眉头紧蹙。"因此，人质劫持者可能不知道进入的地点，但代价却是损毁了一个历史遗产。"

"正是。"

"那么，人质劫持者视频中，纽约的那些符号是什么呢？看起来像是石柱？"

"你是说这儿。"尼尔切换了视频，然后向前移动，直到屏幕上出现一个大理石柱子。在最高处，还有一幅双塔倒塌的画面——倒塌在克莱斯勒大楼里。再往下，汽车从布鲁克林大桥上滚了下来，大桥断为两截。证券交易所陷入一片恐慌，自由女神像被淹没。这门艺术真是令人不安。"纽约毁灭——或者，至少，是传说中的地标性建筑。"

"那些影像在哪儿？"夏娃问道，"它们是修复工程的一部分？"

"我们问了建筑公司和做这项工程的乔治·克罗斯。没人清楚这件事。他们发誓说，那些石柱不是圣帕特里克大教堂的。"

"因此，那些石柱要么是绑架者制造威胁的一种方式，要么是大教堂里的某个秘密区域，即使那些非常熟悉秘密的人也无法确认。"夏娃用手指敲了敲桌子，"让我担心的是，还有什么是我们不知道的。"

"我相信，足够了。"伊莱牢骚道。

夏娃没有理睬他。"我老听有传言说，这座城市下面有各种各样的隧道和地下墓穴。公共图书馆下面有，中央车站下面有。即使第一个圣帕特里克大教堂也有——就是圣帕特里克的老教堂——在意大利的小摩尔布里港和普林斯都有。那依然是个活跃的教区——自从被纽约的这座大教堂所取代——人们说它的墙壁和地下墓穴隐藏着隧道，到处都有鬼魂。"

"你是从哪儿听到这些狗屎话的？是你们特工训练的一部分？为你们要在城市遗址下面挖隧道的那一天？"梅斯问道。

夏娃摇摇头。"因为我是塞弗·伯格的女儿。"塞弗·伯格在曼哈顿拥有房产，那里之前的主人是土耳其烟草进口商。因为要处理来自国外的非法货物，他便在那里修了一条隧道，从房子下面一直到哈德逊河。之后的一些房主封闭了隧道，但塞弗却毫不犹豫地打通了隧道。这证明，秘密进入河滨公园和哈德逊河的隧道对他在中情局的工作很有用。"他的家是这个城市里众多拥有秘密通道的建筑之一。"

夏娃敲打着一串钥匙，遂又摊开了一张大教堂的地图。她正努力做她最擅长的事：跳出常规去做不可能完成的事。"我们知道，教堂里有两个出口，可通向教区红衣主教住宅的地下室，"她用光标追踪着目标，"还有更多的传言。我需要和一个对大教堂里里外外了如指掌的人谈谈。也许是负责翻修的项目经理？"

"我已同他大概聊了聊。"尼尔说。

夏娃俯身向前，"怎么样？"

"大教堂是个不寻常的挑战。真令人惊讶，任何地图上都没有记录。"

"但近几个月来进出大教堂的那些工人肯定知道。"

"我们说的是每天两百多个工人。因为轮班，这还取决于他们的专业知识。如果有足够的时间，我们完全有可能从其中一个工人身上知道一些东西。但是——"

"那么，我只需要找一个爱这个建筑并关心其历史的人，知道每个角落和缝隙是怎么回事。我真正需要的是一个神父。"

此时，她身后的门开了。

夏娃抬起头，见一个眼神严肃的男人走了进来，黑发，颏裂，三十九岁，身高六英尺一英寸，穿一件貌似本色为白色的T恤衫，上面溅满了血渍。虽然他左面颊上有严重的瘀伤、唇下有一道锯齿状不再流血的伤口，但他仍咧嘴笑着。

考利·哈多克斯借用爱尔兰民谣的一句话说："一位神父，亲爱的？从来没人会把我同衣冠楚楚的神父混淆。"

第17章

"你看起来像狗屎。"

哈多克斯不禁笑了起来。三个月前,他们第一次在联邦调查局总部外的公园见面时,哈多克斯跟夏娃就说过同样的话。她非常出色,尽管看上去都是公事和公文包——但她淡褐色眼睛里透着敏锐、智慧,缠结的亚麻色头发非常朴素。他很想她。可能因为他还不知道是什么让这个女人变成这样。"见到你真好,亲爱的。我想你终究会给我打电话,不过是时间问题而已。"

她脸上没有任何变化。"我没打电话。这里有一个案子。"

哈多克斯皱了一下眉。"啊哈,第一次,因案子把我的手机号码放入快速拨号上。"

"你很幸运,我没有定期清理我的联系人。否则你就不可能站在这里了——你两个膝盖都破了。现在,坐下吧。"

他宁愿站着。"为顾全我的脸面,你要给吉米·麦隆什么?"

"记住这句谚语:我敌人的敌人就是我的朋友。我们原来有一个共同的敌人——我答应麦隆,联邦调查局的人会处理好敌人的。如果他能给我们一个自大的爱尔兰流氓的话。"

他忘了自己有多喜欢她的声音,温柔而细腻。"这么说来,我欠你一个人情。"

"只一个?"

梅斯和伊莱一直在注视着他俩，你一言我一语，好像看排球比赛。最后，梅斯插话道："该死，夏娃，你今天早晨比我想象的还要忙。"他俯身从她身边走过，给了哈多克斯一拳，说，"别紧张，哥们儿。她也一直没有联系我们，直到今天早晨才联系的。"

"是啊。"伊莱沮丧地补充道，"过去三个月，我本可以拿些东西来做的。"

"你们在说什么？你真的很想我们吗？"梅斯取笑道。

"篮球砸了你的头，让你头脑混乱了吧？我只是说我很无聊。我们的想法不一样，工作也不一样，甚至彼此都很讨厌。但就是这样，同你们这些家伙争论，也比待在家里过着无聊的生活好。"

"所以，你们都没留下来？"哈多克斯真的很惊讶。不是因为伊莱对维多克的看法不对。他们都是自我为中心的人，而且都坐不住。但是不知道什么原因，尽管如此，总体还是大于部分。他没想到他们会在这里出现，而不是在其他地方。

"不值得。"伊莱摇了摇头。"此外，夏娃不在市里。"他转身对她说道："我听说你去了很多地方——从香港到哥本哈根。"

"别忘了罗马。"哈多克斯插嘴道，想要个明知不会有的解释。

她恼怒地瞪了他一眼。他想自己真是活该。

"除了夏娃，我是不会为联邦调查局的混蛋工作的。"梅斯理直气壮。

"在夏娃之前，我们就为联邦调查局里的几个蠢货干过。"伊莱提醒他说。

"是呀，因为他们都有法官的命令，说他们随时可以把我送回监狱。后来，亨利解散了维多克，我们都得到了通行证。"

"嘿，夏娃，我们现在都到了，除了加西亚——"伊莱开始说。

梅斯打断他道："是啊，弗兰克怎么了？还在寻欢作乐？"

夏娃没理他。"在我们解决这个问题之前，我真正需要的是信息。首先，谁是人质劫持者？"她指着白板，上面列有四个关键词描述：未知诉求，男性声音，受过教育，可能是布鲁克林人或者布朗克斯人。"我需要身份、背景，最重要的是——动机"。

"这一区的监控摄像头呢?一定能从里面看出些东西的。"哈多克斯说。

"就在大教堂附近,可在昨晚6点左右的时候就被关闭了。我们正在检查半径为十五个街区的其他视频。但是,如果不确定我们要找什么,那就像在大海里捞针一样。"夏娃回答道。

"安保怎么说?"

"昨天的安保说,白天一切照旧。"说完,她又把其余的消息也告诉了他。"我们的人查遍了圣帕特里克大教堂的所有安保,反复查看安保系统,把所有的东西都紧紧联系起来——仅一个晚上。但是,我们仍无法确定里面有多少人质。当然,对一个男人来说,太多了。"夏娃开始在大白板前踱步。"我们确切知道的,仅仅是他目前的诉求——他想要这五个'目击证人'。我们不知道为什么找这五个人——真是个荒诞的要求——但却是解除这场危机的关键。"

"听着,目击证人听起来不太糟,但谁知道这家伙到底想对他们干什么,"梅斯坚持自己的看法。"你不能为他提供他想要的。"

"我也不想。"夏娃停了片刻。"劫持者通常都只是用人质换取更有价值的东西。要一架直升机去什么地方,或者是他需要释放的囚犯,抑或是在电视上曝光他的事或政见。"

"那么,他是什么人?"伊莱问。"恐怖分子?宗教狂热分子?"

"我想很可能是宗教狂。"梅斯肯定地说道,"夏娃说,这一切都是精心策划的。他选择圣帕特里克大教堂是有原因的。引爆大教堂亦与来世相关。另外,他跟她谈到了教皇的座驾,并发布了有关纽约城世界末日善恶大决战的图片。"

"甚至他要'目击证人'的想法,听起来也很虔诚。"伊莱说道。

"不管怎么说,我们仍需要找到他们,把他们带到这儿来,然后同他们当面谈谈,找出他们之间的联系——有可能揭示出人质劫持者真正想要的东西。此外,如果他们来了,我便可以向他表达诚意,以争取到更多的时间。"夏娃看看队里的人。"底线,我们需要信息。这是唯一能让我们占上风的办法。"

"梅斯,你能从武器角度来分析分析吗?大教堂里面装着军事级别的炸药。在合适的地方对合适的人提出合适的问题,也许我们能找到最近接触过这种设备的人的线索。"

"没问题。"梅斯经过门道时说道。他天生就不是坐办公桌的料。

"伊莱,一旦梅斯找到线索,你就要开始追踪钱的线索。与此同时,你能调查一下人质劫持者视频中纽约市那些被毁坏的石柱吗?"

伊莱眉头紧蹙。"它们吓到我了。这些在石头里的故事?让它们看起来更重要,就像它们是不可改变似的。"

"找出其宗教意义,还有它们是否属于圣帕特里克大教堂。"

"明白了。"伊莱站起来,伸了个懒腰。

"这么说,那就剩下你和我了,"哈多克斯坐在桌旁,用脚把旁边的椅子踢给夏娃。"合在一块儿。你知道,'就像弗雷德和金格尔①?'"

"是阿斯泰尔和罗格斯吧?"她眉毛一扬道。

"人们说她让他性感,他给她上课。"

"她做了他能做的一切,她落后只因她穿着高跟鞋。你还遵守你的八一八规则?"

哈多克斯的承诺从不超过八小时又十八分。他过去常能安全地待在政府数据库里而不被发现。这个习惯一直在,他更喜欢动着的工作。"八小时十九分内我就会让你知道。"他再次露出微笑。

夏娃没再理他。"好。因为人质劫持者只给了我们七个小时。而我们现在只剩下五小时又五十七分。我需要你尽力。"她把人质劫持者开的名单递给他。"快速找出他开出的这五个'目击证人'。"

"目击证人?"

"整个事情太疯狂了。"伊莱喃喃地说道。

"没问题,亲爱的。并不是说,我自己应付不了,而是我认为你想帮忙?"

夏娃朝他那边发送了一个文件。"我刚得到一条消息。安格斯·麦克唐纳在医院恢复了知觉。他有话要说。"

---

① 弗雷德·阿斯泰尔与金格尔·罗杰斯是好莱坞的歌舞组合。

第18章

哈多克斯认真坐到旁边的椅子上。他已不再犯糊涂,但身上都是斑驳的瘀青和撞伤,这是他在波士顿濒死的经历中得到的。他把四片雅维(解热镇痛药)丢进嘴里,遂坐在电脑面前,喝了一口加浓咖啡。还不错,来自洛克菲勒中心的"迪恩和德卢卡"咖啡,是纽约警局负责市中心安全的一个警官送来的。他试图从外面把这个杂乱的情景挡住。警笛鸣叫,直升机咆哮,警官们叫喊——如此多的噪音汇成一个几乎震耳欲聋的环境。为了集中精力,他需要让自己保持头脑清醒。他把夏娃给他的那些潦草的名字输入了电脑。这是他眼下需要的一切。

他刷新屏幕,运行了一系列密码协议,并调用了由联邦调查局管理的在线目录——一种来自多种不同数据库的数据。

哈多克斯一直都想黑进这个目录,但今天却是几个月来他第一次合法进入。

随后,他斟酌了一下名单。

布莱尔·范德维特
路易斯·拉莫斯
阿琳娜·马特罗斯基
辛妮亚·威利斯
卡西迪·琼斯

他决定从阿琳娜·马特罗斯基开始。首先，她是女性——哦，他喜欢女人。其次，因为她的名字很特别。即使在一个人口超过八百万的城市，他也怀疑是否真有一个叫阿琳娜·马特罗斯基的人。

她是个二十九岁的钢琴家，在曼哈顿音乐学院攻读硕士学位。出生在莫斯科。六岁时，随父母移民到美国。她的家人仍住在弗吉尼亚州的福尔斯教区，她现在住在离曼哈顿音乐学院——在克莱蒙特大道和第121大街上——只一个街区的地方。她的网页上有很多常见的朗诵和表演——她创建了一个小型的工作室，由年轻的学生组成。

"为什么人质劫持者想让你做目击证人，阿琳娜？"哈多克斯想不出其中的缘由。当事情变得毫无意义时，他知道他缺少的是整个故事。

哈多克斯扫描了数据库中所有可用的文件。她和圣帕特里克大教堂没有明显的联系。她不是天主教徒。她甚至也不是基督徒。根据她家人多年来向政府提交的很多文件来看，她是犹太人。基于她父亲公民身份采访的资料，尽管马特罗斯基夫妇似乎都是"人文科学方面的犹太人"，但他们恪守饮食和家庭传统，而不是寺庙和经文。

"或许你和劫持者有联系？"不问问，他绝不会知道。

阿琳娜的家庭住址和职业细节提供了一个好开端。但一考虑到最后的时限，他得知道她此时在哪里，而不能等到今晚10点，她有可能回家的时间。

他很容易便找到了她的手机号码。拨通，听着铃声响起，随后是语音留言，接着便断了。

这就行了。他手头的信息已经足够了：阿琳娜的号码和她的无线服务提供商。像大多数人一样，她也有固定的手机运营商——每两年给她一次折扣升级，每月分配一定的免费数据和通话时间。

不像哈多克斯。

他的座右铭是"一事一毕"。每隔一两天，根据使用情况，他都会匆匆查阅一次手机，然后清除手机里临时的不知道是谁的电话号码——可卡因商、俄罗斯歹徒以及那些不喜欢被跟踪的人，无论是被政府的人还是被像他一样的人跟踪的。

哈多克斯遵守自己的规则，只有一次例外。他还没有摆脱他在罗马使用过的一次性设备。他试过，甚至要把那该死的东西扔到威尼斯的圣马克广场。但他马上就后悔了——然后又花了十五分钟清理垃圾，同时挡开大批鸽子的攻击，这些鸽子曾声称自己拥有类似游客留下的废弃物。唯一知道那个一次性设备号码的人是夏娃，他发现自己无法切断与夏娃的联系。想到自己在最后一刻被夏娃从吉米·麦隆手里营救出来，他觉得自己是个愚蠢的傻瓜，不过也许是件好事。

令人惊讶的是，通过查看手机记录，亦能了解手机持有者的情况。大多数人认为，手机其实是个跟踪器。

阿琳娜有没有注册"Facebook（脸书）"和"Foursquare"（手机服务网站），都不重要。在内置的全球定位系统技术和智能手机应用的激增中，她的电话记录除了短信和数据流量外，便是她吃了什么和在哪里吃的、她买了什么和在哪里买的以及她走的路、她读的书、她发送电子邮件的朋友。当哈多克斯追踪一个目标时，他使用这些数据——便能轻易找出他的目标是个去教堂的人还是个健身房的鼠辈、酒鬼，抑或是一个花花公子。当公司用这些数据预测一个人的习惯时，他们就把这种策略称为"预测模型"。哈多克斯只将这称为"干他的活儿"。

他手指在键盘上上下翻飞。

当他处理数据时，电脑在他面前嗡嗡作响。他精心设计了一个不加掩饰的算法，以解读实验对象的动作。

当得到阿琳娜确切下落的信息时，他会即兴发挥。

意思是他不会撒谎——他就会用创造性的手法来揭示真相。

这是自然的。他是爱尔兰人，毕竟自打一出生，他便被教导不要对事实采取过严的看法。

第19章

在MRU的另一头，夏娃坐在椅子上，身子向前倾，调整着屏幕亮度。她没有时间自己去医院。不过，即使是在屏幕上，夏娃也能看出医院病床上的安格斯·麦克唐纳疲惫和虚弱，全身插满连接监视器的管子。但他很警觉。

"麦克唐纳先生，我很高兴你感觉好了点。我是夏娃·罗西，主管圣帕特里克大教堂事件的负责人。我知道你已经跟另一个警官说过了事情的经过，但我仍想再听听，听你讲。"

于是，安格斯便跟她讲述了一切，从倾盆大雨中，他步下M4路巴士那一刻讲起。他跟她说了那位穿黄色雨衣的女士，她看起来是那么痛苦，但又不讲话。他讲了，他如何竭力跟她说，叫她到里面去。他讲了中间的那个铜门如何关着。还讲了那个红色的小圆点如何在那位女士额头上晃动，她如何瞬间就被打死。

目击者的证词常常与法庭调查完全相悖。当相互验证这些证词时，夏娃总感到不可思议。弹道报告在她面前的桌子上。报告上认为，受害人是被M14半自动步枪的标准子弹击中的。具体地说，就是"9·11"事件和反恐战争爆发后，这种枪是从美军仓库里出来的。这种步枪已被改造成狙击用的精密半自动步枪，进一步精确分析进入的角度亦能确定射手的确切位置。

"在你的描述中，我有一点不明白。"夏娃说。

"哪点？"

"你看见的那位女士为什么站在台阶上——为什么不跑？"

安格斯心存疑虑地咕哝着说："你们找到我。或许同她不肯从雨中走出来的原因一样。人是奇怪的。有时，恰恰弄不明白。"

"麦克唐纳先生，看得出，你是个沉稳的人。根据现在的谈话来看，我很清楚你不会漏掉什么。即使只是猜测，你能帮我理清你的看法吗？"夏娃想要证实他的情绪。为让他敞开心扉——他的记忆——就得找到他可能不愿分享的东西。

他喘息着，慢慢合上了双眼，显得筋疲力尽。"我知道那里有不对劲的地方。我想，我单纯地认为警察能够解决它。"

夏娃的手指一直在追踪着圣帕特里克大教堂的草图。突然，她停了下来。"什么警察？"

安格斯的官方报告里没提到警察。

安格斯又睁开了眼睛。"我还在几个街区外，就看见有个警察在竭力说服那位女士。"

"她有回应他吗？"

"没理他，我只能说。同她对待我一样。"

"他是什么反应？"

"我的印象是他挺生气。没有耐心。他就这样进去了。"

"他报警了吗？"夏娃在键盘上点击了几下，再次调出警方的初始报告。也许她错过了。

不太可能。

"我不知道，别以为他有时间。也许他打算先进去。那时正下着倾盆大雨。"

"他长什么样？"

"白人，我想。同我身高差不多，也就是说，大约有六英尺一英寸。"

"你为什么认为他是警察？"

安格斯微微动了动。"他穿着纽约警局的雨衣。"

在购物网站上，那雨衣谁都可以买到，夏娃想。

随后安格斯补充道:"此外,他的动作像个警察,很威武。俨然他常跟古怪的人打交道,又像是长时间轮班后十分沮丧似的。我想那就是他为什么对这位女士没有耐心的原因。"

"你肯定他进的是中间的铜大门?"

"是啊,估计大门被锁上之前,他是最后一个进去的。"

夏娃慢慢意识到了这一点,谁在大教堂里,他们有太多类似悬而未决的问题。终于有了一个答案,即便答案不完整。尽管情势对他们十分不利,或许里面真有个警察。

一个训练有素的盟友,一个优秀的伙伴。

但缺乏耐心,这种性格恰恰一点忙也帮不上。

而且可能已没什么用了。因为警察肯定会被当作目标。他一进去,谁知道会出什么事?

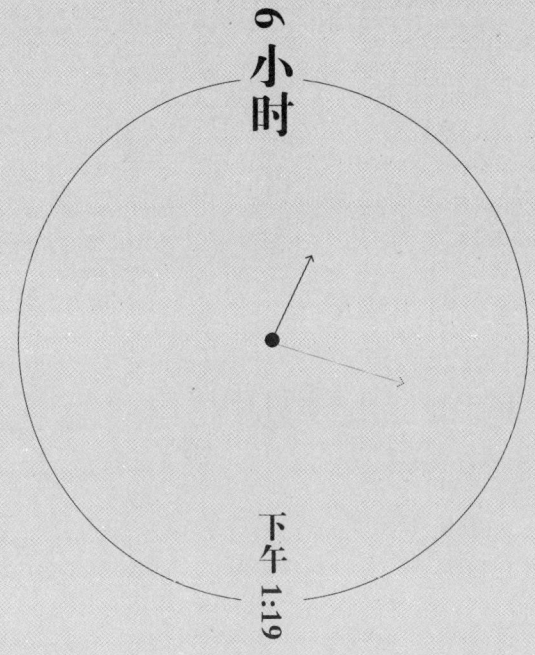

刚刚收听本节目的听众,我们将请纽约市长为大家带来最新的紧急消息,介绍正在进行的紧急救援行动,以遏制发生在圣帕特里克大教堂里的人质危机……

市长: 今天,对我们这个城市来说,显然是个非同寻常的日子。在一个原本应该是个快乐的日子里,在成千上万游客与纽约人聚在一起的日子,用每年一度的洛克菲勒中心圣诞树亮灯仪式来庆祝圣诞节的时候,我们这座城市最可爱的地标之一却遭遇了危机。

这是一场持续危机,我们现在没什么可告诉大家的。

然而,在请警察局长为大家介绍市里的反应和封锁地区的情况之前,我想广播一个特别号码。如果你们身边有朋友、家人或者同事受到发生在今天早晨的圣帕特里克大教堂事件的影响,请拨打212-555-6699。

记者一：这是怎么回事？

记者二：联邦调查局或纽约市警局控制现场了吗？

记者三：这是恐怖主义吗？

记者四：里面有多少人？

记者五：恐怖分子的要求是什么？

记者六：能告诉我们有没有人伤亡？我们听说有位女士被杀了。

第20章

找到一个目击证人,还剩下四个。

哈多克斯把卡西迪·琼斯的名字输入数据库。卡西迪这样的名字,他打赌,她可能很年轻又有趣。

他等着,计算机在机动车管理局的数据库里检索记录:纳税档案,被捕记录,签证使用,社会保险号。

与此同时,他在网上进行了检索,包括"Facebook"、"Instagram"(照片墙)、"ask.fm"(问吧)等网站上都进行了检索。他马上意识到自己遇到了问题。

有了难度。

有非常多的卡西迪·琼斯,纽约地区确实有。或许对乔·史密斯或者约翰·多伊来说,结果并不算很糟——一个名字,令人惊讶的是,包含了很多真实的信息。

如果不缩小检索范围,他便无法继续进行下去,那样夏娃就不得不让人质劫持者分辨一下。但是,除非人质劫持者碰巧给她打来电话,否则她就得用传统方法自己去解决:在大教堂前使用手语或扩音器与他通话。迄今为止,这个人质劫持者还未用同一手机号打过两次电话。他正在启动刻录机。

哈多克斯朝与人质劫持者通话的那部手机瞥了一眼——第一个用手机的是那个男孩,随后是夏娃。他的思路最终停留在一次记录模糊的对话上。尽管苦艾不能平息痛苦，但他还是挂着期待的微笑。

或许会有不同的思路。

他不可能会做所有的事。当然，通过卢克·米勒用过的这部手机，他们确认了劫持者的原始电话号码。两部数字刻录机电话都是由诺基亚公司出品的，都属于在荷兰销售的同一批商品。两个都可用于全球移动通信系统（为移动通信服务的全球系统），因此能在世界各地使用。两部都是用现金购买的，所以没有个人交易记录。如果人质劫持者跟哈多克斯一样，他会在商店购置——不仅能从荷兰购得，而且还能从全球购得。

根据他从国土安全部一个叫赛杜·福克斯的电脑黑客那里曾学到的东西，哈多克斯知道，通过手机使用的随机信息也可能会搜集到目标的行动轨迹。若要在网上寻找曾用于单一特定联系人的手机号码，你就得把注意力集中在每次通话的开始和结束时间上。基本上就是，你寻找的是一系列具有独特特征的电话。赛杜·福克斯称之为寂寞通话。从曾经使用过的号码来的一次性电话，每次的通话时间都很短，只持续有限的时间——它消失后，另一个独一无二且从未使用过的电话号码就会出现在网上。如果分析结果是正确的，你就能识别出一系列发烧友的手机号码——把它们放到一起——从而产生像指纹一样独一无二的"肖像"。

这是个挑战。

完全无法抗拒的一个挑战。

唯一的起点是他已经知道的。

从那个男孩身上找来的一次性手机的详细信息让哈多克斯的屏幕重又活跃了起来。

电话接收的第一次通话是在10:12。当时人质劫持者让男孩接听并给他指示的电话。这次通话结束的时间定格在10:23。那是纽约警局谈判专家被杀之后夏娃给人质劫持者拨回去的信号音。由此，他们按顺序得到了两个电话号。

现在的关键问题是，他能识别出人质劫持者操控下的其他发烧友的手机号吗？

每个手机通过其移动识别号（服务提供商分配的类似于固定电话的

号码）而非通过其电子序列号进行自我识别。称为ESN的数字是制造商分配的三十二位二进制数字。与手机号码不同，电子序列号永远无法更改。当制造商将电话发送给供应商时，他们的目的在于大批量出售。因此，如果人质劫持者从每个供应商那里购买了一部以上的电话（这似乎很可能），哈多克斯就能够通过运行该货件中的电子序列号来进行追踪。

当然，如果人质劫持者把电池留在里面，可以充满电以备使用。这样，即使手机关机，只要电池还在手机里，它便会发出信号以寻找范围内的基站信号。该信号——"叮"的一声——持续时间不到四分之一秒，但其中包含了移动标识号及电子序列号两个信息。

哈多克斯注意力集中在屏幕，开始新的一次搜索，结果检索出满屏的号码。

他的手指在键盘上飞快地移动，输入两个不同的搜索参数。一个参数非常接近他们手中的电子序列号，这样便可找到与之对应的同一批货。另一个参数用来搜索活动轨迹，即在离圣帕特里克大教堂最近的信号塔范围却从未使用过的电子序列号。准备采取行动，但不在现场。屏幕被切换为两块。每一块都包含一连串号码，一闪而过，遂进入模糊的绿色界面。

八分钟后，他打手势叫夏娃过去。"是你跟人质劫持者通话，还是我来？"

她眉头蹙起。"我不明白。"

"我们得知道是哪一个卡西迪·琼斯。目前在曼哈顿区就有四十七个卡西迪·琼斯，别说布鲁克林、昆斯（美国纽约市东部行政区，位于长岛）、长岛以及康涅狄格州的了。"

"你找到人质劫持者的号码了吗？无论什么时候都能与他通话吗？"

"比那还要好。我有了他已经使用或正打算使用的数列号码。换句话说，亲爱的，我让你占了先手。"他冲她挤了一下眼，便把电话递给了她。"以后，你肯定会谢我的。"

第21章

梅斯擦了擦公园的长椅坐下来，吃着夹有两片干酪的汉堡包，啧啧喝着大杯装的草莓奶昔。雨终于停了，但阳光还未穿透云层，气温还在迅速下降。在他身后，美元的流动犹如下棋高手在巧妙运用他们的游戏策略。他看见一个无家可归的男人，头发灰白而浓密，却乱得跟灌木丛似的。那男人推着一辆杂货店的手推车顺着小径朝前走，瞄准垃圾桶寻找被丢弃的瓶瓶罐罐。一队到纽约大学游学的学生，由一个活泼的金发高个女子领着，从他身边远远地绕过去。学生们一边聊着一边踏过雨水坑。很多家长——可能是第一次从别的州飞来——在一旁呆呆地看着。

他坐的长椅靠近华盛顿广场公园中央，格林威治村的中心，纽约大学附近。买得起这儿房产的必得是勒布朗·詹姆斯①这样的人。紧邻东边格林威治村的地方，分布着纽约市最好的几家酒吧。梅斯要去篮球比赛时，常到这儿来转悠——第4大街西有一个公共篮球场，常有些篮球高手在那儿打球。今天，他来是为见斯威特·皮。她之前是尼克斯市的舞蹈演员。二十岁以前的她，跳舞的好身材——苗条、四肢柔软灵活，而且非常……他仍记得那双长腿。不再跳舞后，她便开门经营着自己在东村的酒吧。除去销售酒水外，那里也不全是爱好文体的、刺着文身、赶超

---

① 勒布朗·詹姆斯，美国职业篮球运动员，司职小前锋，绰号"小皇帝"，效力于NBA洛杉矶湖人队。

崇拜的蓬克摇滚乐迷,但也没有刺耳的喧闹声。她的相貌、身材引起两类人的注意,纽约市警局的警察和混迹娱乐圈的家伙。那意味着,每当有事情发生时,她便会受到关注。无论是白道还是黑道,她都不沾边。

"嘿,宝贝。"她悄悄走到他身后,在他头上吻了一下,随后便绕到他旁边坐在长椅上。长椅遂抗议般呻吟起来。

梅斯冲她露出灿烂的笑容。斯威特·皮,或许用一个六码的换了一个十六码的,但这仅意味着她的格调不如迪拉·班克斯,却比奥普拉·文弗雷的更好。无论怎么说,她都是个好女人。"你看起来真漂亮。"他说的是真的。

"难道你不知道。"她向他会心地一笑,遂又侧身向他靠近了一点。"比特犬的事怎么样了?"她指的是"No Bull Pit"的事。几年前,从救了一条斗犬场上的狗开始,梅斯便一直资助这个机构,之后救了一条又一条比特犬。他为这些比特犬治病,让它们恢复正常的生活,并训练它们成为能干活的狗:探测爆炸物和毒品。将来,这可能会成为一种生活方式。因此,他还过得非常快活。

"还是老样子。蓝鹦鹉那边怎么样?"

斯威特·皮从自己的大手提袋里掏出一瓶水,喝了一大口。"生意挺好。零投诉。"

"你还在和弗雷迪他们那些男孩混?"梅斯以前交往的一些人都在黑市做买卖。他们买卖各种禁运品以及偷盗的赃物,尤其是武器。

"每天晚上。"

"他们最近讲了什么有趣的事吗?"

"你这些天又对什么感兴趣呢,亲爱的?"

"涉及蛇腹形铁丝网和炸药的东西。你们用来制造炸弹的那类。"

"听起来像是军方的事。"

"是,但军方不做转手买卖,起码不会卖给普通人。"他将身子向她靠过去点,嗅着她身上的味道,柠檬和薰衣草的味道。这让他想起两人相识的那个夜晚。她顺路去篮球场看自己的男友——见证了梅斯时不时都会有的最佳时刻。他和另一个梅斯进行了一对一的对抗——原来你就是梅斯——赢了。那晚之后，她跟男友分了手，让梅斯给她买酒喝。那天夜里，她选择了他。后来，他来的次数越来越多。因为，梅斯的技能并未在篮球场上终结。

她仰头大笑道："普通人不买军用物资。"

"但如果他们真买了呢？"

"你想知道在哪儿。这与今天圣帕特里克大教堂里的事有什么关系？"

梅斯抬起一条腿搭在长椅上。"或许有……假如你听到有人在议论。"

"弗雷迪那些男孩都很安静。如果他们听到什么事，不可能不张嘴。"

"可是？"

她屏住呼吸，仿佛整个世界失重了一般。"雷子是另一码事。昨晚那帮缉毒的人来过。"

"我不是在找丢失的毒品。"

"你能闭嘴听我说吗？几个月来，证物柜里的货物一直在减少，甲胺菲他明、白粉、摇头丸，甚至还有现金。但昨晚，他们却聊起另一类偷窃案。几个月前，他们得到一尊很大的半身雕像，高五英尺，特别的奖品，因为属于某个有影响力的大商人。那人手中有很多人马。毒品贩与这些家伙们合作，只是从伊拉克一个私人保安那儿出来，以保护他的藏身之处。因此，除毒品运送外，他们吸收了各种各样的渣子，运送军用货物——包括炸药、带刺的铁丝网防卫、工程。"

"那东西被盗了。"

她认真地点了点头。

"哪个分局？"

"市中心西区登记的。关键是，同一物证柜里的毒品也被盗了。"

"他们知道是谁干的吗？"

"他们有线索，但谁他妈的真知道呢？"斯威特·皮站起身来。"我得回去了。新员工今天会弄清楚其中的内幕。"她笑容满面，"你知道到哪儿找我。如果你来，一定不会失望的。"

第22章

有些时候，伊莱会为自己感到羞愧。当然，他感觉很难过，离他不到一百码的地方，有人在受苦，生命危在旦夕。不过，人质危机中有些事情他倒可以对付：食物。夏娃小组的人昼夜不停地工作，一直到危机解除，一个资历较浅的特工给他送来了午餐。这名年轻的特工，经验不足，就像他大学毕业文凭未干的墨迹一般。只是一份普通的午饭：五香熏牛肉和咸牛肉套餐，装满芥末和德国泡菜，外加一份加了香草的饮料。伊莱很想慢慢吃，一边细细品味，一边在旁边的电脑上重新打开人质劫持者的视频。

伊莱密切关注着，想把所有的东西都录下来，但录像的质量却颇让人心烦。他失望，心灰意冷。图像像素很低，模糊，没有一点专业水准。关注信息，而非媒介，他责备自己。

他手指按在按钮上，视频速度减慢，每幅画面都以慢速度向前播放。

没有时间标记，没有画面分帧。先是摄像机在一两个人质身上闪了一下，非常快，快得他无法分辨，可见有炸药威胁着他们。

随后，画面中的人质不见了。

画面集中在两个石柱上，有一些令人不安的图片。

他把椅子移近了一点，往上推推眼镜。图像晃动着，他眼睛盯住屏幕，从口袋里拉出一根带子，经左太阳穴绑在耳后。

接着，他又回放了这个片段。

他到底看出了什么？布鲁克林大桥断成两截时，一辆巴士坠入河里。暴涨的河水漫过城市。纽约证券交易所卜人们拼命地奔跑，而在人们旁边，蝎子、蛇等一些令人厌恶的生物都蜂拥至一个骷髅周围。与此同时，自由女神虽依然矗立，但似乎未察觉自己即将被淹没。

伊莱打了个饱嗝，觉得三明治还是吃得太快了。

他还看见了其他什么？更多令人不安的画面。城市的地面，包括克莱斯勒汽车建筑、花旗集团中心以及克莱勒斯双塔，疯狂地摇摆着，不断有烟柱腾起。隐约间，阴影下像是有一座大教堂。

圣帕特里克大教堂？

假如是这样的话，人质劫持者究竟想要人们——尤其是他要的五个"目击证人"——看什么呢？

伊莱闭上眼睛长出了一口气，立马没了胃口。

他是纽约人，正因为如此，才不喜欢看见自己的家被描绘成这个样子。或许是因为他在9月11日那天失去了朋友。但这感觉并不像是宗教狂热分子所为，像夏娃想的那样，而是其他的什么人干的。

恐怖主义。

第23章

外面传来一声巨响。警官们高声命令着,电话声响着,汽车轰鸣着,头顶的直升机盘旋着。这么多的行动,这么多的车辆着实制造出一股臭味,这是润滑油和变速箱流体之间的气味。

气温持续下降。密封不严的MRU内,夏娃感觉越来越冷,风吹得更猛了。

夏娃拨着人质劫持者最后用过的号码,依然没人响应。跟预计的一样,劫持者新换了手机,将号码毁掉了。是时候发挥哈多克斯给她的这个优势了。

夏娃试了试哈多克斯目录上的第一个号码。那是在阿姆斯特丹销售的一个号码。拨号时,她感觉周围的一切都消失了——一切都归为可怕的寂静。

铃声响过八下,然后显示一条消息,提示是尚未激活的无线号码。

"继续,"哈多克斯提示道,"其中一个肯定是这个戏法的号码。连接他充了电的手机,准备使用下一个。"

她继续试着,阿姆斯特丹的另外六个、达拉斯的四个、曼谷购买的五个、旧金山的七个、慕尼黑大批中的十二个……就在开始怀疑哈多克斯可能错了时,她从巴塞罗那批货的号码里打开了个缺口。

有人接听了电话。她知道,铃声终止,却无人讲话,只听到有人轻微但略些刺耳的呼吸声。线路那头的人在等着。

夏娃没有等。

"是我。"她说，强迫自己吐出一种从未有过的亲昵的声音，为的是让对方产生错觉，他们彼此信任。这是游戏的策略。

"你怎么有这个号码的？"她心跳加快。对方正是人质劫持者。

"你找我。按名字找人。你难道在怀疑我擅长的工作？"

"你的工作是找来我要的那五个目击证人。"他声音沙哑，除此之外，没有别的。易变。

"其实，这正是我打电话的原因。卡西迪·琼斯。"

"做好你的功课吧。"

"等等。我需要知道哪一个卡西迪·琼斯。在纽约、新泽西和康涅狄格三州有十好几个。也就是说，假如你指的是住在远在加州或得克萨斯的，那就没办法在你的时限内将她带到这儿。"除非你所谓的最后时限仅是为了转移注意力。同你要求带来"目击证人"一样荒谬。

沉默。

"我不是要同你玩游戏。你给我个最后时限。我还有五小时七分钟。你真的需要这几个目击证人吗？或者还有什么我们应该继续商谈的事？"

沉默。

她凭直觉说着。"那好，如果你想要我帮你，你知道在什么地方找到我。"

她按下关机键。结束了此次谈话。

然后等着。

五秒。十秒。十五……二十……二十五……

最后，五十二秒，几乎就要放弃时，她手中的电话振动起来。她接起来，"你决定帮我？"

"我们交谈时，我想看见你，夏娃。"他声音冷冷的，"到外面来。"

"我不想长篇大论，只要信息，一个职业，一个街名，一个地址。一些能让我与卡西迪·琼斯一起朝前走的东西。假如那依然是你想要的。"她屏住了呼吸。

"出来，夏娃。就现在。"

她耸了耸肩,甚至都没理会他的愤怒。她是对的,他需要负责,或者说,是幻想自己是负责人。

她拿着手机大步走到MRU门外。一个她之前从未见过的蓄须特工给她拿来一件防弹衣。她摇摇头,表明没有这个必要——不顾几个特工又打手势又喊叫地阻止。

她提醒自己,这或许能制造一种尽在掌控的假象。人质劫持者想要的——不,需要的——她甚至想控制他,重新考量着进入他的计划之中。稳步推进。

很多警察随着她一起向前走,她能感觉到他们担忧的眼神,提醒她,她不是孤单的。

就在她走上大教堂台阶时,人质劫持者的声音再次在她耳边噼噼啪啪地响起来。"不穿防弹衣?令我印象深刻,夏娃,你真勇敢。要么就是愚蠢?"

"我不喜欢在无关的事情上浪费时间。"夏娃冷静地说道。她抬头仰望着脚手架,竭力猜测他正在大教堂的壁龛里俯视着自己。

"这么说,你不在乎自己的生命?"

"我没那么说。但你射杀了之前的两个受害人,大多数人觉得这是不可能的。正中头部——在最糟糕的天气里,从恶劣的角度直射头部。你清楚你所做的。如果你想杀死我,你想——要不要防弹衣都一样。"

人质劫持者笑出了声。

接着,声音很大的喘息声从人群中传来——联邦特工、纽约市警局的警官以及急救队技术人员。他们都站在旁边。

夏娃知道,尽管她本能地感到,此刻有个红点正在自己的额头上舞动。

她听见身后传来一道响亮的命令:"找到那个该死的狙击手,把那个杂种揪出来!"

"退下去!"她的声音响亮、清晰、自信,即使心里非常害怕,膝盖在打弯。她按下手机的静音。"大家都不要动。他不会伤害我的。他有些生气。他是在告诉我们,他掌控着这儿。特别是,他让我去,而不是其他人。最后,他仍想要我帮他。"

她取消静音,等在那里——祈祷她是对的。

没有声息。她又往上面看了看,仔细观察着结构复杂的脚手架上的每一道空当。雨水让脚手架变得既油且黑——阴暗中,它唯一能让她想到的便是那里有把本地没有的自动武器。

她摊开双手,做了个顺从的手势。

五秒钟变成十秒,十五秒,二十秒……

她对他的测试,比她最初想象的要多。他想要什么?对他来说,我真像他说的那么重要吗?

如果答案不是——如果他是恐怖分子,或是因伤心执着于提要求的偏执者——那么她刚才就会失去一只手。

但如果他是别什么呢?

控制的幻觉——以及信任——是至高无上的。

两者她都要建立起来。一旦她掌握了,就能想法找出处理的对策。当然,要极其小心。因为错觉会导致两个走向——如果她不警觉,她就可能因愚蠢而被耍弄。

她生命中极漫长的七十三秒后,她听见周围的人松了一口气。

她也强迫自己就这样坚持下去。她感觉吸满了寒冷的空气,但觉着这样很好。她再次对电话里说:"这是对双方都有益的事。因此我既能帮你,也能帮我。我们一起来做这件事。卡西迪·琼斯是哪一个?"

"她梦想成为女演员,住在阿斯托利亚(美国俄勒冈州西北部港市)。"

"谢谢你的信息。"她说。

"别再来烦我了,我要的路易斯·拉莫斯是中间开头有个J字母,在川普大厦干擦洗窗户的活儿。"

"出于善意,我想为你做点什么。你一定饿了。我能给你送点吃的吗?"

"夏娃,夏娃,夏娃,难道你还不明白?不炸开抵达天国的这个建筑,谁也甭想进出这里。"

"我知道。但我不想在外面同你谈,因为我不想让你受伤害——况且大家都在里面——到大教堂外面来。你已经控制了局面——对吧?——至少有十几个人。到现在,他们很可能都已疲惫,饿了,开始抱怨了。"最后一次,是一次精心策划的赌博。她避免提到所有人质——她确实避开提到警察。但是,不清楚里面的人质——姓名不明,数目不清——让她心情格外沉重。

　　"你用不着给我带食物。"他说,"你不要暗递消息给我的人质,也不要派出你们最好的突击队。因为,只要你一试,我就会引爆你们知道的炸药。"他的声音越来越高。

　　夏娃轻吸一口气,随后又吸了一口气,强迫自己仔细考虑选择。她讨厌这份工作,考虑她能推进多少,决定何时吊胡萝卜——何时威胁一根棍子。明智之举是立刻停止联系。让他考虑自己的选择。

　　"在你想跟我谈的时候,给我打电话。"她转身走回MRU。

　　但就在关掉手机那一刻,她听见他说的最后一句话:

　　"要找到琼斯那条母狗,把她带到这儿来。"

第24章

在人质劫持者的视频中,世界末日象征的图像绝对是伊莱无法理解的,他即刻拨通了达米安·加拉的电话。加拉是布朗大学宗教研究的教授,与伊莱家是世交。伊莱还是孩子时,便喜欢偷偷摸摸上到楼顶,偷听加拉教授与自己父亲关于神学的激烈争论。伊莱的父亲是研究耶路撒冷古神殿贝斯·大卫方面最受尊敬的犹太教塔木德学者之一,住在下东区(属纽约市曼哈顿岛)。加拉教授的拜访常常到凌晨,通常这时小伊莱便睡在楼梯间。

自父亲去世后,伊莱便没再见过他,他怀疑这个人已经变了:加拉教授个子很矮,秃顶,满脑子都是古怪的东西。只要他一出门,就一定穿西装,系条红色的蝴蝶领结。他就餐始终在同一时间,同一个座位,同一路边小店。他接听电话从不说"喂",而是说:"你有什么问题要问我?"

对伊莱而言,这其实是种解脱。他一直不喜欢没完没了的客套。在刚经历过约翰的家庭圣诞节聚会后不久,更是如此。此外,他甚至觉得,加拉教授不喜欢他。或许,他认为伊莱很贪心。伊莱的内幕交易被起诉后,他父亲的健康状况便日益恶化,这无疑也成了他的过错。"我的问题是,圣帕特里克大教堂柱子上刻了一些令人不安的符号。"他说。接着他又说起纽约的双子塔以及令人忧心的大理石雕上关于纽约毁灭的其他图像。

"我在线,"加拉教授说,"你能给我发来图片吗?"

伊莱顺从地敲击键盘。发送图片的同时,他解释这些图像是圣帕特里克大教堂人质劫持者发来大量信息中的一部分。

两人短暂停顿了一会儿。当加拉教授重又讲话时,听起来很生气——尽管有可能只是由于老人喉咙里有痰的缘故。"哦,那些是著名的,或许我应该说是声名狼藉的雕刻。"

"既然如此著名,为什么我对它们一无所知?"

"或许,是因教育不当?"

不,教授确实不喜欢他,伊莱认为。

"这些雕刻出自纽约大教堂,但不是你们的大教堂,而是在圣约翰大教堂住宅区的西头。"

伊莱绝对不是笨蛋。他知道圣约翰大教堂的事。圣约翰大教堂位于哥伦比亚大学附近第112大街的阿姆斯特丹大道。它始建于19世纪晚期,是世界上最大的教堂之一,至今仍未完成。他曾经和一个朋友去过那里,参加一年一度的动物祈福,当时有一只小袋鼠。"为什么这家伙要假设这些东西在圣帕特里克大教堂?"

"我想,这些对他来说很重要,有圣帕特里克大教堂恰恰缺少的意义。"教授干巴巴地回答道,"很多大教堂都有关于世界末日的图画。这在中世纪很常见。这些图画本来是用来看的,就像圣经一样。不要忘了,圣约翰大教堂是以《启示录》的假定作者命名的。"

"因此,那些巴黎和罗马的著名大教堂都有巴黎、罗马毁灭的图画?"

"不得不承认,我们看到的这些确实令人匪夷所思,"教授说道,"令人非常焦虑——这就是圣约翰大教堂那些雕像之所以成为吸引反叛理论家们的磁石。他们看到倾斜的双塔,看到"9·11",而后看到海水淹没了城市,看到超级风暴桑迪造成的破坏。"

"不能说它们没有意义。"

"当然,但这忽略了背景。"

"是什么?"

"西蒙·沃丽提是设计这些图像的艺术家。画面的焦点是圣人约翰，他站在启示录四骑士的上面，周围的一切都是现代的——甚至还包括了周围的人。"

"他什么时候完成的？"

加拉教授查找了一会儿，伊莱只听见敲击键盘的声音。"石匠们是在20世纪80年代末动工的，1997年左右竣工。"

"'9·11'前四年。"

教授蔑视地哼了一声。"废话连篇。"

"那么跟我说说这是什么意思。"

"说不了。关于它的文献不多。圣约翰大教堂其他文献中也有作品，其中的奇异符号暗示着灾难。我想你的问题是：它对制作这个视频的人来说意味着什么吧？"

"不是非得成为火箭科学家才可以得出结论，他传达的信息是他想摧毁纽约市。"

"那么，他为什么会挑选圣帕特里克大教堂呢？"加拉教授反问道。

"教堂是纽约市的重要地标。"

"如果他唯一的目的是要毁灭什么东西的话，他可能会对准对面的洛克菲勒中心，而不会对准这幢帝国建筑，更不会对准其他的不朽标志物。他也无须发送视频。"

"你认为他指的是宗教？"

"很难想象其中没有宗教成分。他发出了启示录。你跟我说，他要求你们带来'目击证人'。你们不要忽视这种可能性。"

"目击证人是他指定的，他提供了目击证人的名字。"

"要知道，纵观历史，几乎是每个社会，无论有无宗教，都相信存在于我们内心的某种精神力量，精神，圣灵，良心，灵魂，野蛮，力量。"

"用一句话来说，你把我们从教堂引到了星际大战？"

教授没理他。"宗教专家质疑，这种精神力量是否是上帝赐予的纯洁而完整的东西，或者说，这种精神力量是否由我们自己的经历和愿望所塑造的。"

"我甚至不知道那是什么意思,没有语境。"伊莱直截了当地说。

"我就说简单点。你们的人质劫持者,他内心中有东西让他相信,上帝吩咐他干这件事?要不然就是,他被自己的欲望控制着?"

"那又有什么不同?"

"如果是后者,伊莱,你们的谈判专家就要找机会让他恢复理智,那才有可能和平地解除危机。但如果是前者,你们就真的没有任何机会了。"教授不耐烦地哼了一声。"我最新的书中就专门论述了宗教狂热行为的本质原因。书中有个案例,说一个男子企图劫持飞机,因为上帝告诉他,杀死所有的乘客,就会消灭魔鬼世界。一个连环杀手,根本不知道自己的所作所为是在犯罪,也没有丝毫悔意。因为他相信,是上帝让他去杀人以消除罪恶。还有一个绑架犯,说是听从上帝的旨意,趁晚上把一个年轻女孩从床上绑架走。"

伊莱低低地吹了声口哨。"你知道吗,教授?你满脑子里全是荒诞无稽的东西。"

第25章

　　天空死一般的灰暗。萨克斯百货闪烁的灯已熄灭，假日之窗也暗了下来。奥林匹克塔楼和洛克菲勒中心此时也已熄了灯。仿佛有人轻敲开关，切断了第5大道庆祝仪式的灯。

　　当然，这一切都是以安全的名义。

　　"你到底在那边干什么？"那一刻，夏娃听亨利·麻低声说道，"你会让自己成为射杀的靶子的。"

　　"你完全清楚我在干什么。"她冷静地答道。

　　"这样冲动的行为会让你立刻出局的。更糟的是，新闻媒体很可能已报道了这件事。他们的远程镜头捕捉到了一切。"

　　"我原本在局外，你非要叫我来。是你与我的判断不一致，还是与公众的联系有问题？"

　　"我是说你的行为在两方面都不理智。"

　　夏娃当然知道，亨利恼怒的是公众的判断预期。而且他已经不喜欢这种情况了。纽约城一片混乱。他们依然没有找到嫌疑人的身份，也未找到明显的动机，更没有想到解决的方案。

　　"有我们在匡提科学院里学习的一本案例书，"她跟他说道，"我相信你知道。作为合著者，你的名字可是在书脊上的。回忆一下，你会发现，我的操作完全是按照第二章第三节行事的。"

　　亨利摇了摇头。"从你刚才的表演看，你学到了什么？"

她继续朝MRU走去。周边安全区域来回走动的都是警察——有的穿着防弹衣，有的穿着荧光背心，还有些人穿着便衣。他们面色苍白，忧虑重重。天气越来越冷。在较远的洛克菲勒广场，圣诞节颂歌响起："上帝啊安息吧，快乐的先生们……"音符像雪花在空中飞舞。

她瞥了亨利一眼，亨利紧跟着她。"我了解我们要对付的人。你叫他控制狂——他就是。重要的是，他的控制欲说出了他的背景。我现在知道的是，我们要找的是一个没有案底的人；也许来自破碎的家庭；也许随多个父母一起生活，却活着像个外人，从小便四处流浪；可能是个军人，参加过狙击手训练；或许他曾随父亲在部队服役——或曾参加过类似的执法或安保行业。"

"所以，你缩小了我们的研判范围——啊，什么？——几乎一半美国人？"

"并非缩小范围的问题，"夏娃答道，未理会他的腔调。"是为了了解人质劫持者。如同我刚才叙述的，经验将使受试者非常保护自己的身体和情感空间。就像我们刚刚看到的一样。"

"你能控制？"

"这是愿望。"

"假如这完全是烟雾和假象——在大教堂里，实际上他并没有扣留任何人呢？"

"要是他在那里控制了四十几个人呢？"她反唇相讥。"我们还需要做更多的工作。"

"相信我，我正在努力。"亨利瞥了一眼第5大道上的路障，穿制服或没穿制服的警察正阻止不满的围观者聚集。车前大灯照亮了路障较远一点的地方。喇叭鸣响着，人们高声呼喊着，车辆堵塞了数英里。"我们强烈怀疑里面至少有两个人。那个男孩的母亲，还有今天早晨在里面主持弥撒的神父。没人能找到他。"

"别忘了那个警察——假如我们的目击证人描述准确的话。还有别的事吗？"夏娃把手放到MRU的门上。

"就这些。情况紧迫，在极短时间内，我们已从法医那里拿到第一个受害者的尸检报告。显然，尚未进行毒理分析。但是，有很多我们能用得着的信息——包括身份。"

夏娃从他手里拿走了文件夹。"那么，她是谁？"

"名叫克里斯蒂娜·席尔瓦。调查结果显示，确认她是个普通人，有过一次犯罪被捕的记录，她所有的信息和照片都有案可查。"

未理会手机发出尖细的"叮当声"和警官们无线收发报机的咯咯叫声，夏娃站在那里快速翻阅着卷宗。

她很快翻阅着有关克里斯蒂娜·席尔瓦过去经历中至关重要的信息以及法医的尸检报告，回到了故事开始的地方。几个短语引起了夏娃的注意。

身上穿着被扯坏的绿色长袖T恤衫，白色乳罩上半部分沾有血迹，灰色短裤，黑色内衣。

据推测，这一成年女性仅仅是想参加清晨弥撒，但并没有得到安慰。

身体保养得很好，如同西班牙女人，高六英尺五英寸，一百三十一磅，据报三十三岁。

补充：手上捆着一块求救的牌子。

眼角膜清晰，虹膜棕色。

一张手写的便条贴在木牌背面，找特别行动的夏娃·罗西。

耳垂上打有耳洞。

她被选为第一个受害人。

指甲剪得很短、齐整，完好无损。

结束于短语：枪伤，穿透力强，致命。

初步的尸检报告附在选定的互联网打印件上。克里斯蒂娜确实有过一次犯罪被捕的记录。五年三个月前，夏日，气温三十度左右，她忘记把自己十五个月大的女儿送去日托，而直接去上了班。女儿被用安全带固定在她丰田车的后座上七个小时。等她再看到女儿时，女儿已经死了。

她因过失致人死亡罪，被判缓刑，曾接受辅导和社区服务。她遭受来自媒体的谴责，但主要还是她非常自责。

克里斯蒂娜的背景资料凸显了一个问题，是夏娃始终不想说出的，因为这样会使问题更为复杂。她认为大教堂里有很多人质。她还认为，被控制的每个人质都是随机的，仅为了参加清晨弥撒，是互不相识的陌生人群体。她唯一担忧的是，里面有多少人是人质。

但是，这些人质对劫持者来说，有没有可能意味着更多？

往MRU走时，她感到心脏一阵阵的疼。

第26章

人们有没有想过，人一生当中，什么是重要的？

有一段时间，陌生人愿意介入，毫不犹豫，而且是自愿介入。

我亲眼所见，尤其是年轻的母亲——在巴士上、小卖部里，实际上是在任何一个公共场所。"孩子需要多穿点，亲爱的，否则他会感冒的。""这个孩子已很大了，不能再用奶瓶喝水了。这样会不利于他的成长。"

当然，男人则不一样。在酒吧，你会听见完全不同的说法："小心，你喝得太多了，男子汉。最好慢点。"另有一些人则喜欢干涉别人的私生活，问女人："他烦你吗？"

但当赌注是真的时？

那些同样的担忧让他们视而不见。

去年夏天，河边公园一个无家可归的男人跑到一个孩子跟前推了孩子一把。孩子的父亲上前制止。这个无家可归的男人便掏出一把刀，捅了这位父亲四刀。这位父亲遂倒在地上，流了很多血。孩子哭了起来——很多骑车的人、慢跑锻炼的人及遛狗的人打此路过。

可过了九十分钟，911才接到求助电话。

你不只是爱人吗？

不需要的时候总是在那里。

当真需要的时候，他们永远不在你旁边。

伪君子。

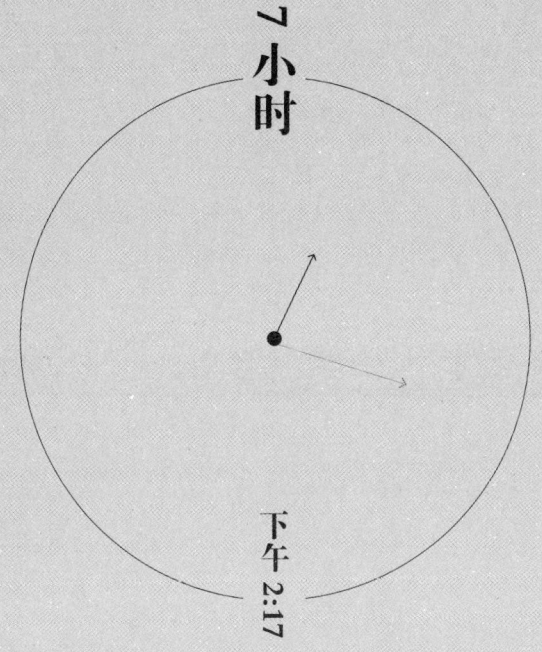

经由网络,我们找到了门科林教授,哥伦比亚大学的一位史学家,他还兼任城市地标保护委员会委员。

门科林教授,在等待获得大教堂内的人质信息以及接下来警方将采取的行动时,我们来说说大教堂吧。能否断定这个重要的历史性地标是人质劫持者计划的一部分吗?

门科林教授: 毫无疑问。大家知道,圣帕特里克大教堂真正代表着这座城市的面貌。它的建造,是因为有那么多信奉天主教的移民陆续来到纽约——还因为我们这个伟大的城市需要一个伟大的大教堂来与欧洲最好的教堂相媲美。因此圣帕特里克大教堂代表了天主教在纽约的重要性——也代表了纽约本身的重要性。

　　教授，你提出了一个有趣的问题。这个人质劫持者把圣帕特里克大教堂当作天主教的象征——或者作为我们城市的象征？

　　门科林教授：是二选一的命题吗？因为这让我觉得很有可能，对于这个疯子而言，可能两者都有。

第27章

　　室外，珍珠灰色的云布满天空。肯定是更冷了。通过MRU的小窗往外看，伊莱看见了灰色的云，更别说还真实感受到了从车缝钻进来的寒流了。无论是谁设计的这种MRU车，显然他未体验过冬季曼哈顿的摩天大楼间呼啸而过的寒风。他不禁打了个寒战。

　　看来确实要下雪了。城市里轻飘飘的雪花很迷人，尤其十二月的雪，为圣诞花环、灯饰橱窗和假日市场营造出格外的气氛。但必须是小雪。持续不断的大雪会让人行道肮脏、泥泞，而且危险混乱。

　　他叹了口气，遂又回到那些疯狂的纽约覆灭的石雕上。他不明白，人质劫持怎么会有宗教动机——不管加拉教授说了什么，明明看起来像是普通的恐怖分子所为。见鬼，虽然他也不明白，一个像他这样的疯子到底是怎么想的。但他喜欢紧紧跟踪钱的流向，那是他的本行。他明白人们对钱的感觉：如何窃取，在什么地方隐藏，最后是怎么把它们找回来。

　　他瞟了一眼时钟，下午2:19。他需要做件实际的事，以摆脱车厢里的寒冷。梅斯什么时候会打过来电话呢？

　　仿佛听到他心灵的召唤，电话响了。不过不是电话，而是短信。共有三条短信，全部是约翰发来的。每一条短信上都加了"紧急"字样。

　　伊莱知道，自己正奋力奔波在宗教雕像上，遂拨打了约翰的电话。约翰一接电话，伊莱便没再客套，"嘿，怎么样？"

"不确定。"

伊莱紧张起来,等着意想不到的灾难。昨晚肯定比他想得更糟。他从约翰嗓音中察觉出郁闷的调调。这音调说明,他们之间即将开始他不想进行的对话。

伊莱非常清楚这种调调,常在"我们需要谈谈"或"这不再有用了"这类话后出现。

孰料,这次约翰却说,"我有个难题。我需要你的帮助。"

"当然。"伊莱几乎冲口而出。天啊,他的声音听起来像个女人。"今天晚上下班后咱们见个面。一起把问题谈清楚。"

"等不到那会儿。"

"真的?呃。"伊莱四下看看,立刻不自然起来。房间里所有的人都在忙碌着。其他特工此时正同时做着六件不同的事情。此时当然不是打私人电话的时候。"这儿的事一有眉目,我就给你电话。"

"只要很短的时间。"约翰嗓音中随即出现一种低沉、恳求的调调,伊莱几乎无法抗拒。

"好吧。咱们先说半分钟。我保证一有机会就给你回电。"

"我知道你昨晚遇见了我堂妹米凡。"

形销骨立,绿色连衣裙,细高跟鞋。他想起很久以前犯罪记录里的细节。不幸的是,伊莱还特别清楚地记得她。"她怎么啦?"

"米凡需要帮助。我想到了你。"

"帮助?"

"她的孩子失踪了。一个十三岁的女孩。"

"听起来像她需要警察和安珀警戒①,而不是我。"伊莱感觉一个脸上长满大雀斑的警察正奇怪地看着自己,可能猜测自己在打私人电话。

"她试过。不起作用。官方认为,这周正好轮她前夫监护,他没有让她照顾孩子。因此,要等二十七个小时后他的监护期结束,警方才能

---

① 安珀警戒(Amber Alert),指在美国和加拿大,当确认发生儿童绑架案时,通过媒体向社会大众传播的一种警诫告知。

插手此事。"

"她与她前夫关系好吗？"伊莱压低声音道。

"他们关系还可以。"

"或许是因为由他监护，他不想被打搅。"

"勉强说得过去。但他女儿呢？我了解乔基，典型的十几岁青少年——绝对是手机不离手，但从不会不接妈妈的电话。"约翰的嗓音里忽然传来令伊莱惊诧的冷酷。

"可能她手机没电了，或者不在服务区内，或……"

"我懂，"约翰打断道，"有大量符合逻辑的解释。米凡想到了他们所有人。她依然担心。"

不太确定的一个念头强插进伊莱的意识。"她的前夫……有点问题，不是吗？"

"纽约市警局始终挂着他的号。内部事件和检察官办公室都在调查他。偷盗毒品。"

"那么，他怎么还能得到女儿的监护权？"

约翰恼怒地叹了一口气。"因为没有证据。还没有。记住，这是美国，我们始终把人看作是清白的，除非证明其有罪。"

"嗯。"伊莱伸手拿过一张废纸。"她女儿叫什么？"

"乔基。全名是乔治亚娜·墨菲。"

"电话呢？"

约翰草草记下一个917的号码。

"我查找一下，"伊莱答应着，"一有可能我就尽快找。"

"要快。"约翰强烈要求道，"你知道身为母亲的担心。"

伊莱挂断电话，急匆匆把纸条塞进口袋。这可不好。对他来说，在约翰家庭问题这一危险境地中穿梭还为时过早。坦白说，绝不能太快。这问题等式的一半关系到一个失踪的孩子，另一半则是一个被抛弃的前夫。两者合并到一起，就构成了一出大的家庭戏剧。

第28章

哈多克斯知道了卡西迪·琼斯是个演员，找到她便是轻而易举的事。卡西迪与另两个女演员同住昆斯（纽约市东部行政区，位于长岛）阿斯托里亚的一套公寓。这个公寓在一家希腊小餐馆的楼上。五年前，她从佐治亚州搬到这儿，完成她人生的重要突破。她静静等着这个重要突破的到来。但是，她在威廉·莫里斯已找到一位很有前途的经纪人为她代理，让她的处境比大多数人都要好些。

卡西迪不在家，她的室友在。这位室友自称是克洛伊。从她拖长元音的缓慢方式看，她是个格鲁吉亚移民，同卡西迪一样。

"卡西迪不在。"她跟哈多克斯说。不传口信。

"听着，我刚同威廉公司的鲍勃通过电话。"哈多克斯简要说道。卡西迪的经纪人，鲍勃，不想被人打扰——其实，是挂了哈多克斯的电话。不过说真的，哈多克斯讲的也是实话。"我实际上需要联系到卡西迪，可她不接电话。"

他听见口香糖气泡的爆裂声。"那是她正在工作。她工作时不允许接电话。"

"她什么时候下班？"

"晚6点。"

"听着，我同洛克菲勒中心的一个工作人员在一块儿，他想让她下来，但今晚6点就太晚了。你能给我她工作地点的号码吗？"

"你说是全国广播公司？"

哈多克斯朝背后高耸入云的大楼瞟了一眼。"我现在就在他们的工作室前面。"大部分看似可信的谎言事实上只有一半是真的。当你说出会有好几种理解的小细节时，你就能靠自己听到的猜出她想要的是什么。

克洛伊沉默不语。哈多克斯揣摩着她内心的斗争。不知道卡西迪为什么会对全国广播公司有了兴趣，但电话没有响。当一个人事业起飞，另一个还没有机会时，友谊总是很难维系的。

哈多克斯仔细查看过这两位女士的卷宗。卡西迪，五英尺八英寸高，白肤金发碧眼，一个始终带着海蒂微笑且想成为玛丽莲·梦露的女士。克洛伊，五英尺一英寸高，留着黑短发，之前是体操运动员——长相更酷似玛丽·卢·雷顿。

"像卡西迪这样高的金发美女现在不太多。"他说。没有任何理由，他想，让克洛伊因为什么都没有而沮丧。他又让自己的口音变得更浓。在他的经历中，女孩们都会顺从音调优美的爱尔兰元音。

这一个也不例外。

"如果你给我点时间，我能找到号码。"又一声口香糖气泡的爆裂声。十四秒过后，克洛伊回来了，并急促地报出718的号码。

"这在什么地方？"他问道。

"乌托邦，"她回答道。"是个小餐馆——实际就在楼下。如果你找到她有困难，我可以下去告诉她。"

与斯威特·皮的美好时光仍在他脑海里飞舞，梅斯大步走上第9大道附近的第35大街上矮墙砖房的台阶——市中心西分局。几年前，某个官员让他们取下横幅广告，但公众依然认为这是"世界最繁忙的辖区"。毕竟，这些人监管着时代广场、观光客的困境和旅馆的服务质量，还有三个客运中心：港务局巴士总站、大中央总站及宾州车站。

除了忙碌，他们还有另一个称号：纽约市警局的坏男孩，是一群败家子，从当地脱衣舞俱乐部买卖中捞取好处，到成衣区货运海湾购物时偷东西。那里的贵重货物时不时会从卡车上掉下来，这时，警察便出现了。在梅斯看来，这使得他们比一般的警察更引人注目。

他直接走到接待员面前。她是位没有多余废话、办事干练的女士，目光冷冰冰的。她看到他颇有感染力的微笑，而大部分女士都禁不住会对此做出反应。她将是个挑战。

他持续将自己阳光般的笑容留驻脸上，"你能帮我查个人吗？"

"你知道每天有多少人从这里进出吗？"

"这超出了我的想象，我敢打赌。"梅斯认真答道，"但我不是指某个特殊的警官。我只需要你指给我看，一个知道发生了什么的人。他是个事事亲力亲为的人。"

她的眼睛疑惑地眯成一条缝。

"想必你认识一个能帮助兄弟的警官？"他的微笑再度展开。

"我不是谁的保姆。"

他叹道："只是寻求合作而已。"梅斯从皮夹子里掏出他的联邦调查局旧证件。

运气不好。这位无多余废话的女士对他的魅力和证件都免疫。她把他指给离她最近的温和的人那儿。"去看看那边的那个罗德里格斯警官。"她手指着一个一脸倦容的年轻人，那人正坐在桌后，沉浸在文案工作中。"他负责一般调查。"

梅斯几乎表示赞同，认为那是他设法做成事的最佳人选。尽管罗德里格斯警官外表上看像个绝不会破坏规定的怪人。

随后，他犹豫了——因为他想起了更重要的事。

他怎可能找不到解决问题的办法呢？他走进分局时，就一直盯着他的脸。

因此，他对着冰冷的杰出女士说"或许以后再说"后便转身走了。

搞定两个，还有三个。布莱尔·范德维特——人质劫持者名单上的另一个人名——是个轻而易举便可找到的人。他是纽约市房地产经纪人，专攻上东区物业。

哈多克斯认为自己不会喜欢他。范德维特个人网页上是张似乎对自己感到特别满意的照片：洗过的白牙，做作的微笑，完美的头发，粗花呢夹克和棉格子衬衣。此人可能连侵犯自己橱柜的蟑螂都不会杀死，但从穿着看，他好像要带着自己的猎犬去打猎。

不过，如果找不到布莱尔·范德维特也没什么。他同接待员待在一个办公室。他的邮件和手机号码都在互联网上。他最近的通话是在十一分钟前。

哈多克斯没有给他打电话。当他需要范德维特时，范德维特会在那里等他。

至少，只要哈多克斯扮演完美就行。阅读关于范德维特创纪录的二十二幢楼、一亿五千万的年销售量，哈多克斯知道这不是问题。

第29章

还有四小时十三分钟。

第7大道和第52街的东北角的一部秘密相机,拍下了与安格斯·麦克唐纳描述相匹配的那个警察影像。6:49时,这个警察踏上通往圣帕特里克大教堂方向的路。他扭过头——这段视频在纽约警局的每个辖区流传着。

夏娃拨通了欧米茄小队(跨机构的特种部队)领队的电话。亨利·麻已授权一个搜索和攻击任务。在这个事件中,如果夏娃未能与人质劫持者成功谈判出一个可接受的结果,他们就迫切需要拟订一个能把伤亡和毁坏降低到最低限度的计划。无论是对人质,还是对圣帕特里克大教堂的建筑。

夏娃知道这样做是对的。在她与人质劫持者谈判当中有过小小的成功之时,她其实明白,这远远不够,尚不知道他是谁以及他为什么要这样做。她没有突破,他们迫切需要信息,需要了解存在的漏洞、可能的入口、可能的人质数量和位置以及那个人质劫持者或那些人质劫持者的位置。

但毫无疑问,这是高风险的游戏,一颗巨大的骰子。如果欧米茄小队暴露了他们的意图,他们就会回到原点——或者更糟。夏娃和人质劫持者之间脆弱的信任关系则会被折断——所有人质的生命将面临可怕的威胁。

欧米茄小队计划从大教堂后面的教区长住宅的屋顶一步步靠近。他们希望能看见那位杀死两名无辜受害人的狙击手。

"搜寻导弹、摄影机、扩音器，你们能秘密使用的任何东西，"夏娃跟欧米茄领队说，"但如果你们暴露，我们就完蛋了。"

"放心，罗西特工。"领队承诺道。"但愿上面的情况与下面的不一样。我们以前从未遇到过这样的僵局。这个人质劫持者掌控着每一个入口，我们想到的入口，要么被锁上，要么装有炸药。"

"你们没在下水道试一试运气？"

"没有，女士。我们同教堂里的管事谈过，也查过纽约市的设计图档案，查过登记在册的每一排供水道。但是，他妈的他往每一条管道都倒进混凝土。一个也没漏掉。"

"那么，咱们得寻找人质劫持者没想到的，"她跟他说，"最重要的是找出他在里面干了什么。特别是，我们需要确认他控制了多少人。你说得对，我们要干掉多少坏蛋。"

"明白。我派两队人马上去——阿尔法队和三角洲小队。阿尔法小队还有二十分钟就要行动了。"

接着，夏娃听到他跟特警队员们说："准备好了吗？倒计时开始：五，四，三，二，一……行动。"

第30章

梅斯将屏幕切换至市中心西区图，想找出证物柜炸药被窃一案是谁做的。同样的炸药——只是也许——用到圣帕特里克大教堂的机关里。

随后，他意识到，无须纽约市最好的警察告诉他这件事。事实上，最好是避开辖区的房子。不管他最终面对的家伙是耿直还是混蛋，他个人的胜算大约只有百分之五十。再说，他也没时间胡说八道。最后的时限快到了，仅剩四小时两分钟。

外面，一个绝佳机会正等着他。

梅斯注意到，隔壁一幢不起眼的五层楼门廊前恰巧坐着一个女孩，看起来也就十岁左右的样子。

独自一人。

只有她和一个瘪了的篮球。

梅斯以前从未与弗农·布朗联系过，但此时线索断了——时机再好不过了。这个孩子是弗农·布朗的女儿。弗农被布朗克斯区（纽约市最北端的一区）的小伙子们称为"死亡商人"，因为他实际上控制了向莫里森尼亚暴力贩毒团伙的武器供应。梅斯特别想了解纽约头目的家族成员，却从不知道这种联系何时能派上用场。

女孩见梅斯正向她靠近，遂小心翼翼地观察着他。

"喂，孩子。怎么啦？"梅斯尽量让自己的声调听起来自然。

"你看天空。"

梅斯停下，仰头看了看青灰色的云，快要下雪了。然后，他欣喜地低头看着球，指了指，说道："你知道吗？你是对的。你打球？"

女孩皱起眉头。"没有。"

"怎么不玩？篮球没气了？"

女孩静默片刻。"不。因为我太矮了。而且，我是个女孩。"

梅斯点点头。他弄错了。从女孩的面容和声音看，她可能十四五岁了；可看身体，也不过十来岁。"矮并不能说你就不能打球。"

"意思是我打不好。"

"你在开玩笑吧？跟马格西·博格斯说说看。你知道他是谁，对吧？"

女孩垂下眼帘。

"他只有五英尺三英寸高。在NBA，他一直是最矮的球员。但他却是年度选秀中的12号，而且，他在大联盟打了十四场比赛的控球。"

"他是怎么做到的？"

"他的速度闪电般快，特别敏锐。一个球鹰。或许你能学会，像他那样打球。你叫阿什利，对吧？"

"你怎么知道的？"

"我听你父亲说的。附近有个球场，我带你去那儿看几件东西吧？"

"或许可以，"女孩兴奋起来，"有什么好的？"

"我不是勒布朗·詹姆士——但我有信心。生活不能没有自信，你明白我的意思。"梅斯指着分局的房子。"你父亲在那儿吗？"

"是。"

"他们什么时候来找他的？"

"今天一早。他们总喜欢这样。日出之前。"

"他叫你等他的？"

"不是。只不过我想等。"

"不上学？"

女孩又垂下眼帘。"反正早晨我已错过了。"

梅斯扬了扬眉。"我猜你醒得不够早，嗯哈？"

"爸爸让我帮忙。"

"他让你给谁挂电话？"

"史努比。"

这大大改变了梅斯对事情的看法。如果警察把弗农带到警局，是因为他有罪，那他肯定是想把消息传给朱依思·戈麦斯。朱依思懂得怎么收拾残局。本质上说，是为了控制损失。但史努比呢？他的工作是运筹。给史努比打电话的意思是，弗农不想代人受过。"不如我们玩玩球——然后，你再把我领到史努比那儿怎么样？我可能有些信息能帮他，并让你爸爸出来。"

第一次，这个孩子的眼睛亮了起来。"酷。但史努比有可能会来这儿。另一方面，"——她皱起脸，看了看时间——"二十五分钟。"

梅斯点点头，然后伸手拿球。他把像葡萄柚一样的球拾起来，托在右手上。"有足够的时间给球充气，然后我教你一两个非常酷的动作。你干吗不给他发个短信？叫他来我们这儿玩投篮。"

梅斯知道，夏娃很可能会认为这样不妥，如此紧急的时候他却只顾贪玩，而不去完成自己的任务。

他喜欢将这类任务称作人际沟通工作。这确实是个重要的工作。

在耶鲁俱乐部或让·乔治那样的地方，他见那个穿西服的人打过球。

当时他正在球场上玩十五英尺的跳跃投篮。

伊莱还未放下那一直敷衍的电话时，突然往嘴里倒了点图母酒——希望能缓解五香熏牛肉和腌牛肉给他带来的消化不良。

"首要的是格雷迪办公室。"回答的声音既平淡又无趣，绝对不允许被打扰。

伊莱直奔主题，快速自报家门并掏出联邦调查局提供的证件，说道，"我正在对一个学生的福利状况进行检查。"

"名字？"

"姓墨菲。乔治亚娜·墨菲。"

"你得到允许了吗？"

"我需要了解这个孩子今天早晨的到校情况。"

"我们不能泄露学生的信息,尤其是在学习期间,除非有法院的传票或授权。"

"或许能让我同格雷迪校长谈谈。"伊莱说。

"她同我讲的不会有什么不同。"

"也许不会。但如果这个学生遇到了麻烦,很可能她就想知道了,越快越好。"

伊莱看着表面上无休止运行的秒针,知道管理一所学校是世界上最重要,而且还是最费力不讨好的工作。管理者们无不负担沉重,而报酬还很低——可是,教师们依然对学生的成功和幸福满怀热情。否则,他们不会这样日复一日地劳作。

问题是,这位接待员会花很长时间才能想起来。

秒针又走过七圈时,伊莱听见一连串的哗哗声。

找到了三个目击证人,还剩两个。

哈多克斯特别感激那些个微不足道的小事。在这种时候,事实上,人质劫持者主动告诉夏娃,他要找的路易斯·拉莫斯的中间名的首字母是J,是川普大厦的门窗清洗工。就这样,哈多克斯随即记录下来。路易斯被捕似乎是因为一个小的交通违章。问题是,路易斯是非法移民,因此还被正式起诉并被驱逐出境。此后,门窗清洗工的工作遂转入了地下,一直如此。

离最后的时限还有三小时五十二分钟。

哈多克斯知道,这并非易事,但恰又是自己喜欢的方式。

校长叫朱莉·格雷迪,是第二代意大利移民,嫁给了一个爱尔兰裔警察,已工作了十四年。

"谢谢您接待我。"伊莱说,重新出示联邦调查局的证明,并强调自己是代表墨菲家人,具体说就是代表墨菲母亲来的。

"这需要墨菲太太本人跟我通话。"朱莉·格雷迪说,"学生记录——包括出勤记录——都属机密。我相信你能理解,我无权跟你谈这些。"

"我知道。"伊莱说,"但她已经慌了手脚。听着,这与孩子,与她的记录无关。这与她妈妈有关。只需告我她没有理由担心就行。"伊莱解释说其前夫有监护权,直到他的监护期结束,警方才可介入。无论如何,警方都需要一个更正当的理由,而不是"我女儿没有接听我的电话"发出安珀警戒和授权令,要求先采取行动。"你有孩子吗?"他问校长。

"三个。这扯到哪儿了?"

"哦,想象一下,我们说的是你女儿——有一天,她恰恰没有出现。即便她一直都有这样的习惯。"

"那我们交换一下信息怎么样?"朱莉·格雷迪毫不犹豫地说道,这令伊莱惊喜不已。"一个一个地回答。但完全是记录外的东西。"

"知道了。我们从未谈过话。"伊莱信誓旦旦地说,"你先来。"

"我有理由相信,乔治亚娜的家庭生活是让她纠结的原因。我说得对吗?"

"父母双方好像面临着一些个人和职业方面的挑战。用英语说,妈妈和爸爸都经历了痛苦的离婚,妈妈失业,爸爸被停职。现在轮到我了。"伊莱用一支笔在桌子上心不在焉地乱画着。"乔治亚娜今天上学了吗?"

"没有。无论怎样,乔治亚娜历史课就逃学了。最近几周来,这样的事相当频繁。我们今天上午又给她父亲捎了个口信。"

"那么你说我们不该担忧吗?"

"我没那么说。她的老师们始终很关心。非常关注。"

"她什么时候失踪的?"

"前天。吃完午饭到两点钟要上历史课中间的某个时间。"

第31章

联系到的还是那三个,仍有两个没有联系到。

找到路易斯·拉莫斯需要智慧,哈多克斯只得把注意力暂时转移到辛妮亚·威利斯身上。事实证明,这是个聪明的做法,弄清楚她的行踪简直是小菜一碟。

辛妮亚·威利斯从牙买加来到纽约市已四十三年,一直以来都在单亲家庭做保姆。哈多克斯不想说服她——至少,不是现在——但是,他确实与克莱尔·艾布拉姆斯谈过,克莱尔与她的大家族住在第104街的底斯特·恩德大道上经典7区的一幢楼里。

辛妮亚的雇主。

辛妮亚照看艾布拉姆斯的三个男孩大概已有八年了,自从老大出生起便在。克莱尔很痛苦。认为联邦调查局可能想从辛妮亚那里找到什么严重的问题。她跟哈多克斯担保,辛妮亚在这儿工作是合法的。她缴了所有的税款,从没有偷税漏税过,不存在保姆方面的问题。几年前,辛妮亚体检时发现有一点健康问题,并因此背了债。不过,他们很快帮她解决了债务问题。显然,克莱尔·艾布拉姆斯非常担心,不是调查她税务欺诈,就是调查非法雇用外国人。

哈多克斯不忍心说"事实要糟得多"。

找到了四个,还剩一个。

伊莱穿过街道来到哈多克斯和夏娃待着的MRU。他脱去梅斯所谓的欢迎回来的科特运动夹克，现在他只穿了件皱巴巴的衬衫，左胸前有个口袋——通常装有护具和笔——此刻塞满糖果。他掏出一条救命糖（Lifesavers），递给哈多克斯一个樱桃味的，哈多克斯摇摇头。

"要我帮忙吗？"伊莱问哈多克斯。

"跟着感觉走。"哈多克斯漫不经心地说着，眼睛却没离开计算机屏幕。

"你懂如何追踪手机，即使不开机也可以，对吧？"

"没错。如果电池仍在里面——就不会消失。"

"你能试试吗？这是号码。"伊莱递给他一张皱巴巴的纸。不晓得什么缘故，纸在伊莱口袋里时染了个红点。伊莱本能地想控制住对流血致死的恐慌。随后，他意识到，那只是肮脏的汗水和原子火球（一种糖，atomic fireballs）的混合物。

"这个号码是谁的？"

伊莱压低声音说道："是私人的——抱歉。不要告诉夏娃。"

哈多克斯耸耸肩。"不用担心，伙计。我会在干正事的时候，把它放在后台进行。"

最后一个目击证人。

关于路易斯·拉莫斯，官方的卷宗很薄，美国公民身份和移民局提供的东西很少。

拉莫斯卷宗里至少涉及好几个斯里兰卡人——是拉莫斯最后认识的几个同伙。不是很多。路易斯对自己的事情守口如瓶：努力工作，把钱寄回墨西哥瓦哈卡的家，那是墨西哥最贫穷的地区。他妻子和五岁的女儿至今还住在那儿。

哈多克斯认定这是关键。为避开被驱逐出境的困境，路易斯可能已转入地下。但无论他在哪儿，他仍在工作——寄钱回家。

假如路易斯待在纽约——哈多克斯认为这个假设是合理的，因为许多无须提供身份的工作都需要有人干——墨西哥工人把钱寄回家会有几种途径，但最常用的方式是汇款回家。在百老汇街上的黑人住宅区（Harlem）有一整套的汇款业务，他们用西班牙语做广告说，他们可以用最便宜的价格直接从纽约市直接电汇钱到墨西哥。

他想去看看，多方打听一下，看那儿能否给自己带来点好运。

这就是他下一步的计划。他想他必须随机应变。

联系到的仍是四个。

依然还剩下一个。

到最后的时限还有三小时二十分钟。

第32章

梅斯跳着进了MRU，夏娃、哈多克斯以及伊莱正聚精会神地盯着电脑屏幕。欧米茄小队刚刚授权第一队占领屋顶。

"出了什么事？"他问。

"我们在看特种部队阿尔法钓鱼。"伊莱解释道。

"我靠自己钓鱼探险抓住了条大鱼。"

没一个人说话。

"我同一个知道偷盗武器和炸药的主要藏匿处的家伙聊过。库存量似乎与我们在这儿对付的吻合，"梅斯得意扬扬地补了一句，"直接来自伊拉克。这些家伙在那里使用的就是这种带有清晰回音的炸药和技术。"

"伊拉克。"夏娃心不在焉地应着，遂直直地站起来。"看——他快出现了！"她指着屏幕。阿尔法队的一个人正匍匐在屋顶上。

大家都注视着，屏住呼吸。

"这么看来，我们要对付的是个老兵，而且还是个心理失常的老兵。"梅斯继续又道。

没一个人转身。

"或是哪个想把战乱带到美国的叛乱分子，"他补充了一句。

没有人注意。

"或者是从屁股冒火的飞猴。"

仍无人应答。他们的眼睛和耳朵全集中在屏幕中那个男人身上。

"问题是，那么一大堆被盗的炸药，即使纽约市警局也没找到蛛丝马迹。他们只知道不见了。"梅斯诅咒道，"似乎你们谁都不在乎。"

他大步踏出MRU，砰的一声关上房门。

可恶，如果他把时间浪费在没人在乎的狗屎上，那生命就太短暂了。

刚过拐角，绕过阿特拉斯像时，他突然停了下来。

又有人质站在台阶上。

看上去像是个神父。至少，他穿着神父的常服，罗马领和长袍。他一定是冻坏了。

真是个神父——或者只是穿着像？没法判断。

他是个白人，年龄三十岁左右；棕色头发，稍微有点卷，遮住了眼睛；脸有点圆。他的身体纤弱，生活不规律，若生活规律，起码也有很多年没去过健身房了。

人质四下看看，举着一块标牌，读了起来。

他双手哆嗦，声音颤抖。

"给你们的攻击队九十秒的时间，撤走！"他喊道，"如果他们不撤，我就得死！九十，八十九，八十八，八十七……"

第33章

五十六，五十五，五十四……

夏娃站在人质面前，就在宽台阶下面，手机放在耳朵上。

"撤离！撤离！我重复一遍，欧米茄小队撤离！"

安全线路上没有任何反应。

神父没有动，只四下看看，不确定地继续数着数，四十九，四十八……

无线电发出轻微的噼啪声，全副武装的警官们蹲伏在八英尺以外。夏娃不再顾及周围的混乱，知道在自己看不到的地方，狙击手已然就位。

"我需要确定，欧米茄小队。"

"收到。"不远处，她听见欧米茄小队的队长重复着命令。

她听见伊莱在 MRU 里大声喊叫："阿尔法队全面撤退。阿尔法队全面撤退。"

她终于长长地出了一口气，遂拨打人质劫持者的号码。电话接通——一声，两声，三声，四声。

她重拨了一遍电话，依然没人接听。她不知道劫持者是否已换了另一部电话。

她朝人质迈近一步。

仿佛他只是勉强站着。他的声音发颤，三十三，三十二……

"好样的，"她在电话里跟神父说，"我们正按你的要求在做。他要求什么？"

二十九，二十八……

"现在你可以停止数数了。结束了。"她伸出手。"你现在可以跟我走，神父。你安全了。"

特警队待命。全副武装的警员举着盾牌。她只给了他们要保护人质安全这个信号。

是什么阻止了她？

她揣摩着人质的心理。她能感觉到神父的恐慌和忧虑，就好像是发生在自己身上一样，仿佛站在台阶上的是她自己，在狙击手来复枪的瞄准中。

就像她不久前一样。

二十六，二十五……

她同情人质——她提醒自己，同情心是她工作出色的一大原因。不仅仅是她研究人的能力——读懂他们的肢体语言并导出他们的思想。那是她理解他们畏惧的能力，同时也形成所有策略的框架——那些是无法在匡提科老师的训练中学会的。

她的训练。

一瞬间，她忽然察觉出自己的问题。她所有的同情恰恰误导了人质，而不是人质劫持者。对谈判者来说，那是个错误，甚至有时还会是致命的。训练中，她要假定所有的人质都是"在被杀的过程中"。如果在人力所及的范围内，就要营救。不然，人质就会被杀死。

她的同情心仅及于人质劫持者——可她却感到困惑，无法接近他。上次她无法与对手取得联系时，就死了很多人。

她需要再试试。

"他们要全部撤退，夏娃。阿尔法队和三角洲队。"夏娃甚至未能分辨便大声喊叫出这个要求。

十九，十八，十七。

"停止数数，"她对人质说，"到我这儿来。你安全了。"

他没有动。

十四，十三。

他一定是吓坏了。

自己在联邦调查局的狙击手早已就位。法医分析业已完成——现在他们的枪已瞄准了那个位置，在脚手架高处有个缺口，最后两颗子弹就是从那里射出的。只要看到一丁点儿闪动，他们就会开火。

十，九。

夏娃发出命令，特警队人员向人质奔跑过去。

用他们的防弹衣遮挡住他。用盾牌作为他们上方的防护。

开始把他移到台阶下，远离大教堂和铜门。

夏娃听见他仍在数数。五，四，三……

她惊慌失措——一种强烈的灾难逼近的感觉。她欲转身离开。她不想看。

二……

她听见了这个数？抑或仅是猜想？

她感觉到了冲击波。即使周围的男男女女都是经验丰富的专业人员，她还是听见了大家的喘息声。随后，她听到有人尖叫一声——声音似乎比爆炸声还响。

她没有把重点放在受害人身上——尽管她知道已有三个人遇害。

她在现实和往事的边缘徘徊——三个月前，在哈德逊河岸上发生的那次爆炸，没能动摇对塞弗的印象。那时发出的尖叫声是她自己的。

她俯视着神父和他的救助者。她想起了塞弗。他们此时都在一个她够不到的地方。

烟雾令人透不过气来，她绝望地昏了过去。她心跳加快，血液奔腾，头脑中挣扎着要过滤掉这个混乱的场面。刹那间，现实被永远的记忆所笼罩，她感到一双强有力的手把她托起——一半托着，一半要带她走。

哈多克斯。

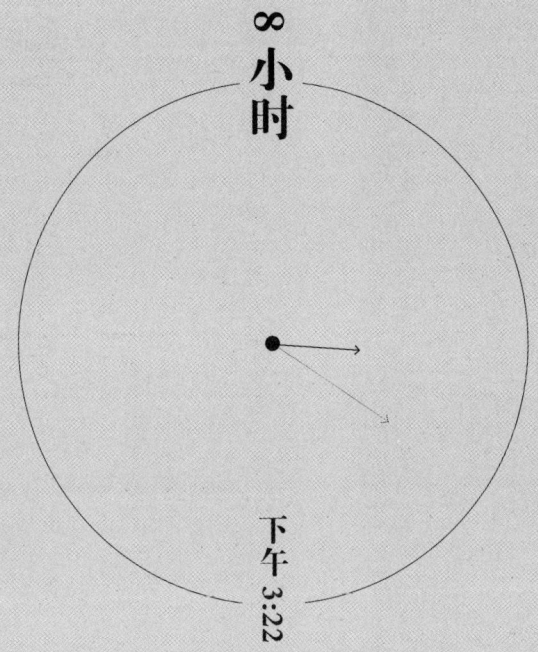

这是刚收到的。

您刚看到的是圣帕特里克大教堂正面腾起的烟雾。在过去的几分钟里,我们收到多起关于那里发生爆炸的消息。

重复,在圣帕特里克大教堂前发生了爆炸。

我们还未得到有关损坏程度或伤亡的详细信息。

此次事件是否为恐怖分子所为,官方尚未对此说明。

我们联系到了罗博·尼克尔斯,联邦调查局一位退休的反恐前特工。现在我们跟他连线。您能跟我们讲点什么吗?

尼克尔斯：过去的一个小时里，我一直在收听你们的新闻，我知道大家都很担忧。我们看见纽约市上空升起的烟雾，"9·11"之后，我们都非常忧虑恐怖主义。我们听说，在大家喜欢的地标建筑里发生了人质劫持事件，担忧里面很多人的生命正受到威胁。

但依我看，我们在这里看到的并不是纯粹的恐怖主义。我的依据是时间。一般而言，恐怖分子是要在临近黄昏时使影响最大化——也就是大教堂里塞满观光客、第5大道挤满购物人的时候。依我看，这说明人质劫持者是对天主教会怨恨甚深的人。

第34章

十三分钟，恍惚全是汽笛的尖叫声和奔跑的医护人员。当她啜饮着冰水时，一双蓝眼睛正注视着她。夏娃这才意识到，自己就在MRU旁，被隔离在空无一人的用外套临时围成的空间内。

那双蓝眼睛把她弄糊涂了，记忆与现实再次融为一体。她吞咽下泪水。

"我怀疑，"哈多克斯冷静地说。

"一品托吉尼斯，一辆快车，四季酒店里一个房间。"

哈多克斯朝她投去一个奇怪的表情。

"是你告诉我这些全是你需要的答案。"

"没错。通常是。"他对这个记忆微微一笑，遂又立刻严肃起来。"你认为塞弗不在那儿。"

她点点头，整个身子仿佛都摇摆不止。"很难不那样想。其他人——"

"注意到了吗？"他接着她的话说，"只有我和梅斯。其他人都有点心不在焉。今天礼拜几？"

"你说什么？"

"只要确定你在这儿，不在其他什么地方。"

"别傻了。"她厉声道。

"因为在那儿的几分钟，我就找不到你了。"

"我没事。"

"但是，你一直不大好。"他坚持说，"暂时不会，亲爱的。我说得对吗？"

"没事的。"

"第一个符咒是在什么时候？"

罗马，她想。两个男孩——一个穿蓝色条纹汗衫，一个穿黄色的——在纳沃纳广场玩，咯咯地笑，相互逗趣。随后，他们突然站起来，跑走了——那时，他们点燃的鞭炮飞入空中有三十英尺高。她听见了鞭炮响，闻到了烟味。她几乎掉进了四河喷泉里——把肚子里的东西都吐进水里。

哈多克斯不停地说着，甚至不等她回答。"这是你不回来工作的原因，是吗？潜在的触发因素太多了。"

"你反应过度。"这不是她的事——也不是他对她过去三个月里的评价。

"你要把我留在罗马？你一直环游世界？"他皱起眉头。他试着与她沟通。

是结束讨论的时候啦。"或许你的自负恰恰无法接受我离开你。"

哈多克斯扬起下巴。"你不会无缘无故就走的，亲爱的。"

"为什么没有一个女人愿意离开你？"她嘲笑道。

"这是你说的，可不是我。"他漫不经心地笑答道。

"归因于承诺，"她说着，竭力笑了笑，"我的问题。"

"更像是信任。"

"不要抱怨。你这个人从不会待在一个地方，因为犯罪的人会找到你，很可能政府会跟踪你。所以你不会一直规律地使用一部手机。"

"不会，不过，"他纠正她道，"再说，人生苦短——最好把时间花在行动上。今晚我们晚餐时再讨论怎么样？这个危机什么时候才结束呢？"

"听起来有点过于乐观了。"

"你要和我共进晚餐？要不然等危机结束？"

"这次危机不可能就此结束。"

"但如果结束了呢？"

"我的答案依然是不会就此结束。或许到你不再叫我'亲爱的'时候，我们再谈。"她忽然严肃起来，"人质周围的特工都没事吗？"

哈多克斯摇摇头。

她的心砰地沉下来。她早就知道了，毕竟他们承受了爆炸的冲击，掩护了其他人，但也有损伤，听上去是这样。"是欧米茄队吗？"

"全体人员安全返回基地。"

"令我困惑的是，这次他没有开枪。他为什么改变了策略？"

"你的神枪手发现了他的位置，因此他改变了策略。"

她认真想了一会儿。"他在耍花招，你明白。"

"谁？"

"人质劫持者。我们照他的要求做了。我们召回了欧米茄小队。"

"他根本不在乎。"

"他不接听我的电话。"

"你辜负了他的信任。"

"他的枪法很好。如果欧米茄小队令他不安，为什么没有除去他们中的一个？为什么惩罚人质？"

"因为你的特别行动队始终不顾及自己的生命。这是他们的任务。而杀死一个人质——一个普通公民？这便会成为头条新闻。"

夏娃倔强地抱紧双臂。"他还使了另一种诡诈。受害人数数——但是，还没有数到——"

"那是种较宽容的方式，你没想过吗？"

梅斯将头探进门。"都没事吧？"

夏娃勉强挤出一丝笑容。"进来。跟我说说你要说什么，之前你说的关于从市中心西区分局证物柜武器失盗的事。"

"必须先让我把胸中的烦恼吐出来。并非无礼，夏娃——但在刚刚发生的事后，你真认为你能同那个混蛋谈判成功？"

我吗？她奇怪。当我以为沟通在爆炸中被破坏时，没人能预见到？

"还有机会。"她说。

"如果我们最终必须进入大教堂的话，我认为你必须叫来弗兰基。"

弗兰克·加西亚——他正接受治疗，治疗他在国外服役创伤后的应激障碍症（PTSD）。微笑慢慢爬到她唇上。"你——要找加西亚？"

"别误会，我受不了那家伙，不想与他共事，不想同他待在同一房间。不过，他是我能想到的唯一不会让人质劫持者发现便能找到入口进入大教堂的家伙。"

夏娃紧闭双目，塞弗的突然死亡令她感到不安，她不希望这样的事再发生在任何人身上。无论是什么困扰着弗兰基，她知道，都要糟太多。

这时，她想起人质颤抖的样子。

人质劫持者为何不接她打过去的电话。她始终愚蠢地认为，她可以信任他；她始终自大地认为，她能预测他的动向。

欧米茄小队没有成功。如果夏娃和那些帮助她的人想成功，那么，她则需要一个有能力，而且同她对手一样不可预测和非传统的人。

她转向梅斯。"你说得对。我们需要加西亚。我来想办法。"

维多克卷宗 Z77519

目前状态	不活跃
弗兰克·加西亚	
绰号	弗兰基
年龄	41
民族/种族	西班牙裔
身高	5英尺10英寸
体重	185磅
眼睛	棕色
头发	黑色
突出特征	右腕关节处有三个三角形刺青（我疯狂生活的象征，拉丁国王的座右铭）；左臂上有文身（我永不放弃，军人精神）。
现住址	3884百老汇（华盛顿高地）
犯罪记录（美国陆军）	曾因过失杀人罪被军事法庭判处死刑，后被开除军籍，并没收了所有工资和津贴。判刑：10年监禁。
相关资料	军队记录清晰：当上级未能满足他严格的标准时，他便不再服从。
专门技能	曾在陆军游骑兵精锐部队（第75游骑兵团）服役。专业徒手格斗高手（包括用阿帕切刀技术专家的持刀战训练）、武器专家及训练有素的狙击手。
教育	曾就读于南布朗克斯高中毕业。
个人	
家庭关系	兄妹七人（四个兄弟，两个姐妹）。两个兄弟，杰西和阿莱克斯，是拉丁王最新成员。其中一个姐妹埃米莉娜，2006年死于肺癌。
配偶/社会关系	前妻特丽莎，育有一子，弗兰基·朱力尔，9岁。
宗教	虔诚的天主教徒。
嗜好	专注于弗兰基·朱力尔以及他的大家庭。热衷于大马力老爷车。
概况	
长处	为维护个人荣誉而战的人。

弱点	● 常执着于一些荒谬的迷信，因之导致精神错乱并引发忧郁症。 ● 患有创伤后应激障碍，虽没有让他彻底垮掉，但他又开始酗酒。接受司法指定的医院治疗，时限到10月。对于未来是否拥有对弗兰基·朱力尔的共同监护权，则根据其治疗结束后的效果而定。 ● 孤僻，不信任他人。
备注	有严重缺陷，但具备高技能。对于结盟，加西亚并不信任。他先是在拉丁王队受挫，后在陆军游骑兵团受挫。让他改变想法是极难的事，但他一旦改变想法，他会是团队的特殊行动专家。

★由特警队夏娃·罗西编写，情报中心亨利·麻校正。只供内部使用。

第35章

我现在全神贯注,感觉自己像个乐队指挥,确保每一种乐器都能在交响乐曲中发挥作用,以确保曲子完成。

从我在的高处——入口上方大唱诗班的顶楼里,大教堂就在我的眼前。但此时,这座石头建筑和彩色玻璃被包裹在脚手架里,我看不到它们,但我知道我指定的人正等在下面。

他们别无选择。

我把手伸进裤子后面的口袋,掏出一个装着粉末的小扁瓶,往手上倒了一点,形成一个完美的圆圈。我将手合住摩擦了一会儿,遂抓住脚手架上离自己最近的杆子,开始攀爬。

我越爬越高,爬上数以千计的铜管搭建的巨大脚手架上,直上到墙那儿,我知道那堵墙有道裂缝儿。我往外窥视,可以看见第5大道。这条路已经戒严,到处都是纽约市警局和联邦调查局紧急救护人员,像疯狂的蚁群。

犹如噩梦一般,住宅区和商业区的交通难以置信地停滞了。人们一定很失望,——今晚洛克菲勒中心不会有亮灯仪式了。

一群警察仰头望着上空——但我知道他们看不见我。他们看着脚手架,或许只是在欣赏圣帕特里克大教堂的双塔塔尖。

外面的世界混沌不堪。

这儿的世界却异常寂静。

我眼睛望向墙壁，看着墙上的每一块石头，泥浆将它们紧紧黏合在一起。

我想象着，父亲的祖父曾与他的兄弟、同胞们来到这里，艰苦地劳作。他们这些石匠都来自考克县，来到这美丽的大陆——一座像移民劳工一样迅速崛起的城市。我的曾祖父曾被视作圣帕特里克大教堂的基石，而此刻已不复存在了。

我想知道，是否会因为重新发现失去的基石而被铭记。如果他们遵从我的指令，它可能会自己露出来。

在废墟中。

第三部

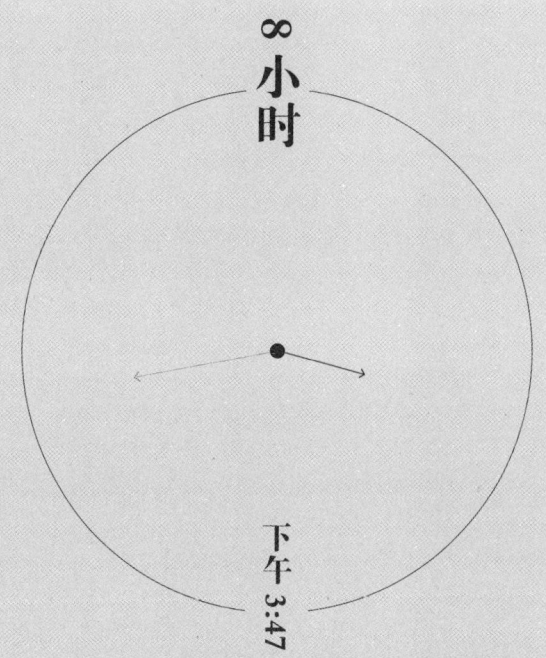

8小时

下午 3:47

市长：我刚和州长通了电话，今天下午，他正乘直升机前往纽约市，而发生在圣帕特里克大教堂的危机仍在加剧。他和总统亲自向我保证，无论怎样，纽约会获得一切需要的资源，以安全解决这一可怕的局面。

某记者：你能就此次突发事件说点什么吗？

市长：我相信你能理解，危机仍未解除，调查仍在进行当中，因此我们在这个时候不可能发表什么评论。

记者：有关伤亡情况呢？

市长：有人遇害，但在尚未通知家属之前，我们无法提供更多的详情。此时的重点是确保部署可用的资源，尽一切可能营救生命。

记者：里面有多少人？你们确认他们的身份了吗？

第36章

还剩下三小时十一分。

夏娃完成了指令。

她的首要任务是,确保五个目击证人在最后时限前到位。她要确认有关人质劫持者的所有背景资料。她要找出通往圣帕特里克大教堂的所有秘密通道,才可能不会再牺牲无辜者的生命,也不会损毁大教堂的建筑。这是解决危机的唯一方法。

他们已经确认了那几个无辜生命的身份,也收到很多人报告家人失踪。人们相信,他们都是清晨去圣帕特里克大教堂参加弥撒的,他们是后来错过会议和约会的那些人,是一直没再回家的那些人。

第一个人名字一直在夏娃秘而未宣的人质名单上:迪安吉洛主教,主持弥撒的人。

第二个人,珀涅罗珀·米勒,卢克的妈妈。她住在费城的远亲已赶来照看卢克。她证实,家里无一人联系上珀涅罗珀。

此时也有了其他人的名字。

伊桑·雷诺,邦尼·纽特咖啡店的一名副厨师长——他的同事说他失踪了。

田中爱子,纽约大学艺术史研究生,正在撰写关于圣帕特里克大教堂的论文——其室友报告了她的失踪。

杰森·齐特福,来自佛蒙特的牧师,住在斯塔腾岛,其母报告了他的失踪案。

一位神父——迪安吉洛或齐特福,待确定身份——此时已死。另外还有一个警察人质——尽管未收到任何可以证实的信息。工作日结束时——其他人也都没有回家——可能会有更多的人报告失踪。

但据推测,此时可以确认的有五名人质。

夏娃决定不再去想这件事,负担越重只会分散她的精力。

首先,她把优先等级低的任务分给维多克以外的特工。她叫他们全力确认那个警察——如果没有残疾,他会是个潜在的帮手。她叫哈多克斯、梅斯以及伊莱处理高优先等级名单。对他们来说,她期望快速找出答案。失败不是她的选择。

让弗兰克·加西亚从医院病床上下来是她的责任。她给负责加西亚治疗的内科主任打电话。罗格尔·阿尔宾医生的职业医生生涯大部分都在私人诊所度过,治疗那些富有的病人,他们足以支付他昂贵的小时计费。他的专长是妇科,尤其是那些饮食失调的妇女。

那时,他儿子麦克从伊拉克执勤回来,简直变了个人。医生在马路对面看到的是普普通通的褐色石头,而在麦克看来却是狙击手的隐蔽所。医生看到的是普通的垃圾桶,而麦克却认为那是一个简易的爆炸物。医生看到的是东河[①]上空美丽的烟火,而麦克看到的却是爆炸烟尘。

六个月后,麦克的妻子离开了他,称这样做是为了让他们四岁的女儿避开他狂暴的脾气,分开是必要的。麦克搬回医生家住进了地下室。时间转瞬即逝,九个月后,麦克在祖母的车库里上吊自杀了。

罗格尔·阿尔宾决定帮助其他人,如同他一直在救助自己的儿子一样。他放弃了个人获利颇多的工作,加入为军人和退伍老兵服务的美国退伍军人事务部[②]的特殊项目。他认真履行着自己的职责。

"我们从事的工作非常重要,罗西特工。"他跟她说,"我们帮

[①] 东河,美国纽约州东南部海峡,位于曼哈顿岛与长岛之间。
[②] 美国退伍军人事务部(United States Department of Veterans Affairs, VA),成立于1989年,是为美国退伍军人及家属提供服务的内阁部门。

助那些为国家服役过的英雄。任何中断治疗的行为都会阻碍我们的工作。"

"我当然明白。"她竭力让他相信,"若是其他的什么事,我绝不会打扰病人的治疗。但这个情况却非常紧迫。我需要弗兰克·加西亚这样有专长的人。"

"找其他人,罗西特工。他此刻正处于关键时期,即使是临时离开,也会使之前的所有努力都前功尽弃。"

"我明白,但我们必须承担这样的风险。"

"加西亚先生患有严重的创伤后应激障碍,经常会迷失方向。他身子虽然离开了战场,但记忆依然留在那里。他的监护权问题,也就是能否继续见到自己的儿子,完全取决于治疗效果。"

"所以,任务完成后,他会立刻返回你这里。"

"当然好,其他人——"

"没有其他人。如果有的话,我会给他们挂电话。半小时内,会有专人去接加西亚先生。"

愤怒让罗格尔的声音嘶哑着,"事实上我别无选择,对吗?"

"不是,阿尔宾医生。今天没有了。"她挂断了医生的电话。

第37章

夏娃想出去透透气，在MRU里一分钟也待不下去了。她发了疯似的要与人质劫持者恢复对话，重建被欧米茄小队破坏的信任。

周围负责保护的全是警察、消防员、联邦调查局的调查员以及法庭技术人员。夏娃急匆匆从他们身边走过，无意间碰到一个右手包扎着纱布的警察，那手包得又厚又圆，像个拳击手套。她咕哝着道歉的话，遂在阿特拉斯雕像和香蕉共和国①中间找了个地。阿特拉斯雕像左脚下，一个唱歌跳舞的圣诞娃娃吐出尖细的"铃儿响叮当"乐曲，可怜的娃娃取代了这个街区奢华的假日景象，现在也暗了下来。夏娃觉得圣诞娃娃俗气而又荒诞，但今天却将它看作是小小的挑战，因大教堂事件被压下的假日气氛得以保留。

她一次一次尝试拨打着哈多克斯分析劫持者的孤独电话后得出的号码。

运气不佳。人质劫持者的手机——过去、现在以及假定的未来——都未接通。没有办法联系到他，除非她采用老式的手提扩音器技术，或配置昂贵的无绳电话。她讨厌这两个选择。以她的经验来说，单方面谈话从来不会有特别的效果。要对话，就必须双方都愿意谈。

手机铃声响起，是亨利·麻发来的短信，其中附有杰森·齐特福的

---

① 香蕉共和国（Banana Republic），美国时装品牌。为美国大众普遍接受且喜欢的品牌之一。

档案，确认是最后遇害的人质。齐特福曾是位神父，是被授予圣职的神父。

2008年，齐特福曾因猥亵辅祭男童①被判有罪。那个辅祭男童是他被派到南方佛蒙特州的圣玛丽天主教堂时结识的男孩。2013年，在服完刑期的百分之八十后，他获得假释。

档案中强调，杰森·齐特福一直悔恨不已，对他的指控提出两天后，他从圣玛丽教堂的阳台跳下，企图自杀。后来他被送到医院，并在康复后被拘留；恢复期间，他仍然处于监管之下。之后，他接受了认罪协议。

没有其他的详细资料。

但是，肯定产生这样一个问题：人质劫持者知道吗？

---

① 辅祭，是天主教弥撒及其他宗教仪式中之辅助者，过去一向为男性，且多为幼童，故又称为辅祭儿童（Altar boy）。辅祭其实在扮演着一种很重要的"桥梁角色"，有很高神学意义。

第38章

目击证人抵达现场时,另一辆MRU也开到了。他们把这辆MRU放到法索纳布尔的前面,法索纳布尔是位于东51街和第5大道西南角的一家高档服装店。同第一辆MRU一样,这一辆MRU内部都是技术设备,直接连接到联邦调查局安全网。不过,这辆MRU最初是ATF[①]作为运送毒枭之用。就是说,这辆车也是防弹的,而且里面还有一个与外界隔绝的小房间,每位目击证人都可以待在里面等着,或接受采访,有一定的隐私保护作用,甚至还有充足的空间让他们都待在里面。

剩下的工作就是,把五个目击证人都安全带来。

路上传来脚步声。接着,夏娃便看见她要见的三名特工进入了房间,都是全副武装。

"这是个搜索任务,是安全的。"她跟他们解释道,"你们可以去掉这些行头,将你们的凯夫拉[②]马甲换成运动衫和领带,不要吓着你们的保

[①] 烟酒、火器与爆炸物管理局(Bureau of Alcohol, Tobacco, Firearms and Explosives)是一个隶属于美国司法部(Dept of Justice;简称 DOJ)下、负责对烟酒枪炮征税、执法和释法的机构,其使命是保护公众免受暴力犯罪分子和犯罪组织的侵犯,打击非法使用和交易火器、非法使用和储存爆炸物品,打击纵火、爆炸行为和恐怖主义活动,打击非法转移烟酒产品。
[②] 凯夫拉(KEVLAR),也译作克维拉或凯芙拉。是美国杜邦公司研制的一种芳纶纤维材料产品的品牌名。

护对象。据我们了解到的，这五个特殊的目击证人都没有不良记录。你们要多用自己的脑子，而不是肌肉。"

站在夏娃左边的，是摩根特工，矮个子，秃顶，头中间长着个大胎记。"要是他们不想来怎么办？我们可以使用武力吗？"

"只能是最后的补救办法，先跟他们讲清利害。无论如何，也是五条生命。"

哈多克斯也参加了此次会见。"纽约市最大的地标之一。"他提醒他们。

"摩根特工，你去皇后区的阿斯托利亚接上卡西迪·琼斯，在她上班的地方就可找到她。那是一家名叫乌托邦的希腊餐馆，在第33街附近的迪特马斯林荫大道。"接着，夏娃对第二名特工海因斯说道："你去上东区，布莱尔·范德维特在第86街和列克星敦他的房地产公司大厅里等着你。哦，他会以为你要花一千万买一套新公寓。"

夏娃转向第三名特工，讲道："我要你去曼哈顿西区的两个地方。阿琳娜·马特罗斯基会在福特·华盛顿大道和第181大街上的星巴克等你。然后，你再到西区林荫大道和第104大街间辛妮亚·威利斯公寓的大厅里找她。见到威利斯女士不要紧张。她是个有点神经质的人。"

"就这？"

"你们每个人都会收到他们的电子照片。记住，这事非常紧急。务必把他们接到这里来，尽快。"

当三名特工离开MRU后，夏娃转身跟哈多克斯说："那第四个目击者，我们在哪里能找到拉莫斯呢？"

"原来他需要一个微妙接触，可能是一点脚踏实地的思考。"

"脚踏实地的思考？时间至关重要。"

"别紧张，我来搞定。"

"当然，干吗担心？一个躲在黑人住宅区暗处的非法移民——仅剩两小时四十七分钟，一个自大的爱尔兰人就能找到他。"夏娃递给他一份文件。"移民调查局有关拉莫斯的一切都在里面。不幸的是，没有照片。"

"放心，亲爱的。我会在你想我之前回来。"哈多克斯边出门边说。

哈多克斯本可以要求警方护送，有警笛且配备专职司机的汽车，可以让他顺利通过路障和交通拥堵路段。但坐专职司机开的车，这不是哈多克斯的风格——于是，他一路向西，经过水泥路障、引颈张望的人群和警察，穿过拥挤的车流、举着防弹盾牌满眼疑惑的公职人员，然后走过洛克菲勒中心，今年那里的树木正等着亮灯。他走过无线电城音乐厅，走过时代生活大厦、鲍比·范烧烤店和巴克莱的三排蓝色霓虹灯带，行至百老汇大街，他选择最稳妥的路径——地铁，以避开交通堵塞的曼哈顿，即使地铁里比沙丁鱼罐头还要拥挤。

哈多克斯乘上市区1号地铁，开始寻找行踪不定的路易斯·拉莫斯，把富兰克林通过散布在哈莱姆郊区百老汇的汇款行转了个遍。他直接查找每周给瓦哈卡汇款的路易斯·拉莫斯。

很多墨西哥人都这样做，不过路易斯始终是最有规律的，且已形成习惯。每周五四点钟下班后便会去汇款。

这一习惯从未间断过——直到感恩节之前。11月中旬以后，他便没再寄钱回去了，也没再见他在川普大厦或格莱斯顿房地产清洗过门窗。

他可能生病了。

无论是受伤还是与人争吵都会让他丢掉工作。

现在是下午4:47，哈多克斯向酒店外吸烟的几个人打听。那些人显然是刚经过一天的辛苦劳作，穿着脏工作服，一脸的疲惫。哈多克斯跟他们说，他正在找拉莫斯。没人问他找他做什么，他们唯一感兴趣的是，如果说出拉莫斯在哪儿，哈多克斯会给一百美元。

提供信息的那个人叫杰西，他的孩子最近在快乐熊猫饭店送中餐外卖。不忙的时候，杰西的儿子便很无聊。他喜欢订单不断飞来，只要他有事干。因为无聊，男孩便注意到这个男人，是感恩节后不久搬进饭店地下室的。他还看到，后来跟那男人一起搬来的还有一个女士和小女孩。他们不讲英语，事实上也从未听见他们讲过西班牙语。那个女孩脸红扑扑的，睁着一双圆圆的大眼睛。

快乐熊猫饭店正忙着接待放学的孩子们。七个孩子围坐在角落一张桌子，开着玩笑，跑来跑去地点了四川牛肉面。三个孩子正在柜台前结账，两个男孩在附近跑来跑去，开玩笑地把一个女孩的背包抛来抛去。

哈多克斯掉头走向后面阴暗的浴室，可刚到楼梯口，便被挡在了外面。楼梯狭窄，破旧，日积月累，中间都已被踩踏得有些往下塌陷了，布满了污垢和油渍……

哈多克斯探头向正对着楼梯的房间张望，见里面仅有热水器、油箱和锅炉。另一间屋，实际上更像是一个壁橱，里面装满了餐巾纸盒等杂物。在楼梯后狭窄的地下室里，他找到了要找的。六十瓦的灯泡吊挂在天花板上，墙上满是灰尘，房间里散发着潮湿和油腻的味道。地板上铺着的地毯想必已有些年头了，已经发黄开裂。中间放着一排金属的桌子，桌边摆着三把折叠椅。两张临时搭的床，其实就是在箱子上铺了块毛毯。只有女孩待的角落才勉强像是住人的地方，粉红色的毛毯、一个玩具熊，还有一排廉价的漂亮玩偶，成了这潮湿居所里唯一的亮点。

哈多克斯走了进去。

当他靠近的时候，三个人惊讶地抬起了头。路易斯·拉莫斯长得很结实，目光坚定却充满疑惑。他穿着皱巴巴的斜纹粗棉汗衫和牛仔裤。他妻子非常苗条，腿修长，穿着紧身裤，整个身子套在特大号的米黄色衬衣里。她的头发美极了，大波浪，垂到肩下。女孩简直是自己母亲的缩小版，只不过是有些婴儿肥罢了。

他们紧盯着哈多克斯——一个害怕，一个不信任，一个是显而易见的偏执。

妈妈本能地伸手抓住女儿的手。哈多克斯注意到路易斯的右手滑进了裤子口袋。

匕首？

"放松，朋友。"哈多克斯双手一摊，"我只是来聊聊的。我叫考利·哈多克斯。"

路易斯扬起下巴，仿佛生活令他厌烦，但又不得不忍受。"你要移民？"

"不。与这一点关系也没有。"他加重了他的爱尔兰口音。他想，他讲话越少美国口音，越能消除拉莫斯的疑虑。

没用。"你是警察？"拉莫斯问。

"当然不是。"

"你想干吗？"

"我对你家人没有兴趣。我只找你。如果你确实是路易斯·拉莫斯，偶尔到找点门窗清洗工的工作。"

"我就是，干吗？"

"只不过有几个问题要问你。我需要你同我一块去。"

哈多克斯跟着拉莫斯上到快要散架的楼梯间，穿过中国饭店。他觉察拉莫斯似乎在故意越走越慢，一步一步地磨蹭。左脚，右脚，再左脚。

这时，他们来到了百老汇，人行道上挤满了人，道路上塞满了车辆。拉莫斯突然拔腿朝住宅区奔跑，像冲出阴间的蝙蝠。

哈多克斯紧追不舍，从一群拿着棕色纸杯喝水的人中间挤出一条路，但还是晚了一步，没追上拉莫斯。

路易斯一定练习过他的逃跑路线，为像今天这样的事早做好了准备。他个子矮，灵活，速度还他妈的贼快。相比之下，哈多克斯感觉自己完全像根笨木头。

穿过百老汇大街时，哈多克斯不顾迎面驶来的车辆，也顾不及汽车喇叭的鸣响。这时，他已落后路易斯两个街区了。

路易斯实在太快了，而且对这一带非常熟悉。

没三分钟，哈多克斯便跟丢了拉莫斯。

返回中国饭店楼下是浪费时间，拉莫斯的妻子和女儿可能也已溜走了。

哈多克斯对路易斯·J·拉莫斯的判断不充分——搞砸了。

第39章

我设想过种种可能。

我想象着,下边的夏娃·罗西穿梭在大教堂台阶和阿特拉斯雕像下她那临时的办公室之间。

有人告诉我说:"她可能会上头条。"而且,她需要得到重要的信息。

我思量着,那个我绑架的带着男孩的女人,到底是杀了还是放走。不知道她什么时候——或是否——还想再看到自己的孩子。

我想象着我正在喝巴勒莫咖啡,满是酥皮奶油,因为我饿了。

是的,我想象着这些事——未来,现在,过去。

当我还是孩子时,有个喜欢坐在皇后大道面包店前面助行架上的疯老婆子,旁边便是她的食品杂货车。现在我们会说,她患有痴呆。那时,我们只知道叫她疯子。

其他孩子们都拿她取笑,而我却很喜欢她:她口袋里始终装着饼干喂路过的狗。我养的西班牙猎狗塔斯克是她的粉丝。

出事的那天,一个炎热、黏糊糊的七月天,那种街上热浪能把你整个吞噬的日子。妈妈叫我去面包店取面包。我到了面包店的时候,只看见助行架和食品杂货车,却没看见疯婆子。

人们发现她躺在垃圾箱旁边。那时,我妈妈和阿姨们在小声议论,她们以为我听不见。她有过名字:布雷西亚太太。她被人殴打,东西也被抢走了。妈妈说,如果老妇人身体健康,亦能恢复,只是她不够坚强。金舍兄弟们——或者，像邻居们称他们的那样，"一群到处捣乱的街头混混"——该承担责任，但那并不是大家喋喋不休的原因。

那是因为老疯婆子遇袭碰巧发生在皇后大道早晨9:30左右。光天化日之下，还有六个目击者。

他们中没有一个上去救助。

他们也没有一个人报警。

不，应该说，报警时为时已晚。

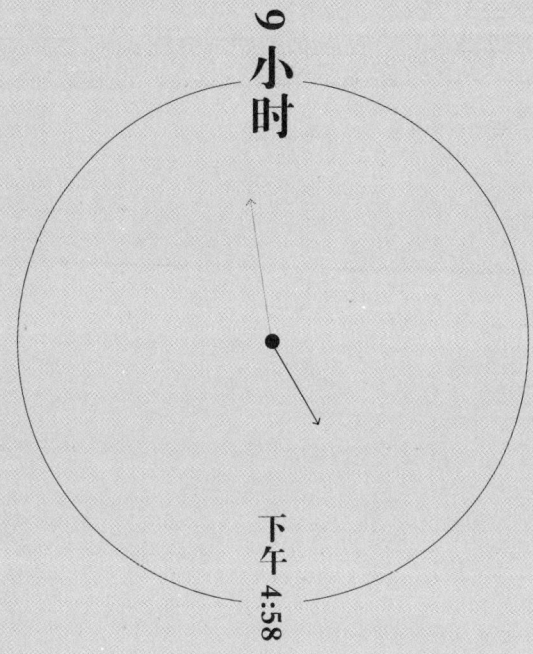

由于圣帕特里克大教堂危机的敏感性以及尚未解除,应纽约市要求,我们将停止现场直播。

然而,我们有一位客人来访——约翰·罗伯茨,一个建筑师,虽然未参与圣帕特里克大教堂的整修项目,但他的专业知识或许能帮我们了解这个大教堂。

约翰,你能给我们讲讲里面的情况吗?在今天发生的恐怖事件中,教堂的整修工作将起到怎样的作用?

罗伯茨:哦,近几年到大教堂参观的人都会注意到,建筑相当一部分已被脚手架遮盖——里里外外。从屋顶修缮到石头壁的整修,再到彩色玻璃的清洗,脚手架提供了便利。内部脚手架结构依然大范围存在。外部的脚手架刚刚开始拆除,可能会存在以前没有的漏洞。

这种情况会对人质危机产生怎样的影响?

罗伯茨：这些漏洞可能为枪手提供了便利和屏障。我想说的是，缝隙加上不可预测的诸多因素。因为那个人或那些人掌控着那些无辜的人质，当然还有正试图解除危机的当局。

第40章

卡西迪·琼斯以为自己要在洛克菲勒中心试音，盛装打扮，容光焕发。雪白的裙子搭配象牙白短上衣，使她看上去颇有点玛丽莲·梦露的样子。她匆匆走进MRU，冲警官和医生们绽放出灿烂的笑容。他们都停下手中的工作，注视着她。接着，她望向哈多克斯，她的笑全是为了他。

他咧嘴笑了笑，算是回应，似乎仅仅出于礼貌。

"我无法让自己的眼睛离开她，感觉自己有些变态。"伊莱咕哝道，"我的意思是，哎——她看起来还不到十六岁，但我一直对玛丽莲有感觉。"

"你，有埃尔顿·约翰，半个同性恋。怎么还会这样？"

"你懂我。"伊莱耸耸肩，"我姐姐总说，她知道我是同性恋。可我十二岁时，房间里贴满了玛丽莲的海报。"

"唉，你能少注意点这个玛丽莲。她二十一岁，有完全行为能力，有纽约州机动车辆管局和她的演员权益申请可以证明。"

"你认为里面那家伙想从她身上得到什么？"

"或许他渴望满足见到自己的偶像玛丽莲。对了，你是拿这个号码在同我开玩笑，对吧？"

"什么号码？"

伊莱困惑地望着他。哈多克斯觉得他一定还在想着七年之痒。"你给我一个号码叫我拨打，说是私人的？"

"没——错。"伊莱拉长了这两个词的音节。

"嗯,我花几分钟时间找了一下。手机电池没电——或许可能换了电池。因此,我只能追踪痕迹和呼叫,直到它在网络上消失。昨天,这部手机最后发出的信号,大概是傍晚7:49。那个时候,它在时代广场切换了一个基站,实际上是剧院区中心。"

"那么,你怎么才能找到准确的位置?"

"考虑到时代广场的基站数量,相当具体。咱们刚刚说了,那个电话仿佛是晚间性感长靴演出时才会出现。可能玩得很开心。"

"性感长靴?"伊莱重复道。

"你说是个小女孩,对吧?没有理由担忧。她很忙,只是没有告诉大家她的行程。那时,她打的电话太多了,耗尽了电池。她出去玩了。我们都应该这么幸运。"

"我想你是对的。"

哈多克斯忍不住嘲笑起来:"承认吧,哥们儿。这不真是她的号码,对吧?我猜,你也不相信自己的新男友。这是你查他的方法吧?"

伊莱脸涨得通红。"嘿,我可不是那个在罗马一无所有的人。至少我知道我什么时候丢失了件好东西。还有,她对你太好了。"

"别激动,卡萨诺瓦。"

伊莱摇摇头,一边走一边掏手机拨号。

伊莱是个英国佬,哈多克斯本打算多告诉他些别的东西。不过,哈多克斯得先告诉夏娃她不想听到的消息。

他将头探进先前那辆MRU,看见夏娃在里面。不晓得她从哪儿找来件黑色毛衣,还将一条紫红色羊毛围巾围在脖子上。她的毛衣很合身,而且领口还是敞口的,若摘了围巾的话便可看见。她头发拢到脑后,扎了个马尾。尽管疲惫,压力也大,她看上去依然很端庄。"我有好消息,也有坏消息。"他说道,"你想先听哪个?"

没有回应。她正望着小窗外的大教堂。

哈多克斯走过去，也朝窗外看。四周建筑物漆黑一片，在圣帕特里克大教堂泛光灯的投射下，柔白色的双塔塔尖直伸入浓密的云层中，颇有种超自然的感觉。"一幢壮观的建筑，不是吗？都柏林也有一幢圣帕特里克大教堂，同样富丽堂皇。不过，你的圣帕特里克大教堂不在这儿。我一直想象着参与建造它的那些人。在过去的岁月里，不同时代的人都在不断为它操劳着。一直这样，不是吗？耗费金钱。"

夏娃点点头。"这就是为什么从铺设基石到盛大开幕花了二十一年的时间，甚至内战时期都没能让它停下。"

"战争对它绝对没有影响。"哈多克斯走到她身边，"并不能阻止人们的反抗。"

"我一直奇怪，为什么是今天？为什么是在这儿？为什么选择这幢建筑作为杀戮场？对他来说，为什么这里很特别？"

哈多克斯眯起眼睛，重又欣赏着脚手架上方的双子塔尖，仿佛那塔尖升起在第5大道上方，升起在正全副武装在台阶上收集证据的法医技术小组上空。这样的场景让他想起了很多：跟随妈妈参加礼拜天弥撒，穿着挺括的蓝色西装和花哨鞋子，一个静不下来的男孩。当晨光从彩色玻璃窗照进教堂时，神父手中的圣杯闪耀着光芒。而他却在后面的基尔南·多诺赫尔墓地玩飞镖，把一棵老紫杉树干当靶子。

他还想起了其他的一些事情：无数次弥撒因受到爆炸威胁而被迫中断——自由坠落的怪异感觉，走出大教堂，发现自己站在没有警方防御的一边。这是他的教堂——是他选择的生活。最初是作为一种影响力，后来则成为反抗的东西。

孩童时，他喜欢教堂的神秘和仪式。成年后，他开始讨厌教堂的伪善。他厌恶那些自认为无所不知的神父。他们从未结过婚，却大谈特谈婚姻生活；不是一家之主，却四处布道，直到面对家庭重要问题时面露忧郁。难道他们没有意识到大多数家庭都完全他妈的疯了？也包括他自己在内——以嗜酒和赌博、殴打妻子、凶杀以及欺骗为荣。大教堂解答不了这些真正要紧的问题，他只好在别处满足自己的好奇心——感谢互联网的发展以及科技的召唤。他发现社区里几乎家家都这样：无论如何,这是他的版本。

"我不知道他为什么要选择圣帕特里克大教堂。"哈多克斯的思绪重又回到现实。"这里是重要的地标,但也具有宗教意义。或许这就是他的目的。我确信,爱尔兰人的身份会影响我的看法。但在我看来,人类彼此之间施加的大部分暴力行为,都是打着宗教的旗号进行的。"他微微一笑,"当然,也没必要把人类那几百年的历史如此简单化解读。"

"他的三次枪击都是蓄意的,是有条不紊的犯罪。他瞄准目标——事实如此,他完全清楚,他们跑不了。这家伙行事独断,最大限度地掌控着那些人的死亡。而且,他很机智。我相信,他察觉到我们在寻找他的狙击位置,于是改变了杀人方式。"

"还有就是,那些人质都是随机抽取的个体。他不可能知道谁会在今天早晨来参加弥撒。"

"我们已初步确认了里面几个人质的身份。依你看,他们似乎彼此都不认识。完全没有关系。"

"那个警察呢?"

"特工们正在调查,对他完全不了解。"她转身离开窗户,眉头紧蹙。他不知道她最后吃东西是在什么时候。"劫持这些人可能是偶然发生的,但我很担心。他们代表着他仇恨的什么东西,或什么人?那几个目击证人同样如此。他提供给我们名字——但我不禁在想,每一个目击证人都代表着某种对他而言意义重大的事情,即使这五个人没有共同之处。"她叹息一声,端起肩膀。"我想先听听好消息。"

"我们已查到第五个目击者,也同他谈过了。"

"你说得对,这是个好消息。"

"甚至更好,目击者已有四个到位。安全,保险。"

"第五个呢?"

"则是个坏消息了。我在黑人住宅区的中国饭店地下室里找到拉莫斯。当时我以为他会跟过来,结果他却像只长耳大野兔一样,钻进人群不见了。我们无法很快再找到他了。"

"该死。快到时限了。我该怎么对人质劫持者解释呢？"夏娃大声质问道，"说实话，还是说瞎话？"

"取决于他真正了解这几个人的程度。或许你会有好运。"

"我不相信运气。我相信方式、可预测性以及秩序和计划。"

"但每隔一段时间，你都得求助于因果报应和命运，还有命运与神的调解。这是唯一能解释生命中某些谜团的方法。就像罗德斯的康复水，或1969年的纽约大都会，或者——"他摇摇头，"我怎么会最后遇到你——被捆着为该死的联邦探员工作。"

第41章

第5大道变得出奇的安静，警察和联邦调查局的人都等着下一步的行动计划，只有柔和的"我要回家过圣诞节"的音乐声在洛克菲勒广场的溜冰场上空飘荡，打破了寂静的魔咒。

夏娃刚有机会去四个见证人待的地方，一位神父拦住了她。他骨瘦如柴，颧骨又高又尖，热切的蓝眼睛，步履蹒跚。如同从澳大利亚来的巫师庭·吴德曼似的，他一声不响地迎上来。

"你好啊。"言语亲切，却没笑容。

"你就是我邀请的神父？"夏娃问他。

"我来这儿是代表教会的。我是主教威廉姆·格夫。"

"夏娃·罗西特工。"她回答道，伸出了手，"你以前在圣帕特里克大教堂任过教职？"

"不——我是纽约市天主教慈善团体的资深理事。"

夏娃皱起眉头。"我希望他们派来个在职的，熟悉大教堂的。听着，我没有多少时间——"

他打断她。"我是教区牧师，为会众服务。我发起了一个为无家可归者提供的项目，且发展越来越好，我似乎做得很好。发展慈善事业成了我真正的使命，也获得了好的声誉，并管理着一些慈善组织。但从根本上说，我是个牧师，我的心属于圣母玛利亚，即使被淹没在脚手架里，她也是圣母玛利亚，不是吗？"

"那么，你不支持红衣大主教？"

"大主教和他的参谋都在旅游，罗西特工。"神父冷冷地答道，"难道没人跟你讲过？他们昨天离开了梵蒂冈，中途会到叙利亚难民营，他们的牧师会在那里再忙碌十四天。"

"重要的是，我需要熟悉大教堂的人来，想了解教堂内部角角落落和裂缝什么的"

"为什么不早说？"这位主教微笑着，却依然像寒气一样袭向她，虚伪。"我没跟你说过吗？很久以前，我在这里服务过。"

"神父，我并非有意不敬，但你能不能帮我？时间是关键。"

"很多人感到自己与圣帕特里克大教堂有种特殊的联系。毕竟，它不是普通的教堂。从来也不是。当詹姆士·伦威克受托建造教堂时，规划要比其他任何大教堂要大，双塔尖高出这座城市的其他建筑，表明这个世界其他一切与上帝相比都渺小且微不足道。"

"那并非永远如此。"夏娃提醒他道。

"世上不会有比这更伟岸的建筑了，罗西特工。它仍统领着这座城市，不是吗？尽管有那么多摩天大楼让它相形见绌。我的任务是，无论人质劫持者要什么样的世界末日，或者无论你指挥的战术团队计划发动什么样的进攻，大教堂都必须安然无恙。"

夏娃以前遇到过同格夫一样的官僚，尽管这位神父有头有脸。他来这儿显然是要发挥作用的。她非常清楚，他来这里是为了维护教会的声誉和教堂的物质建筑，而生命危险与否与他无关。

"既然你非常了解这座教堂，或许你能解答我的问题。如果我要进入圣帕特里克大教堂，但不经过任何一扇大门，我怎么才能做到？"

"我解答不了，"他冷冷地答道，"任何非常规的入口肯定要破坏建筑上一些重要的东西。"

"我们没得选择，进入大教堂的门都被愚蠢地控制住了。从通常的入口进去，这个大教堂会燃起大火，人质会死。"

这位主教似乎想说什么，但又改变了主意。他提议道："你可以走连接教区长住宅和大教堂的地下通道，直接通到教堂的地下室。然后，你可以绕着祭坛上到高讲坛。"

"如果到教堂地下室的入口没设陷阱的话,这倒是个不错的主意。我再问你,是否还有别的——更多的秘密,很少有人知道的。"

"你希望有一条秘密通道,像中央车站或公共图书馆下面的那种。"他的声音很温和。

夏娃的心沉了下来,他似乎无动于衷。"那些都记录在档案里,我们都知道。"

"在市中心的旧圣帕特里克大教堂下有条错综复杂的隧道。人们说那是接任建造大教堂(圣帕特里克大教堂在第5大道)的石匠们想超过他们前辈而建造的。"

"你清楚那些秘密通道吗?"

"我清楚不清楚,为什么要告诉你?让你派遣一支战术攻击队进入,这样保证不了大教堂里的珍贵遗产不被破坏。"

"我们会尽量降低风险。生命没有教堂的遗产重要吗,主教?"

他双唇紧闭。"你知道什么是大教堂吗,罗西特工?我们称之为经文,刻在石头上的经文。"

夏娃看着主教转身消失在警察和联邦特工的人群中。她想,如果里面有他爱的人,他就会唱出不同的调调了。

第42章

"为什么要杀了那位神父呢?"夏娃禁不住问出了声,"还杀了纽约警局的谈判专家?还杀死了克里斯蒂娜·席尔瓦?"这三个人似乎毫无关联——但却出现在错误的时间、错误的地点。他们之所以被杀,仅是人质劫持者为了表明要夺人性命吗?

或者还有别的什么目的?更深层隐秘的东西?

唯一一个人质——小男孩——被赦免了。为什么?是同情心?

有人说她能讲出一些别人的事情,她可以本能地理解行为背后的动机,从细节中发现端倪。一种直觉,近乎神奇,就像品尝杯中的茶或猜测抽牌的意义。

只是没有巫术。今天不行,也不是为了她。

人质劫持者控制局面的时间已经很长了。如果从昨晚关闭大教堂的时间算起,已经二十小时五十二分钟了。如果从他杀害克里斯蒂娜·席尔瓦——第一个人质的早晨那个时间算起,已经十小时二十八分钟了。

电话铃声响起,第三声时,她按下接听键。

"我很失望。我想我没必要再打你的电话了。"

夏娃瞥了一眼电脑,确定电话已被录了下来。然后,她仔细倾听他的声音。她听出声音中的疲惫、欺诈以及恼怒,一种恐吓的混合体。

"我很高兴你打来电话。我们需要谈谈。"

"你为何背叛我?派四名特工到教堂背后要干掉我?我以为我们有

过信任。"

"伤害你不是他们的目的。他们仅仅是在收集信息。"

"你是在否认,如果有机会,他们会很乐意挨枪子吗?"他不等她回答。"别这么想。"

"你是神枪手。你为什么不把他们干掉?"

"或许我喜欢漂亮的建筑风格。或许我不想打坏他们正在爬的彩色玻璃窗。"

"慷慨。那位神父呢?你有必要去针对穿这种衣服的人吗?"

"人人都要为自己的罪过承担后果。"

"那就是罪恶的代价?"

"有些人必须要承担的。"

"或许仅仅是为了反对天主教教会吧?"

"你害怕吗,夏娃?"

"当然。人人都有过。"

"什么?"

"黑暗,阴影。我曾想象怪物就住在我床下。"

"你想知道我曾经害怕什么吗?我害怕我的老师。十一岁的时候,上失业救济课前,我喝祭坛的葡萄酒时被抓了。这是天主教教义不允许的,但我每周二晚上都喝。我以为他要把我留堂,那通常是对违规男孩的惩罚。当他把我带到一个不一样的教室里时,我并没有多想什么,直到他把身后的房门——锁上。我永远不会忘记接下来发生的事。他坐下,冲我奇怪地笑了笑。你知道他对我说了什么吗?'这是上帝想要的。'"他的声音里充满了讽刺。"这是上帝想要的。"

"我很难过。"夏娃提醒自己,这可能是瞎话,只为赢得她的同情,并分散她的注意力。唯有直觉告诉她,她听到的事是真实的。

她与这个人质劫持者之间的对决,比她预想的次数要多得多。再三再四,她和劫持者将各自的谎言扯进一张网,有计划地诱捕对方,从而占得先机。但奇怪的事情总是发生,每当跟对手撒谎时,他们便承认了自己的疑虑和恐惧。

"既然你已成人，夏娃，你还怕什么？"

"怕我自己。"

"所以你才在海外待了那么久？"

"你对我进行了调查。或许你该告诉我更多，关于你的事？哪怕一点点？"

"保持专注，夏娃。你为什么不回家，你是来观光的？"

令她吃惊的是，自己能如此轻松地与对手分享自己的私密，分享她最亲密朋友圈中都不愿分享的想法。"我决定探寻一段历史，"她平静地说，"一个能解释我对继父的生活——或他的死——所不理解的东西。他人生经历中有不为人知的一段，那牵扯到家人的一位老朋友。这位老朋友对塞弗来说非常重要，对我可能也很重要。"

"什么秘密？"

"所有。也没什么。"她含糊地说，"此时，我无法把这件事与所谓的神话、传说分开。"

"我一直喜欢听精彩的故事，跟我讲讲这个。"

"那可能要到一切结束之后了。或者可能——此时——如果你想出来。"

他温和地大笑起来。"我提议做个交易。告诉我你故事的开头——作为报答，我会告诉你一些有用的东西。"

我们为什么不能彼此分享这些事情呢？夏娃想知道。当然，是为了建立彼此间的信任。这是她受到的教育，但这是另一码事，或许只是因为有一个感兴趣的听众而已，抑或仅是心理扭曲疗法。"我想我的故事始于六个数字，174531，在一个男人左臂上的文身，旁边有道不长的伤疤。这是我先前没看到的。但我想，174531解释了他后来生活的一切。"

"如果所有的故事都有清晰的开头，那就太好了。我们可指着它说，'是的，因为这个，我明白——'"人质劫持者的声音戛然而止。"那个死了的牧师？他是个坏牧师。不到两个钟头前，我听过他的忏悔。因此，他罪有应得。"

"其他受害人呢？他们也罪有应得？"

"够了。"他的声音生硬。

"你让所有人质做忏悔？"

"我需要知道他们犯有什么罪。我要的目击证人呢？"

"你把我弄糊涂了。我不明白他们干吗要来这儿。"

"既然要他们来，就有要他们来的道理。"他的语气急促。

"你为什么要他们来？"

"那是个人的事。"

"我不会拿他们的安全冒险。"夏娃警告道。

"不必担心。"

"也许仅是善意的表示，然后呢？"夏娃想测试他们之间的互信能否迫使对方让步——然而，她还必须温和处置。"释放一个人质，"她提议，"只一个。或许是那个男孩的妈妈。"

在这一点上，她再次打破了人质谈判中的一个基本规则，就是阻止谈判者把注意力引向人质的办法之一。这个理论，是谈判者应该把人质劫持者的注意力引到其他方面——避免让他想起人质的重要性。

他已经在男孩那里暴露出了一个脆弱点。

"为什么是妈妈？"他嗓音狂暴。

"孩子需要妈妈。"她将声音降低到一种窃窃私语的程度，"我不大了解你。我不知道你叫什么、你是哪儿的人，甚至不知道你为什么这么做。但我知道一件事，你是个父亲。你刚才不是释放了那孩子吗？他刚十一岁。正像你十一岁时，你所在的天主教学校教师伤害了你。"

随后一阵沉默——犹豫的呼吸声——夏娃猜测，她能感到对方情感在激烈地冲撞着。"你一点也不了解我，"他最后咆哮道，"一点也不了解。"

"就这个母亲，"夏娃继续挤压道，"只一个人质。"

咔嗒一声。线路断了。

夏娃独自一人静默着，揣摩着自己与人质劫持者有多近的距离。

第43章

我已有二十多年没再想到布雷西亚太太了,直到我返回阿富汗。

那应该说是次幸运的轮值。我被安排与斯泰西一起,他既精通普什图语,又精通达里语(阿富汗人讲的波斯语),在我办公室——前方行动基地里任翻译。我是个战斗工程师,在彭德尔顿营上过坑道工兵课——美国本土最优秀的训练。我精通拆除困扰那里军事行动的简易爆炸装置。

我们没有幻想。我们去的是沙尘暴中的地狱,一个大部分美国人都叫不出名字的地方,一个无人地带,地图上都找不到。

斯泰西已经去过四次,我也已去过三次,我想知道该期待什么。我记得,一旦离开基地上岸,我需要几个月时间的休息才能感觉到干净、充实。大部分时间里,我会感到非常无聊,这一点总让人感到不安。

我们在集市上巡逻,当地人穿着长袍,里面穿着自杀式炸弹背心。

所到之处,我们都会看到反对我们的信号。

还有很多两面派的阿富汗士兵,今天他们自称是我们的同盟,可到了第二天,他们又会朝我们开枪。

多半都是因为这些,路上埋满了简易爆炸装置的炸弹。

那些行军令我印象深刻,我们把亲人的照片装在钱包里,在经历很长一段超出范围的轮值后,我们返回基地,卸下装备,掏出那些照片,凝视着,盼望着回家与照片中的亲人团聚。

我知道阿富汗人很难对付。

我想,和斯泰西在一起会让事情容易些。

我从未出过差错。

第44章

负责团队行动的特工正在同亨利·麻交谈。他们刚绕着大教堂走了一圈，包括整个街区，巡查了四周的环境。在那个街区——第5大道和麦迪逊、第51大街、第50大街——挤满了应急车辆。消防车占了中央的空地，警察、救护车以及无标识的政府轿车挤满了不太重要的小街道，甚至上了人行道。一个电视摄制组正设法绕过警方设在麦迪逊街的路障，一群身穿制服的警察堵住了他们的去路，没收了他们的摄像机。当一个记者想着迂回硬穿过去时，却被立刻挡了回去，并被要求待在原地。他被摁倒在地。

特工的目光正瞄着房顶陡峭的屋檐。"自今天早晨第一件事以来，我就想象着一旦到了非要突击进入教堂的时候，我该怎么做、怎么进去。"

"我的谈判专家确信，这幢建筑如同中世纪城堡一样坚固。"亨利侧过头来说道，"你怎么想？"

领队缓缓点了点头，然后继续说道："我认为，他并非是想最大限度地拖延时间。唯一明显的薄弱环节是房顶斜坡附近的窗户，以及修缮工程中塌陷的地方。这两个入口处都需要从上面攻击，撬开房顶，从上面往下。突击的时候，需要做好足够的防御以及火力的配合，会死好多人。人质劫持者一旦发现我们进了教堂，他会引爆锁定在地基上的炸药。"

"因此，你不同意这样的方法。"

"不，长官。绝对不是。"

他们绕回到圣帕特里克大教堂正面。警察和联邦调查局的人及消防员还挤在那儿,只是此时都躲在防弹玻璃罩后面。玻璃罩是刚刚建起来的,为了防止狙击手或狙击手们的射击。

特工领队将注意力集中在中间那扇青铜门上。"那些门不像是装有炸药。每一扇约有十六英尺五英寸,重量约九千两百磅,底部还有一个杠杆锁。如果门上面的这些圣徒被毁,那么,教会的人和纽约人就会陷入一场灾难中。"

"如果,这是我们唯一的选择,我能搞定。"

"说不定是个好办法。三个人质都是从那扇门出来的。每次出现时,门是敞开的吗?他控制着炸弹装置,这样,人质才能走出来同你的谈判专家讲话。我只是说,我们有很小的机会,可以在他重新安上炸弹、他或他的同伙就位时采取行动。"

"假如他又送一个人质出来呢?"

"我们有八秒钟的时间从窗口突进去。"

"人质面临的风险高吗?"

"高。这是你们课本上说的?那人质已经安全离开了。最好施展我们的才智接近里面那些人质——我们仍然有机会营救他们——彻底结束这一切。"

亨利仔细衡量了这个方案。"这个危机结束得越快越好。不只有联邦调查局局长掐着我的脖子,还有市长办公室、地标委员会、商会的人,更有警方委员会。我接到三个来自白宫的电话,叫我不要现在就与教会的教职人员吵架。人人坐立不安,都想要答案。最重要的是,必须要结束这事,这样,曼哈顿圣诞节期间亦能恢复正常。但是大家都在担忧那些人质,我不能冒流血的风险。"

"不管怎样,这样的事你无法逃避。我推测,里面那家伙还未搞定。"

维多克卷宗#W19767588

目前状况	活跃
亨利·麻	
年龄	56岁
民族/种族	亚裔（美籍华人）
身高	5英尺9英寸
体重	196磅
眼睛	棕色
头发	黑色
现住址	赫斯特街152号（唐人街）
犯罪记录	无
专长	行为分析家
教育	乔治敦大学，学士学位
个人	
家庭	女儿朱莉，年龄15岁。他的大家庭（包括9个堂兄妹）依然生活在中国湖南。
配偶/社会关系	妻子卡洛琳，结婚27年，现已离异。
宗教	在职，纽约中华基督教长老会。
嗜好	中国近代史知识。模型火车爱好者。
概况	
长处	政治人物总是寻找下一个机会，或是谋求晋升。之所以成功是因为有抱负，且能力超群，精通处理复杂的事态，总是预先有多个方案。即使在最困难的情况下，也能依赖这种能力完成任务。
弱点	在他管理的部门中，忠诚度不够，原因是他的忠诚度不足。他视下属为游戏中的棋子。如果在战场上，他会发现很少有盟友站在他这边。
背景资料	1981年进入联邦调查局担任特工。在弗吉尼亚的匡蒂科联邦调查局学院完成训练后，他被派到洛杉矶分部，在那里调查有组织的犯罪、毒品、洗钱以及帮派问题。2001年，作为负责联邦调查局重大事件、全国暴力犯罪分析中心助理特工，他回到联邦调查局总部。2006年，亨利进入了纽约市分部，担任维多克部门的头，直到2008年被提升至主管助理。

*由特别主管保罗·布鲁因评估，仅限内部使用。

第45章

弗兰克·加西亚轻快地走下第7大道，觉得到了第51大街，便向东拐。他不喜欢拥挤的人群——所以，他常常策略性地避开。他还不喜欢被束缚，被动说出要干什么，被迫讲述自己的感觉——因此，今天他比过去数周要愉快得多。他的前妻肯定报复了。特丽莎说服法官，让他接受为退伍军人创伤后应激障碍症提供的治疗安排，以此作为继续监护探访小弗兰基的条件。

弗兰克明白，四次海外轮值的经历改变了他。他原本就是急性子，现在却成了炸药桶，一点就着。他那谨慎的天性现在已变成赤裸裸的多疑，脑子里常翻腾出本想忘却的记忆。

但这点并没有让他成为一个不合格的家长。

几个世纪以来，人们都在打仗。后来，战士们回家——在监护下——将创伤深深掩埋，不可触及。没有人需要心理医师，或"谈话治疗"。他们极端地认为，不需要药物治疗，也不需要治疗计划，更不需要这样一个显然是要把他们有计划治到死的令人生厌的日程安排。讽刺的是，他可以与那些人喋喋而语，并且也居然认同其中一些说法，但他没有意识到，只有罗西才能让他重获自由。

交通堵塞了好几英里，几百辆车停在那里，加西亚呼吸着汽车废气，看到他最喜欢的熟食店和一家他非常熟悉的酒吧，还有几年前他经常光顾的一家绅士俱乐部。然后，他把注意力集中在了新增加的，让他颇为不适的破旧建筑上：一家法国面包店，两家银行，一家酒吧。所有这一切都迎合了成千上万游客的需求。他们在大街上游荡，淹没了曼哈顿最受欢迎的旅游胜地——时代广场和洛克菲勒中心。

每个街角都有警察。从理论上讲，这是为了安全，但这些警察也不知道发生了什么。他们主要的工作是确保不让车辆向东行驶。

从洛克菲勒中心后面开始，便是真正执行此次任务的执法人员。站在第51街西的警察狠狠地瞪了加西亚一眼。

"我在你们的名单上。"他说着，出示了自己的身份证。

警官瞥了一眼加西亚，看见他穿着脏兮兮的牛仔裤和满是泥巴的靴子。"没想到今天要来，嗯哼？"然后，他把加西亚与官方的照片比了比，皱了皱眉头。"你现在看起来老了。"

"不要胡说。我们都会老的，伙计。"

警官咯咯笑了。"你可以再说一遍。走吧。"

加西亚继续往前走，经过几家银行、溜冰场的入口，他瞥了一眼圣诞树，一切都准备好了，唯一缺少的是游客。假日里，人们通常很难在这个区快步行走。现在，他看到站在这里的却都是穿制服的男男女女——纽约市警局和联邦调查局的工作人员。他们等待着，紧张兮兮的。弗兰克打了个寒战，画了个十字。这是他在海外养成的习惯，为的是保护自己。

他走到第5大道，先后向四位警察出示过身份证。看到大教堂前布置的防弹工事，他没去注意那些工事，而是走上石阶，来到巨大的铜门前，思忖着圣人的雕像。人人都会注意到第一排的圣约瑟夫和圣帕特里克，而他却喜欢中间一排的圣母卡博里尼——移民的圣母。他又画了个十字，向她祈祷着。

然后他跪在了门口。

他这个举动似乎引起了人们的注意，警察挥舞着手臂，营救人员大喊着让他找地方躲起来。

弗兰克对他们全都置之不理。祷告已毕，他穿着幸运红袜子、戴着头巾。他认为现在不是他的时间。

夏娃说过，这些爆炸装置是组合联结在一起的。加西亚见过更多。有时，引发爆炸是用电线连接门或灯的开关。有时，临时炸弹埋在地板下。还有些时候，叛乱分子在承重墙上凿出几个洞，把炸药装在里面，如果爆炸没有击中你，倒塌的建筑亦会砸在你身上。

然而，人质是从这道门进出的。那就是说，这道门定被严密控制着。

说得不错。要清除被掩埋的简易爆炸装置，唯一安全的办法就是将建筑铲平。

有人用扩音器喊叫着让他离开。"找掩体，看在上帝的分上！"

对此，他不再理睬，而是开始检查主入口两边的小门。在有限的时间里，他转过街角，继续检查，走上了第5大道。

从侧门进去，高处的窗户上镶嵌着彩色玻璃，被脚手架遮住了。经过教区的房子，然后是红衣主教的住宅，最后经过第50大街回到第5大道。

夏娃说，他们的专家发现，几乎找不到可以利用的漏洞。

加西亚不明白，为什么他们有这么多麻烦。也许是在伊拉克和阿富汗服役四次的缘故，他善于在没有漏洞的地方寻找漏洞。他从来不会惊讶。圣帕特里克大教堂的问题实际上和他在费卢杰遇到的问题并无二致。一个疯子拿着武器在房子里，用简易爆炸装置设置了机关，不允许弗兰克伤及周围的平民，更不用说还不允许他毁坏宗教遗产了。尽管这些事难以做到，但弗兰克还必须完成自己的任务。

这恰是件有创意的事情，必须智胜，打败这些无人性的混蛋。

他低头看了看脚下的人行道。

是的。他丝毫不怀疑自己会有办法。

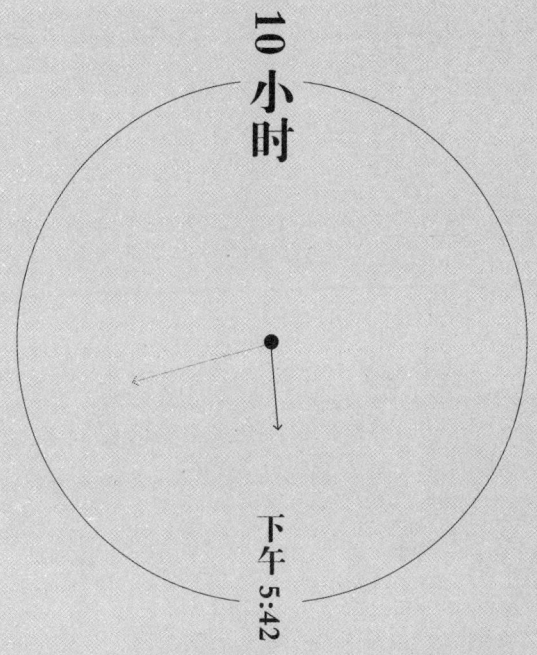

瓦尔德斯，在邦尼·努特咖啡馆的厨师，他认为他的同事是人质当中的一个。瓦尔德斯先生，你能跟我们说说吗？

瓦尔德斯：起初，我认为我朋友伊桑·雷诺不会去教堂，但我知道他肯定在里面。他为10月去世的父亲提出一个弥撒的要求。今天早晨的弥撒，据说就是为老雷诺做的。因此，伊桑不会忘记，更不会睡过头。他肯定也不会被这个烂天气拦住。之后他也肯定不会从工作上悄悄溜走。他很尽职、忠诚，而且对错误也很大度。

我们都很担心伊桑。我们拨通了市里的电话，但他们什么也没有说。他们说他们在尽力，但他们没有。

你有什么要求，瓦尔德斯先生？

瓦尔德斯：我要对"9·11"、桑迪飓风那样的回应。那么如果纽约每个人都这么做呢？从巴尔的摩、波士顿、费城和匹兹堡请来救援人员，把能找到的援助都带来——这样我们准能营救人质，把他们送回家。

谢谢你，瓦尔德斯先生。我们的想法同你一致。当遭遇这场悲剧时，行动并非易事……

第46章

在临时的控制室里,三个女人和一个男人围成一个半圆,站在夏娃对面。房间里的顶灯是温暖的蜜色,墙壁也一样温暖,被涂成淡淡的粉色,顾问认为,这样的颜色有镇静的作用。在这个控制室内,大多数人,无论犯罪与否,都处于临界的状态。

这四个人也不例外。

寒气不断从缝隙灌进来,桌子和椅子都是用廉价塑料制成的,聚着寒气,所以也是冷冰冰的。

四把椅子。

四个人。

没有一个人坐下。

那人一边跺着脚,一边上下打量着夏娃,盘算着。"介意告诉我们是怎么回事吗?"

夏娃飞快地扫了一眼笔记本。布莱尔·范德维特,房地产经纪人,穿着裁剪考究的西装、洁白的衬衫。他的领带是海军的,红色,他的金发实际上是用凝胶粘在一起的。

"特工夏娃·罗西。谢谢你能来。"她依次跟他们握了手。布莱尔的手又热又干,而几个女人的手却都很凉。

"特工?"大声说话的女人的声音低沉而沙哑。她表情呆板,穿件白色的夏季连衣裙,给人一种她期望是迈阿密,结果却来到了密尔沃基的感觉。卡西迪·琼斯。"联邦调查局找我们干什么？"

"是啊，"房地产经纪人插话道，"我的意思是，我还以为是房产方面的会面。后来，联邦调查局的人就把我带来这里了。到处都是警察。这到底是怎么回事？"

房门开了，门口遂笼罩在一片阴影当中。哈多克斯换了件衬衣。新衬衣跟他深蓝色眼睛挺相配，上面没有血迹。他身上散发着一股淡淡的须后水的香味，夏娃发现自己喜欢这种味道。

"有人跟你们说起过今天早上在圣帕特里克大教堂发生的事吗？"夏娃问。

身材娇小的黑人女人摘下耳塞，只见她穿着黑色短裙和芭蕾鞋，头发往后绾起。阿琳娜·马特罗斯基。"这个地方到处都是警察、救护车和消防员。新闻上说是有枪击，说你们把市中心封锁了，置于严密的安保之下，就像又一个"9·11"事件一样，但你们却把我们扯了进来，干吗呀？"

"我们不是白痴。"另一个头上戴着鲜艳的红绿相间头巾的女人怒视着他们。她是辛妮亚·威利斯。她的口音既尖又细。牙买加人。

"在听我解释之前，我有个可能听起来很奇怪的问题：你们彼此认识吗？"

布莱尔立刻说"不"，几乎是不屑一顾。女人们摇了摇头。卡西迪说："你是在说我们见面几分钟前的事，对吧？"

"你们以前彼此没见过吗？意思是即使你们从未见过面，但也能认出对方的脸？"

异口同声地回答，没有。

"我敢肯定，我以前从未见过这几个人。"辛西娅强调似的补充道。

"你们认得这声音吗？"夏娃按下按钮——有十三秒钟，人质劫持者的声音在房间里响起。

四个目击证人都盯着她，面无表情。

"那这个人呢？你们谁认识他？"哈多克斯向前一步，点了点夏娃旁边的键盘，屏幕上出现了路易斯·拉莫斯的电子画像——由专业的画像师根据哈多克斯的讲述绘制的。

"从未见过。"阿琳娜说着,皱起了眉头。其他人也是一样。

"他是开枪的那个人吗?"卡西迪问道。

"不是。"哈多克斯说,"之所以有他的名字,跟你们大家一样。"

这正是夏娃所怀疑的。这不是可以直接搜寻到的。它会向后纵向、横向以及对角线方向发展,探究他们的社会关系和日常生活习惯。弄清楚他们中是否有人去过同一个牙医诊所,是否在同一个杂货店购过物,是否在同一个教堂祈祷,或者是否去过同一个狗公园。

"你们来这里的原因是,你们之间有某种关联。"夏娃跟他们说。"我们需要弄清楚是怎么回事。"

"你这是什么意思,什么关联?"布莱尔问道,"像人类是如何联系在一起的吗?如同凯文·贝肯的六度分离游戏①?"

"你说的什么呀?"阿琳娜打断道。

卡西迪转向她。"你知道演员凯文·贝肯吗?有个游戏你们可以玩玩:通过不超过六个的连接便可将随便哪个演员与他关联起来。你们便能在谷歌网上搜索到任何一个演员的'贝肯号'。"

"呵。"阿琳娜用手摸了摸自己的耳塞。

"你认为是什么让我们关联在一起的?为何你会关心我们是否有关联呢?"卡西迪想知道。

"我们认为,你们每个人都与今天早晨圣帕特里克大教堂的枪手有某种联系。他有武器——他杀了无辜的人。"夏娃直率地答道,"我们不知道他是谁,但我们有理由相信,你们全都认识他。"

"胡说。"布莱尔说。其他人也都纷纷否认:我绝对不认识什么杀人犯。我不认识会做这种疯事的人。

"或许你们不十分了解他,或许他是银行里的一个出纳员,也许是你们都去看电影的那家影院的招待员,也许他卖给过你们一双鞋。"

更多的否认。我想我没有在哪里购物。我不喜欢看电影。我只在网上买鞋。

---

① "凯文·贝肯游戏"(game of Kevin Bacon):这个游戏的主角是美国电影演员凯文·贝肯,游戏的方法是通过不停地寻找共同出演同一电影的演员,最终"找到"另一个"目标"演员。

"你们中没有一个是天主教徒吗?"夏娃问,"你们有人经常参加弥撒——在圣帕特里克大教堂或其他的教堂?"

仍是否认。

"我认为你们的信息是错的。"辛妮亚坚持着。

"不幸的是,并非如此。"夏娃说,"里面的枪手劫持了人质。他只提出一个要求:要你们作为'目击证人'来这里。他提供了你们每个人的名字。"

这次,没有人讲话了。他们顿时默然,大吃一惊。

"这家伙想从我们这里得到什么?"阿琳娜最终贸然说道。

"显然,你们来这儿只是作为目击证人。"

"为什么?"布莱尔问道,"为什么这个疯子会找上我们?"

"我们不知道。"夏娃说道,"但你们应该知道,我们不会做任何危及你们安全的事。"

"我们在这里会安全吗?"卡西迪紧张地扫了一眼这个临时的场所。

"像房屋一样安全,"哈多克斯说,"比你们在市里的任何地方都更安全。"他敲了敲装置的窗户,"防弹。防爆。防火。外面还有纽约市警察在保护着你们。"

"因此,我们请你们待在这儿,回答我们的问题,帮助我们解决这些问题。"

"我们从中能得到什么?"布莱尔问道。

夏娃没有笑。"体味助人的满足感。讲出你们知道的,拯救生命。当一切结束时,你们都会成为关注的焦点,如果你们想的话。你们每个人都会获得十五分钟的扬名机会,因为世界上的新闻媒体都会争相采访你们。"

"甚至全国广播公司?"卡西迪向洛克菲勒中心方向瞥了一眼。

"尤其是全国广播公司。"夏娃向她保证道,"真正重要的是,你们每个人都是我们了解里面人质劫持者的唯一线索。你们可能遇到过他,却并不知道他是谁。如果你们和我一起来做这项工作——帮我找出你们与他有过什么交集——我想我就能确认他是谁,或许还能知道他在那里要干什么。"她朝大教堂的方向点点头。

"你了解他多少？"辛妮亚双臂抱在胸前。

"很少，"夏娃承认道，"我开发了一个侧面轮廓图。我推测，他是个中年人，智商高于平均水平，社交能力强，组织能力也很强。他有过安保人员的经历：当过军人，当过警察，或许还曾当过狱警。他熟悉这座大教堂，这让我猜测他是个天主教徒，纽约人，这些年来他在这座建筑里待过很长时间。他不只想杀死他劫持的人质。他还想在大庭广众之下杀死他们，但并不仅仅是要全世界关注。"她逐个打量着他们。"让你们每个人都看着。他称这是'见证'。这显然是种宗教情结。"

他们盯着夏娃，但没人发问。于是，她继续说道："他独自生活，或与年迈的父亲或母亲生活。没人报告过他的失踪，也没有具体关切的电话。这意味着，他能在没有配偶或伴侣干扰的情况下策划和实施自己的计划。他可能结过婚，我相信他生过一个孩子，或有一个。"

依然没问题。

"他清楚法医的程序、警察的职能、谈判专家的工作以及如何运用科技手段。他通过使用多功能一次性手机隐藏自己：有些是从受害人那里窃来的，另一些则是通过预付款购买的。从表面看，那些受害人都是偶然来到圣帕特里克大教堂的访客。然而，他可能希望受害人每个人都有死的理由。我们不知道谁在里面，也不知道他们能否影响到他的计划。重要的是，我们不确定他为什么提出你们的名字。看来，你们彼此不认识，你们也从没有一起上过学，你们没有共同的朋友，你们也没住过同一栋公寓，甚至不住在同一街区。但是，有某种东西把你们关联起来——让你们成了，对大教堂里的人来说，顶重要的人。"

他们始终注视着夏娃，没人发表意见。

"我们有你们所有人的问卷。"夏娃说。

"我设计了一个表格，可以交叉引用你们的答案，找出同一模式或相似之处，"哈多克斯解释道，"尽可能无烦恼。"

"让我直说吧。"辛妮亚要求道，"你们只想从我们这里获得信息，然后我们就可以回家了？"

"这是我所希望的。"夏娃回道。

她恶狠狠地瞪着夏娃。"呃，那你为什么不直接说出来？"

第47章

哈多克斯看看时钟，离最后的时限还有七十八分钟。

依然没有找到里面那家伙的身份，也没有被劫持人质的身份信息。

证人之间毫无关联。

依然没有找到绑架者的动机，没有游戏结束的线索。

没有更多劫持者的信息，但他有夏娃与劫持者通话的录音，不妨试一试语音识别技术。他的招牌。

其他联邦特工已通过联邦调查局的生物鉴别中心数据库进行了登录，但没有任何回应。"9·11"事件后的几年里，联邦调查局建立了一个广泛的数据库，供执法部门使用，其中包括生物统计数据，从掌印和虹膜扫描，到声音及面部识别，再到疤痕、印记和文身。然而，数据库里没有他，说明这个劫持者没有被捕过，也没有在犯罪现场留下过生物数据，这属于下一代识别系统中的一部分，或者说就是下一代识别系统。

哈多克斯一点也不惊讶。下一代识别系统充满误差，远远不够完善。最近，马萨诸塞州一位平民被吊销了驾照，是因为政府的面部识别系统出了问题，说这个人与身份证持有者不是一个人。

为了纠偏，哈多克斯运行了另一个行业标准程序。结果也是徒劳。这并不奇怪。估计有五千万客户在电信企业注册了他们的声纹进行认证，用他们的语音、指纹交换更快的客户服务，或者更换密码，或者让银行处理付款。

但是，哈多克斯同意夏娃的看法，即人质劫持者有安保方面的经验。那家伙不会为了便利而出卖自己的隐私。

手指不停地敲击，哈多克斯集中精力。

他认识一个在伦敦的黑客，在这项技术上处于领先位置。这家伙为大多数软件系统的漏洞设计了一个创造性的解决方案，或者说是个有说服力的想法，哈多克斯也这么想过。也就是说，普通人在警局被审问时，他可能用一种口音说话，比如他受过教育的伦敦口音。但是，当他与伙伴在当地一家酒吧时，他可能又操回他伦敦东区的口音。

哈多克斯对这位英国黑客的技术记忆犹新。

此外，哈多克斯自己也有相当不错的天赋。

加西亚从不说再见，所以对问候也同样低调。他走进MRU，只是冲团队同事点了点头，算是打过招呼，随即切入主题。"我知道如何进入大教堂。什么时间都行，只要你们准备好。"

"欢迎回来，弗兰基。"梅斯头也不抬地招呼道。MRU中间的桌子刚刚已成了熟食店的热三明治、沙拉和咖啡组成的大杂烩。他在牛排、胡椒和洋葱面前犹豫不决，在鸡肉和融化的奶酪面前也是如此。

"你知道，我很高兴摆脱了白大褂，即使是朱利叶斯·梅森也无法脱身。但别考验我，梅斯。你永远不会知道我的快乐果汁什么时候耗尽。也许你忘了，我不喜欢别人叫我弗兰基。"

"那就跟我说说。我们怎么进去？"哈多克斯问道，佯装没听见他们的玩笑。

"把建筑蓝图拿来，我指给你们看。"

哈多克斯在电脑上按了一连串按钮，将部分示意图投射到白板上。"图不完整。"他解释道，"在如此长的时间里，大教堂经历了很多次修建，很多建筑蓝图都没有保存下来。当然，没了早期的草图、图纸或蓝图，这在很大程度上妨碍了修复工作。现在，这也让我们不得不放慢了工作进度。"

"传言说有条通往大教堂的秘密隧道。"夏娃对着屏幕皱起了眉头,"人们相信隧道就在那里。不过,正像丢失的奠基石,没人知道它确切的位置。这儿有个教会的人,他可能知道该去哪里试一试,但他又根本不合作。"

"不需要他。我知道去哪儿找,"加西亚坦率地说。他注意到人们惊奇的表情,享受了一刻拥有这个信息的优势。

"你什么时候成了建筑专家?"梅斯挑逗道,"能找到人们已寻找了一个世纪都没找到的通道。你不知道,你这是在胡扯。"

"你根本不了解我。"加西亚反驳道。他大步走向对着圣帕特里克大教堂的窗户。外面的世界黑漆漆的,但旨在照亮人质劫持者可能活动的聚光灯都聚焦在脚手架上,把大教堂变成一个庞大的钢铁建筑。但加西亚知道,在脚手架下,仍然是白色大理石和塔尖。美国的大教堂,依照古老传统修建的建筑。

他的思想越过了海洋,穿越了国家。"你们知道我十三周年的纪念日是怎么过的吗?"他问他们。

"如果答案不包括你妻子,我便明白你是如何孤独度过的。"哈多克斯回答道。

"'13'是个不幸的数字,对他而言,"梅斯补充说,"所以这个故事不可能好。"

加西亚凝视着他俩。"那是与特丽莎关系开始变糟的时候,我的搭档托尼提议去地狱厨房喝酒。他刚找到一份新工作,手头很宽裕。"

"这有什么关系?"梅斯渐渐失去了耐心。

"闭嘴,梅斯。"夏娃点了点头,示意加西亚继续。

"他决定要带我去看,那时我们喝了太多的龙舌兰酒。托尼称那是蝙蝠洞,因为看起来就像一些直接来自哥谭市[1]的东西。"加西亚沉默了好长时间,为的是让他们可以疯狂地想象。"有点像进入一个完全不同的世界,进入了贯穿这座城市基石心脏的庞大隧道。"

---

[1] 哥谭市(Gotham City)是美国DC漫画中的一个虚构城市,首次出现于《蝙蝠侠》第4期(1940年12月),由比尔·芬格和鲍勃·凯恩联合创造。

"你在说什么？"梅斯禁不住问。

"你们听说过东边的入口工程吗？"

"你说的是长岛铁路支线？"伊莱问。

"是啊。这座城市下面，正在修建将近六英里的新隧道。托尼偷偷带我进了通往为纽约中央火车站服务的主隧道，贯穿六十三条街道的隧道正好到帕克大道下面。"

"帕克大道是教堂后面的一个街区，这对我们有什么用？"

"离教堂很近，教会非常担心隧道工程对圣帕特里克大教堂造成损坏，甚至可能造成教堂倒塌。"加西亚回答道。

"我再说一遍，这对我们有什么帮助？"

"有时候，当人们用这些大型机器在地下进行挖掘时，不可避免会在岩石上造成裂缝，这事他们也没有意识到。对地铁来说，不够大……但对平均受力的东西来说就太大了。托尼带我进去过。你们猜它一直通到哪儿？"

"洗耳恭听，弗兰基。"梅斯说着，咬了一口手里的牛排和胡椒三明治。

加西亚眉头蹙起。"别再问了，也别再叫我那个名字了。他把我带进一条隧道，隧道直接通往新东区隧道的通风口——那儿恰巧连着第50大街和麦迪逊街的下面，离大教堂后面的圣母堂不远。这是最棒的部分，它一直通向前面。"

"多远？"夏娃的眼睛睁得大大的。

"你对圣母堂了解多少？"

"我知道这是大教堂，"夏娃停下来查看自己的笔记。"是查尔斯·马修斯补建的，不在伦威克的原始规划中。工程从1900年开始，1904年竣工。而且——最后的整修主要是在1931年完成的，那个时候又增加了管风琴，扩大了圣殿。"

"它的建筑风格与主教堂相同。"加西亚说，"外墙是白色大理石，但背后却是砖头和石头，留有很大的中空空间，用以防潮和通风。其中一些空间要比其他的要宽。再者，也不大……但对中等身材的人来说足够了——"

"比如你自己。"哈多克斯打岔道。

"我不是一般人。"加西亚反驳道，"托尼找到了进去的路。他说，沿着墙间通道走，然后就有个隐藏的嵌板。"

"但你和他一块儿？"夏娃问，很困惑。

"不是全程。"加西亚低头看了看，无法详细解释其中的原因：幽闭恐怖症。那感觉就像被困在了费卢杰①。

他想跟着托尼穿过狭窄的墙间通道，但越往前走，通道就越窄。不一会儿，他便只能勉强呼吸，还得忍受着足以压垮他的高温，充斥着他不想回忆的画面：坍塌的混凝土，焚尸的臭味，到处都是尸骸。

"你信任那家伙吗？你不觉得他只是在跟你开玩笑吗？"伊莱拿起食物。他吃了不少沙拉、馅饼和火鸡鳄梨三明治。

加西亚直盯着伊莱的眼睛。"他说他一直是这样偷偷溜进去的，他为我在圣帕特里克大教堂点燃了一根蜡烛。那就是我结婚十三周年纪念日之夜。托尼不会骗我。"

"这么说，我们必须把托尼叫来啦？"伊莱瞥了一眼夏娃说。

"不可能了，除非你能唤死人进入维多克队。但是，如果他能找到这条路，我也能找到。我会用同样的原则：进入墙壁通道，找到隐藏的嵌板门，避开这个混蛋为我们设的陷阱。"

门口传来一声干咳声。格夫主教决定重新加入进来。"千万别生气。"这位教会代表说。"但你刚才说的是不可能的。"

"别生气？"加西亚紧盯着他。

主教不赞成地撇着嘴。"你们讨论的是攻入国家遗产建筑，那可是最严格等级的地标保护。"

"我想我们正在讨论营救计划，"夏娃冷冷地打断道，"至少有五个人质。可能还有更多。"

格夫一直看着加西亚。"你提到的圣母堂尤其重要。你说它是进入

---

① 费卢杰位于伊拉克最大的安巴尔省境内，在首都巴格达以西约69公里处。

大教堂的入口。它特别重要。"

"如果做得好，一切都会安然无恙的，神父，"加西亚直截了当地说。

"等等。"格夫主教举起一只手，"圣帕特里克大教堂里有七十一扇玻璃窗，全部都是大师级作品。你们不能在大教堂里贸然开枪。"

"我们不能让人质冒着被继续屠杀的危险，主教。"夏娃挺直腰杆，抱着双臂。

"他想要什么？你们不能给他想要的吗？"他的语气几乎无法掩饰自己的怒火。

"除非教会能懂读心术，没得选择。"夏娃回答道，她显然也恼怒极了，"我们仍不知道他要什么。"

"或许你们应该考虑一下，而不是想着什么隧道和墙壁。"

"或许你应该想想，让我们继续工作。"身高六英尺七英寸的梅斯塔似的立在主教面前。

"玫瑰之窗是大教堂无价遗产中的一个。"主教坚持着。"查尔斯·康尼克的作品，描绘的是八个天使的脸。我来这儿，是为了让你们确定保护它以及同它一样的珍宝。"

"我不是说圣帕特里克大教堂不是个令人敬畏的祈祷地方。"加西亚回击道，"但任何教会——包括这一个——都是为大众而建的。现在，里面人的生命正处在极端危险中。对你而言，什么才是最重要的，是挽救这个建筑，还是拯救被困在里面的人质？"

主教气得浑身发抖。他还想要争论，但随后又改变了主意。"你们这些人不明白。肯定有其他的方法。"

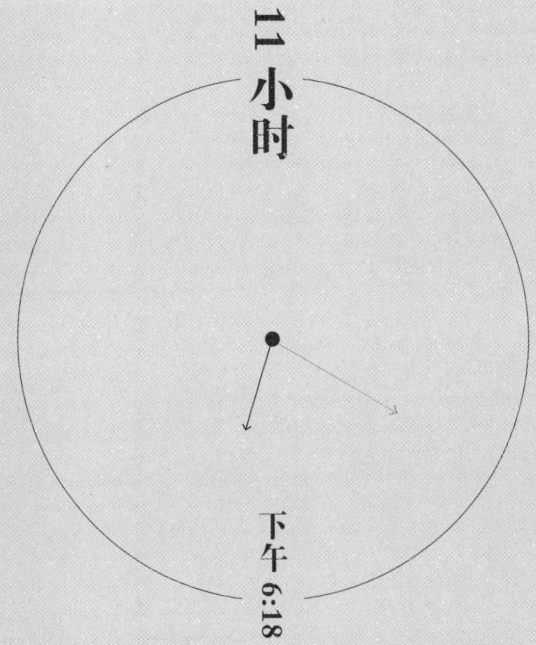

我们继续关注圣帕特里克大教堂事件的进展。与此同时,我们正与克里夫·雷蒙德连线,他是百老汇国际安全方面的专家,联邦调查局前特工。

雷蒙德先生,跟我们说说,怎么会发生这样的事?

雷蒙德:好吧,没有人想听这个。但不幸的是,答案比你们想象的要简单。圣帕特里克大教堂是所谓安全上的软目标。作为宗教机构和文化标志,大教堂欢迎所有的人——圣诞前夜的时候,这意味着每天都会约有两万五千人来到这里。圣帕特里克大教堂有安保的细则,是其中最好的一个软目标。但大教堂的首要任务是欢迎每一个来访的人——特别是圣诞节。

第48章

离时限还有四十二分钟。

夏娃整理了目击证人的四份问卷调查。哈多克斯通过更科学的计算机程序筛选探寻同样需求的数据。在另一边，夏娃在电脑屏幕上把每一个目击证人的生活分成四个象限，在每一个象限里都有一系列的陈述——时间线、电话号码、地址以及通讯录。她拉扯着左边太阳穴一侧的卷发。这个坏习惯总能帮她集中精力。

她盯着这四个人的生活细节，要完成与平时完全不同的任务画面。她一直都有这样的技能，善于发现细节、分析细节，并将这些细节连成一个图。当她完成时，她的创造便像一张蜘蛛网——由多条细绳组成的完美整体。

今天，她感觉自己盯着的是互不关联的四张网。她在寻找一条线索，可以让她的蜘蛛从一张网爬到另一张完全不同的网。一些共同的习惯——或者，也许仅是一次经历——通过最脆弱的连接把彼此联系在一起。

他们年龄不同，也不属于同一代。卡西迪·琼斯刚刚二十一岁，阿琳娜二十九岁，布莱尔·范德维特四十五岁，辛妮亚刚过六十岁。夏娃试着想象他们的生活、他们的日常以及他们遇到的人。

卡西迪在亚特兰大长大，是美国佐治亚州高中的美少女。毕业后，她移居纽约，成了一名演员，定居在皇后区阿斯托利亚的演员社区。卡西迪是个派对女郎。她在阿斯托利亚一带生活，并曾在那里的一家乌托邦餐厅工作过。不过，她大部分时间花在到曼哈顿一视参加试镜，晚上会去酒吧和舞蹈俱乐部。她的朋友和最近交往的男友名单令人生畏。

阿琳娜的情况没有什么特别之处。她安静、勤奋，每天花数小时练习钢琴。她住在华盛顿的高地上城，住在一个可以俯瞰乔治·华盛顿大桥和拱廊的小公寓。她的职业是演奏室内音乐，也兼职教学生，但她的工作主要把她带到林肯中心和市中心西部周边地区，她就职于那里的一所私立学校。她有几个亲密的朋友，没有男友。

布莱尔·范德维特一直都住在曼哈顿上东区。从道尔顿学校和耶鲁大学毕业后，他便接手了家族的房地产生意。他的工作生活和社交生活之间没有显著区别，无休止的社交和慈善活动便是他的生活。他始终在建立关系网——但在某些社会背景中，似乎并不包含与其他目击证人生活重叠的内容。

辛妮亚·威利斯是个住家保姆，每天接触的人主要是八岁以下的孩子。她与艾布拉姆斯一家住在一起，每个礼拜天都去她家附近的浸礼会教堂。她在唱诗班唱歌——在唱诗班的练习是她主要的社交生活。由于工作的原因，她带着艾布拉姆斯的三个孩子，来来回回奔波于看牙医、参加足球训练、家庭作业社和游戏日之中。

哈多克斯报告，路易斯·拉莫斯居住在阴暗的哈勒姆。当承包商需要额外人手时，拉莫斯就到市中心来做临工，全是现金支付，没有签过合同，没有不必要的交际，也从不远足。

他们生活在不同的社群里，但从一方面而言，他们都是典型的纽约人，带着他们之前的习惯。夏娃认为，极具讽刺意味的是，在美国最大城市，比任何小城镇都能更好地保留有小城镇的生活习惯。不过，在这五个社群里，每个人的需求都能得到满足时，情况才会是这样。

你怎么认识他们的？

她同劫持者进行着虚拟的对话，她想知道他是怎么看他们的。他为什么选择了他们。他们是如何被关联起来的。

然后她突然想到在她未弄明白最基本的问题时，她将如何去做。他为什么一定要她来做？

身后有声音把她吓了一跳。她喘着气，转过身一看。

是哈多克斯。"对你来说，只是个简单问题。我有一份名单，上面包括和你一起在联邦调查局工作过的人，包括那些在匡蒂科跟你一块培训过的人。你是否也参加过机构间的联合工作队？"

"你有什么清单？"这恰是哈多克斯的问题所在，常规的限制对他来说，毫无意义。

"我生活在一个信息时代，亲爱的。"

"你能不能别再叫我亲爱的了？"

"可能不在一起。或许只是不太经常。你是想回答我的问题，还是不想知道他为什么选了你？"

"在过去的人质危机中，我曾与纽约市警局密切合作过，但根本没有持续下去。"

"那么，去除这个推测。我猜他只是个粉丝。"他走过来，凝视着她的电脑屏幕。"我们不明白他为什么要你或者他们之间有什么联系。仿佛他不是随意选择一群人。我禁不住要问：这就是重点吗？"

"我想过了。他随意选了几个人作为目击证人。实际上，他与他们中的任何人都不曾有过联系。"

"但是？"

她摇摇头。"我觉得这个推断太特殊了。即使他不熟悉他们，他们对他来说却代表了某些重要的东西。我有了另一种可能会有帮助的想法。你听过我同他的最后一次对话吗？"

"刚在联邦调查局的生物数据库查了一下。没有匹配的。"

"好。再从数据库把它提出来，跳到那一段，就是谈论在教会学校里教师和他十一岁时的事。"

"你认为他的动机是基于他与教会的一段经历？"

"我想知道，我们能不能认出那个老师。听起来他好像是个非专业人员，但那可能是个谎言。据现有的资料，我们推测人质劫持者是本地人，大约三十五岁，我们能收集到其他数据。然后，交叉核查与虐童案件匹配的时间。用文式图①找出适合重叠的圆圈,并从圆中移出圆环建立ID——从那里开始。"

"是,当然,"哈多克斯同意道,"我需要设计一个科学方法让它发挥作用。"

夏娃恼怒地看了他一眼。"哈多克斯,这些只是数据。有时,你必须超越比特(最小的信息单位)和字节,把眼睛盯在人的要素上。"

"没有比特和字节,我们就没有可以理解的数据模式。"哈多克斯转身就走,旋又停住,"顺便说一句,我决定不再叫你亲爱的了。"

"谢谢。"

"即使适合你,但为的是让你轻松点。因此,你不妨重新考虑一下。"

"重新考虑什么?"

"晚餐。"

"我们还有工作要做。"

"但如果我们没了呢?"

"你的意思是人质得救后,大教堂安全了?"

"是呀。一个约会。"

"我不同意。"她没有笑。

"当你看到我想出的好主意,你就会同意了。我只是需要有人去买点东西。"

"没有香烟,也没有爱尔兰威士忌。你是要用山姆大叔的钱。"

他没有理她,似乎也是如此。"这个劫持者的秘密很多,比任何人的都多。最好回头弄明白他的动机。"她听见他的脚步声走远,迅速返回自己的工作站。

你是个讨厌查找动机的人,她很想对他说。但她也问问自己,你自己呢?

---

① 文氏图(英语:Venn diagram),或译Venn图、温氏图、维恩图、范氏图,是在所谓的集合论(或者类的理论)数学分支中,在不太严格的意义下用以表示集合(或类)的一种草图。

第49章

离最后时限还有十六分钟。

听完夏娃与人质劫持者的谈判录音后,哈多克斯认为她被耍了。人质劫持者编造了个牵动人心的故事,博得了夏娃的同情,完全分散了夏娃的注意力:他在清晨杀死了一个神父。

不,这不公平。也许夏娃也在扮演劫持者,表现得仿佛她很在乎。

不管怎样,哈多克斯的注意力还是回到了这几个目击证人身上。鉴于他们中没有一个人去过天主教堂,他根本无法接受夏娃的推理,对虐童案的怒火正在给人质劫持者火上加油。感觉太好了。

找到连接目击证人的唯一线索并不能通过平常方法获得。人类的大脑恰恰没有这样的能力,在毫不相干的五个人中间连接数千种可能性,但他先进的诊断程序对揭示答案却是个完美设计。

辛妮亚·威利斯是大都会足球会的狂热粉丝,卡西迪新交的男友也是。他们定期去看比赛。但布莱尔·范德维特只跟随洋基队,阿琳娜·马特罗斯基和路易斯·拉莫斯都不是,他们只对棒球有兴趣。

阿琳娜和布莱尔都是狂热的跑步爱好者,活跃在纽约道路赛跑比赛等活动上。他们可能会一次又一次地同时参加赛跑,只是彼此都不认识罢了。他的跑步锻炼是在富兰克林·德拉诺·罗斯福大道,而她选择的慢跑小道是在哈德逊河边。卡西迪练习普拉提,辛妮亚觉得对付三个男孩就足够锻炼身体了。而路易斯的工作时间很长,他只能在工作间隙休息一会儿。

除了路易斯和辛妮亚外，其他人都在市区当过陪审员。两年前，布莱尔和阿琳娜甚至在同一个礼拜被同时召去过。布莱尔曾被选为民事案件中的候补法官，审理一桩建筑物火灾损坏责任的案件。三天后，阿琳娜被解雇。

他们允许哈多克斯对他们的信用卡和银行记录进行交叉搜索。辛妮亚和阿琳娜经常在哈勒姆·法尔维购物。布莱尔和卡西迪经常光顾下东区休斯敦东部同一独立经营多功能影院。除了阿琳娜，每个人都至少在麦迪逊广场公园奶昔小屋吃过一次饭。除了布莱尔，所有人都去过时代广场的财政部银行分行。但是，没有找到所有五个证人的同一习惯、活动或事务。

寻找无果时，哈多克斯的解决方案便又开始尝试一种不同的策略，采用不同的方法。就这样，他把注意力转向了问题的另一面：人质劫持者。

当他追踪一条快速移动的轨道时，这个名字便成了他的起点——他使用多个数据来源创建一条路，这条路自然而然地将他引向他所寻找的某个人。

在这里，他遇到了相反的问题。他追踪的这个人，离他不到一百英尺远。也就是说，他错过的是其他最重要的东西：名字，身份。

他敲击键盘，手指以每分钟一百二十字的速度快速移动。他调出了夏娃和劫持者的谈判录音，包括文本和音频。他拼凑出了乱麻一样的东西，蹩脚的、笨拙的，是想能进行必要的操作。

哈多克斯知道，生物识别技术有很多固有的缺陷，尤其是语音生物识别技术。他使用联邦调查局的数据库撞墙。因此，他没有将搜索设计为生成特定的ID。这只是一个撞车和燃烧的秘诀。这项技术还不成熟——假装是犯了令人尴尬错误的人；如同不完整事物鉴定学导致执法部门误认理查德·朱尔是亚特兰大奥运会的炸弹袭击者，或者把布兰登·梅菲尔德误控为策划马德里火车爆炸案的人。

取而代之的是，哈多克斯的想法是通过搜索模式生成一般的生物特征。与夏娃工作上的心理侧写相对应，这是根据她与劫持人质者的三次简短交谈收集到的数据。

鉴于他在大教堂里的舒适程度，夏娃确信劫持者是当地人。因此，哈多克斯将他的程序与宾夕法尼亚大学的语言学家运行的数据库联结起来。这样可以对辅音和元音进行分析，形成可能的区域，在这些区域中，发声者以类似的方式使用辅音和元音。

然后，他与弗吉尼亚大学的一位语言学家建立了联系，这位语言学家做过类似的研究，但他关注的是词和短语的选择，而不是元音和双元音。

夏娃认为人质劫持者有执法或安保方面的经历。第三个语言学家，是科罗拉多州大学专门研究军事用语和警察俚语的。

他用了一个老把戏来尽量减少静态背景的音频。

他让一切运转起来。如果运气好，这些多重数据点——语音细节、语音模式和关键语言选择——会一起工作并出现一些他们能用的东西。

到时限还有八分钟。7点钟。就在全世界都期待庆祝洛克菲勒圣诞树亮灯仪式的那一刻，一个疯子却要询问他的目击证人。

哈多克斯偷偷瞥了一眼圣帕特里克大教堂。尽管第5大道的其他地方已是一片漆黑，但大教堂却仍沐浴在光明之中。它本身的泛光灯，加上联邦调查局带来的聚光灯，照亮了教堂外面，把大教堂变成了一个闪亮的灯塔。

这激励他做了另一件事。他向圣犹大——失去的事业和绝望案例的守护神——祈祷。

第50章

离最后的时限仅剩四分钟。

梅斯跟随加西亚进入装备补给车，为战术队冲进大教堂做准备。如果夏娃无法解决这个问题，战术队一定会采取行动。梅斯通常不喜欢购物，但这与购物不同。他抄起一把激光制导的自动武器，检查了一下瞄准线，在手里掂了掂重量。即使他不再靠卖这些东西为生，他还是能从中找到乐趣。在特种行业干就要熟悉尖端的技术，尤其是那些从实验室出来的东西，从来没有经过实战测试的。从那里开始，它最终将被用到穿制服的普通人手里，然后出现在街头。

梅斯不想让经销商看出自己对新商品感到新奇。他告诉自己，这是一次重要的学习。他在继续自己的学业。但他在跟谁开玩笑？他感到无聊至极，需要转移注意力，以免发疯。

一个戴圆形金属框眼镜、口袋上写着"彭斯"的人正在给加西亚看一个手提式设备。"这是一种具有双重定向功能的武器。当你和没有战斗能力的人打交道时，用它来制造痛苦即可。它会让你的对手觉得皮肤着火了。"

"是吗？"加西亚扬起眉毛。

"不是字面上的意思。看到这个开关了吗？"彭斯指着手枪底端的一个装置，"它能让力量级别由非致命性变成致命性。"

加西亚皱起眉头。"还是有点大。确实不大好把握。"

"看起来像把光剑，直接从星际大战中来的。"梅斯插嘴说。

彭斯耸耸肩。"这个小装置里有很多技术含量。在这样的行动中非常有用，那个地方的平民很可能会干扰到你们的终极目标。"他递给加西亚一副运动太阳镜，"你会发现这是另一个有用的设备。"

加西亚把太阳镜举到灯光下。"我要去的是地下。我想我可能需要个手电筒，而不是这玩意儿。"

太阳镜是深色镜片，但红色的塑料一直到镜片顶部。设计师可能会说，它看起来很时髦，但梅斯猜测它隐藏有多种功能。

"它们看起来像普通的太阳镜，"彭斯解释道，"但它们有深层的技术，它们会让你接收数据、拍照、视频和定位。"

"就像谷歌镜？"梅斯笑着说。

"比那酷多啦，"加西亚戴上太阳镜时，彭斯严肃地说道。"让我演示给你们看。"

梅斯的手机在口袋里嗡嗡响起。他回应说："最好是重要的，否则我要找机会试一试现实生活中的光剑了。"

弗农·布朗的朋友史努比说："有什么要写的吗？"

"不太方便。"

"那就听好了。你知道我一直在调查我的人为什么会在坐牢。"

"呃。"

"我同从市中心西区来的两个人——杰夫·西蒙斯和T.J.皮尔斯谈过。他们进出证物室时，便被派去追踪敏感的项目。几周前的一大批赃物让他们忙得不可开交。首先他们必须保护好，那就是说要将这批赃物装起来，把它们从肮脏的犯罪现场安全运回证物室。然后，他们再花整整一个月的时间来往于证物室与法医实验室之间，为的是让每个人都了解。当这一切都结束时，他们并不开心。给他们留下了不好的印象，你知道吗？现在，他们几乎成了被调查对象，还得写报告。无聊得发疯。"

"于是他们就偷窃？"

"别这么想。"史努比说。"街上有传言说，丢失的赃物绝对不会拿出来出售。西蒙斯和皮尔斯都没有什么好炫耀的。他们的银行账户上没有额外的进项，车道上也没有新车。"

"那你想说什么？"

"他们无法证明，可他们有个理论。"

"我洗耳恭听。"

"事情是这样的。我给你们这个信息，如果成功了，你们就能让沃恩释放。他知道老史努比才是对他自由负责的人，而且高层得给他一个实在的郑重道歉。"

"听起来像个艰巨的任务。"

"不是因为你。"史努比把名字告诉梅斯时说。

哈多克斯那个令人厌恶的算法几乎马上就要得出一个结论，即确认劫持者是布鲁克林本地人。在他保持镇定并自我控制时，他的发音十分谨慎；而当他的脾气暴躁时，他便恢复了布鲁克林式的交流方式。换句话说，他发前辅音时非常用力，而且与其他的单词连读起来，R音与G音不发声，而D音则被TH音替换，虽然很轻微，几乎察觉不到。

布鲁克林，哈多克斯想，只有两百六十万人口。假设他是布鲁克林出生、长大，而且从未离开过。

布鲁克林是个多民族聚居的社区——意大利人、希腊人、犹太人、爱尔兰人、非裔美国人、德国人和俄罗斯人。现在，哈多克斯的计算机通过简单而有效的解决方案搜索到细微的变化，这些变化可能表明，其中有一个特殊的群体。

语言分析最后集中在一个短语上——"家鼠"这个词条，就是劫持者所说的安妮·马丁内斯，他杀死的纽约市警局的谈判专家。这不是录音的一部分，但夏娃想起来了。

正如哈多克斯发现的那样，在三个不同的社区里，这是个很普通的名词。哈多克斯把这第一个——S&M从业人员——暂时搁置一边。并不是说劫持者没有造成很大痛苦，而是觉得这不是他的主要动机。下一个是马林斯。家鼠是他们训练师的助手。哈多克斯感觉越来越好。安妮·马丁内斯已经被杀，因为她不够重要。因为她不是夏娃，不是劫持者要求的谈判专家。

第三个常用这个短语的人是警察。警察们常用"家鼠"描述家庭成员，与出外勤的警察相比，内勤们用这个词更多一些。哈多克斯喜欢这样的结果。由此可以判断，人质劫持者非常了解警方的约定和程序。夏娃说过，他熟悉战术手册。

那么是哪一类呢？哈多克斯感到奇怪。

他对数据进行三角定位的次数越多，成功的概率就越大。因此，他添加了一个检索词，可以检索性虐案件。在适当年份发生的事情。然后，他等着。

加西亚做了个噩梦，而且还是在清醒的时候做的。哈多克斯下载了一些文件放到特殊的太阳镜上，只是为了保证设备正常。从太阳镜中，加西亚可以看到圣帕特里克大教堂的部分结构图，上面标着人质可能的位置。另外，他还看到分布在大教堂的炸药照片和大量数据。

加西亚不喜欢这些高科技眼镜。他注重现实，喜欢直接的事物。他不需要额外的图片填充头脑。问题不就在这儿吗？

他摘掉眼镜，把眼镜别在腰带上。如果遇到麻烦，倒也许会试一试。

他以前去过很多这样的房子。他的任务几乎是一样的：消灭叛乱分子，营救平民，然后从地狱出来。

唯一不同的，这是个大问题，他在海外服役时，没人在乎房子是否被毁、无辜平民是否安全。

这件事让他有种不好的预感，有可能会演变成一场大屠杀。他可能做不了什么他妈的事来阻止这一切。

伊莱等着。他征用了两台机器，打开并运行了他最喜欢的数据库。梅斯走到他跟前，把名字交给了他。

"帮我查查这几个人，好吗？"他转过身想了想，旋又转回身。"还要咖啡吗？"

"蜜蜂会蜇人吗？熊会在森林里拉屎吗？"伊莱咧嘴笑了笑，"我只是不相信朱利叶斯·梅森会想到给我拿杯咖啡。"

"不习惯喝。我只在遇到糟糕的事时才喝。"他注意到伊莱换了件衣服，是一件鲜绿色的纽约喷气机队的球衣。他一定是让人在百老汇大街上从游客背包里给他偷的。

"你到底在找什么？"伊莱将第一个名字键入数据库。

"通常的。大买卖。突然进入他们银行账户的钱。基本上，有迹象表明，他们可能偷了一整包炸药，然后出售并获得可观的利润。"

"若没有出售，而是自己使用呢？"

"那么，我们就会有了一条相当不错的线索，关于里面那个男人的。说说，你感觉还好吗？"

伊莱突然看起来像他的球衣一样绿。伊莱摇摇头。"我想，我吃了一些不太好的东西。"

"你在第6街上小贩那儿买的热狗，不是吧？他们每次都给我买。"

尽管哈多克斯心存疑虑，但事实证明，综合了其他的参数，苹果尽管搜索不佳，但仍缩小了范围，发挥出神奇的作用。一开始，他认为自己的数据点过于模糊，但把一定年龄、时间以及区域结合起来，便搜索出四个符合界定的性虐案。其中一个案子值得关注，那是约翰·提摩西·尼尔森的。

那些声称是尼尔森受害者的名单很长。当第一个受害人勇敢站出来时，就有超过十五个男孩提出了新的指控。在尼尔森被捕及随后的审判之前，这些受害人大多已长大成人——哈多克斯的搜索将他们的名字和搜索结果进行了比对。

一个布鲁克林本地人。

曾经在布鲁克林本森赫斯特教区，一个勇敢的助祭男童。

后来成为一名海军陆战队队员或属于细蓝线（This Blue Line）。

约百分之八十一的可能是爱尔兰人，或约百分之七十六的可能性是意大利人。

不一会儿,他就找到了两个名字。

保利·考西洛,水兵的儿子,十八岁加入海军。保利从当地的天主教男校——圣泽维尔学校毕业后,几乎不到四十八小时就参了军。他的父母为他感到骄傲。他们说,这是追随家族传统,成为海军陆战队战士,正像他父亲一样。他在远东和中东服役中成了一名上尉,之后返回家乡布鲁克林。

保利曾三次前往伊拉克、两次前往阿富汗服役,得到过两个特别表扬和一枚紫心勋章。他接受过狙击手的训练,几乎没有失过手。他是名工兵,拆除过数百枚炸弹、路边的简易爆炸装置、房屋布置的简易爆炸装置。这是一项艰辛的工作,需要某种气质,而保利就有这种气质,且一直持续到他退役。

他没有被塔利班长期关押过。被关押九天后,他便在一次交换俘虏中被放了回来。当然,美国人没有参与。美国人在与恐怖分子谈判时,总是犹豫不决;是第三方促成了这次交易,但保利被永远送回了家。与塔利班在一起的九天,显然让他非常仇恨,而海军陆战队却不需要这种倾向。在阿布·格莱布的酷刑丑闻和马穆迪屠杀,对美军来说,已经够糟的了。

保利回家后,拒绝进行任何形式的治疗。他坚持说自己唯一的问题是仇恨塔利班对他所做的一切。在他看来,他们理应受到他的憎恶。他很快发现自己也仇恨别人,仇恨一个离自己近得多的人。就是这个人对他做了同样可怕和同样变态的事。

最初,对约翰·提摩西·尼尔森提起控诉时,带头采取行动的人是保利·卡里罗。他想让尼尔森痛苦并付出代价,以确保其他男孩不再受到像他那样的虐待。这是唯一正确的。

哈多克斯倾向把保利作为劫持者的候选人。军事背景和对爆炸物的深厚了解是最有说服力的。他的仇恨问题被记录在案。毫无疑问,塔利班的囚禁给他留下了伤痕,但与导致他获得紫心勋章而留下的弹片相比,却并不明显。他的动机充分:对教会的仇恨。他认为教会欺骗了他。

肖恩·苏里文也是四十出头,就像保利一样。他们都出生在克拉克森和温斯洛普之间的国王县，在同一家布鲁克林医院出生，在同一个本森赫斯特教区受洗礼，甚至在同一时间做了助祭男童。但是，两人的人生在三个重要方面不一样。

第一，肖恩的家人是爱尔兰人。因此，从文化上讲，完全不同于保利的意大利血统。

第二，肖恩的家庭是个警察和消防员世家。苏里文一到十八岁，就选择了纽约市警局或纽约市消防队。他不愿加入陆军、海军或海军陆战队，也不愿在头上钻个洞。即使"9·11"事件发生后，他仍把自己看作是个彻头彻尾的警察。当然，肖恩像很多年轻人一样，加入了海军陆战队。当他在海外服役时，他并非为荣誉、国家或苹果派，而是为了穿蓝衣服的孩子们。

第三，肖恩和保利的生活方式完全不同，肖恩的父母分开时，肖恩的母亲决定离家去长岛郊区住。肖恩十二岁时也去了长岛，时不常会回布鲁克林拜访邻居。

他的家人可能永远不知道他在尼尔森先生手下经历了什么。从地方检察官档案中密封的投诉来看，肖恩是比较幸运的一个：他被迫与老师发生的关系只持续了三个月。他私下作证时使用的名字是假名。他只想证明其他人说的话，为的是公正审判那个神父。不再是了。没有头条，没有公开的仇杀。肖恩想要的是回到他在长岛自己的生活。

别管生活如何令人崩溃。他的妻子要和他闹离婚。据说，他和十三岁的女儿关系不大好。他申请了破产。他因内部调查正被纽约市警局停职。

最后那部分挺匹配，但偷窃行为的指控并不适合肖恩。毒品和钱，从容装进口袋里，在街上甚至更容易交易。

还有一件事，肖恩曾接受过训练，在精锐反恐部队服役过。那次训练中，他被派去了阿富汗、埃及和巴基斯坦，他和其他队员在那里担任军事行动的联络官。他接受过爆炸和狙击手训练。但是，他有足够的实践机会吗？

在与人质劫持者的匹配上，肖恩有很多不足。他没有明显的仇恨以及动机，但保利却有。

还有一个事困扰着哈多克斯。安格斯·麦克唐纳——这次事件中的真正目击者——宣称看到有警察进了大教堂。

安格斯的叙述十分模糊，所有的叙述集中在雨衣和走路的姿势上。此外，时间完全对不上。因为那个警察进入大教堂之时，人质危机已经开始了。

纽约市四万名警察中的一个去参加清晨弥撒，发现自己陷入始料未及的境地。

哈多克斯决定，把这些事向夏娃报告。她是专家，让她做判断。

如果劫持者所说并非扯谎，哈多克斯确信，在圣帕特里克大教堂里造成这么多问题的人是保利·考西洛。

侧面像是符合的。更重要的是，数据也符合。以哈多克斯的经验，数据不会说谎。

伊莱输入了梅斯要求的搜索，但他需要时间考虑，尤其是哈多克斯已经提供了两个名字。

这一切都是以一种让伊莱不舒服的方式完成的。他真的不知道那是什么意思。约翰不停地给他打电话，这对他的工作并没有什么帮助。他忽略了两个语音信箱和五个文本。他感觉不大好。

伊莱不停地调匀气息，试图慢慢数到"六十"，但这种迫在眉睫的事不容忽视。他离开他的电脑，跌跌撞撞走出MRU。半跑半走地来到离阿特拉斯像十码远的地方，那里有一个灰色的塑料垃圾桶，是用来装由探员、官员产生的垃圾的。

他俯身把胃里的东西倒空。

他刚吐完，一名纽约市警局的技术人员来到他身边，递给他一条纸巾。

"谢谢。"他不好意思地喃喃道，"抱歉。"

她耸耸肩。"几乎每到一个犯罪现场我都会这样，没有什么大不了的。"她指了指，"那边有个饮水点。可能会让你好受点。"

伊莱痛苦地点点头，什么也不能让他感觉好受。

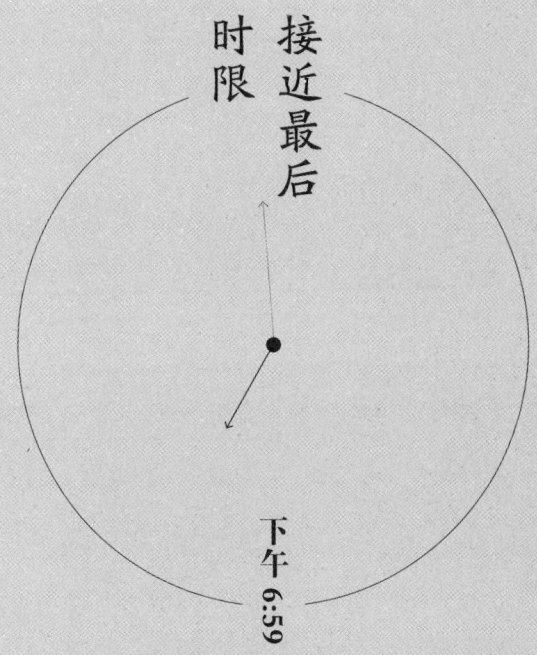

接近最后时限 下午 6:59

我们继续同克里夫·雷蒙德聊聊,他是国际上享有盛誉的有价证券专家,也是联邦调查局前特工。雷蒙德先生,我们知道联邦调查局在这方面是领先的,一定有这方面拔尖的谈判专家。你能告诉我们发生了什么吗?

雷蒙德:这是个值得注意的统计数据,大约有百分之九十五的人质危机都是通过谈判策略成功解决的。人质谈判首要的是心理学,大多数谈判专家都是你们曾经遇到过的最熟练的实践心理学家。

但是,假设谈判失败了,会发生什么?

雷蒙德：哦，事件一开始，我可以向你们保证，一支特种部队一直在大教堂外待命。如果授权进行战术营救，他们的首要任务就是隔离和控制单个或多个人质劫持者。他们将尽一切努力来保护生命安全，还要减少财产损失，尤其是在圣帕特里克大教堂的案件。

我们还有一位天主教会的代表——格夫主教。
你能告诉我们教会关切的是什么吗，主教？

格夫主教：我非常担心，所以我今天打电话给你们。圣帕特里克大教堂是北美最重要的天主教地标性建筑，如果不包括北半球的话。我不大满意联邦调查局采取的保护措施。所以我要问你们所有的听众，作为天主教徒……作为一个纽约人……或者只是作为一个关心此事的市民，圣帕特里克大教堂对你们是否重要……请打电话给市长办公室告诉他！

第51章

夏娃注意到钟敲了七下,便等着那个一定会来的电话。这是最后的时限,人质劫持者要他的目击证人。

人质劫持者,保利。她没理由不这么叫他。

当哈多克斯把自己的发现拿给她看时,她自己完全同意:一定是海军人员,保利·考西洛。她觉得,从今天的事件中完全可以看出他这个鲜明的特征:缜密的计划,炸药方面的知识,狙击手的训练。他封闭圣帕特里克大教堂的方式,如同一次计划严密的犯罪。事实证明,他对教会有强烈的且掩藏甚深的仇恨。

他也失踪了。

考西洛兼职做大楼管理员,但近四天来没人见过他,以致房客抱怨声不断。最近几个月都是如此。

她坐在桌旁,盯着劫持者的手机。这是个廉价的一次性的诺基亚小手机,寂静无声,就像谚语里的一罐水,看着它时,永远不会沸腾。

考西洛想要这几个目击证人——她发誓要保护的四个目击证人——干什么呢?

他能看出第五个目击证人是替代品吗,消失的路易斯·拉莫斯真的消失了吗?

手机安静地待着。

夏娃看了一眼手表,下午7:02。他不喜欢迟到。她猜想他最初守时的习惯是在海军陆战队接受基础训练时养成的，正如在医院转房或跑了五分钟的路程。就像在匡蒂科她学会了用"格洛克23"手枪射击、破译基本的法医分析，不管她喜欢不喜欢。

当通向圣帕特里克大教堂的巨大铜门打开时，与其说是她听到了，不如说是她感觉到了那惊讶的喘息声——又有人出来了。她抓起仍没有响的手机，塞进口袋，跑出MRU，朝大教堂台阶跑去。是否有人跟着她，她没注意，也不在乎。

台阶上的男子可能有三十多岁，也许是四十多岁，右脸下方（5点的位置）有一道深棕色的浅刀疤。他的蓝西装看起来很廉价，没穿外套，但在这寒冷的天气里，却没见他发抖。其实，他正在冒汗，大汗淋漓。

他站在台阶上，向四下看了看。他在眨眼睛，使劲地眨——是因为眼睛模糊吗？最后，他的目光锁定了夏娃。他说："我叫伊桑·雷纳。"

夏娃皱起眉头。这次不同——改变方式不是个好兆头。之前可没人报过名字。

她转过身，背对着雷纳，让自己有足够的时间把话筒线固定在衣领上。她发出一道清晰的命令："我需要关于人质的一切信息。"说罢，她回身说道，"我叫夏娃·罗西。联邦调查局特工。我想帮你，雷纳先生。"

他穿着一双脏兮兮的破运动鞋，上身穿着蓝色和灰色相间的耐克，衣服鞋子的码太大，显然不是他自己的。

此人是人质，她十分肯定。不只因为他的名字在那些失踪人名单中，而是因为他的肢体语言暴露了他的恐惧和慌乱。

她走近一步，看见他手腕上有明显的红色伤痕。这表明他刚刚被捆过。

她眯起眼睛，想看看他右手拿着什么。是有什么东西——某种小装置——在他手掌和手指之间。"要设法弄清他拿的是什么，可能是个压力开关。所以不要开枪，这很重要。"她对着自己的小话筒说。

"我奉命告诉你，"伊桑说，"你们的时间到了。"

哈多克斯的声音灌入夏娃的耳朵。假设他真是自己说的那个人，那这个小伙儿就是从芝加哥来的。他来纽约是要做大厨。他在市中心一家叫邦尼·纽益特的小餐厅做蔬菜配菜工。没有女友——也没有男友——但根据他"Facebook"账号对他的评论,他很受欢迎。只有一件事令人诧异,他上过新闻,可能是十年前。他是一个失踪女孩的男友,女孩与他在同一所学校,两人交往了两年。他声称自己在一次晚会后没有送她回家,之后便没人找到她——他的嫌疑巨大。

面对伊桑,夏娃说:"他给了我最后时限。我接到这个电话。他为什么不直接跟我通话?他为什么要通过你来传话?"

伊桑没有理睬她。"他想提醒你没什么可谈的。如果他的要求得不到满足——他会引爆所有的炸药——我就要死。你必须完全照他说的做。"

这次耳朵里听到的是梅斯的声音:"他手里那个开关看来是真的,夏娃。要加倍小心。"

"我需要直接同他谈话。"夏娃跟他说,"你能告诉他吗?"

但伊桑没有戴耳机。他的话似乎是事先准备好的。"他要你把目击证人都带出来,一个一个地,因为要确认身份。"

夏娃瞥了一下脚手架上方。怎么确认这几个人的身份?通过他的狙击枪上的镜头?"他的目击证人都在这儿,"她跟伊桑说,"但我必须保证他们的安全。"

夏娃环顾四周,无论从哪方面说,她都没有优势。不论是伊桑右手开关的威胁,还是那么多平民、那么多的摄像头,要担心的还有那么多的圣像和彩色玻璃窗。

她闭上眼睛,回忆着人质劫持者的声音,努力理清他们过去的联系,试着了解他。

她后退四步,右手抓住扩音器。这也许是单边谈话。但又不像,他都能听见她说话。

"我知道你是谁,"她喊道,"你的名字,你的经历,你的动机。我要向媒体宣布这个消息,除非你直接与我通话,立即。"她用左手举起手机。

等了一秒，两秒，三秒，四秒。

九秒过后，手机发出嘶哑声响。

"你究竟要干吗？"他声音低沉、愤怒而紧张，"你即兴在这儿演出这场剧会有大危险。"

"我很清楚自己在做什么。"她撒谎道，"告诉我——"

当她再次看伊桑·雷纳时，"我应该叫你保利"这句话即将滑出口时，她反而想到了卢克·米勒。

被释放的那个男孩。

她本能地绷紧了神经。她提醒自己要注意那些证据，坚实而令人信服，是如何描述保利·考西洛的狙击手训练和爆炸物经验。那时她倏然想起：人质劫持者放了那个男孩。

保利·考西洛没有孩子，单身一人。

肖恩·苏里文是个父亲，有个十三岁的孩子。

"时间到了，夏娃。若是现在一个目击证人都不带出来，伊桑·雷纳就得死。"

"好吧。让我们来谈谈将如何对待这几个目击证人。"她深吸一口气。"你介意我用你的名字'肖恩'吗？或者更喜欢叫你苏里文上尉？"

在MRU里，伊莱听着夏娃的谈话，意识到情况已发生了变化。这是他始料未及的。他不明白这一切意味着什么。

他确实有一件事要告诉梅斯。纽约市警局肖恩·苏里文上尉当时正被安置在市中心的西分局，而梅斯追踪的被盗货物也正在那一个地方。

伊莱看见成群的警察和联邦调查局特工聚集在目击证人待的控制室外。他们试图判明眼下的情况，是否允许这些人离开安全区域；想弄明白，一旦他们离开安全区域，能否保证他们的安全。

花了八个小时，他们才知道大教堂里好像有一名警察。假设里面的警察是朋友，他们担心他能否胜任。

那个警察不是你们的盟友。

还有，伊莱有个现在需要其他人知道的秘密。

加西亚蹲下身，沿着狭窄的通道往下走，四周都是曼哈顿基岩。

走到一个宽敞点的地方，他才感觉可以缓一口气。之前通道狭窄，以至于他那严格的精神控制都可能不起作用。

深吸气。缓呼出。

他的脚步发出响亮的回音，但他却像是没听到。

他还在竭力集中注意力。

面前的现实，阴湿、陈腐、令人窒息的狭窄空间。

他心中恍若出现一个阳光灿烂且广阔的景象：开阔的天空，绵延数英里的海滩，广袤无垠的波浪。

加西亚继续向前爬行。他自己的恶魔正在追击他，唯一的出路就是去那个幻象中的海滩，藏在秘密的门后，进入大教堂。

警报声响彻天际。直升机——来自不同媒体——在头顶上空盘旋，连警笛声都被联邦调查局的直升机的噪音盖了过去。有传言说，市长已经在来的路上。

在所有目光注视着夏娃的时候，她坚定地等着肖恩·苏里文的回应。无论接下来会发生什么，一场狂风暴雨，抑或只是恰当的诉求？

几秒钟过去了。

她有点吃惊，世界没有毁灭。时间在流逝，大教堂依然矗立在那儿，人质还活着。

然后，她听见肖恩的声音穿过了混沌的世界。

第四部

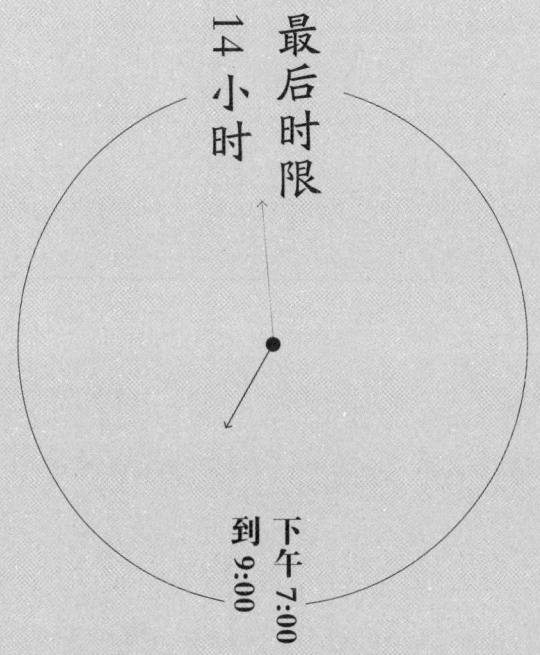

我们继续就圣帕特里克大教堂的危机进行重要报道。

现在是19:15。通常情况下，洛克菲勒中心的圣诞树亮灯仪式此时已经开始。

让我们聆听迈克尔·瑞安神父的祈祷，他站在洛克菲勒中心的圣诞树前面，带领关心社会的朋友和家庭祈祷，而这里是远离警方设立在第6大道和第51街的路障背后。

瑞安神父：今晚，我们在一起，为突然降临到我们热爱的圣帕特里克大教堂里罹难的那些受害人祈祷。暴力不会被暴力征服。主啊，请赐予我们和平的礼物。将我们被囚禁的兄弟姐妹交给我们，囚禁违背了他们的意愿。

第52章

"你怎么找到我的？"肖恩·苏里文问道。

夏娃专注地清除着背景的杂音。在她身后，洛克菲勒广场一阵骚乱。一个新闻组冲过警方的路障，手提扩音器的警官冲他们大喊，要他们留在外边。与此同时，六个特警队员过去阻止他们。一位相机被没收的女士尖叫起来。

在她头顶上方，一架直升机在盘旋。

一开始，夏娃以为是亨利对媒体的封锁行动出了问题。

随后，她意识到，头顶的直升机是联邦调查局的。

"你是怎么找到我的？"夏娃回答肖恩道。"更重要的是，你为什么要我来？有很多别的谈判专家。"

"你是个聪明的女孩。我希望你能很快找到答案。"

"应该很容易，现在我知道你是谁了。"

"是吗，夏娃·罗西？在我看来，你知道的似乎只是个名字、出生日期。我相信，此时，我们谈话时，你的专家们正在仔细研究我的背景，弄清楚我在哪儿上学、我老师们的评语，会访问我在警方和海军陆战队两方面的指挥官，还会查阅我的离婚文件，也会寻找崩溃的迹象以及任何能解释这一切的东西，给我解释一下。"

"我是干这个的。我观察人，记录下他们的行为，学习他们的生活经验。这是我能理解人的原因，而且我也会理解你，肖恩。"

"问题是,你能找到显而易见的答案,但这些答案都是错的。"

"我不这么认为。"夏娃之前便已意识到肖恩的话半真半假,现在她知道对方说的是谎话。他不想这么快被认出来。所以他在策划,在耍她,尽量把损害降到最低。

"听着,夏娃,我的工作和你没什么两样。我指挥过上百次谈判。我熟悉一些东西,大多数人都注意到的显而易见的事情,然后必须做出错误的假设。"

"我不属于大多数。"

"听我说完。"第一次听到他那绝望的声音。她的心跳加速。"假设你正走过一座教堂,看见一个穿着肮脏牛仔裤的男人,没穿鞋。他眼睛里有种茫然。离他几英尺远有辆购物车。你随即会怎么想?他无家可归,可能是个瘾君子,甚至可能患有精神疾病。"

到目前为止,肖恩的话分为两类:命令和恐吓。她第一次感觉他要说些重要的话了。她的希望大增。"听起来像是合理的假设,大部分时间。"

"确实。大多数时间。但如果他不是无家可归呢?如果他是个中产阶级,有家庭,有家人为他担忧呢?如果他是因患痴呆症,在去医生办公室或去小卖铺的路上迷了路,又怎样呢?要是购物车刚好被其他什么人遗留在那儿呢?"

"我会看小的细节,那可能会告诉我一个不同的故事。或许他戴着漂亮的手表,或是戴着婚戒,或许他的脏牛仔裤是新的。"交流时,与其说是交流,还不如说是匹配情感。在这种情况下,希望就是希望。要是就是要是。

"当然,不是每个人都注意到类似这样的小细节。我们全都容易产生偏见。偶尔我也会。我做了个错误的假设,我得到了教训:显而易见的解决办法通常是对的,但并不总是正确的。现在还不能肯定。"

有时候,最好的办法就是直截了当。"你是说,你今天在这儿做的与教会无关?"

她内心充满希望——相信——他会回答这个问题。因为他们已经历了一段时间的了解。一天过去了，她也累了。不知不觉中，忙碌让心中的厌烦在不断积蓄，疲于搞清哪里不符合逻辑。

他肯定是从夏娃的声音里察觉到了。"我喜欢和你说话，夏娃，但我也累了。我们在浪费时间。从现在算起，离我的下一步行动只剩两小时四十五分钟。"

"那好，我听着。"夏娃在手表上按下了秒表预警信号。

"你让我的目击证人上场。"

"我需要知道你要他们干什么。"

"他们来这里是要见证上帝的真理。"

"你没弄明白。你和我都清楚。"如果你的动机不是宗教方面的，那你究竟为什么要用这样的短语？

"卡西迪·琼斯怎么样？"他突然问。

"她在这儿很不高兴。她宁愿待在家里。"

"为那个没完没了的工作？"他嘲笑道，"范德维特呢？我敢打赌，他适合被捆着留在这儿。他可能觉得，此时的职责比陪审团时更糟糕。也许我该先见见他。"

"现在见他，如果你想的话。我会叫他在控制室的窗户挥挥手。"

"这不能让我相信在这儿的便是他。"

"他能发送烟雾信号。"

"用21世纪的方式，夏娃。"他的厉声回答表明，他情绪发生了变化。夏娃知道她正行走在情感的流沙上。

"我不能拿他的安全冒险。"

"来吧。我知道你们在周围布置了防弹盾牌。"

"你是说，你想让证人站在盾牌后面？"夏娃决不能那么做。

"就在阿特拉斯前面。在那里，我能看见他。"

"我们可以建立一个网络视频连接。对你来说，21世纪足够了吧？"

"讽刺的不是你，夏娃。"

"让我明白，肖恩。你为什么需要这几个证人？"

"人为什么需要——呼吸空气、吃食物、喝水？"

"够了。一个简单的答案再好不过了。"

"我知道你对此会有个说法。那是心理学家的作为,他们训练你在每一件事上都冠以一个花哨的名字。因为如果你能命名,你就能明白了,对吧?"

他试图激怒她,分散她对眼前困境的注意力。

"把布莱尔·范德维特带到阿特拉斯前面。"他说,"你有四分钟的时间——否则伊桑·雷纳就得死,死在你眼前。"

"如果我按你的要求做了,今天能让雷纳先生进入我的控制室吗?"

"我得走了,夏娃。我挺喜欢和你聊天的。"

电话挂了。

夏娃最后按了一次重拨键,电话无人接听。

有一件事他是对的。她是个受过训练的心理学家,她的经历决定了她是谁。这给了她对细节的观察、对人行为的理解以及合理的逻辑推理的能力。

但是,这根本帮不了她理解肖恩·苏里文。

她抬头仰望昏暗的夜空,脚手架后面,圣帕特里克大教堂上方。一片又大又湿的雪花飘落在她鼻子上,前额和脸颊也各有一片。突然,雪在她周围盘旋,几乎像大教堂里五彩纸屑一样飘落下来。

第53章

事情是在斯泰西到这里的第三个月时发生的。渐近冬季,开始下起了大雨。我总是喜欢雨天,但我决不喜欢像阿富汗那样的雨天。

雨压住了沙尘,因此,我们这里很少有沙尘暴。

雨把我们从污泥和肮脏中解放了出来。

斯泰西和一小队人一起去冒险。他们当时正在调查一个村庄,那个村庄可能窝藏有一群暴乱分子。他们正计划在公路上安放简易的圆形爆炸装置。他们挨家挨户地搜寻。

问问题。

收集情报。

他们被告知到集市上找一个人。斯泰西就是在那儿与其他人分开的。

我那时想知道的……我现在想知道的……是一群海豹突击队——一群坚韧、战术过硬、不拖泥带水的海豹突击队——怎么会在敌方地盘上丢了翻译呢?

第54章

下雪了。

不像通常照亮萨克斯百货正面的耀眼雪花，而是真实、美丽、厚实、洁白，让圣帕特里克大教堂看起来如在童话故事中一般。很可能，里面确实有魔鬼。

外面一片混乱，喊叫声、人们往四面奔跑的声音响成一片。亨利·麻高声喊叫着，命令联邦特工和纽约市警局的人各就各位。急救队（EMS）撤了出来。

附近的建筑物依然漆黑、空洞。目的是要看到那个狙击手。不给他多余的目标。

为了让计划成功，现在圣帕特里克大教堂的灯也需要熄灭。夏娃发出命令，注视着大教堂的聚光灯熄灭。

控制室里，肖恩·苏里文的照片在几个目击证人中间传阅着。给他们看了两份复印件——一份是肖恩穿西服的照片，另一份是着便装的照片。为确保万无一失，夏娃出示了保利·考西洛的照片。她还把这些照片发给卢克·米勒，那个唯一获释的人质，此刻正被保护在酒店里。

根本没用。没人见过这个人，卢克也不确定。

"你准备好了吗？"夏娃问，哈多克斯立在她身后。

夏娃的答案是，手指在键盘上翻飞以及读取录像的嗡嗡声。哈多克斯如鱼得水，做他最爱的事。

最后他说,"表演时间到了!"

"布莱尔,你能过来一下吗?"夏娃指着摄像机对着白墙聚焦的地方。"劫持者要求见你——"

还没等她说完,他便开始唠叨起来,说了很多不相关的事。不过她听明白了,意思是,你答应我不会有事的。

"——我们建立了一个虚拟联系,"她解释道,大声喊他过来。"我这儿的同事要投射出你在这个建筑外面步行和谈话的影像。你想花点时间冷静一下自己吗?会晤室里有水。"

等房地产经纪人听不见的时候,一直等在旁边的伊莱才说:"我怀疑,夏娃,不知何故,我认为投影不会令这家伙满意。他花这么大劲儿,为的是要他真正想要的东西——"

"这是我们能得到的最接近真实的东西了。"哈多克斯插话道。"还记得几年前大家都在谈论的电脑技术如何使图派克·沙克[①]'死而复活',他同史努比、德瑞博士[②]如何在音乐节上同台演出?大家将之称作全息图,但实际上就是透明屏幕上的二维投影。"

"当然,"伊莱说。"甚至那些不听音乐的人也在谈论它。有些人认为,那实在是令人敬畏,还有些人说令人不寒而栗。"

"不管怎样,它对我们都有用。这种技术基于佩珀尔幻象[③]——一种悠久的戏剧技巧。在台上,演员藏在隐蔽处,对着一面镜子,他的形象便被悬在舞台上方的一片玻璃投射出来。周围只有灯光。"

"呃,你在这儿是怎么做到的?"伊莱想知道。

"我使用三维计算机图形产生一种类似全息图的反射。想起我的购

[①] 图派克(2Pac,1971年6月16日—1996年9月13日),原名图派克·阿玛鲁·夏库尔(Tupac Amaru Shakur),美国说唱歌手、演员。

[②] Dr. Dre,原名安德烈·罗梅勒·杨(André Romelle Young),1965年2月18日出生于美国加利福利亚州康普顿,美国说唱歌手、音乐制作人、演员、商人,Aftermath娱乐公司和Beats By Dr.Dre耳机公司的CEO,前说唱团体N.W.A的成员。

[③] 佩珀尔幻象,是一种在舞台上与某些魔术表演中产生幻觉的技术。

物清单了吗？好，我现在就得用上我们需要的一切——一个摄像头、一个高清投影仪和一个半透明的平板屏幕。"他冲夏娃露出男孩般的微笑。"我知道，有时我自己都感到惊讶。"

"你能现场直播吗？"夏娃问哈多克斯。

"要有点信心。我可以现场直播、预先录制，再倒转——不管你们喜欢不喜欢。"

"干吧。当然这是我们唯一可行的选择。我不能把无辜的平民置于危险之中。"

"如果威胁下他成功了呢？"伊莱烦躁不安。

"我相信他不是真的要杀人质，也不是要摧毁大教堂。如果我们中途遇到他，我想我能说服他退出。"

"在死了这么多人的时候，你怎么能说他不是要杀害人质？"阿琳娜冷冷地瞪了夏娃一眼。

"因为，他杀他们，是为了达成目的。只要他觉得必要，他不怕杀人。他甚至可能是在享受这种行为——或者将之视为某种不正常的正义行为。但这并非是他想要的。"

"你认为他真正想要的是什么？"在布莱尔重新加入谈话时，布莱尔下巴上的肌肉抽搐起来。

"他想要你们，"夏娃回答道。"你们每一个人——因为某些原因，但我也不清楚是为什么。"

她瞟了眼秒表。还有五十秒，四十九秒，四十七秒。"很可能他想和你谈谈。"夏娃对布莱尔说。"如果他这么做了，我们都在这儿。我们会录下谈话，并指导你说什么。你不孤单，不会有片刻孤单。"

"马上。"她对哈多克斯说。

布莱尔·范德维特的一张全尺寸的照片出现在了圣帕特里克大教堂台阶对面的阿特拉斯雕像旁边。

照片直对着伊桑·雷纳。

尽管夏娃看到了惊奇的颤抖，伊桑·雷纳还是直盯着后面看。

第55章

加西亚在满是岩石如洞穴般的遗址工地里继续着自己的行程。这工地有一天将变成纽约市地铁的最新延长线。这是个可怕的地下世界,它包括一百六十英尺长的隧道、滴水的石墙以及潮湿的砾石坑。

像是在《蝙蝠侠》的电影里。

对加西亚来说,这是地狱。

他要在地下待十九分钟,此时已过了十八分钟了。

他现在的位置是在地下八层。这八层太多了。

地下七层,那是他第一次找不见托尼的地方。

他顺着托尼的方向行进。他先是找到了通往地面的两条宽敞的金属通风管道,管道之间的墙上有个盖着个进气筛的圆洞,被设计成另外的通风口——一个普通的气井,以便空气流通。但据托尼说,它正是最终通往圣帕特里克大教堂秘密隧道的入口。

一开始,他还能行走——尽管需要猫着腰,甚至还有一条约十五英尺长的保障安全的栏杆。人们安装栏杆,是为了保护人们在满是岩石的潮湿隧道里行走。

走了二十五英尺,他到了一处非常狭窄的未知之境。有人在岩石上挖了一条狭窄的通道,托尼说能过得去。

过得去,看来一点儿也让人高兴不起来。他记得,有人告诉过他这条隧道建造时的事。这是一项内部工作,是那些石匠干的,当时谁也不觉得有必要在刚刚好的最低限度后面钻孔。因此，这个空间很狭小。加西亚不得不膝行向前。即便如此，他肩膀也常擦撞到参差不齐的通道壁。

他把手电筒直照着前头——诅咒着，犹如探究无底深渊。

他继续往前爬，一步——或者说，完全是，一手，一膝地——一次，又前进了二十五步，随后又五十步，七十五步，一百步。

颇具讽刺意味的是，就在加西亚感到快要到的时候，他忽然感到墙倒塌在自己身上。他闭上眼睛，集中精力深吸一口气，吸进，呼出。他提醒自己，有足够的空气。多得多。

但空气变了，那里原来既冷又湿，现在却又冷又干。

在他脑海里，他必须专注于自己的心态。心理医生建议他，在需要静下来的时候，去想那无垠的天空和海滩。

吸进。呼出。

他抗拒着身体里不断滋长的恐惧。

没有成功。他快疯了。他感到隧道顶部塌了下来，墙壁越来越近，甚至连地面也好像要升起来了。他嗅到了烟味，听到了隆隆声，所有的感官都超负荷运转。

他快窒息了，喘不过气来。

他手掌出汗，嘴里发苦。

在那一刻，他的大脑就要停滞了，但体内的每一点刺激都过度地让他相信，自己被困住了——又一次——在费卢杰的废墟中。他失控了，原始的本能占了上风。

他耳朵里嗡嗡作响，每隔一段时间便有一次，每三秒钟就来一次。

他必须得出去，如果出不去，他很可能就要死在这里了。

他耳朵里嗡嗡直响。

他尽量不去想它。他没有时间了。他喘不过气来。

他头脑无法完全理清正发生的事。但是，想必模糊的肌肉记忆让他右手按下按钮，接听电话——因为不到几秒钟，梅斯的声音在他耳边响起。

"梅斯吗？"

梅斯说："嘿，弗兰基，什么？"

他意识到了这种脱节。梅斯在纽约,不在费卢杰。

"弗兰基,你在听吗?"

加西亚把注意力集中在声音上。"梅斯吗?"他喉咙里的名字,像被勒死了一般。

"深呼吸,弗兰基。"

加西亚照着去做,很惊讶自己居然做到了。

"你现在是和我在一起吗?"

"是呀。"

吸气。呼出。他依然呼吸很快,但突然他的呼吸奇迹般地又恢复了。

"加西亚,现在听好了。你能做到的。你快到了。知道我怎么知道的吗?"

加西亚不知道。吸气。呼出。正在深呼吸。

"你那副精致的太阳镜上有个全球定位芯片。因此,我能跟踪你的一举一动。"梅斯轻声笑了笑。"这正是我一直想要做的,弗兰基。即使我们不在一起时,也和你在一起一样。你不知道,我们可以成为'Facebook'的朋友。"

"去你的,"加西亚低声吼叫道,"别再叫我弗兰基,"他不再觉得墙壁在向他靠近了。他感到梅斯周围总有种闷闷不乐的紧张气氛。在这个世界上,能与他和睦相处的人很少。他们相处犹如油与水,更像事实与谎言、火与汽油。

他陶醉在那种感觉中——因为那是熟悉的。这差不多让他平静了下来,如同在地面,呼吸着纽约市被污染的空气。

加西亚又动了起来。"你干吗给我打电话?"

"只是检查一下,确定你没事。"

"换句话说,夏娃知道有些事不对劲儿,就叫你打过来。为什么她自己不打?"

"我知道,我知道——这是夏娃独特的游戏。但你得相信我。夏娃此时正忙得不可开交,是我注意到你开始出现了幻觉。"

"它有个名字,创伤后应激障碍。创伤后压力心理障碍症。如果你担忧的不是你自己而是别的什么事,你就会知道啦。"

"很容易,弗兰基。在这儿,我们都是朋友——无论如何我们全在维多克共事。你那副精致的眼镜有双相视频流。帮我个忙,戴上。你挂到腰带上,我看见的只是你去了哪里——却不是我想看的。"

弗兰基只得戴上。但他一戴上,就给梅斯竖了一根中指。

梅斯轻声笑笑。"看来你感觉好多了。"

"不知道我这里怎么会有信号。"

"军事科技。最棒的。平常我不喜欢听到你烦人的声音,但今天例外。我必须和你在一起,就像大米上的白色,洗也洗不掉,直到进去。"

"我可不想和你一块儿。"加西亚再次抱怨道,"我还得走多远?"

"弗兰基,宝贝,我就像死亡和税收——必不可免。咱们还是干正事吧。你现在真的很近了。一旦你进入大教堂,你便可以改变你那个创伤后应激障碍现象,产生最大能量。事实上,我们需要你。它们会保证你的安全。"

加西亚以前曾听说过。

"但在这儿,现在?我们不想要你的超能力把事情搞砸。因此,要一次一个深呼吸。一次一步。"

"你什么时候学会像理发师那样说话了?所有这些明白的废话不是你的风格。"

"夏娃的错。"梅斯反驳道。

"什么——她给你上了一堂狗屁心理学课?"一次深呼吸。

"没有。她把巴赫留给了我——那条属于她继父的德国牧羊犬。"

"你很不明智,伙计。"他向前迈了一步。

"它是中情局的狗——接受过训练,更别说还有很多其他的酷技能了。此外,它很年轻。它的很多能量犹如被压抑下来的沙发土豆(美国人说整天看电视的人是沙发土豆)。我不得不教它一些已经做不到的东西了。"

"我不敢问。"深呼吸。

"心理治疗训练。事实上,明确说,就是创伤后应激障碍。我想,随着时间的推移,我捡起了一两件东西。"

又向前迈了一步。"那么,我搞定了。如同你用101理发师。"

"把那改成酒吧招待101,一旦你走出隧道,我就不会再听你废话了。"

又一次深呼吸。"还有多长?"

"你到了,弗兰基。继续向前。"

第56章

小雪还在地上打旋，第5大道依然昏暗。但有个灯标——布莱尔·范德维特的投影图像，突兀地立在阿特拉斯雕像旁，一个发光的全息图照亮了整个夜晚。

夏娃急忙站在旁边，范德维特身边。

哈多克斯的想法真是天才。因为除了霓虹灯，范德维特的形象完美，栩栩如生。正确的高度、正确的尺寸和呈现方式。他几乎是真实地站在广场上，周围飘落着雪花。不，那是他制作的。

伊桑·雷纳紧张地在台阶上扭来扭去。

夏娃朝他走过去，她一直走到人质与全息图像中间停了下来。然后，她让自己面对着第5大道，能看到他们两个的位置上。

她周围的喧嚣消失了。手机在鸣叫，收音机还在响，但周围穿制服的人停止了各自正在做的事。他们盯着全息图，没人讲话。夏娃听见唯一的声音是她自己急促的呼吸声——还有伊桑的粗声喘气声，仅在一英尺外，他大吸一口气，仿佛这是他最后的一次呼吸。

他们一起站在那里……还有二十六秒，然后是二十五秒，二十四秒，二十三秒……

最后，就在秒表滴答三秒钟的时候，她手里的手机响了。

"你他妈的以为这是什么？好莱坞电影，你给我一个从莉雅公主那里发来的信息，以为这就行了？"

"我认为这是我与21世纪拥有的,完全根据你的要求做的。不用说,这很聪明。我设法给你带来了布莱尔·范德维特——在我的保护之下。"

"他在哪儿?"肖恩问道。

"当然,在控制室里。我不会骗你的,肖恩。"

"你当然会,如果认为你能侥幸成功,就证明给我看。"

"你可以看到他。如果你愿意,还可以和他谈话。我给你号码。"

"你以为我是来谈判的吗?如果你不想人质在你面前流血而死,我希望范德维特来这儿。现在。"

"他就在这儿,准备说话。我不是在跟你玩游戏,肖恩。你要这几个目击证人来这儿。我做到了。你要求的是看得见的身份证明。我安排的。你想和他们谈话吗?我告诉你要拨打的号码。"

"我要炸掉大教堂。这并不是瞎恐吓。"

"但你永远得不到你想要的。"她停了片刻,随后说道,"你想要什么,肖恩?在你准备谈的时候,告诉我。"

她按下手机上的按键,突然结束了通话。她转过身,向控制室走去。

亨利·麻在警戒线大叫,问她到底在想什么?

"相信我,我知道我在做什么。"经过他时她平静地说道。

"你挂断了他的电话!"

"我挂断的。"

"他要杀了台阶上的那个人!"

"我认为他不会,"夏娃淡然说道,"此时不会。"

"如果发生什么,你要负全责。"

她转过身,直视着他的眼睛。"你以为我不知道吗?不管今天这儿发生什么,不管是好是坏,我都要负责。是的,我是在冒险。但如果我为赢而出击,我肯定会输。"

亨利没有听。"他会杀了那个人质。就像前面的人质一样。你一离开,就是给他发出了一个响亮而清晰的信息:你不在乎。联邦调查局把人质丢在里面了。"

夏娃开始数数。一,二……

数到"三"时，手机铃响了。她抓起手机说道，"你想要什么？"

"你他妈的在干什么？"

夏娃挂断了手机。又数起来。一，二，三……

她差一点就数过了"三"。

电话铃再次响起。

亨利伸手去抓手机。"给我，夏娃。显然你没有准备好。太快了。"

她没有理睬，而是接起了电话。

"如果你再挂我的电话，我就要——"

夏娃挂断了电话。

一，二，三，四……

数到"五"时，他再次打来电话。

"这是给你的最后警告——"

夏娃按下终止键，瞥了亨利一眼，说："我正在处理。"她不自觉地把自信的音符强植入嗓音里。她对这个人质劫持者了解得还不够。但是，她完全清楚，她已转移了他的注意力。他完全被激怒了——愤怒指向了她。

而不是台阶上的人质。

不是控制室里的那几个目击证人。

夏娃再次数数。这次，数到"八"时，人质劫持者打来了电话。

这是进步。因为，这说明他需要时间来梳理自己的想法，最终他会说些实质性的东西，甚至可能就是这一次。

当她再次听见他说话时，他的言语有所收敛。"如果你继续对我不敬——"

"你想要什么，肖恩？"

"现在，我要那个号码。"

夏娃迅速背出那个号码。从646开始。

这次，挂断电话的人是人质劫持者。

夏娃没有动，但她摁了自己耳机上的按钮，连接到劫持者给布莱尔·范德维特的电话线路上。

第57章

伊莱在电脑上正追踪着肖恩·苏里文的财务状况。在跟踪美元或是其他货币的来龙去脉以及所涉款项的隐藏点时,他与哈多克斯的技术不分高低。他祖母总是说,人们花钱的方式是他们想怎么花就怎么花。她耸了耸肩,目不转睛地打断了这个声明,似乎在说她不太同意他们的选择,但她又是谁呢?

倘若考夫曼夫妇从未努力在银行存过一美元,却有凯迪拉克放在路边?她为什么会在意,曼德拉是否把他们的三个孩子送到住宅区的私立学校,而不是街区备受尊敬的公立学校?如果吝啬的格林太太玩小数额股票,并就此发了笔小财,自己却连一分钱也舍不得花,那就是她自己的事了。我们都是不同的人,重视的事物不同。这是伊莱理解的心智科学。在这门科学中,这样的小细节和独特选择,充分反映了人之个性、行为和价值标准。

换句话说,人们可能会撒谎,但他们的钱却不会。

肖恩·苏里文的财务流向又说明了什么呢?

他刚从圣约翰大学毕业就加入了纽约市警局。他二十多年的纽约精英生涯中,他获得了晋升和快速加薪,这说明年轻时的肖恩是个积极能干的人,运气不错,或者两者都有。他加入了美国海军陆战队的预备役部队,去参加反恐战争。他学习了武器方面的专业知识和审讯技术。他的职业规划把他毁了。这职业规划先毁了他第一次短暂的"婚姻",然后又毁了他与米凡的第二次婚姻。也许这不是件坏事——从经济上讲，米凡一直是他的祸根。起初，他娶她的时候，她一万五千美元的订婚戒指和六万美元的婚礼费用，远远超出了他的承受能力。同他离婚时，她又拿走了他一半的财产。

现在，他有三万四千美元的信用卡债务，欠了两个多月的房租，他的下一张生活费支票就要到期，他的车将会被收回。这是现状。一点也不乐观。

伊莱扯开一袋薯片，边伸展着发紧的后背，边往嘴里填了一把，几节椎骨发出嘎巴嘎巴的响声。声音很难听，却缓解了他的紧张。他重新倾身到电脑前，打开一个新视频，里面充满了信用卡和银行卡借贷数据。

他浏览其中的细节。肖恩·苏里文把他大部分的钱都花在杂货和啤酒上。他给科恩·艾德开了支票，并按时支付房租，直到九周前他才开始拮据。每隔一个星期五，北京厨房都要来收费，接着是达斯蒂酒馆。伊莱猜测，这是一个普通的夜晚，与扑克之夜的传统没有什么不同。不管怎么说，米凡生他们女儿时，肖恩一定在场。因为，这与其他周末的花费非常不同：电影，百老汇演出，在幸运"三"和沃尔曼溜冰场午餐。一个典型的父亲，想着和女儿一起做有趣的事。

他没做过慈善，可到月底也是分文不剩。

肖恩档案中有过两次事故报告，两次都支付了律师费。

在第一个案件中，肖恩·苏里文被认为是内部调查证物柜失窃案的嫌疑人。现金和摇头丸，这些都是从他负责的辖区一连串突袭搜捕中起获的。

伊莱又查看了肖恩的银行账户。这是花旗银行的基本检查。它有大量的债务，只有不多的存款——工资全是由纽约市警局发放的。如果肖恩得到这些钱，或者卖了毒品，他会把这些钱放在床垫下，留在那里。他的财务生活收支并没有突然得到现金的迹象。

伊莱转向一个新视频，寻找调查结果。到目前为止，还没有一个。他记下了肖恩的警察工会代表的电话号码，给那个人打电话是值得的。

第二起案件涉及他妻子米凡提起申诉之前的一件事，后者指控他骚扰并打恐吓电话。她声称离婚后肖恩闯入与她认真约会的第一个男人家。肖恩翻阅了那个人的电子邮件和信用卡账单、书架和药箱。然后，他给米凡打电话，跟她说，她的新男友喜欢女孩杂志，而且还需要伟哥。

仍无结果。日期是五个月前。这似乎是个绝不会重复的事故。与其说是不良行为，倒不如说是判断失误和酗酒。

伊莱感到有人在拍他的肩膀，便抬起头，灯光晃得他睁不开眼。

哈多克斯正站在他身后，一脸的冷酷。"嘿，伙计——我们需要谈谈。"

"这话通常是留给和我分手的人说的。不明白我们之间有什么隔阂。"伊莱说。

"你一直在调查肖恩·苏里文生活中的财务部分，我一直在查其他的方面。我找到一些细节，可能与夏娃知道的背景有关。我一直在研究他的宗教背景，也在看他与朋友们的谈话，尽力获悉他对教会的感情。有关他小时候遭受的性虐待，不大有兴趣。"

伊莱不明白哈多克斯在说什么。"苏里文在财务上的问题也很重要，捋一遍也不是件轻松的事。"

"苏里文有很长的办案史。"哈多克斯从口袋里掏出一包香烟，朝禁止吸烟的牌子轻蔑地瞥了一眼，遂点燃一支。"我一直在寻找，但无论如何也没找到他曾联系到夏娃这件事。在他的被捕记录中，没有什么特别的事情，只有路易斯·拉莫斯曾触犯法律，但与苏里文无关。但我确实发现了一件真正有趣的事。知道与什么有关吗？"

"与目击证人的关系？"伊莱满怀希望地问道。

"苏里文的家人。"

伊莱惊呆了。真相如一吨砖头般击中了他。他突然明白哈多克斯要说什么了，但他未能拦住。

"你让我追踪的那个手机号码？他最后一次出现的地方，我最好告诉你，是在第45街的赫斯费尔德剧院，欣赏性感长靴的表演？"

"是啊。"伊莱又眨了眨眼，努力集中注意力。他不想对哈多克斯撒谎，但同样也不希望进行这样的谈话。

"你打算告诉我乔治娜·墨菲是肖恩·苏里文的女儿——也就是，把所有人质都关在圣帕特里克大教堂里的这家伙？"

第58章

总听人们说，如果被抓的话，翻译面临的危险更为严重。他们会受到最粗暴的对待——一般士兵从不会受到的残酷的折磨——因为阿富汗人认为翻译是叛徒。

像斯泰西，即使他在加州的萨克拉门多长大，在阿富汗既没有家族，也没有文化上的个人联系——在大学里学到语言也仅是靠天赋。

事情发生在大白天，在市场附近的乡村广场中央。

前一分钟，一切都很正常，紧张地穿过拥挤的市场，寻找报告中所说的自杀式炸弹袭击的可疑人。

大家的注意力完全消耗在那些穿着长袍的男男女女身上，长袍下面可能隐藏着只有基督知道的什么东西，所有村民都显得心惊肉跳和混乱不堪。只有当一队紧张的海豹突击队经过人群时，他们才恢复了常态。

他们进入了市场，六人一组，外加一名翻译。

他们让缺少一名翻译的六人组退了出去。

我不得不想象混乱中发生了什么——我做到了。我用大量确凿的证据帮助我的想象力。

我花了好几个月才将其拼凑起来。

我清楚行走在想杀我的人中间是什么感觉。我对冲锋枪带来的混乱很熟悉。我理解海军陆战队把平民置于危险时的政治。我甚至知道，那些海军陆战队士兵在混乱中为什么会任斯泰西留在那里——没有任何行动。他们都是二十来岁的孩子，他们同我们一样，想着同样的事情：只想安全回家。

我明白了。我只是不接受借口。

当时没有。

现在也没有。

为什么一个士兵不能越界？为了在他的档案中得到嘉奖而做出牺牲吗？那嘉奖只是政客在颁奖典礼上往他的制服袖子上加一个闪亮的金色徽章罢了。

当然，我负有责任。我鼓励斯泰西去申请这个该死的轮值。我愚蠢地认为，我们在一块比分开更安全。

但真正在那儿的人为什么没人站出来？这有多难说。听着，你们这帮他妈的头巾仔，把我们的还给我们，否则我们就强奸你们的宝贝妻子和女儿，然后再把她们炸成碎片？

因为他妈的，我们是海军陆战队。

就在那时，我又想起了雷西亚太太在皇后大街被谋杀的事。大多数人都是他妈的绵羊。

第59章

夏娃有足够的时间给布莱尔·范德维特草草提一些建议，然后，范德维特才不得不回应劫持者的电话。她凝视着这位房地产经纪人的投影。他浑身冒汗，脸上有种受挫的表情。

"我不想这样，"布莱尔对着夏娃的耳机说。

"我知道。"夏娃冷静地回答。"但是，你和他的通话可能是我们对他真实诉求的第一条线索。我即时与你保持联系。如果你不知道要说什么，你要做的就是回应他。你懂我的意思吗？"

布莱尔的影像摇了摇头。"我不懂。"

"这是个谈判技巧。只要表明你在听，但主要还是让他不停地说。如果他说，我喜欢夏季在湖边，你不知道如何回应，那就迎合一下他。用夏季是美好的，或者湖是美好的迎合他。不要讲什么新东西，诸如你喜欢冬季，或者你总是讨厌在湖边被蚊虫叮咬。目的是跟随他的思路。"

"我认为我做不到。"

"你当然能做到。告诉我，这个季度你卖出的最高交易单是多少？"

"10月份，我的客户在东第78街租了一栋价值两千两百美元的联排别墅。"

"如果你能谈判，那么你在这儿就能做好。"

夏娃的耳朵里响起嗡嗡声。

"去和他说话，"她直接对着范德维特说，"这跟等电话一样。不过，这会是三方连线，所以，我是和你在一起的。"

她听见布莱尔发出一声焦躁的呼吸声，接着，咔嗒一声，电话连上了。

"我在和布莱尔·范德维特说话吗？"肖恩用友好的态度说——他最好的声音。夏娃认为这是个积极的迹象。

"是。"布莱尔回答道。

"房地产经纪人？"

"是。"

"知道房地产经纪人有什么好笑的吗？"

"呃……"

"我有一个。我的房地产经纪人刚卖给我一栋两层的房子。一层是我以前买的，另一层我以后再买。"

"这是个很不错的笑话。"布莱尔应付道。

"首先，我要检查你的身份证。这个影像真的是你吗？"

"我——我想可以。"布莱尔结结巴巴地说。

"把你左腿踢高，就像你是无线电城的火箭队一样。"

"认真的？"布莱尔随便踢了一脚。

"再试试——如果你做得不够好，台阶上的人质就会中弹，夏娃也阻止不了。你们还在通话，对吧，夏娃？"

"当然，我不会丢下你们中的任何一个。"

"意思是我和布莱尔单独在一起你不放心。"

"你真想要他跳舞，还是有事要问他？"

"踢！"

这次，房地产经纪人把左腿踢得过高了，差点失去平衡。影像晃动了一下，随后，他终究还是站住了。

一阵冷风把落下的雪花瞬间变成了旋风。过了一会儿，霓虹灯的投影变暗了。范德维特消失在自己幽灵般的阴影中。

"谢谢你。现在，再做一次测试来确定你是你所说的那个人。还记得7月9日你审理案子的结案陈词吗？"

"一般来说，我记得我7月的结案，不过你得告诉我细节才能唤起我的记忆。7月4日前后。我当时同几个客户正在结算。"范德维特的影像又亮了起来。

"那是常家。一家四口，丈夫是帕里巴斯的银行家，妻子同两个女孩待在家里。"

"我——我记得。"布莱尔应付道，"他们买了公园和第89街的房子。"

"谁是负责结案陈词的律师？"

"是特比·布雷姆。他是有经验的买家，不需要什么繁杂手续时，我便推荐这个律师。"

"结案时，他们遇到了一个问题。那是什么？"

"银行的线路老是连不通。我们在那里坐了很长一段时间，等着钱进账。"

从洛克菲勒广场深处再次传来了音乐声。"银铃。"两个警察把他们的天赋添加进录音，他们大声唱，即使走了调，仍然表现出极大的兴致。他们的声音分散了旁人的注意力，但夏娃却紧张地听着她迫切需要跟随的谈话。

"不错。那么，咱们开始谈正事吧。在你真正见证即将发生的事情之前，你必须坦白。"

"你说什么？"

"你知道什么是目击证人吗，布莱尔？"

"在法庭上，是指为他们看到的或听到的事做证的人。"

"精辟。这就是今天对你的要求。但要做好，你需要头脑清醒，集中注意力。"

"当然，我会集中注意力。"

他在响应，只是保持谈话——显露谈话的兴趣，但并不表态——这恰是需要的。夏娃很快松了一口气。

"你没有理解，布莱尔。你坦白是为了集中注意力。"

"你的意思是就像在教堂里？"

"不太准确，但很相似。"

布莱尔犹豫了。"但我不是天主教徒。我敢肯定你也不是牧师。"

这么多废话。夏娃的心沉了下来。

"真有必要吗？"布莱尔挑战道。夏娃意识到这个问题是针对她的。

"我先走怎么样？"她回答道。

"对不起，夏娃，"肖恩插话道，"你要在这儿扮演个角色，但你不是目击证人。来吧，范迪。一点也不难。只要告诉我：你犯有什么罪？"

"嗯……我很遗憾没有在母亲死之前多去看看她。"

"是的，不作为的罪过往往是最严重的。你为什么不去？"

"为什么不去？"

"多去看看她。"

"我很忙。她病了。吓坏了我。"

"好。别的呢？"

"我浪费金钱。去年，我扔掉了一双价值六百美元的鞋，因为我踩到了狗屎，每次想清洗时，都想吐。"

"继续。你可以做得更好。你到底犯有什么罪？"

"我不知道你想要让我说什么。"布莱尔的回答很愤怒，"我有犯错吗？当然。人人都会犯错。可我不是一个坏人。我不偷窃。我不杀人。"

夏娃退缩了，忘记了回声。最后的评论会把谈话带往错误的方向。她失控了。

"那么我这么做又如何，布莱尔？坏人？因为我要为人们的死亡负责。"

"我也要负责，"夏娃插进来说。"或许我不是有意的，但有人因此死去或受到了伤害，因为我犯了错。太多的人。"

中间停顿了一会儿，肖恩似乎正在思考这些话的含义。

夏娃不知道，她说的话足以转移肖恩的注意力吗？她的心跳加速。

"夏娃，我真的不在乎你搞砸了多少次。"肖恩说，"你大部分时间都在同混蛋打交道。这是注定要出现的。我想让你告我一些你不敢讲的事。多讲点你的故事——那个文身男人的故事？"

一阵狂风吹过，直穿过她的夹克，夏娃不禁抖了一下。她眨眨眼睛，抖掉眼帘上的雪花。她提醒自己。这些故事的内容从来都不重要，重要的是分散注意力——加强联系，建立信任的假象。

"那个手臂上文着数字的人，这辈子只被抓过一次——被德国人。在政客们内心深处，他们保存着完整的档案。我做了些调查，找到了他的记录。"

"你个人？"肖恩听起来非常感兴趣。

"当然，同一个翻译。"

"联邦调查局帮忙了？"

"没有。这是私人的事——我在休假。我得到一个德国导游的帮助，一位能讲八种语言的年轻女士。"她有些忐忑，意识到自己的血液已涌过她的心脏。

"欧洲人在这方面令人印象深刻。你知道了什么？"

"这串数字是他还是个孩子时便文在他手臂上的，不到十三岁。根据记录，我找到了他出生时的名字。我还找到了他母亲和姐姐的名字，两个人已经都死了。然后，我去了法国。我找到了他们的家，他上学的地方。我甚至和那些记得他的人聊过。他们已习惯于被提问，以前许多人也都在他们的城市里问过同样的问题。但是，没有一个问题能导出确切的答案，我想我找到了原因。那个男孩死在了集中营里，那里出生了另一个完全不同的人。这个男孩和那个男人恰有个共同点，前臂上的蓝色文身。"

"你为什么这么关心手臂上有数字的人？"

"这是故事的另一部分，另一个时间。"夏娃轻松地说。

"我们在这个故事上浪费的时间够多了。咱们还是让下一个目击证人接电话，行吗？我准备和卡西迪·琼斯谈谈。"

第60章

　　哈多克斯又点燃一支烟，慢慢地抽着，看着伊莱呼气。自他九小时前从波士顿过来，这是第一次如此认真地琢磨伊莱。在过去的三个月里，伊莱的体重增加了很多，现在甚至在模糊健壮和肥胖之间的界限。他的头发长长了，衬衫上永远沾着污渍，眼镜仍然是用胶带和安全别针连在一起，生活仍然是免强维持。但是，他身上有了新的东西，伊莱似乎很满足，或许不快乐，但以一种前所未有的方式实现了。哈多克斯很困惑。他的生活中发生了什么？

　　"你不该在这儿抽烟。"伊莱用稍许尖细、有点刺耳的声音责备道。"也许这里只是安了轮子的沙丁鱼罐头，但依然是政府的一个技术室。"

　　"你真想去那儿，伙计？再说，一根好烟有助我思考。"

　　这时，他想起夏娃的话：杀死脑细胞有助于你思考？他摇摇头，想抹去记忆。有个简单的解释，他为什么不能让她离开自己的头脑。爱尔兰人喜欢好故事——每个故事都需要三幕。首先，介绍你的人物。其次，探讨它们之间的矛盾。最后，解决它们的问题。问题是，他和"金凤花姑娘"的故事①没有一个真正的结局。甚至连说再见和祝你好运的机

---

① 金凤花姑娘（Goldilocks）：美国传统的童话角色，金凤花姑娘在森林中闯入三只熊的家，来到一个房间里，桌子上有三个装着食物的碗，有三把椅子。她喝完小熊的粥，坐坏了它的椅子，最后在小熊的床上恬然入睡。后来三个熊回来了，发现房间里有人来过。最后他们发现了床上的金凤花姑娘，金凤花姑娘被惊醒后求得原谅，并许诺再也不擅自进入别人家。

会都没有。因此，我来这儿是为了结束，还是我欠夏娃的情，夏娃救了我这个毫无价值的傻瓜？

他将烟喷到伊莱脸上。"你的小秘密让我有了认真的想法。"

伊莱做了个鬼脸。"我跟你说，这不是秘密。我只是不想与人分享隐私罢了。"

"你怎么会认识肖恩·苏里文？"

"我不认识。我在圣诞节聚会上见过他的前妻。"

"什么时候？"

"昨晚。"

"跟我说说吧。"

"没什么好说的。她跟我说了你不知道的事。"伊莱开始用手指敲出相关的事实。"他去了约翰家，他是在那儿认识米凡的。肖恩是纽约市警局的，不过现在被停职了。警察局怀疑他从证物室偷了钱和毒品。米凡根本不在乎这些。"

"不在乎？"

"她只关心他是不是真的没指望了，是不是还能照顾他们十三岁的女儿。他们有共同的监护权。"

"如果苏里文是个贼，那就是说，他不能照顾自己的孩子啦？如果是这样，我在都柏林的一半朋友都要在没有父母照看的情况下长大了。"

"比那更麻烦。"

"一直都是。"哈多克斯心里回忆着肖恩档案里的细节。"他不是个瘾君子。没人怀疑他偷毒品是为己所用。"

"是。"伊莱沉思着同意道。"但我仍觉得，他的问题还是让他们的婚姻破裂了。"

"你还没解释，你是怎么得到手机号码的——你为什么对它有兴趣。"

"米凡吓坏了。如你所知，这个号码是她女儿乔治娜·墨菲的。乔基没回电话，要知道，她可是常常粘在自己的手机上的。她今天没有去上学。事实上，她前天就失踪了，大约在中午到下午两点之间。"

"肖恩·苏里文的女儿怎么姓墨菲？"

"这是离婚协议的一部分，乔基用了她母亲的姓。"

"因此，乔基的电话说昨晚看了'性感长靴'？然后就死机了。"

"这是你告诉我的。所以我跟朋友说不要担心。"

"听起来像是你说得早了。还留着这个秘密？你要么是白痴，要么就是在否认。"

"相信我，"伊莱痛苦地说，"我知道。"

哈多克斯的目光从窗口飘向了大教堂。多亏天黑和飘洒的雪花，他几乎看不清教堂的哥特式线条——但它们仍然那么出色，简直像是用白雪包裹的糖衣。"这个女孩造成了一个额外混乱，是我们不想见到的。苏里文真会把自己的女儿留在那儿吗？我们需要弄清楚，自从她在学校失踪以后，是否有人见过她。"

第一次，伊莱看起来像充满了希望。"听起来像是个好主意。"

"还有最后一件事。"

"你说吧。"

"你得告诉夏娃。"

第61章

亨利·麻的眼睛从手机的信息里抬起来,看到是欧米茄小队的领队站在面前。

"他有机会吗?"领队冲伊桑·雷纳的方向点了点头。他仍站在台阶上,痛苦地颤抖着。

"他杀了其他人。"邻队坦率地说。"送他们出来,然后枪击他们,或突然炸死他们。"

北边什么地方的喇叭里突然传出了声响。

"懦夫的方式。只要给我五分钟,让我和他单独在一起。"领队摇摇头。他摘下帽子,露出稀疏的头发。

"我的谈判专家现在很稳定。但她很快就会遇到大麻烦,她丢了一个目击证人。"

"丢了,长官?"

"他们找到了他,但他随后就消失在了兔子洞般的街上。人质劫持者一旦发现目击证人没来,一定会引爆。我不确定我的谈判专家能否控制得了他。"

"以我的经验,长官,有些人是你恰恰无法解释的。畅所欲言,但谈话解决不了问题。'半自动12'的口径才有希望。我认为你想继续进行与之相反的计划。"

亨利的嘴唇抽动了一下。"你知道,我在当文职之前曾是一名犯罪分析师。我对眼下这个人质劫持者有自己的想法。"

"你的评价是什么，长官？"

"他做了很多类似的表演。公开杀害人质，要求目击证人到场，而不是提出更常见的要求，如金钱或政治影响力。我认为，他最终会杀死所有的人质，是个宗教狂热分子。"

"那你的命令是什么，长官？"

"你提到一个八秒钟的出路，那正是铜大门未用引爆装置之时。下次大门打开之时，我希望你和你的小队做好突击的准备。"

领队点点头。"不会有多少时间。这是个小的、不可预测的窗口期。我可否理解为，这是进入并保护教堂的正式授权？"

亨利点点头。"机会来临时，为确保安全，你有权做任何你认为有必要的事。"

"是，长官。你的谈判专家包括在内吗？"

"这不关你的事。"

"是的，长官。还有别的事吗？"

最后的问题几乎淹没在头顶上方直升机的噪音之中。其中一架正在上面密切注意着事态的进展。

"我就指望你了。整个城市，甚至这个国家。我们需要你拯救那些人质和圣帕特里克大教堂。"

加西亚仍在继续艰难地在通道里穿行，有迹象表明他已接近目标。四周依然是石头，是建造曼哈顿岛的基石，但通道变得高了。如果再宽一点的话，他就能半站起身来了。又五十步。七十五步。一百步。加西亚沿着通道爬行，拖着脚穿过狭窄的通道。

他内心的恐慌再次加剧，不过，到目前为止，他还能控制得住。

并不是因为梅斯还在线上同他喋喋不休地谈个没完，从他上一个女友到他第一场球赛，再到他最近的狗，又到因伊拉克和叙利亚，甚至还有加沙以及纽约市的武器交易如何变化。如果他成功进去，毫无疑问，他会把所有的功劳都归功于梅斯。

但真正的原因呢？他向岩石靠近一点，他听见了水声——不是急流声，却像瀑布声。不是冲水声，倒像海浪声。恰是水流下落的响声，几乎像条潺潺不绝的溪流。

平静而舒缓，有点像特丽莎回家后特别喜欢的那些价格高昂的禅温泉。她大多时候感到压力很大。

水潺潺流动着。

梅斯还在喋喋不休个没完——说到与一个快乐的左勾拳拳手对垒的一些事。

从其他地方传来——或许是大教堂里面——他认为自己听见了声音。

加西亚寻声快速爬了过去。

欧米茄小队的领队站在距铜大门左侧二十英尺处，站在围绕圣帕特里克大教堂的脚手架阴影里。随着泛光灯的熄灭，大教堂笼罩在黑暗之中，领队希望这样能掩护他们。他觉得自己已然暴露——不过，他知道这是心理作用。他希望劫持者没有设置摄像头跟踪他的团队。侦察后发现，没有任何迹象表明此处安装了摄像头，但这并不能打消他的疑虑。

在他身后，是黑洞洞的五十一层的奥林匹克塔。他知道狙击手们已布置在玻璃窗后。

在对面，在第5大道萨克斯百货的房顶上，另有一队人马正准备行动。

接续小队的代号为阿尔法，比特-希特联队适当隐蔽着，隐藏在阴影中，武装到牙齿。

阿尔法队准备护卫人质伊桑·雷诺。

行动信号是他向前迈出一步。这一行动完全是为了启动他们的攻击计划。

比特-希特联队将在铜大门再次打开的瞬间开始行动。

现在，他们原地待命。观察着。

阿尔法队看到了。比特-希特联队和队长按照他们腕带上的颗粒状定时装备发出的指令行动。

他们看见伊桑·雷诺站直了一点，头向左倾斜着，朝着市中心方向，就像等待指示一般。

阿尔法队准备行动。他们在脚手架的第四层等着，扔下绳子，顺绳子下到大教堂的左前方。然后，他们开始朝铜大门缓慢行进。阿尔法队的领队在雷纳朝他这个方向转动时，始终盯着他。等着暴露的人质朝前迈一步，准备降落并确保安全。

相反，正当铜门打开之际，雷诺突然向后转身。

消失在了铜门里面。另一个人走了出来。

大门又关上了。

伊桑·雷诺进去了，一位中年女士站在了外面。

精确的四秒半过去了，人质交换已经完成。

就在欧米茄队的眼皮底下。

三秒钟后，亨利·麻在领队耳边发出刺耳的声音。"刚才到底出了什么事？我以为你的人已准备好了。"

领队并没有表现出愤怒，即使内心犹如即将爆发的火山。经过系统的训练，他早已练就恰当表达自己的情感，那时他就学会了，对付上级唯一的办法就是要依照实际情况。现在他做到了。

"我们没有角度，长官。要切进去，我们需要人质朝前走，就在脚手架后面。两个人质同时通过这个铜大门——不止一个人——限制了我们，还影响到冲进去的八秒钟。"

"可恶。苏里文像是每一步都要挫败我们！"

"是的，长官。这是第一个出来的人质，然后又进去，对不对？"

"没错。怎么啦？"

"他好像在暗示，不可预测。"

第62章

卡西迪·琼斯，金发，漂亮，对接下来十分钟里成为众人关注的焦点并不是很开心，即使成名的代价仅是与一个疯子交谈。

卡西迪的投影出现在阿特拉斯雕像前面时，夏娃注意到，她竟有种玛丽莲·梦露的即视感。她猜测没人告诉卡西迪媒体实际上被封锁了，所有摄像机都被封锁在十五个街区之外。

又一次，哈多克斯观察着。夏娃已看见卡西迪看他的样子，或许他只是她的一个观众。

夏娃的电话开始抖动起来。肖恩·苏里文的电话打了进来。

"我最喜欢的女招待怎么啦？"他问道。夏娃认为，他的声音听起来出人意料的愉快。

卡西迪脸上的表情先是沮丧，接着是生气。"我是个演员。"

"真的？在过去的二十四小时里，你在一家餐馆给客人上饮料，不过，你最后一次扮演角色是什么时候？"

"我在威廉·莫里斯有经纪人，"此时她愤怒地反驳道，"可以说，比很多职业男演员都好。"

苏里文轻轻笑了笑。"当然，因为他们会在你的讣告中写上你的成就，隶属威廉·莫里斯娱乐的经纪人公司。"

夏娃看见卡西迪脸颊漾起的红晕。

"但今天我不想谈论你的成就，要谈的是你的罪孽。"苏里文继续说道:"我没有罪。"她轻佻地回答。

"牧师们可不是这么跟我说的。每个人都有罪孽。"

"那耶稣为我们而死,因此,一切都好。"

"你很不虔诚,对吧?"

"是的。你呢?"

夏娃没有操心卡西迪应该说的话,也就没有提出建议。没多大要紧。卡西迪既任性又年轻,无论怎么说,她都不会听的。

"几天前,我会拒绝。但是,花时间在大教堂里,想着自己的死亡命运?或许我要重新评估一下。"

"这就是我来这儿的原因,帮你重新评估?"

"不是。但你是否意识到,现在,在这个非常时刻,一个人质正站在圣帕特里克大教堂的台阶上?"

"嗯……我在这里什么也看不到。"

"跟她说说,夏娃。"

"这位人质是个中年女士——胖子,中等身材,手指上戴着一枚纯金婚戒,右手腕上有条用带子做的手镯,看起来像是男孩在美术课上为妈妈做的那种东西。我想她是卢克的母亲,珀涅罗珀·米勒。"

"正确。"肖恩说。"而你来这里是为了救她的命,卡西迪。现在,夏娃,跟卡西迪说,在布莱尔的坦白令我满意后,发生了什么?"

"出来的头一个人质叫伊桑·雷纳,又回到了里面。但是,肖恩,我想我们的交易是,一旦我给你叫来你想要的目击证人,你就要释放人质。"

"想得美。你们的行为让这些人质得以存活。"

"你释放了珀涅罗珀·米勒的儿子。你就会放珀涅罗珀走。"

"让我看看卡西迪的表现。"

"我不知道你想要什么。"假发不见了。卡西迪站在那儿,就冬季的天气而言,穿着白色连衣裙,太薄了,但看起来却非常有朝气。

"我想知道,你犯有什么罪?"

卡西迪埋下头,沉默着。

"想想你的短处。你为之难过的那些事。你在什么地方做过哪些不同的事。"

"嗯……"

"想想！那位女士的命就在你手里。"苏里文恐吓道。

"读大学预科时，我对一个女生很刻薄。"卡西迪慌忙说道，"她很漂亮，而且舞跳得也出色，我特别嫉妒。午餐时，我设法让朋友不与她坐在一块，也不让朋友邀请她来我们的社交聚会。"

"那是开头，"苏里文嘲笑道，"但我想知道更多的。为了你对面要活的那位女士，我需要知道你更深的悔恨。"

卡西迪沉默不语。

"还是你要面对由你造成的，一个小男孩将失去母亲的事实？我不知道，他们是否会把仍戴在手腕上男孩的艺术品同她一起埋葬？"

"我曾同我的经纪人睡过觉，欺骗了我的男友。"她脱口而出。

"你是说，你在威廉·莫里斯里的救星？"苏里文的声音听起来几乎是在开玩笑。

"不。这是在我同他签约之前。我是新来的，我遇到了一个小混混，我以为那是个合法机构，但其实是个骗局。他答应我，他可以帮我在一部大片中找到角色。他说桑德拉·布洛克[①]已经签约，不过，我会是最佳女配角。他是个骗子！"卡西迪的声音颤抖着。

"现在我们有所进展。所以你是个骗子。你跟你的男友讲过吗？"

"没有。但我给杂志《Cosmo》的忠告专栏写过信。他们说，如果我爱我的男友，我就不应该告诉他，因为这样会伤害他。"卡西迪控制着情绪说道。泪水从她的面颊滚落下来。

"因为《Cosmo》刊载。你就喜欢上了它。"苏里文轻声笑着说。"你还有其他什么罪，卡西迪，亲爱的？你疏忽的罪孽是什么？"

"我猜是，每周我都没同丹妮姐姐和罗博叔叔去教堂。我母亲想要我去，但我一次也没去过。"

[①] 桑德拉·布洛克（Sandra Bullock），美国弗吉尼亚州阿灵顿人，演员、制片人。

"为什么不去？"

"因为我喜欢睡懒觉，我不喜欢教堂，况且我同丹妮婶婶和罗博叔叔没有什么共同语言。"

肖恩发出一声失望的叹息声。"行啦，夏娃。我们结束了。咱们来看看阿琳娜·马特罗斯基吧。"

"我先问你一件事，肖恩。上次我们谈话时，我与你分享了个故事。现在轮到你了。有人报告说，一个警察曾走进了大教堂。那个警察是你吗？"

"我还在问问题，夏娃。由于你问的那个问题，珀涅罗珀·米勒和她儿子在一起的事就此泡汤。"

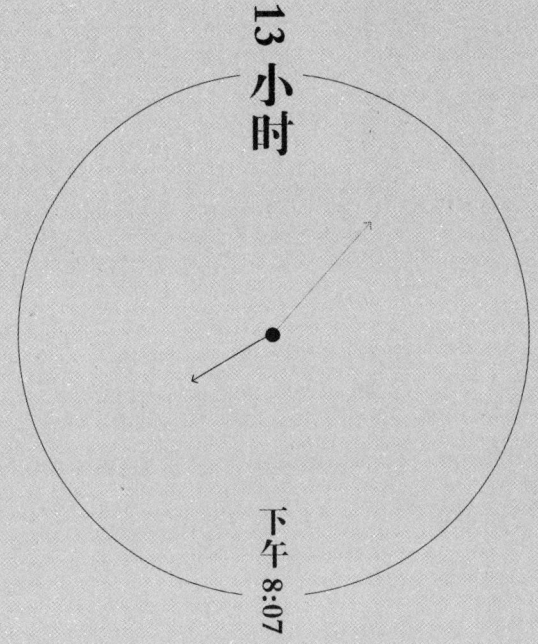

今天她去那里，是因为她的文科学士学位的导师要她去那里。

今晚，我们会更多了解克里斯蒂娜·席尔瓦。在圣帕特里克大教堂里，也就是在我们的市中心，她是人质危机的第一个受害人。她是位年轻的女士，正努力克服因悲剧造成的生活困境，悲剧使她颓废，甚至酗酒。但是，今晚，她的家人告诉我们，克里斯蒂娜在过去两年里一直很单纯。她以为，唯有饮酒能让她清醒，显然，这是她今天早晨到圣帕特里克大教堂的原因，是为了完成第十一步……

第63章

哈多克斯和伊莱决定分头行事，发挥各自的优势。哈多克斯的注意力集中在手机、短信和快速登录的帖子上，伊莱则集中在青少年的支票账户、信用卡和米凡·墨菲的签证信用卡上。他们两人很快发现了一些关于肖恩·苏里文的女儿——乔治娜·墨菲——的重要事实。

- 乔基十三岁。三周半前，她不再戴牙套。
- 她最要好的朋友叫索菲·艾米斯。七周前，索菲和乔基相信，她们的未来在百老汇舞台。
- 乔基的老师们非常担心，她经常逃课。据说，她和索菲觉得，到百老汇附近的时代广场上的"表演"比把时光用在下午的数学课更好。
- 一点也不奇怪，她的成绩下滑了。
- 乔基迷恋电影明星，但不是现实中的十几岁男孩。
- 她左膝盖上有一道五英寸半长的伤疤——那是童年摔倒时留下的。
- 朋友和老师们一致认为，乔基不是离家出走的那类人。
- 老师们也认为，父母的离异可能是引发她抑郁的原因。
- 有人在学校最后看见她时，她穿了件红色的宽松上衣、褪色的牛仔裤，围了一条闪烁着金色围巾。

夏娃把头伸进MRU里，正撞上哈多克斯的目光。"有什么要告诉我的吗？"

"在生命结束之前，你应该去看看考艾岛上的日出，在河内夜市上享受一碗热气腾腾的牛肉，然后再喝上一品托的吉尼斯黑啤①。"

"还要我知道些什么吗？"

"我刚找到些信息，能帮你找到苏里文上尉。"

她的眼中一亮，抬腿走了进去。"我洗耳恭听。"

哈多克斯把桌子下面的椅子踢了出来，示意她坐下。"我建议你把我要告诉你的话留到你真正需要的时候。比如，当苏里文发现路易斯·拉莫斯没有到场的时候。"

"是建议。"

"肖恩·苏里文有个十三岁的女儿，乔基。"

"我知道。"夏娃瞪了他一眼，告诉他自己知道。

"你不知道的是，乔基失踪了，昨天中午从学校失踪的。"

"那么她现在哪儿？你知道吗？"

"我想到两个可能的去处。要么肖恩·苏里文把她带进了大教堂，同他在一起。这样的话，假设他爱自己的女儿，我想他所谓要把这里炸成碎片的说法是不现实的。"

"我同意。另一种可能是什么？"

"为保护她，他把她藏在了别的地方。不管怎样，或许你都可以用她做筹码。"

"干得好。你怎么发现乔基失踪的？"

"听着，亲爱的。获取信息是我最擅长的。"

"我以为你不再叫我那个了。"

"太适合你了。现在，要不要叫伊莱过来？他有个秘密特别想告诉你。"

---

① 吉尼斯黑啤酒（Guinness）作为帝亚吉欧旗下的著名啤酒品牌，是世界第一大黑啤酒品牌。吉尼斯黑啤酒也是吉尼斯世界纪录的起源。

当伊莱跟夏娃解释说，他对乔治娜·墨菲的非官方搜索如何与她正致力于结束这次非常人质危机相冲突时，他喃喃着道声对不起，便讪讪走开了。

MRU本身就不大，没走几步，他便坐在最远的桌子边——仿佛不能忍受经过夏娃的身边。因为他已经让她失望了。

哈多克斯从烟盒里抽出最后一支香烟，手夹着烟去拿火柴。

夏娃没有立刻说什么。她望着窗外，外面雪花纷飞。雪最美的地方是掩盖了大量肮脏的东西，白色雪花掩盖了人行道上的污泥和狗的粪便，把垃圾箱变成了类似糖果杯一样的东西。当大雪盖住小轿车和建筑物和脚手架时，城市遂变成冬季的仙境。

但是，雪掩盖不住哈多克斯和伊莱的所作所为。

"你们哪一个能跟我解释一下为什么——到底为什么——你们没早点告诉我？"她盘问道。

"你很忙。"哈多克斯打开火柴盒。空的。

"我当然很忙。"夏娃感到自己的下巴紧绷。"从今天早上8:17起，我就很忙——在我第一时间得知劫持人质的消息那一刻起。但显然，你们却很悠闲——否则，你们就没有时间进行其他的搜索了。"

"只想尽力帮朋友。"哈多克斯拉开桌子的抽屉，一个一个地，想找另一盒火柴。

"我们这儿没有火柴，因为不允许吸烟，"夏娃冷冷地说。"伊莱不是你的朋友。我们做的就是排定任务——除了这个任务外，人们的生死取决于我们的判断。因此，在我没有得到我需要的信息时，我得做出正确决定——"

"对不起，亲爱的，"哈多克斯说。"我是认真的。"说着，他把没抽的烟丢进垃圾桶里。

"我们还能干什么？"伊莱重新插进来说。突然，他抓住自己的饮料：芹菜汽水。

"专心干你们的工作，包括帮我干的事。"

"这种形势不能说不极端严重——我知道它很严重——但我的工作

亦是即兴发挥，即兴创作。既没有规章，也没有约束。"哈多克斯说道。他下巴上的肌肉紧绷。"你想要某人说'是，女士'和'给你，小姐，'我们不是那种人。我们所有人都不是。"

"你们知道这是不一样的。我明白了，你们认为，除非把一切都变成游戏，否则你们就不会有创意，也不会有成效。但是要理解其他的事情。我让你们重新加入，是因为我需要那些对我忠诚的人。因此，不要让我再失望。"

夏娃说出这些话的那一刻，就已不再生气了。

她正精神集中。

因为，另一个人质刚从圣帕特里克大教堂里出来了。

大教堂的台阶上，珀涅罗珀·米勒回到铜大门内，就像苏里文恐吓过的一样。

与此同时，另一位神父汤姆·迪安吉洛出来了。他原本要在早晨7点钟主持弥撒。

两名人质再次交换了位置。他们的移动是被精心设计好的，像直接连接在苏里文控制下的遥控装置一样。

又一次，欧米茄小队发现自己根本无法插入。人质离大教堂始终非常近，能在准确的同一时刻通过大门，没有一个人有明确的路线行动。如果硬闯，毫无疑问，人质会身处险境。

如果苏里文想把人质像旋转门一样从大教堂里来回移动，他们就需要有新的行动计划。

只剩三个目击证人了。

时间至关重要。

第64章

电话铃响了。阿琳娜被哄着接过手机，按下接听键。与此同时，哈多克斯把她的影像投射到阿特拉斯旁边。

"是阿琳娜·马特罗斯基吗？"肖恩问。

"我不认识你。你想要我干什么？"她的口音比刚才更重了。俄罗斯人。粗鲁。

"到现在为止，我想你已经明白了。我想要你跟我说说：你犯有什么罪？"

"什么都没有。"她的嘴角耷拉着，这让她看上去很不高兴的样子。"我不是天主教徒。我也不是基督徒。我甚至不信教。"

"那你认为自己是个好人啦？"

"当然！"

"你今天必须忏悔，否则这位好神父就会死。"

阿琳娜深吸了一口气。"他是谁？"

"迪安吉洛主教，是暂时代理圣帕特里克大教堂的教职人员。他的死活全指望你了。"

阿琳娜眯起眼睛，不知道接下来要说什么。

"告诉我你犯的罪。"

"在我十一岁，或十一岁时，我和朋友们曾取笑过我们的音乐老师。她叫布丁斯基小姐。我们总叫她笨蛋小姐。"

"你还能说得更好。"

她用力地摇了摇头,惊慌不已,头发也从她的马尾辫上散落出来。这让她看起来没那么惊慌。

"你还做了什么?"

她耸耸肩。

"这确实很重要,阿琳娜。一个人的生命掌握在你手上。"

"我怎么知道你想要什么?你凭什么想知道我最深处的秘密?我对你来说什么都不是——而你对我来说,同样也什么都不是。"

从黑暗的高处什么地方——在脚手架上方的高处,甚或是圣帕特里克大教堂的房顶——射下一颗子弹。

不是射向旁边的夏娃。

离迪安吉洛主教也远。

但击中了阿特拉斯雕像极近的地方,在阿琳娜的投影上,夏娃看到了恐惧的战栗。

"我会继续说。我会确切地照你说的做。"阿琳娜喃喃道,"请不要伤害其他人。"

"你犯有什么罪,阿琳娜?你有什么没能做到的?"

"我偷窃。"她痛苦地低声说。"我一分钱未付。"

"大声点,阿琳娜。这样我们便都能听见你说的。"

"那是在年度独奏会上。我本来要演出拉赫曼尼诺夫,我的朋友尤拉也演出——只不过她比我棒。我想拥有能让我更自信的东西,我看到了——那件黑色的装着闪光饰片的黑色的萨克斯连衣裙。价钱……我不记得了,是我家人绝对负担不起的。"她的脚跟摇晃了起来。

"继续,阿琳娜。"

"我看着售货员。商店里又来了一位女士,很需要帮助。因此,当她不再看我时,我偷偷把连衣裙塞进了背包。"她打了个寒战。"从那时起,就很容易了。急忙去女厕所,去掉标签和传感器。然后,我边往商店外走,边冲安保媚笑。"

"后来呢?"

"后来？我感觉很糟。"

"不是，后来的生活。"

"我跟你说的还不够好吗？"这些话是痛苦的，是她内心深处的挣扎。

回答是冷冰冰的沉默。然后，"我准备要问路易斯·拉莫斯了。"他挂断了电话。

第65章

主教站在圣帕特里克大教堂的台阶上，浑身发抖。他穿着一件普通的黑色法衣。金色的法衣通常为庆祝圣诞节弥撒才穿；轻薄——不足以让他抵挡住风雪的侵袭。

等着。

没有出现目击证人。

这时，肖恩打来电话，接电话的是哈多克斯。

"你好，伙计。"哈多克斯立即应道，把夏娃接了进来。

"你是谁？听起来不像是路易斯·拉莫斯。如果你是，你的科幻全息图呢？"

"我不是。我叫考利·哈多克斯。不幸的是，拉莫斯眼下身体不适，因此，我准备让下一个威利斯女士上场。"

夏娃忘记了哈多克斯是个老练的骗子。他语气完美无缺，漫不经心，没有强调的痕迹。事实上，哈多克斯就是这样——他让人愿意相信他。

"拉莫斯在哪儿？"

"在厕所。可怜的家伙在哈莱姆食品车吃了个烂玉米卷。大概没有煮熟。"

"让我跟他谈。"

"威利斯女士的计算机映射已接近完成。让她先来，或许到那时，拉莫斯就会感觉好点了。"

"答错了。"

"这儿没有对与错。听着,在我刚才同拉莫斯谈话时,我见到了他女儿。她是个可爱的小女孩,可能五六岁的样子,眼睛里满是疑惑。最主要的一个问题是:我为什么要把她父亲带走?这个小女孩不明白,况且连我也不一定明白我在做什么。这些目击证人为什么如此重要,肖恩?"

夏娃听到了,苏里文的呼吸发生了变化,哈多克斯击中了他的要害,只是还没有放弃。

纽约市警局的一队人马正隐蔽在MRU后面,蹲伏在笔记本电脑旁。在他们身后,便衣警察也正注视着。此时,市长来到了现场,警官们成了他安保的一部分。亨利·麻站在他们的左边,正与格夫主教争论着什么。两架直升机相隔不远,在空中绕大圈盘旋着。

"你还在吗,肖恩?我让辛妮亚·威利斯接电话。"

通过与她耳机相连的安全线路,夏娃听见伊莱确认上传。信号强度正是最佳的二十八分贝。你可以走了。

辛妮亚的影像出现在阿特拉斯旁边。

二点七秒过去了。

主教转过身来,退回到圣帕特里克大教堂铜门前,门已被打开。

一点八五秒过去了。

一个身材魁梧的女人从门里走出来,灰白的短发,左眼到下巴有一道突出的肉色伤疤。她穿了件厚厚的黑色羽绒服,两只大脚宽宽地岔开站立着,穿的像是男鞋。

欧米茄小队的领队正透过其野外护目镜注视着。那个女人一进入他们的视线,他就发出了命令。

行动!

第66章

人质还未来得及打开铜门,就看见两人一组的阿尔法小队朝她径直冲过来。她用一点七五秒弄清了发生的事。

"不!"她尖叫着。"有炸弹!"

阿尔法小队慢下来。在他们背后,比特-希特联队最终停了下来。

两组联邦特工全副武装,手持武器和盾牌,继续向她逼近。

"不!"她再次尖叫。"别过来!我被电到了!"

她采取了一种防御的姿势,把脚岔开到肩膀的宽度。然后,她扬起左臂。"你们没看见?我带着炸药。我有个无线压力开关。"

夏娃注意到了,这个女人手指和手掌中间的东西,其他警官和特工们也看到了。结果就跟人质大喊不要动一样!——仅用举起的手指阻止了时间和行动。

夏娃站在那里,目瞪口呆。亨利下令攻破大教堂,这并不奇怪。但震惊的是,他干吗不通知她。

他到底在想什么?

她本可以告诉他,这种企图会是一场灾难。

"如果我受到搅扰,我的手指就不会再对这个开关加压,我会死。"人质尖叫着,"随后,他还会杀死其他人。"

夏娃盯着那个女人的脸。尽管很冷,她的脸上满是汗水,涨得通红,更凸显了她左边脸上的那道疤痕。

女人继续说道:"劫持我们的那个人完全控制了大教堂。如果你们企图用手机信号进行干扰,引爆装置会被立即启动。"

夏娃把手从两侧移开,站在那里的恐慌的女人亦能看见。然后,她开始向右一点一点移动,极其慎重地,缓慢移步。她需要那个女人明白她的意思——但她不想以任何被认为是威胁的方式行动。

那个女人的头倏地扭向夏娃。

夏娃僵住了。"我不能再靠近了。"她应道,"我得待在这儿。但我得给他带个口信。告诉他我很抱歉。我不知道这件事,我需要同他谈谈。"

这个女人没有回答。

她在听吗?

"请叫他给我挂电话,"夏娃催促道,"我想道歉。"

这个女人直视着前方,汗水从脸上滴落下来。她那伤疤的长度,几乎像道泪水。

风呼啸着,怒吼着,一个孤零零的塑料杯,随着一片报纸,在夏娃面前的人行道上疾驰而过,伴随着轻飘飘的雪花形成了一个怪异的图案。

那个女人的嘴唇在动?

过了一会儿,夏娃的电话响了。

"想告诉我怎么回事吗,夏娃?"

夏娃往回走——朝洛克菲勒中心的MRU走去。假设肖恩正在上面监视着,定能看见她所在的位置。"没人事先通知我,肖恩。我很抱歉。"

"抱歉?"这话从他嘴里冲口而出,"一个攻击小组试图破坏我的大教堂,在你鼻子底下,而你说的就是抱歉?"

"我是你的谈判专家,肖恩。我想和你谈谈,找到一些和平的方案,看见你从事件中走出来,为的是让更多的人不受伤害。我们在这儿有很多人,来自各个不同的机构,他们越来越不耐烦了。他们不明白你想要什么,不明白你为什么要目击证人到这儿,更不知道你有什么打算。"

"他们不需要知道。他们只要明白，如果他们无所谓，就会死人。而且，这幢建筑也会消失。夏娃，我选你有一个原因，就是掌控他妈的这个局面。"

"这如同跟英国首相说，他需要更好地控制西班牙一样。我负责我的团队，肖恩。如果外界妨碍，让你担心，那么咱们现在就来解决这个问题。怎样才能让你平静地走出大教堂，不再有流血事件？"

"还不明白吗，夏娃？这比那要复杂得多。"

"那么解释一下。我在听。"

"只要不停地问问题，类似你跟我说的那个私人故事。"

"问问题不错，但我喜欢回答。你为什么选择我？我真想知道。"

"你越来越烦人了。"

"我一直希望你能告诉我。"

"你的答案是：你带来了头条新闻，夏娃。"

"除非我搞砸了。真正的原因是什么？"

"也许我喜欢你的声音。有人跟我说，这是低调、性感和甜蜜的瞬间。他们说得对。"

"谁跟你说的？"

"我没原谅你，夏娃。"

"够了。我认为你的时间不多了。"夏娃突然转身背对着大教堂和肖恩·苏里文，在喘息过程中诅咒了一句，并瞥了一眼MRU。"你准备好了与辛妮亚·威利斯谈话吗？"

与MRU联系的电话五十三秒后响起。

"嘿，是辛妮亚吗？"

"跟你说话的是威利斯太太。上个月我六十岁了。我应该得到一些尊重。"

"我会考虑的。既然我们在谈论称呼，我想你该称我先生。"

"为你今天的所作所为，我会骂更难听的，你这个混蛋。你是个杀人犯！"

"嗨,你不生气吗?但你完全错了。我们来谈谈你的所作所为。你犯有什么罪,威利斯太太?"

"什么罪也没有。我六十岁了,没有悔恨。"

"别跟我撒谎。人人都有过,你可能比大多数人更多。"

"我照料孩子,苏里文先生。意思是我装奶瓶、换尿布、做通心粉和奶酪,读《蓝月亮》故事比你散步的次数还多。我找丢失的玩具和捆绑膝盖伤的绷带。我在筋疲力尽中醒来,又在骨头酸痛中睡倒在床上。我始终很忙,没有时间陷入道德的窘境。"

"你的这种生活有多久了?三十年?"

"不止三十年。自我来到这个国家。"

"看到你面前台阶上的那位女士了吗?除非你告诉我你过去的罪孽,否则,我就要引爆她外套里腰上捆着的炸弹。你在你的防弹拖车里会没事,而街上的很多人都会死。你想要让你的良心因此受到谴责吗?"

辛妮亚拉扯她黄色的开襟羊毛衫裹紧自己,然后低声说:"你不会真的要杀死她的。"

"不会吗?我杀的人不够多?"

"我奢望过我永远不会有的生活。我花数小时看城里的房子信息,那是我永远不会买,也是我从未居住过的城市。我想象着依靠自己独立生活,没有抱怨,没有困难的感觉。"

"让我听起来确实不像一种罪孽,更像是个缺点,同某些女人总是不停地买鞋一样。虽然,我没有想象过我们这儿的夏娃对买鞋有瘾。但她喜欢舒适的东西,而不是时尚。对不对,夏娃?"

"当阿布拉姆斯先生和夫人偶尔外出时,我会让几个孩子早早上床,比他们通常睡觉的时间要早。我偷偷上网。"

"你在这儿什么都不承认。"

"关键是我让他们尖叫了。小的一个做了个噩梦,一直哭了二十分钟我才去他那儿。"她绷紧下巴,抱紧双臂。她的举止没有一点真正的歉疚。夏娃突然意识到,这一举动如同不惜任何代价要保护的坚硬外壳。

"你真令我失望,辛妮亚。"

"我很后悔。这不关你的事。"

"如果你不坦白——十五秒内——那个女人就会死。现在开始计数:十五……十四……十三……十二……"

泪水顺着她的脸颊流下来。

"……十一……十……九……"

"停!"她挥拳打向自己的眼睛。"没人会因为我而死。"

肖恩停止了数数。他等着。

在这短短的几秒钟之内发生了许多事。一组一组的警官正在各自的位置上监视着。纽约市警局,联邦调查局,机构间的协作正在进行着。他们的收音机发出轻微的爆裂声。一个新的计划正在实施。夏娃将那当作一个信号:亨利的耐心——或者是市长的耐心——几乎耗尽。夏娃濒临崩溃,心在胸膛中砰砰激跳。

"告诉我,辛妮亚。告诉我谁因为你死了。"他的声音很低,很诱人,试图传达:我是你的忏悔人。我能理解。

"事情发生在牙买加,在我来这儿之前。那时我很年轻。没有和孩子打交道的经验。除了,真的——同自己的兄弟姐妹和堂兄弟姐妹外。但我需要一份工作——帕尔默太太有三个孩子:一对四岁大的双胞胎,一个三个月大的婴儿。"她迟疑地向四周看看,想看看谁在听。她脸上充满了恐惧和内疚,泪水继续顺着她脸颊淌下来。

"继续说下去,辛妮亚。"

"在我与这家人相处后不久,帕尔默先生和夫人出去参加商务晚宴。我把双胞胎放在浴缸里,婴儿放在他的婴儿床里。突然,那婴儿开始扯着嗓门尖叫起来。不是他想要我去或需要换尿布的叫声,也不是要我喂东西的叫声。不,他叫喊就像出了什么严重的问题。"

她泪流满面,鼻子里流出了鼻涕。她没有去擦。"我把双胞胎留在浴缸里也不过几分钟。我查看床上的婴儿。他很好。他第一次翻过身来,声音让他很害怕。我安慰他,又把他放回去。然后我转身来到浴室,双胞胎那儿。"这时,她的声音变成呱呱的声音。"那个女孩还好。但是她的兄弟呢？在那里一动不动——在水里。"

"那个孩子活着吗？"肖恩问道。

她摇摇头，转过身去。她再也不用擦眼睛了。"一把他送到医院，我就跑了。我不停地跑，找到一艘去古巴的船，就上去了。我从未回头看过。我什么都没说。"

一片寂静。但当辛妮亚·威利斯抬起头环顾四周时，急救队的人已不在了，纽约市警局的警官们回到了他们的电话上。

事实是，他们见过比这更恶劣的行为。他们也听说过更恶劣的事。与他们今天在大教堂里所面临的情况相比，这是个旧闻——他们根本不住乎。

台阶上的这个女人最后讲了一句话。"我要回大教堂里了。你们不要干涉我。你们不要干涉下一个出来的人质。如果你们干涉，我们都会死。"

但在她转身之前，她扬起脸对着冬日的天空，在飘落的白雪中呼吸，仿佛她想享受这最后的自由时刻，尽情享受——在她能够享受的时候。

第67章

在圣帕特里克大教堂附近的隧道深处,弗兰克·加西亚始终没停止过移动。

这不是自愿的,但却是必须的。如果他停下来,哪怕一秒钟,他的超感官就会占上风,本能会支配所有的理性思维。

一路走来,证明地下通道是无止境的。他有点后悔挂了梅斯的电话。托尼什么都说过,但没说过秘密通道有这么长。他猜这是视觉的问题。

他已经尝过烟了。它灼伤了他的眼睛和肺。他告诉自己,这一切不过是脑子里的想象罢了——只是一段遥远的记忆,最好忘记,但这仍阻止不了他窒息的感觉。

这儿的回声令人不安。他靴子的回响十分奇怪。天花板蹭破了他的肩膀。他的大脑挣扎着,要寻找一种策略来战胜向他猛袭过来的恐慌。

没有特别的原因,他之前的一个指挥官出现了。天生一头灰发的布伦斯始终留着流行的浓密短发。他是个矮胖子,中等身材,纯正的得克萨斯口音。他去过西点军校,对那里糟糕的领导能力和简单的思维方式大失所望。他把每一个任务都变成自己的一句口号——KISS,并以此闻名。保持简单的愚蠢。

加西亚提醒自己,所做的其实并不难。

沿着隧道走到主教座堂。

然后进入教堂里面。

避开诱杀装置。

与人质劫持者对抗。

KISS。

对他来说,很简单,顶多不过二三百英尺。

"是我想象的,还是这条通道真的变长了?"他仍然能嗅到引起他恐慌发作的烟味,不过他又辨出了新鲜空气的味道。

吸入。吐出。他调匀气息,直到他爬到门的那一刻。是个房间。类似一个小教堂。

更小。更为简朴,没有华丽的石雕,也没有装饰。抛光的石头。深红色和皇家蓝挂毯。一个小祭坛,上面有一打蜡烛——未点过的。

大到让一个六英尺高的人在里面站立也会很舒适。只有五英尺十英寸高的加西亚实际上有了呼吸的空间。他深吸一口气——贪婪地。他很享受这种既凉爽又潮湿,没有一丝烟雾的空气。

也许不是宗教——但他觉得很神圣,所以他画了个十字。

是托尼跟他说的吧?许多参与建造圣帕特里克大教堂的石匠也都是共济会成员。共济会的人都沉迷于保密,以使用密码著称,用隐形墨水交流——在地下建造令人难以置信的隧道系统,配上隐蔽的房间,以确保会员免受外界伤害。

加西亚扬起脸,朝着天花板笑了,拥抱空气和空间的感觉。

第68章

又一个人质出现在圣帕特里克大教堂的台阶上,是一个黑色短发的女人,亚洲人,可能是日本人。年轻,顶多二十出头。她穿了件黑色T恤衫和牛仔裤,没穿外套,有一个腰包,腰包一角露出一根金属线。

一个信息,夏娃判定。

人质身上没带引爆器,夏娃立刻明白了原因。这个女人是那类神经质的人,紧张得颤颤抖抖,无法行使任何程度的控制。

这个女人什么也没说。

用不着解释。她的外表说明了一切。

夏娃的手机已被改装成可以直接接听肖恩的电话。她站在阿特拉斯旁边,在目击证人曾出现影像的同一个地方。

肖恩没有再"嘿"一声开场。他问:"路易斯·拉莫斯在哪儿?难道还要跟我说,他还在清肠子?"

"他病得很重。"夏娃回答道,"你已同另外四个人谈过了。他们很是沮丧。你羞辱了他们。咱们来进行下一项吧。"

"接下来的事实是,他们没一个人真正忏悔自己的罪行,所以我想再见他们——这次,一起见。"

"你今天做得够多了,肖恩。"

"我需要拉莫斯。"

"他不能。"

"答错了。"

"目击证人已足够了。你真正想要的是什么？"

"与拉莫斯谈话。"肖恩的呼吸越来越急促，音调也越来越高。

"为什么？"

"你想跟我耍什么花招，特工？把他妈的这个目击证人立即拉上来。"

"在我看来，你在寻找人们永远也无法给你的东西。他们不理解——所以他们帮不了你。"

"让拉莫斯接电话。快。"

哈多克斯的声音传到了夏娃的耳朵里："这儿有一个西班牙裔特工，大学毕业，具备实战经验。他已准备好了。"

"冷静点，肖恩，没有必要喊叫。"

"别耍我，夏娃。让拉莫斯接电话，否则人质就得死。"

夏娃竭力与他争论。或许是找出真相的时候啦。肖恩是否真的认识他要找的这几个目击证人——或者他们来这儿仅仅因为他们代表了他的某些东西。

"我会让他接听的。给我点时间。"

"马上把拉莫斯拉出来，不然我就把这个人质炸成碎片。到复活节时，你们还得把她从第5大道挖出来。"

"去吧。"她示意哈多克斯。他随后向右跨出一步，让出投影图像。与真人大小一致，比她高五英寸，黑发，身体健壮。他下巴左侧（5点钟的位置）有一道影子。他穿着一件红方格图案的衬衫和深色牛仔裤。她以为他可以当一天的辅助工。她希望他看上去真像个历经沧桑的人。"把他接进来。"

"你在吗，路易斯？"过了一会儿她问。

"Si。"

"你感觉好点了吗？"这不是个问题。这是对拉莫斯扮演角色的一种提醒。

"Si。"

"路易斯·拉莫斯？"肖恩插进来说。

"Si。"

"讲英语。"

"你想要什么？"

"我想要你供认你的罪孽。"

"我是非法移民。对你们的政府来说，这是犯罪——为此，他们想把我驱逐出境。"

夏娃听到了那可能是种咬牙切齿的声音。"你犯有什么罪，路易斯？"

"什么罪也没犯。"

"你去年7月在哪里干活？"

"市中心。商业区。哈勒姆。无论哪儿，有工作就干。"

"我认为不是这样。"肖恩冷冷地说。"告诉我，你最近一次寄钱回家是什么时候。"

"感恩节前的周五。"

肖恩火了。"回答错误。真的路易斯·拉莫斯在哪儿？你们没时间了。"

"这就是路易斯·拉莫斯。"夏娃平静地说道，"不过，在这个城市里有很多叫路易斯·拉莫斯的人。你要哪个拉莫斯？"

"你当我是白痴？"

"冷静点，肖恩。有什么问题？"

"问题是你让他妈的联邦特工假扮路易斯·拉莫斯。"

"你为什么这么认为？"

"因为牛仔裤。鞋。你认为我没有注意到？即使在我跟你讲这个无家可归的人故事之后？"

"你注意到了什么？"

"真的路易斯·拉莫斯不穿全新的牛仔裤。他穿旧牛仔裤，破烂不堪，牛仔裤让这个男人洗了上千次，他最终厌倦了这条牛仔裤，把它扔进一个古德维尔的盒子里。看看这双鞋。真正的拉莫斯穿的是破运动鞋。"

"我可以问问我的特工。今天我们的人可能帮他洗过了。"夏娃说。

台阶上的人质开始倒计数。六十，五十九，五十八，五十七。她的脸因恐惧而茫然。

"好吧。停。他拒绝随我们过来。"夏娃说，告诉了他真相。她讲述了路易斯逃走的过程。他特别害怕，道出了他的移民问题。尤其说出了他妻子和年幼的女儿。"你们所有人都明白这点。你也有个女儿。"

四十三，四十二，四十一……

"你犯了几个错误，夏娃。"他的语气冷漠而坚定。

"肖恩，你的女儿在里面吗？或者你把乔治娜藏到了别的什么地方？"

此时，他的呼吸更加急促了。"先是突击队，然后是失踪的目击证人。罪孽终究会有报应的。"

三十二，三十一。

"不。"她坚定地说。"不，肖恩。错误总会发生，但我们会改正。今天不会再有了——你什么也不用做——再好不过了。"

二十五，二十四，二十三。

"没有出路。我没得选择——一点没有。"他已经不再镇定。

十五，十四。

"跟我说说，肖恩。为了乔基。我们该怎么解决这个问题？你要怎样才愿意放弃？让那些人走？"

九。

"我不肯定我们是否曾经……"

一道耀眼的闪光，然后是隆隆的声响。

除了可怕的寂静，夏娃什么也没听到。

这是世界末日在她周围逼近的声音。

第69章

我看着下面的杀戮……我记得。

斯泰西被抓后,他们要求增援。当然,我也在他们之中——尽管指挥官咕哝了几句利益冲突的话,我不得不保证让自己的头脑保持冷静。

五小时十七分后,我们收到了一份报告,找到了一具尸体。

他们非常肯定,那是个美国人。如果不是军人,也是个为美国军队工作的人。

在阿富汗,我首先注意到了一件怪事,当地人不穿袜子。村民们都穿拖鞋。阿富汗士兵穿着不系鞋带的靴子。那就是大家为何都知道:这个受害人不是阿富汗人。粘在脚趾之间的羊毛残余,羊毛是之前穿袜子留下的。

这个受害人是被射杀的。

然后又被焚烧过。

然后被载在车上穿过整个城市。

然后在欢呼的人群面前被成人和儿童一起撕成碎片——最后——装在一个麻布袋里吊在桥下。

尸检结果出来后,特种部队的人——我们的法医——向我保证,斯泰西没有遭受多久的痛苦,是枪击后实施的酷刑。

我知道,他们对所有失去亲人的人都这么说。

我希望——只此一次——他们没有撒谎。

三周后，我在一队由二十多名年轻人组成的海军陆战队通过之前，帮助清理了道路上的简易爆炸装置。斯泰西也协助过这队人。

在战区发生的事情，有时在混乱中，我们有友军的火力支援。有时，在我们疲惫的状态下，我们会想念找到简易爆炸装置时的心情。毕竟，狡猾的小坏蛋是很难被发现的。

哇哦！我的错。

依我看，如果斯泰西不能安全回家，那他们为什么要回家？

为什么是我们中的一个？

已经没有安全保障了。

不是在我们家里。

不是在我们的工作地和城市里。

甚至也不是在上帝的这个圣殿里。

第70章

　　田中爱子不在了。她成了血肉的印迹，在周围的塑料防护板上留下一道道鲜红的血迹。她的残骸，靠在青铜门下角的圣伊丽莎白·塞顿①上。她不再是骨头和血肉筑成的人，而成了犯罪现场的证据。

　　夏娃试着朝前走了一步，但感觉膝盖无力，差一点就跌倒在地上。警察和联邦调查局的人蜂拥而至，一组穿着防弹衣的法医迅速进入了现场，以确保现场安全。

　　夏娃的身体颤抖着。她的头受到了重击。她几乎没觉着哈多克斯用手臂护着她，让她远离台阶上的混乱，把她带回MRU里。她一直在说着自己听不到的话，尽管如此，但仍感到安慰。

　　当加西亚感到呼吸顺畅时，他强迫自己离开房间——能够自由站立、呼吸的密室——再次进入狭窄的通道。他重又低下头，感到脊背开始跳动。

　　这一次，他没走多远，便到了墙边。

　　这是一道粗糙的石头墙，手指能感觉到墙的表面如锯齿一般，但没有明显的裂口。

　　加西亚仔细观察，寻找其与众不同之处——一个凹处，或是高出墙面

---

① 伊丽莎白·塞顿（Elizabeth Seton），美国宗教领袖，第一个出生在美国的人。

往外凸出的石头，抑或是石头垒砌方式的不同，任何不完全属于这儿的东西。

他摸索了四分二十六秒，感觉好像永无止境一般。

这时，他要戴上先前拒绝的特殊眼镜，看看能否改变自己的看法。

眼镜立刻让他眼前明亮了起来，让之前在黑暗中被阴影遮蔽的东西变得亮了起来。他重新开始检查墙壁。这次他借助科技慢慢地检查，这样就不会错过任何东西。

就在这时，他发现了带有把手的圆形厚钢门，尽管门被泥沙和尘土包裹得很厚，以致他差一点就错过了。门看起来像是老式的银行金库入口。

不过，幸运的是，门上没有锁。

加西亚用脚后跟蹬地，猛力拉门。门是用钢筋加混凝土制成的，厚约三英尺。他一边用劲拉，一边呼噜噜喘着粗气，他那已经绷紧的后背绷得更紧了。几个月来，这是他遇到的最重的东西。大门终于被打开了，门轴咿呀响着。

加西亚凝视着开口处，里面黑黢黢的一片，什么也看不见。他顿时有点惊慌失措。他打开了另一条隧道？据他所知，里面的隧道如迷宫一般。

随后，他注意力集中到自己的手电筒光束上。

这是个很小的房间，如一个衣柜般大小。这次，他看见了一个方形的黑色小铁门，约有五英尺高、四英尺宽。

加西亚解开生锈的门闩，把门撬开。

他跪下来，小心地将头探进门里。他凝望着昏暗的圣安德鲁雕像，在圣帕特里克大教堂十五座祭坛之一的顶上。

他从未见过如此令人惊叹的景象。

第五部

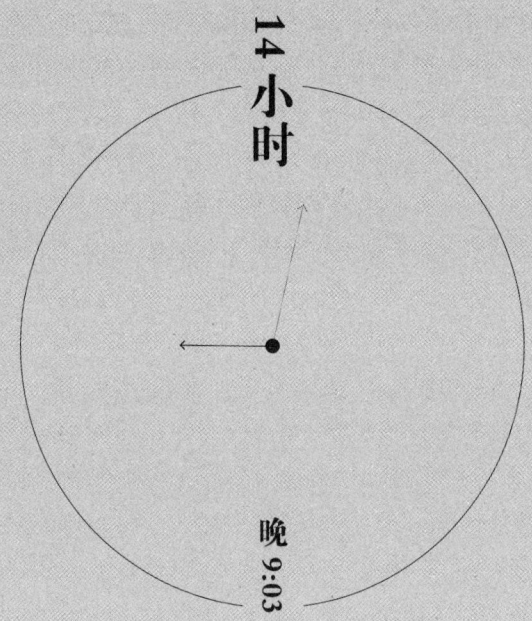

14 小时

晚 9:03

更多关于人质的细节正一一浮现，甚至包括目前仍被关押在圣帕特里克大教堂内的人质。其中一个人质是宾夕法尼亚州费城的托马斯·迪安吉洛主教，四十七岁。

迪安吉洛主教每年圣诞节都会来圣帕特里克大教堂，帮助接待节日期间猛增的游客忏悔。今年，他还将接替红衣主教等教职人员在教堂的工作。此前，红衣主教及其随行的教职人员为执行人道主义任务，在前往中东难民营之前，被梵蒂冈阻止了。

据他在圣玛丽教堂的教区居民说，迪安吉洛主教是位受人爱戴的领袖。他的大批追随者今天晚上要为他祈祷。他为平等而斗争，忍受着来自教会领袖们的指责。他们反对他所倡导的同性恋权利，而他愿意允许未被授予圣职的客人，大部分是女士，在弥撒时发言。

第71章

　　进入圣殿前,加西亚犹豫了一下。这很自然。他知道主教堂的门把手已用线路彻底系好了,装满了诱杀装置,旨在发生爆炸时减少灰烬、尘埃和石头废墟。加西亚在费卢杰的简易爆炸装置中幸免于难,得以全身而退回到家里,却要死在曼哈顿这水泥丛林中。至少劫持者知道,这个特殊入口的胜算概率很低。

　　他检查腰带,确保自己钟爱的"兰德尔1号"刀能够到。

　　他听了听,没听到脚步声,也没有其他的动静。事实上,除了大教堂中央从地面到天花板的大脚手架吱吱作响外,什么声音也没有。

　　他只闻到微弱的蜡烛气味和挥之不去的香气。

　　于是,他猫腰溜进去,侧身穿过三英尺宽的门。他的膝关节发出声响,在石墙和花岗岩柱子间发出低沉的回音。他讨厌这声响——但主要是恼怒,尽管他的身体是极好的战斗机器,但有时仍会暴露出他的年龄。

　　他回过身,眼睛先是望向左边的过道,然后又看看右边的过道。宏大的大教堂里面一片漆黑。没有蜡烛。吊灯也没点燃。

　　他向上望去,自己正在彩色玻璃窗下,窗户被油布和脚手架遮住了。他画了个十字。

　　一切正常。

　　"我进来了。"他对耳机小声说道。

　　没有等待应答,他移步来到一片开阔地,为这个最佳抉择祈祷。

他弯下腰，慢慢朝走道一点点推进，砰的一声，身后入口的门关上了，那声音比他想象的要大。声音通过高耸的哥特式拱门产生巨大的回声，尽管回声最终归于沉寂。里面是铸铁，门外镶嵌着大理石，埋在圣安德鲁祭坛的墙体中。

通常这条路会点燃蜡烛，但今晚他则感激黑暗。上面有些微弱的光源，有足够的光线照亮大理石墙壁，发出一种超凡脱俗的光芒。加西亚非常迷信，他相信这是圣灵显现的奇迹。

加西亚继续弯着身子，紧贴墙壁，绕过过道的第一个拐弯。

他走过圣特丽莎祭坛。

弯腰经过大主教的圣器收藏室。

加西亚喜欢和平与宁静——但这儿却太过安静。他没看见人质，也没看见人质劫持者。在这个教堂里，同样让人有一种绝望的感觉，他想起了在费卢杰的巡逻——常常就在一片混乱之前，任务变成了狗屎。

他左边是圣餐台和祭坛——大教堂铜柱是突出的焦点。他知道，这是他最容易暴露的地方。于是，他急速穿过那儿。经过圣伊丽莎白祭坛，朝他的目标移去，目标在圣餐台后面。

不是圣母堂——是献给圣母玛利亚的小地方。

但这却是到教堂地下室的入口。

走下通往地下室的大理石台阶前，他最后看了一眼大教堂长长的中殿，他可以看到通往大唱诗班阁楼和管风琴的路线，管风琴成千上万的管道直升至上面的玫瑰窗口。

没有看到人质。但这并不意味着他们没被藏在这座伟大教堂的座位、圣餐桌、角落和缝隙中。

这是次诱人的搜索。

坚持他原来的计划是明智的。他不想为营救一条生命而危及更大的目标。

于是，加西亚匍匐在地上，在最右边，然后从圣餐台和华盖后面的台阶下去。

他下了一层，来到一个镶嵌绿色玻璃门的楼梯口。这是埋葬圣徒的地下室——一个大理石房间，大教堂前主教们永久安息的地方。他迅速离开，继续下到楼梯底，来到大教堂的两个后支撑墩的地基下。

圣器收藏室。

加西亚在空间感上有近乎摄像的记忆力。他只要看一遍地图或蓝图，就能记住其中的细节。因此，他一看到圣器收藏室后面两个敞开的拱门，就知道拱门通向哪里。

他左边的拱门通向教区长的住宅，右边的那个则通向红衣主教的住宅。

两条进出通道。

他向左走——当其他条件相等的情况下，他凭直觉行动。

他左手拿手电筒，右手握匕首，做好了准备。他穿越黑暗。

直到他看见了一扇门——如他所料，是临时赶造的。他目光坚定地检查着——希望他还记得如何创造性地解除。

联邦调查局对人质劫持的解释十分简单：指示特工将每个危机都视为潜在的谋杀。

不管是不是失败主义者。

这是高度准确的。

最后一个人质的死亡，很可能就是在他们未能带来真正的路易斯·拉莫斯之时。这样的想法虽未加重夏娃的内疚，却坚定了她的决心。

加西亚的消息鼓励了她，她有自己的人在里面。可以说，她最优秀的队员，一台经过精密调整的战斗机器。

一接到消息，她便立刻找到亨利·麻。这位指挥官还在试图安抚主教格夫。他担心大教堂铜门上伊丽莎白·塞顿的雕像会因此受损，但却不允许他去查看一下。"我不能让你靠近犯罪现场。"亨利说。

她把亨利拉出主教的听力范围。

"我需要你退出。"她解释道。"所有的攻击计划，只能在你收到我的回复后才行。"

"对不起，夏娃，"亨利回应的语气，暗示他不能那样做，"你们的谈判破裂了——时间也到了——"

她没让他说完。"我比你早了三步。我让加西亚进入了教堂。我需要让所有的战术队撤退,直到我确切需要的时候。如果你再进攻一次,鲜血和毁灭会沾满你的双手。"

她没等他回答就走了。

正如人质劫持者要求的那样,她重新掌握了控制权了。

第72章

时间已经过了21点。人质劫持者的时间表在加速，而夏娃对最后的结果仍一无所知。

她听到身后传来大豆的爆裂声，随之便闻到了新鲜披萨的味道。那是为连轴转的特工们提供的营养食品。她已经好几个小时没吃东西了。但她没转身，没有任何食物或营养能分散她对另一个人质的注意力。

她把注意力集中在电脑屏幕上，盯着最新的受害者身份的初步认证。田中爱子，二十四岁。她的日裔美国家庭住在新汉普郡的纳斯华。纽约大学艺术史研究生，这显然也说明了，那天早上她出现在圣帕特里克大教堂的原因。据她的室友说，田中有了最后的论题——将现代设计与古典哥特式设计相融合。

哈多克斯坐在夏娃旁边的座位上。他倒了两杯咖啡，把其中一杯推到了夏娃那边。"我注意到你现在喝黑咖啡。"

"人的口味是会变的。"她酌饮了一口咖啡，咖啡烫得她差一点吐出来。

田中爱子的背景栏中有秘而不宣的少年记录。任何平民都看不到。但是没有任何背景信息能逃过联邦政府的眼睛。

"我记得我第一次见到你，是在联邦调查局总部外。你吃着两颗糖。你什么时候开始喜欢苦的了？"

"我都一整天没有吃糖了，忙得什么也没顾上吃，结果发现我并不需要。"

"一种无益的错乱？"

"类似那种。"她斜睨了他一眼，"我们还要讨论咖啡？"

他咂了一口自己的咖啡。"我们聊过吗？"

"最后一个受害人有少管所的记录。我们可以合法地进入联邦电脑系统里，但也许你能比我更快？"她把键盘滑向他。

他瞥了一眼屏幕，以调整自己的方向。然后，他的手指在键盘上快速移动起来。如果有必要，移动速度比他通常每分钟一百二十字的速度还快。"你不行？"

"为什么我不行？"她恼怒道。

"今天发生了可怕的事情。枪击，炸弹，失去生命。这足以让人做噩梦。"

"我不做噩梦。我有回忆。"

"回忆是美好的。在你需要的时候，美好的，怀旧的，那些细节一直留在你的脑海中。"

"你说什么，哈多克斯？"

"我是说，每次枪击或炸弹爆炸时你就看见了他。"

"如果是这样，那又如何？"

"我知道你想念塞弗。回忆故人是正常的，但我不愿看到那些记忆在我们中间晃来晃去。"

"你说的这些，就好像我疯了似的。"

"没有比我们更疯狂的了。"他把键盘又滑回到她那儿。"你要的文件。"

她把电脑屏幕斜着向上一抬。"咱们来看看……高中毕业。十七岁。与她男友在一场足球赛后驱车回家。车穿过两条车道后驶进护栏，车翻了，男友死了。田中在医院躺了六天才出的院。喝了几杯。也许是太多了。趴在方向盘上睡着了——因鲁莽驾驶被控犯有机动车杀人罪。"

"所以三个人质死了。"哈多克斯说道，"三个人质都有被捕记录,并在过去有大的道德缺失。好像他在执行自己的正义判决。"

"别忘了马丁内斯警官,纽约市警局谈判专家,就是我前面的那个专家。"

"未触犯法律,没有道德问题。"

"马丁内斯没有按他说的做,也没有按特警队特工们的要求做。"

"那么,他占领大教堂是不是在扮演上帝?对那些犯有罪孽的人实施审判?"

"在目击证人面前,他——"夏娃戛然而止。

"夏娃?"

她没有回答。

"什么?"

"我们彻底查看了肖恩·苏里文的背景资料,对吧?"

"当然。"

"他在审判约翰·尼尔森时的证词呢?"

"如细齿梳篦过一般。"

"他的警察和兵役?包括他所有的被捕记录?"

"当然。"

"你的搜查能找到目击证人吗?或许作为犯罪中的受害人?或者,从字面上说,作为一个证人?"

"如果他们提供了一份证人的书面证词,那当然可以肯定。"

"如果他们没有,或者出现的不那么正式呢?"

"我知道你要找什么。我可以试着改变搜索参数。直接问他们也许更快。"

"从卡西迪开始。"夏娃建议道,"还有,哈多克斯——问仔细些。"

第73章

伊莱没理会约翰的三个电话和七条短信。他不想撒谎，当然他也不会不管，这是一个非常敏感的联邦案件。这令他很痛苦，但也意味着他现在不能讲话，不是因为乔治娜·墨菲这件事无法解释。

他们找到了她的手机，重新开机，很容易便追踪到了艾利·荷恩，一个在乔基学校里的高年级学生。据艾利说，她是前天在乔基储物柜旁边发现的，就是午餐后不久。那个时间正是乔基失踪前后。艾利本打算把手机交给学校的工作人员，放进失物招领处。她发誓自己只是还没有时间。

"你知道这个手机是谁的吗？"伊莱问。

"知道啊。"她不好意思地承认道，"我不认识乔基，她低我两个年级，但上面有她的名字。"

"你发现手机时，附近还有其他什么东西吗？"

"几张写着字的纸，但上面没有名字。可能是什么人留下的。"背景中，伊莱听到圣诞节颂歌和艾利妈妈叫她完成作业的声音。

"还有一个问题，你昨晚到百老汇看性感长靴了吗？"

"哇。我甚至都不会问你是怎么知道的。我爸爸带我去的，是生日礼物。"

"好吧。仔细听我说，艾利。一个联邦特工要过去拿手机。别再碰那部手机。不要拨号，不要发短信，也不要干其他的什么事。你现在惹的麻烦够多了。不要再挖更深的洞。"伊莱哽住了。他嘴里的口水变成了灰尘。他依然不知道乔基到底在不在大教堂。

"她多大了?"他问约翰。

"十三岁。"

"完全可以找到回家的路,不是吗?"

"如果你这么想,你就根本不了解乔基。"约翰警告道。

那是他们最后一次说话。在寂静中,伊莱想念他。

梅斯看着蓝图,试着弄清楚自己该往哪儿走。他们给他指了指他现在的位置——麦迪逊大街五层楼高的教区长住宅——在大教堂后面,露台和花园之间。他的隔壁是红衣主教的住宅。

两座建筑都有地下通道到大教堂,通往圣器收藏室,但地图上却没有标明这些走道。

所有的教职人员都已被疏散,他们经常使用地下通道。梅斯曾和在此长期任职的秘书聊过,但秘书给他的指示是错的。基本上,他必须下到教区长住宅那一层,到电梯那儿,然后,才可以从那儿一路走到地下室。从地下室,他亦能从另一个短楼梯进入通道。顺着那条通道,他最终便能到达圣器收藏室——大教堂的入口。自危机开始以来,那里就被封起来并装上了炸药。

唯一的办法是从里面进去,加西亚就是从那儿进去的。与此同时,那些提供战术支援的特工和警官——包括联邦调查局、纽约市警局和国安局的人员——开始往这两处住宅前聚集。

集结地点建立起来。

检查他们的装备:武器,通信,相机,定位系统,爆炸物控制装置。

看见他们到了,梅斯决定不再等了。加西亚现在应该已经到了圣器收藏室,或许是那些大理石和混凝土干扰了通讯,尽管都是军事技术。

他不担心诱杀装置,他深谙武器和炸药,什么也吓不住他,哪怕把他炸到天涯海角。

第74章

斯泰西被杀一个月后,我回到了家。我请了病假——当你遭受心理创伤时,他们是这么说的,但也没那么糟,几周内你无须回去工作了。

那于我而言再好不过了。

我待在家里从未生过病。这是弱者的借口。

最终,我找到了如何度过每一天而不为斯泰西的死自责的方法。但莫娜将一切都怪罪到了我头上。结婚前,我对斯泰西始终不够好,在国外我又没有保护好斯泰西。我是个失败者,彻头彻尾的。

我和婆母在同一所房子里待了十七天。我和斯泰西曾住同一间屋子。我忍受不了那个婊子。

我不像斯泰西,他对世上的一切蔑视和侮辱都能置之不理。

然而,我知道斯泰西想让莫娜得到照顾。

所以一周一次,我都给她带去杂货。

我捡起并补充她的药物。

我确保她有衣服穿。

我依然不善于忽视她的侮辱。但现在,我关上了地下室的门,让她在一个五英尺见方的牢房里呼吸。我很满意这个想法:她可能希望自己已经死了。

差不多同一时间,我患上了蓝车综合征。你知道,你一旦买了一辆蓝色的车,突然你就会注意到到处都是蓝车?斯泰西被杀后,我看见周围全是冷漠和漠不关心。

可能之前就有。

只是现在——我的眼睛睁开了。

第75章

加西亚从来没有正式干过工兵，但这并没什么关系。任何一个在中东服役超过一次的人都学会了如何对付简易爆炸装置。即使那战士不是爆炸物处理小组（EODU）的成员。

你只需两个技能。

第一个是灵活性——原因很简单，因为简易爆炸装置的定义是即兴的，由不同的头脑采取各种不同的形式创造的。当然，这种简易爆炸装置大部分都埋在装甲车队经过的路上。但加西亚在车里、收音机里以及手机上都曾见过这种装置，有些炸弹还被捆在人的身上。

有些炸弹是有危险的化学物质。有些藏在儿童玩具里，这促使人们去创造性地思考，所有诉诸暴力的家伙想要你死的方法。

第二个技能是运用所有的感官。当然，如果你在一个合适的环境中——无人居住的地方——机器人或水炮是很棒的，你根本不在乎装置是否爆炸。但是，任何需要谨慎的地方，没有什么东西能比得上人的五官。视力——确认你要处理的东西；嗅觉——确定是否有化学品；味觉——确定化学品类型；听觉——确定其中一个混蛋不会在背后开枪；最后，轻轻触摸——使引爆装置失效。

这两项技能，加西亚都是顶尖的。

他还具备敏锐的洞察力。多年来，人们一直在拆除炸弹，早在一战前就开始了，有了机器人或炮手或炸药储藏柜之前就有了。当然，最好不要动手。但是，也没什么神奇之处，你只需有方法并保持头脑清醒即可。

他盯着门口，梅斯在另一边。他轻轻吸了口气，等了片刻，意识到他将要应对的挑战。

一动不动。

他的眼睛顺着电线瞄下去。

这根线延伸至离大门约七英尺的地方。在那里，在黑暗中，加西亚看见了一个人质。

他或她是被捆在椅子上：手和脚都被捆着，一条花色丝质大手帕蒙住了他（她）的眼睛，腰上绑着炸药，右手掌和手指间握着一个开关，有根电线通向加西亚需要拆除的门上。

似乎他需要更高的赌注。

还有一件事。

在他前面和上面，在这个人质上方，装有一个小小的装置，指向下方，每三点五秒便会发出一道蓝色的电子视觉信号。

一个安全摄像头。

属于大教堂系统——他想可能已被禁用了？或者是绑架者安放的装置？

他不知道，但哈多克斯肯定能找出来。

加西亚退回暗处。

因为他不想让人质或摄像头听到他说话，他往手机里输了条短信。

第76章

加西亚的耳机振动起来,哈多克斯的声音突然在他耳边响起。"只听,别说话。我确定,在圣器收藏室走道的摄像头不是大教堂的安保系统。也就是说,这是人质劫持者安装的。虽然我能关闭附近所有数据服务令其无效,但夏娃和我担心,这可能引发连锁反应,引爆炸药。起码有可能会引起劫持者的警觉。夏娃认为,她能分散苏里文的注意力,让他注意外面,以便你有足够的时间拆除门上的装置,释放人质,让梅斯进去。然后,你们需要一起跟踪并解决这个混蛋。"

"如果他查看摄影机怎么办?如果还有另一个恶棍,他的任务是观看视频又怎么办?人质会被炸死。"加西亚低声说。

"没有风险,也不会有收益,对不对?你最好尽快行动,我已说清楚了。"

伊莱坐在卡西迪·琼斯对面,觉得自己不能胜任眼下的任务。其实,他对细节的把握的确很有眼光。他能找到隐秘故事的模式。不过,他是通过分析数据,而不是通过与人交谈,尤其不是同女人交谈。即使这个女人是他很久以前的偶像——玛丽莲。

他想着跟她说她很像玛丽莲这件事来打破僵局,但她不认可这种比较。

卡西迪用手指敲着膝盖。伊莱感受到她的压力,她极其渴望离开这里。

是的,他绝对是个不合群的人。

但哈多克斯原想进行这次谈话,但却被叫去援助加西亚了。一切都取决于他。

"我们确认你没有被捕记录,"他跟她说,"也从未当证人参加过审判。你从不记得与警察打过交道。但是我要问,你看见过犯罪吗——即使那罪案最终没有被控告?"

"在读中学的时候,我曾亲眼看到阿特·德克斯特从劳埃德先生的店里偷糖。我从未告发过,直到劳埃德先生的商店后来倒闭了,我才感到偷窃真的很可恶。我确信阿特偷的一分钱的糖果并没有什么影响,但依然……"

"那是在亚特兰大,对不对?"伊莱在她的文件中做了记号,"那你来纽约之后呢?"

她坐直了身子。"在两周前的周五,我报告了电影院里的一桩怪事。我同几个朋友出去,他们中的一个——亚历克斯——总是坐中间的位置。我被哄到同一排的边上,离过道尚有一个空位。为此,我同亚历克斯吵了起来,叫他坐过来一个位置。因为这是一部很受欢迎的影片,我不想让哪个怪人坐在我旁边。"

"是的,我看得出。"但伊莱却在想,自己是怎么一个人去看电影的。他是唯一一个坐在过道边上的怪人。

"之后的事更糟。一个家伙走过来问旁边的位置是否有人。我说没有,他便把他的健身包丢在座位上,然后就走了。我猜他不是去买爆米花,就是去洗手间,或者再去看看哪里有更好的位置。"

"后来发生了什么?"

"他没再回来。我们看了广告,看了之后的简要介绍,正片开始时,我戳了戳那个包,里面的东西很硬。于是,我们去安保室报了案。我们不知道后来发生了什么。"

"你们看完电影了吗?"

"安保说没事后,我们看完了电影。"

"所以没有真正的犯罪？"

卡西迪失望地望着他。"不是真正的。"

"当然。"伊莱说。他强调自己刚刚做了记录，遂按下删除键。

"如果袋子里有武器，我想他们会疏散整幢大楼的。但是，感觉它依然很怪异。"

这事进展得太快了。

"自你来纽约后还有其他事吗？"

她皱起眉头。"让我想想。"

控制室里传来椅子倒地、罐子和银器掉到地上的声音。目击证人中间发生了争吵，布莱尔站在桌子中间怒气冲冲的。阿琳娜·马特罗斯基走到他面前，用手指着他。"如果你想拿你的生命冒险没关系，但如果你拿我来冒险，我就死定了。"

布莱尔冷冷地瞪了一眼。"你见识过这种保护屏幕是如何工作的。罗西特工站在那儿，她很好。在我看来，似乎没多大风险，但回报却巨大。"

"你不知道。我不愿冒险受伤。我的手——手指——是我的生计。"阿琳娜嘟囔道。

"就像我的外貌一样，"卡西迪大声说道，"我不想冒险。"

"你不想回家吗？"辛妮亚·威利斯冷冷地凝视着她。"我说我们大家都冷静冷静，做点应该干的事吧。"

"到底需要做什么？"卡西迪问。她把倒在地上的椅子扶正，捡起咖啡罐，丢进垃圾桶。

"我们需要结束这件事。"辛妮亚抱着双臂说道，"他们说劫持者想把我们聚在一起，问我们一些事情。"

房间的另一头，夏娃和哈多克斯正在讨论策略。

哈多克斯似乎被目击证人中的冲突逗乐了。"他们说得有道理。换个玩法，我们就可以结束了。"突然间，他的话听起来既乐观又特别符合逻辑。

"我们继续利用视频，"夏娃说，"像刚才一样。"

"我们现在要分散他的注意力。实实在在的身体在外面,会有助于完成。"

"他们的安全是我的责任。"

"所以是梅斯和加西亚。"

"你已给了我,那个后备计划:他女儿。"

"你对她一无所知。"

"我会利用她来激怒他。"

"你甚至不知道,她很可能就在那里,在他身边。"

"如果她在那儿,我会知道的——从他谈论她的方式亦能推测出。"

"那可真是太好了。"哈多克斯摇摇头,"我觉得作为男人,他的女儿不会成为你虚张声势的砝码。"

"我得分散他的注意力,弄清他要谈什么——不管是目击证人还是人质或神父,抑或是他女儿。你认为谁会引起他的注意?"

哈多克斯从衬衣口袋里掏出一包新万宝路。他靠到桌子上,上面没有不准吸烟的提示。他抽出一根烟,在手指间滚动。"我想我有了个完美的主意。几乎万无一失。"

哈多克斯坐在电脑屏幕前,夏娃坐在他旁边的椅子上。他很清楚要做什么,但这并不意味着他不能找点乐子。他找到了那个地方,双手同时放到键盘上,接着他的手指便上下飞舞起来。

他需要一些有创意的东西,因为之前从未见过的东西最有震撼力。

因此,他绕过了所有的传统网站。

他原来选择的搜索引擎不可靠。这是国家安全局的婴孩、老大哥与谷歌的杂烩网。对手头的任务来说,这个网却是完美的。执法部门很喜欢它,因为八万五千亿位元数据能让你真正了解你自己的主题:跟踪他们的动向,给他们的朋友绘制地图,揭示他们的宗教或政治信仰。你只需要一个单一的数据:一个电话号码,一个电子邮件地址,一个推特账户。

今天,哈多克斯想用它,原因很简单:它是个被遗忘的数据存储库,甚至从应用程序中还能挖掘出数据,如快照(Snapchat)或耳语

（Whisper）之类的应用里。信息在自我毁灭的瞬间，便会被人们共享。

他花了四分半钟的时间寻找完美的文件。当他找到时，他觉得自己是个无情的混蛋。

他在屏幕上放大，然后把屏幕转过去对着夏娃。"你怎么看？"

她的眼睛锁定屏幕。"如果这不能引起他的注意，我就不知道其他还有什么能引起他的注意了。只是我讨厌这想法。"

"比另一个无辜受害者的死更让人讨厌？"哈多克斯等着。"别这么想。我将图像放到屏幕上，等三十秒，然后就可以给梅斯和加西亚开绿灯了。"

加西亚一收到哈多克斯的信号，便拿出工具，开始有条不紊地拆除雷管。

他动作迅速而谨慎，找到了电路的电线。

他闭上眼睛，匆忙祈祷，随后手指在雷管上摸了摸，尝了尝——确定没有化学成分。

拆除雷管其实并没什么神奇的。每个人都有自己的特点——都是造物主的产物。加西亚不过花了三分三十一秒判断炸弹制造人的思路。

加西亚印象深刻。这是复杂的工作，如果不是在伊拉克，那就可能是在阿富汗发展起来的。

他认出了第一根线。

线路的颜色也没有什么条理或理由。这是顺序问题，不是颜色问题。

他认出了第二根线。

现场的人倾向于使用只含一根彩线的雷管，这样能保持敏捷。

他认出了第三根线。

因此，有点色盲还是很有帮助的——加西亚一直都在关注有爆炸物的地方。

他认出了第四根线——掏出了他的割线刀。

十七分钟后，他彻底完成了。他抹去额头上的汗珠，打开了门。

第77章

一个新图像被投影到青铜制的巨大的阿特拉斯旁边。这是个栗色头发的十几岁少女,穿着黑色牛仔裤,裤上饰有闪闪发光的饰物,一件写有和平字样的T恤,还围着一条深红色围巾。她屈膝而坐。

在她旁边,各种各样的镜头——每一个都对着她——开始旋转。

她每一张照片都附有文字说明。

每一个都透露了与她手机号码或电子邮件账户相连的密码。

  我讨厌当青少年。我不喜欢刻薄的女孩,荷尔蒙,怪兮兮的父母——也不喜欢我照镜子的方式。

夏娃把手机放到桌子上。手机没响。

接下来的一张是手腕上的特写。这是女孩自拍的一张照片。

  我已经戒了十天了。每次我想剪断时,我都会想起爸爸带我去迈阿密过新年时的情景,我不想有伤疤。

"他随时都会打电话来。"哈多克斯说。

他们都盯着夏娃的手机。电话没响。

图像再次旋转。这一次集中在女孩的眼睛上。

我今天把旧伤疤画了出来。罗斯太太说得对,伤疤确实阻止了我的冲动。

电话没响。
再次旋转。这次是整张脸。

我又复发了,是在学校。后来,我假装笑了。所以没人注意到十分钟前我曾痛得哭过。

电话没响。
"可恶,他在哪儿?"夏娃嘟哝道。

我的内伤比我手臂的外伤更严重。

电话响了。
肖恩·苏里文又打来了电话。夏娃对他的反应做好了准备。"谁让你这么做的?"
她听见他的呼吸声,十分急促,表明他的心率上升。
"你是什么意思?"
"你从哪里弄来的这些照片?谁给你的?"
他的声音里没有愤怒,只有不加掩饰的恐慌。夏娃吸引了他的全部注意力。
她有一半的注意力在他这里。通过耳机,她听到了梅斯和加西亚的进展情况,等待着他们通过摄像头的消息。
"这么看来,你从来没见过这些照片?"她问肖恩。
"这是他妈的什么把戏?"
"这是恼人的材料,我知道。但却是你女儿自己在网上分享的。"
"什么时候?"
夏娃望着哈多克斯,他始终在听他们说话。此时,他举起两根手指。
"过去的两周里,"她说,"她在网上发布了多个帖子。"
"不可能有人知道……米凡和我从不……"说这话时,他表现出掩饰不住的痛苦。

夏娃听着，有点吃惊。她想，"我从他的声音里听见了真相的钟声。他不是在演戏。他极度忧虑女儿。"

梅斯弯下他篮球运动员的架势，下到连接大教堂教区长住宅的走廊。正当他走近圣器收藏室入口时，他看见了弗兰基。

他说的是实话：已排除了危险，门打开了。

问题是，有个人质，仍被绑着，眼睛上蒙着布坐在那儿——那时加西亚正用一种镇静、急促的声音跟他说话。

梅斯没有时间，也没有耐心让加西亚在这儿晃悠。他们有一座大教堂要收回。

他冲加西亚简单地点点头。

"我们来把你弄出去。"他对人质说。他向前伸出手，把花色丝质大手帕从人质眼睛上扯下来。

是个女人，具体说，是一位中年女士，头发灰白，脸上满是汗水。

梅斯低头看了看。她戴着婚戒，手腕上戴着滑稽的手镯。她眼睛是困惑的蓝色大眼睛。她的嘴还被塞着，但她却竭力发出一声高亢的呻吟。

加西亚指着她的右手，她右手掌中握着个压力开关。"我和她说话，这样她就不会受到惊吓而松开手了。"

"我去掉她的大手帕，这样她便能看到我们正在竭力营救她。"梅斯摇摇头。

人质的呻吟加剧了。梅斯佯装没听见。他跟她说："继续握住开关，直到我说我拿走它，才可以松手。如果你明白就点点头。"

女士点点头。

梅斯把她的手指握在自己手里，慢慢把开关从她手中拿出来，并挤压到锁定的位置上，然后用一根粗橡皮筋在上面缠了八圈。

"矫枉过正。"加西亚说这话时听起来像是说生手的同义词。

梅斯耸耸肩。"让我感觉好多了。这是怎么回事？"

加西亚去掉了女士的爆炸带。他手指快速地拆除了电线，然后把装置放在门口。"战术队可以从这儿接手了。"

梅斯帮着解开了女士的双脚，加西亚解开了她腿上的绳子。她摇晃着走了三步,遂倒在了加西亚的怀里。

他要去掉她嘴里的填塞物,梅斯阻止了他。"别浪费时间。战术队也会搞定。"

加西亚紧张地瞥了一眼摄影机,祈祷夏娃已把劫持者的注意力引到了其他地方。

梅斯盯着女士的眼睛,指着过道。

"顺着那条路走到头,乘电梯上去。你会发现有很多人在那儿等着你。"

他和加西亚都无法确定她能否成功。他们疾跑上楼梯,走向主祭台和主教堂。

加西亚跑得很快,但梅斯的步伐也令人印象深刻。

"你上次来这儿是什么时候?"梅斯一跟上来,加西亚便问。

梅斯咧嘴笑了笑。"我刚看过地图。"

加西亚抓住他肩膀。"那你最好跟着我。你总说书本经验比不上街头经验。"

加西亚贴墙蹲下,不想成为靶子,骂着身后的梅斯——笨重的脚步声仿佛石头砸地一般。他另外还谢绝了战术队的援助,跟夏娃说,他宁愿机动灵活。

厨房里,厨子过多碍事。

她坚持要梅斯跟去。

难道她没想到这该死的傻瓜会害死他俩吗?

主祭台在正上方。加西亚望了望拱形的天花板,知道他们到达祭坛时非常容易受到攻击。

那里是大教堂的心脏,完全用青铜雕刻而成,华盖差不多有六英尺高,其山形墙屋顶装饰着台柱和塔尖。"人类的救赎。"加西亚看着周围的雕像,心想。

他快速绕过去,停在描绘亚伯拉罕牺牲的窗户旁边。

夏娃认为跟射手通话只能是一个人。她承诺分散他的注意力。

夏娃可能错了。

他转过身对梅斯说。"我得去脚手架那儿,掩护我。"

随后,他又画了个十字。这次只是为了好运。

第78章

梅斯看着弗兰克·加西亚消失在中央脚手架上。这家伙个子虽小，却好斗，而且动作敏捷。梅斯非常佩服他。

他花了点时间往四周看了看。这座建筑的形状同十字架一模一样。他知道，这里到处都是人质，但从他现在的视角看，他看见的只是一片木钉的海洋，还有无尽的大理石。他认为那是人们所说的美丽所在，然而，他却有些不寒而栗的感觉。太黑了。太冷清了。

在前庭上方的阳台上，有什么东西引起了他的注意。他不知道那是噪音，还是闪光灯。

弗兰基希望能得到掩护。但梅斯认为，要为这一切负责，杀掉这个混蛋就是最好的掩护。

他顺着大教堂的中殿朝前走。他始终靠近中心走，那里的阴影最深。

他觉得自己仿佛被关在一个大石笼里。

他每走一步都有回音。

到目前为止，他什么也没看到。除了他认为的外面官方活动发出的微弱闪光外，没有任何生命的迹象。

黑色。昏黄。又黑了。

他认为这是他正进行的一次疯狂冒险。但是，他绝不是那种袖手旁观的人，尤其是在他能行事的时候。

这时他又看到了那个动作，仍觉得自己的脚步声回音太大，但移动又不可能不出声。

怎么上楼？

他走到入口处的门厅，转进了钟楼，看见了电梯。他不会成为盒子里的活靶子吧。他努力观察着，终于看到了楼梯。

他花了三十三秒爬到楼顶。他的眼睛扫视了一下唱诗班长长的阁楼。

空无一人。

只有一个巨大的管风琴，其管子一直伸到上面彩色玻璃的玫瑰窗。

这时，一道亮光闪过，他看到了移动光源。

唱诗班阁楼后面有个钟。每四点三秒就有一道闪光照亮钟的表盘。

钟敲响了十下，晚上十点了。

他听到上面什么地方一声巨响。

听起来像是枪声，接着是低沉的呻吟。

他看了看下面，是教堂条凳座位的区域。

什么也没有。

加西亚一直在脚手架上，声音来自上面。

梅斯就在唱诗班阁楼的入口处。"弗兰基？"他小声说。

"加西亚？"这次声音大了点。"你没事吧？"

没有回答。

妈的。他原本是跟在弗兰基后面的。

梅斯从来不喜欢那家伙，当然也没感到要为他负责，直到现在。

加西亚可能是个功能失调的讨厌鬼，但他是梅斯团队的成员——梅斯不喜欢看到他成为靶子。

"加西亚！"他又喊了一声。

试图通过两人共享的频道联系上他。随后用电话。最后又发短信。

依然没有回应。

他的心缩紧了。他给夏娃发送了短信：开枪了。可能有人倒下了。

夏娃看到了梅斯的短信，随着情况骤变，她禁不住浑身发抖。她闭上眼睛，与压倒性的无助抗争。后来她睁开眼睛回复："要战术队支援吗？"

回答即刻到了，"给我十三分钟。"

她摇摇头。她知道梅斯总以为"十三"是他的幸运数字，而弗兰基却十分迷信，认为这是恶兆。

"小心。别逗英雄。"她敲打道。随后，她突然想到这不正是她希望他成为的样子吗？

梅斯朝前走了七步。凝视着昏暗的楼梯间。

没有动静，没有声音，没有人在那里的迹象。

他知道外面一片混乱，到处是喊叫声、警笛声和喇叭声，还有不停盘旋的直升机发出的声响。但十英尺厚的石头、砖和水泥形成了一道隔音屏障，在大教堂里面，黑暗吞没了整个教堂，弥漫着一种诡异的寂静。

他确信自己听到的是枪声。

在狩猎区的简易街道长大，总有鸣笛的警车经过，因为有人被刺伤、窗户被打破，或者枪走火。所有这些声音都是他永远忘不了的。

他回忆自己看过的地图，也许它应有个更好听的名字，但是上面的大地方基本上像个阁楼。这阁楼甚至像皇后区婶婶存放圣诞节装饰品和废弃盒子的地方。然而，对一座宏伟的大教堂来说，太小菜了。

他检查了他的格洛克枪，把外套下摆拉高了一点。

然后，他进入楼梯间，开始攀登。

他感到冷飕飕的，一定是石头把所有的寒气锁在了里面，感觉好似每走一步温度便下降一度。虽然他不是那种迷信的人，但那发霉的气味和微风让他想起了老鬼。

他继续往黑暗的楼梯上攀。一步又一步，离顶部越来越近了。

他的靴子太吵了。他的呼吸变得越来越吃力——要么是神经紧张，要么是空气中有某种恶劣的东西，因为他的身体很棒。

他尽可能地加快速度，越爬越高，直到他几乎到了顶。

"弗兰基？"他低声说，"你在吗？"

没有回应。

他停下来。倾听。

又来了。一种轻微哀恸的声音。这声音从一块石头到另一块石头，在冰冷的空气中回响，好似大教堂本身发出来的。不是，梅斯不迷信。但此时，他觉得被幽灵包围了——它们中的一个正哀号着抗议，已经在哀悼即将发生的悲剧。

夏娃担心自己做得太过了。她试图通过分散苏里文的注意力来保护加西亚和梅斯，试图确保他只关注她，而不是他建立起的什么视频监控。但这么做有风险，他们不知道苏里文在里面安装了什么监视设备。

她不仅要为四名目击证人负责，而且还要为圣帕特里克大教堂里未知的人质负责。她的两个队员也还在那里冒着生命危险。

加西亚倒下了吗？梅斯在哪儿？

太安静了。只有她，还有那些嘲笑她的忧虑。有人告诉她，那天已死了六个人。她白白牺牲了自己的一个人。她不会成功。她对肖恩·苏里文的判断是错误的，因而下了错误的一手棋。正像她看错拉斯提·莫里斯一样。她也没能与杨克斯（美国纽约州东南部城市）四十六岁的胖胖的老机修工建立联系。他曾在皇后区一家熟食店绑架过十四个人质。她原本熟悉他的一切，试图说服他。她理解他的问题，尽了最大努力了解他的想法，但她最终没能说服他。有过一次战术攻击。七个人死于弹雨中，其中包括两个孩子。

此次，结果也会那么糟吗？

她已搅乱了肖恩·苏里文——可能比他说得还多。他挂断时说，五分钟后再打来。

现在九分钟过去了。

这是夏娃生命中最漫长的几分钟。

第79章

梅斯从楼梯间走出来,在一片黑暗中停住了脚步。在继续走之前,他倾听着,手里握着枪。他掏出手电筒,正要照亮自己前面时,他想得更清楚了。

他在黑暗中什么也看不见。

但无论如何也不必使自己成为目标,最好避开光亮,他知道不只自己一人。

他把面前的门大推开,门发出咔嗒声。他呆住了,再次倾听。

什么都没有。

他向前迈出一步,从远处窗户那儿射来的光线足够让他加快了脚步。空气中有股陈腐味——清晨的大雨过后封闭的、不常使用的房屋里常有的气味。

这儿有人吗?加西亚在哪儿?

地板上满是灰尘,脚印斑驳。有些是新近的,不同形状,不同大小。

梅斯向右边移动,待在靠砖墙的阴影里。经过窗户时,借着外面的灯光,他看见窗玻璃上写有字。在查看大教堂资料时,他知道那是消防队员留下的信息。他们牺牲在"9·11"事件之前。这亦是教会代表一直在同亨利·麻争论的问题之一。尽管进行了大规模的翻修,教堂还是拒绝清洗窗玻璃。那人坚持说,它们是遗产——就像玫瑰窗一样独一无二。

梅斯继续移动。他不可能找到劫持者，也不可能找到已化为尘埃的加西亚。

梅斯打开另一扇门，将他进入的小房间与阁楼的其他部分隔开。

停住。倾听。但是除了外面呼啸而过的一股股的风声外，什么也没有。

哀号是从哪儿冒出来的？枪声又是从哪儿来的呢？

他没看到什么超乎寻常的东西。窗户旁除一个盒子外，什么也没有。他走上去打开盒子，里面有些工具——小绞盘，上面布满灰尘，可能是用于修钟的。几周，甚至是几个月都没人碰过了。

如果说，在大教堂耗资数百万的修缮工程中，每天到场的有两百人，那他们在阁楼上便不可能耗费多少时间。

他朝阁楼前面的一扇大窗户走去。有人把这个窗玻璃擦得干干净净。事实上，这块右下方的窗玻璃有破损，一小块玻璃完全被敲掉了。玻璃碎片散落在地板上。

梅斯凝视着第5大道。雪还在下，覆盖了下面的世界，覆盖了路灯和货车，覆盖了MRU和其他的临时设施，也覆盖了阿特拉斯宽阔的肩膀。他知道雪甚至会覆盖洛克菲勒中心未亮灯的大树。

他没有多少时间了。

贴着墙，梅斯打量着房间。他仅能看到前面五英尺的范围。他需要查看右边的区域。很黑，笼罩在危险的阴影下。

一步。随后又一步。

他发现一张桌子上有一个纸盘，上面堆满了食物：吃了一半的三明治，一些薯片，一整瓶水。

许多未完成的事。

劫持者的藏身处。

梅斯的十三分钟到了。

电话响了，但不是找夏娃的。

她坐不下来，不停地走来走去。她的情绪正游走在忧虑和内疚之中。她的思想竭力集中在进攻策略上。

哈多克斯坐在电脑屏幕前，想办法让教堂里的数码眼进入电脑。加西亚的全球定位系统装备的眼镜始终是他们的最佳镜头。但是——一次粗心的动作——显然，他把眼镜掉在地下室里了。

伊莱盯着夏娃的两部电话——一部是她本人的，另一部是与人质劫持者联系的。两部仍旧倔强地静止不动。"你犯有什么罪？"他喃喃地说。这不是一个问题。伊莱的身体正在颤抖，脸上自信尽失。"我是否说出更早的什么事……那都是我的错。"

"你没任何错。加西亚还是进去了。"夏娃替他说完。"他不怕危险。再说，如果他有麻烦，在大教堂里，那也是我的错。我让他出院的。我授权他进了隧道。如果战术队现在必须突破，那他们为能进入教堂而应该感谢加西亚。"

"你得下命令，夏娃。"伊莱摇摇头，痛苦极了。"谁知道里面到底发生了什么！我们不知道加西亚的情况。如果梅斯也倒下了呢？计时。"

"哇，真令我诧异。伊莱·科恩竟担忧——其他人的健康和幸福。"哈多克斯玩笑着说。

"但显然你只想着自己，像往日一样。"伊莱责备道。

"我，担心一个六英尺七英寸的黑阿多尼斯和一个冷酷的前游骑兵？如果有人能照顾好自己，这些家伙就能。"

夏娃和伊莱只是盯着他看。

哈多克斯咧嘴笑笑。"你们以为我真的是个冷血的混蛋。也许你们没给我足够的信任，或许我只是想通了一些东西，某些重要的东西。"他把电脑屏幕斜推给他们看。

梅斯拔出格洛克手枪。他的心在胸中激跳。他的肌肉紧绷，准备战斗的同时，继续移动。在他面前，阴影沿着空空如也的墙壁摇晃。

一切似乎都很平静，随后传来轻微的刮擦声。

他没敢打开他的手电筒。

梅斯一声不响地移动，宽肩膀刚刚擦到墙壁。他右手握紧枪，端到腰部水平。

几秒钟过去。

梅斯停下来,黑暗中凝视着前方。这间砖瓦房的角落有奇怪的东西。他本能地贴着墙。

然后,他向前走了四步。奇怪的东西越来明显,那轻微的刮擦声也越来越响。

即便如此,当听见微弱的呻吟时,他差点骂出声。

哈多克斯一直瞪大着眼睛。"你们看到了吗?"他看了看慢速拍摄记录,指着大教堂最高窗户上的一个阴影。

伊莱眯着眼睛,然后摇摇头。"看到什么?"

"那个。"夏娃用铅笔头敲了一下闪光的红点。

"我没有超人的X光眼。"伊莱抱怨道,"我没看见你们看见的东西。"

"让我来试着把它放大。"哈多克斯重新集中在红点的片段上。慢慢地,它有了较清晰的形状。是个人影。

只不过影子的脖子上没有戴幸运红头巾。

是弗兰克·加西亚。

梅斯知道,有时进攻是最好的防卫。不仅在球场上,在圣帕特里克大教堂的最高处也是如此。

他松了口气,右手握着格洛克,伸出左手把手电筒打开——正对着弗兰克·加西亚的脸和一个被绑在椅子上的人质。

第80章

夏娃一直把注意力集中在视频上,仿佛寂静中有什么东西会带来她所渴望的答案:确定加西亚安然无恙。

劫持者的电话振动引起了她的注意。

她接起电话,听到肖恩的声音更镇定了。"咱们再试一次。我想马上问问四个目击证人。接通他们的电话,跟他们说:在暴乱之前,这是他们获得救赎的最后机会。"

回答前,她数到五,数得很慢。如果他们确实看见了加西亚的红色印花围巾,那么他就在近处,在劫持者的藏身之处。

再也不能出差池了。

夏娃旁边,哈多克斯的注意力在另一个问题上。有点不对劲。

他在仔细研究伊莱留给他的记录,有关四个目击证人有可能目睹到的罪行记录。他不敢妄下结论。他认为询问纽约人是否目睹过一次犯罪,就像询问爱尔兰男人是否欣赏一品托的吉尼斯黑啤酒一样,仅有些微差异。

他们四个人中间,有人偶然看到过地铁上的猥亵、手机盗窃和很多的汽车肇事。

一件小事引起了哈多克斯的注意。不知为什么,他发现四个人中没有一个用同样确切的话叙述自己所看到的。当然,众所周知,目击证人的证言是不可靠的。人的记忆是个异常脆弱的东西,最易受到先入为主的影响，并被错误扯碎。那就是为什么媒体上充斥着DNA证据将因目击证人的证言被误判有罪的人开脱的案件。

哈多克斯不大关注这些差异，即使他们每个人对地点、日期、时间说法不一，叙述的情景也完全不同。

他全神贯注在相似之处上。

一件罪行发生在地铁车站里。

一位女士受到了伤害。

加西亚俯身看着人质。梅斯认出人质正是一早在大教堂台阶上见过的那位女士，灰白短发，左面颊上有一道令人生厌的伤疤，脚上穿双男人的鞋。

她在流血，在痛苦中轻轻呻吟。加西亚用他的红色印花围巾盖在伤口上——自治疗开始后，为求好运他便一直系着。

"这是怎么回事？"梅斯查问道，"她不会有事吧？"

"只是一点擦伤。"加西亚系紧印花围巾，并扎了个结，"帮我个忙，行吗？"

"去你的，"梅斯瞪眼说道，"我其实是担心你，伙计。我听见一声枪响。"

"就是这个擦伤。她以为我是劫持者，随即发出了恐吓的声音。她吓了我一跳。我移开了枪口。她真幸运。"

"说明你好动武。"

"说明你没像你承诺的那样掩护我。所以，我自己必须留心提防。"加西亚冷眼瞪着他。

"看来我们都挺幸运的。"梅斯凝视着加西亚已经拆除并取走引信的炸药。"你真他妈的是个傻瓜。这个地方很危险，不是射击的地方。"在梅斯松开被捆人质的双手时，人质的手还在不停地颤抖着。

她很脏。她的手腕还在流血。

"你没事吧？"梅斯问道。

她勉强点点头。他摘掉她的蒙眼布和嘴里塞的东西。"是那家伙对你做的？他在附近？"

她眨眨眼睛，竭力确定自己的位置。她茫然若失，不是还在震惊中，就是没明白梅斯的问题。

梅斯又试了一次。"你看见他从这里走过吗？"

她点点头，嘴里咕哝了几句。

加西亚抓过她旁边的水杯，想让她喝一小口。她却饥渴地一下子喝个精光。

"那边，"她把头斜向左边，声音嘶哑地说，"我看见他朝那个方向去了。不知道多久了。"她指指她的脚，她的脚还被捆着。"你们能放我走吗？我必须离开这儿。"

哈多克斯的眼睛锁定在屏幕的卷宗上。他可能最终找到肖恩·苏里文和他要见的五个目击证人之间难以捉摸的关系，可能吗？

这不是以肖恩·苏里文之名存档的，虽然卷宗里他被列入审查官员之中。他后来被传唤去帮助审理这个案件。他参与了联络几个目击证人的工作，但并未提问过他们。

这个数据离完成还差很远。

哈多克斯相当肯定，名为安娜·李的目击者实际上是卡西迪·琼斯。她承认过去用这个名字作为自己的艺名。她其实并不记得这件事。当时，她刚到纽约不久。她仔细回忆社交聚会的情景，她记得，那晚可能喝醉了。

他还相当肯定，路易·雷蒙就是路易斯·拉莫斯。他的名字曾被拼写错。这种事非常普遍。

根据这份报告，当地铁抢劫案发生时，这几个人都在场。受害人受到了严重的伤害，后来在医院里躺了三天。那个抢劫犯始终未被抓获。

这就是肖恩·苏里文想要他们承认的吗？

你犯有什么罪？他逐个问他们。

置若罔闻？没有阻止袭击？没有给警方提供足够的信息？冷漠？

或者仅仅是在那儿？

不可能知道。

但是哈多克斯确实知道，他就是这么告诉夏娃的：如果这几个目击证人在那段时间提供足够的信息帮助抓捕那个罪犯，他们此时便无须滚雪球了。

第 *81* 章

去年7月，我正在布朗克斯（纽约市最北端的一区）等着到D的列车——第6大道快车——在布莱恩特公园站。那是周二晚上，大约10:30。纽约市被太阳烤了一整天，因此，比密闭的桑拿浴室还要热。明亮的灯光让人感觉似乎更热了。

我清晰地记得——仿佛我现在还在那儿。

我独自坐在站台南头的一条木凳上。除我之外，这条凳子上还坐着其他七个人，两个乘客在我左边，五个在我右边。在我上方有张地铁行驶图，旁边是一连串吹嘘夏季各种轰动一时的大海报。在我前头，接近站台边缘的圆柱上，并没有那些扰乱成千上万人生活的有关周末和夜晚服务的广告。一个多世纪以来，纽约的地铁网运营得一直很好——其轨道始终在不断修缮。

紧挨着我候车的是位西班牙女士。她天生矮小，很传统，身高不足五英尺，她好像热得快散了架子似的。她双肩背着一个破损的皮制背包。她一直望着轨道，看着列车驶近。

离她约八英尺开外，有个男子斜靠在柱子上。他有点心神不宁，疲倦而无力地站在那里。他也是个西班牙人——不高，红棕色皮肤，一头黑发，似皮革一样的面容满是疲惫。

在我的另一边，我马上就看出是位来自加勒比海的女士。她头上顶着一块鲜艳的橘黄色头巾，长裙也同样色彩鲜艳。她正在自言自语地咕哝着什么，挂在她手腕上的超市购物袋塞满了编织针和毛线。

所有人都很焦急，翘首期盼着踏上他们的旅途。

再隔过去的乘客有点与众不同。她显得很娇小，一头卷曲光亮的黑发，衣着华丽：黑色裙子、黑漆皮凉鞋上饰有闪光的小饰片。她提着一个大手提袋，袋上全是歌舞片招贴。我猜她不是去纽约市表演艺术中心，就是去卡内基音乐厅。

大约十五英尺外，另一条板凳上坐着一位长着银灰色卷发的女士。她身体曲线裹在一条红色的紧身连衣裙里，一件淡蓝色女服务员制服在她手提包外。她想成为玛丽莲，但我断定，她却像艾丽丝一样被困在迈尔餐厅里。

第六个候车的乘客是个大约三十五岁的男子，穿得像要赶往高尔夫球场的样子，尽管他很可能是吃完饭回家。他目不转睛地盯着自己的智能手机，尽管每隔一段时间他都要抬头看看。他始终警觉地留意着四周。

最后一个乘客始终躁动着。他有些紧张不安。我记得他戴着一枚骷髅头式样的戒指，骷髅头上每个眼窝都有一颗钻石。他可能四十左右的年纪，白种人，身高差一点就到六英尺，体重约两百磅。他的牛仔裤被撕破了，汗水浸透他那红、白、蓝相间的美国船长T恤衫。他来来回回地打量着周围的人，一直走到站台尽头。他的眼睛鬼祟地观察着，关注着每个人的肢体语言、服装以及携带的东西。

他又返了回来。

经过拿着智能手机的那个家伙，经过玛丽莲·梦露和那个黑发音乐家，经过加勒比海女士和那个疲惫的西班牙男子。在离那个娇小的西班牙女士很近的地方，他停了下来。

他动作非常迅速，以至我几乎不相信自己的眼睛。他一把将那位女士拉向自己，另一只手迅速把她的皮革背包举过头顶。

他既利落，又温和、大胆，就像他以前做过很多类似的事。

于是，我站起身，尽我所能阻止他如此横行。

还未等他把手从那个妇女肩上抽回来，我已到了他的身后。

"放回去，"我说。

"管好你他妈的自己的事。"他继续放肆地抱着那位女士。最初的几秒钟，女士呆若木鸡，这时她才开始反抗。

"立即。"我又走近一步。

那位女士说，"把我的钱拿走。求求你放了我吧！"她恐慌地啜泣道。

"你没听见这位女士说的？放她走！"我回家休假一年多了，但我依然是个海军陆战队队员，我的训练起作用了。我佯装要揍他，但我实际上仅用膝盖狠狠地顶了一下他的腹部，他便趔趔趄趄要倒下。我随即把那位女士从他的胳膊里拉出来。他恢复了平衡，但在他还未完全起身的瞬间，我又用自己的靴子撞击他头侧。

这着实的一击，他便摇摇晃晃地好像迷失方向一样。我以为他失去知觉要倒下了。

由于那位女士依然软弱无力地靠在我身上，我把她的提包从他手上踢了下来，踢到他够不到的地方。他一点反抗的能力也没有了。

当然，后见之明。回想起来，我明白了，我去拿那个提包，相当于有意放走了他。

突然，他怒火爆发出来。他在我背后跪起，接着站立起来，像头公牛一样发起了攻击。我用左勾拳抵挡他，但动作不是那女士所期望的。她松开了紧紧抓住我手臂的手。

悠了出去。

摇摇晃晃。

我看着，束手无策，她遂向后荡到轨道上。

我没法救她。

抢劫她的那家伙抓住我，一记重拳打在我脸上。这记重拳比我预想的要狠得多。

我欲奋力摆脱他——但却不能。

"救命！"这可能是我一生中第一次喊出这个词。

血腥的几分钟后，他不再重击我的脸，而是用膝盖撞我的软肋。

"救命！"我再次喊道。

剧烈的疼痛穿透我的身体，我马上尖叫起来。祈求有人来救助。

我看见其他人站在那儿，木呆呆地看着。

最后，他狠狠地把我推倒——我听见我颅骨断裂的声音。

然后，他捡起那位女士的提包不紧不慢地走了。

没有一个人阻拦他。

那时，他们全在一旁看着，呆若木鸡，对我的求助装聋作哑。

佯装看不见我伸出的手，对那位躺在轨道上的半死的女士也未予理会。

就像我们变成了透明的人，要不就是他们变成了石头。

后来，我知道，十二分半后，有人拨打了911。

一个日本游客拨打了电话，之前的那五个人没有一个人打电话。

难道他们不知道自己犯什么罪吗？

我是唯一一个关心正义的人吗？

今天，他们他妈的全都要重视。他们第一次注意到我。人们将感谢我今天的所作所为。

第82章

加西亚传过话来,他们有劫持者的线索——可授权战术行动队进入大教堂,开始营救人质并拆除所有剩余的炸药。

阁楼里的人质——叫埃伦——并不知道劫持者的确切位置,只知道大致方向。

她确定她只看到一个男人。

加西亚依然担心,他们面临的不止一个对手。但是,他已彻查过大教堂楼下,徒劳无益。人质劫持者——或者是劫持者们,如果不止一个——一定在那儿,在大教堂顶层。

最重要的是,要在他有机会触动炸药前制伏他。

加西亚在前,梅斯随后,两人贴墙猫腰,走上连接顶楼与唱诗班阁楼的狭窄天桥。这个天桥本是楼塔的一个通道,连通着南塔楼和北塔楼。塔尖上有钟。

加西亚试着回忆自己进钟楼前了解到的事情,钟已不常用——自电子时代以来,当楼下的微型钢琴上的演奏者奏出钟声后,这些钟就没再用过了。今天依然如此。

他认为钟楼是人质劫持者占据优势的理想之地。

加西亚走进钟楼,抑制住颤抖,见冷风裹挟着雪花,冲下塔尖。

梅斯紧跟其后。

塔楼中间有个螺旋的楼梯。他们开始往上爬,扶稳旁边的扶手。

螺旋梯后紧跟着又是楼梯。

塔顶里的一切都被改动过。城市的灯光散发出怪异的光芒，直升机发出的声音不断提醒着加西亚，一场战斗即将开始。

他们一点点朝第一口钟房下方的平台移动。吊挂钟的带子在他们周围摆动。

在这儿，加西亚用嘴示意道。

加西亚看了一眼手表。楼下的战术队可能已控制了大教堂。

他悄无声息地拔出了"兰德尔1号"刀，攀爬上楼梯的最后几级。到达位置后，他猫身一跃，进了第一口钟房。钟房的形状为八角形，只用了一盏六十瓦的灯泡，到处布满了灰尘，零散分布几个模糊的脚印。大教堂的十九口铜钟、三口锡钟赫然耸立在他面前。三口锡钟的名字是：圣帕特里克、圣玛丽以及圣约瑟，即记录中的B、C、D。它们悬吊在一根横梁上。横梁顶上有一个闪光信号灯。雪片正从开着的天窗飘进来。

这几乎可以成为观光客的一张明信片：在一道奇幻之光的照射下，朦朦胧胧中，钟在雪中闪闪发光。

他听见有人移动的声音，接着便看见那个影子在钟与钟之间悄悄移位。一个人。穿着迷彩服。

影子的脚步发出巨大的回音，仿佛来自四面八方。

这是个关键的时刻。千钧一发。不是生就是死。

加西亚想，胜算在他们这一方。这个人心烦意乱，在电话里讲话的声音颇显急迫。夏娃，我不想再听这样的废话！

身份确凿无疑。

此时他需要看到他的手。他必须确认人质劫持者没有握着置人死地的开关，否则，他一被击毙就有可能对大教堂造成毁灭性破坏。

于是，他等着——注视着。

五秒。十秒。

二十七秒后，加西亚清晰地判断，苏里文左手握着电话，右手正比画着，手中没有令人担忧的任何开关。

他通过安全的头戴式耳机小声与夏娃通话。要我开枪吗？

随即有了答复。同意。进行。

他冲梅斯点点头，梅斯悄无声息地猫下身子摸进钟塔。穿过钟后面的空地，没发出一点儿声响，加西亚只听见风吹百叶窗的呼啸声。

他举起格洛克手枪瞄准，然后竖起了大拇指。

梅斯开出清脆的一枪。

加西亚点点头。放手向前。

梅斯移到左边，在钟中间开枪，再次左移。

苏里文的身体突然一抖，猝然倒下。这个受伤的人试图从口袋里掏什么东西，但是，他手臂只能抽搐般抖动着。

加西亚进去欲终结这项任务。

那个人竭力要爬走，却没能爬动。他嘴角流淌着鲜血，看着加西亚说道，"他妈的时间到了。"

加西亚迟疑着没作答。

梅斯没弄懂。

他又开了一枪，苏里文再也不能说了。

第83章

海外的人总说，结局只是漂亮的粉红色薄雾，迅速而无痛苦，陷入了虚无。

他们错了。

他内心的痛苦是强烈的，混乱的概念让他情感中注满了黑暗。他张嘴要找夏娃，不顾一切地想要解释。

但是，无法呼吸——他只想到了乔基。

前天，又是清晨7:35了，凶猛、呼啸般突然降下了一场暴雪。树枝上和一块块草地覆盖着浓密厚实的雪花，但街道上却依然是雨水和泥泞。在他身旁，乔基走着，步履轻盈，近乎飘了起来。大多数清晨，她的话都不多，但冬天的第一场降雪给她带来了好心情。白雪令人兴奋——在纽约，即使像乔基一样的孩子也极少因下雪而放一天的假。

"你知道雪花事实上并不白吗？"她伸出舌头捕捉着大朵雪花。

"它们看起来很白。"尤其是在乔基的黑色新羊毛帽子的衬托下。

"是它与冰雪反光，还有与我们大脑错觉有关。"她跟他说。

过人行横道时，显示还要等五秒。她正要过去，但他拉住了她的胳膊。他得到的回应却是她翻着白眼说"过分"。她大多数朋友在八年级时都是自己去学校。但他上班的路正好经过她的学校，乔基心不在焉地走在前头，因此他们还一起在上学的路上。

不会太久的，他知道，她长得太快了。因此，他脑子里记着的还是她童年时的样子。抱着最喜欢的胖嘟嘟的熊睡,依然是她的习惯。事实上,每天晚上还都让他吻她道晚安。这几天清晨,他们都是一起走去学校。

"我需要把申请表递去,"她说,"如果我要去的话。"

她想明年夏天去演艺厅,但是,他和她妈妈却持保留意见。伯克郡离家很远,她得同十八岁的孩子同住在一个宿舍。那情形令人畏惧,哪怕她已三十多岁。

"索菲要去。我同她住一间。"她解释着,想消除他的顾虑。

他点点头,什么也没说。索菲是个很好的女孩,但她属于他前妻用外交辞令称作的快速集结体。

"我们周末再谈,乔基。"他承诺道。

"现在是乔治娜,爸爸。"她提醒他道,又翻了一次白眼。她很感激,他们给她起的名字非常恰当,引人注目。她想象着乔治娜的名字出现在百老汇的字幕上,或者被刻在好莱坞的明星榜上。她很生气,因为他们从来没叫过她"乔治娜"。

他们到了她的学校。

"再见。"她转身并急速从他身边跑过去,草草向他送去个飞吻,飞奔上台阶到了门口。

"再见!"他应着,注视着她,在飞旋的雪花中闪现紫色、金色及黑色。学校的校训悬停在她的上方。伟大的神。追求美德。接着她消失在大楼里了,她后面的其他孩子拥挤着,或起哄或说笑着。

他要想想,再过八小时,她又提出同样的问题怎么办。每次见到她,他的心脏总是那样古怪地激跳。

只是一切都没有按计划进行。

他最后一次看见她。

他最糟的噩梦出现了。

他的手在胸口上握紧,祈祷夏娃能把一切弄清楚。

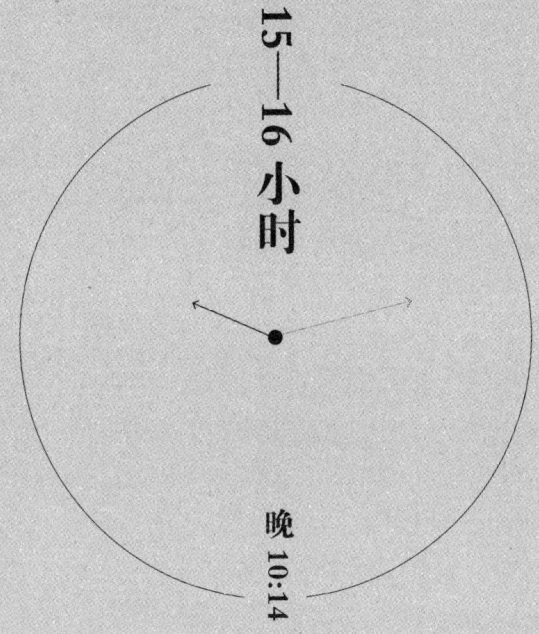

15—16 小时

晚 10:14

我们刚刚收到纽约联邦调查局办公室传来的消息,宣布人质危机已经解除。

重复,引发纽约市人质危机的事件已然解决。

初步报告表明,六人丧生。他们的名字在通知其家人之前暂不公布。

据非官方消息透露,人质劫持者的身份是肖恩·苏里文上尉,因内部事件调查被停职的警官。我们不知道是什么促使苏里文上尉犯下这可怕的罪行。

敬请期待。市长和州长不久将与警察局局长、联邦调查局局长联合举行新闻发布会,到时会向我们提供更多详情……

第84章

警笛声响起，大教堂里挤满不同目的的行动小组，不只有联邦调查局，还有纽约市警局、联邦调查局、国安局、拆弹小组、急救队。

先前的人质们正在接受检查。

大教堂受到保护。

雪下得更大了，仿佛大自然母亲想用一件白色的外套盖住一天来所有的暴力痕迹，好像这就能恢复节日精神——帮助人们忘却。

夏娃是第一批冲进钟楼的一个，哈多克斯和伊莱紧随其后。他们在外面的楼梯平台等着，但夏娃想到里面看看。

钟楼里躺着已死的肖恩·苏里文。

奇怪，没有看见终结肖恩生命的镜头。不过，她已经听说了。

她感到宽慰，幸存下来的四个人质没有受到伤害——尽管她感觉很遗憾，但她也清楚，肖恩·苏里文让她别无选择。可是……

他到底想要什么？不是赦免，不是理解，甚至也不是正义。

他生命中重大的创伤是教会的教师造成的。然而，他的重点却是质问一件小案的目击证人，而那似乎并未深刻影响他。如果这件小案子对他有影响，他肯定会提出各种问题并制造各种事端。

在他们长时间谈话较量中，仅有两次令夏娃感到其中真正真实的声音。

一次是他谈到他还是孩子时的不幸遭遇。

再一次，是他谈到他女儿的时候。无论要毁灭他的是什么，他对女儿的爱似乎都是真挚的，一些真实和纯洁的东西。如果他带她去大教堂，那么，他定会让她待在他认为安全的地方。在那个地方，无论发生什么，她都会活下来，且不会受到伤害。

一名法医正在对苏里文的尸体进行尸检，将证据样品装袋。夏娃看着，但思绪却滑到了别处。

"我们需要组织一次调查，"她突然说。"梅斯，我们需要检查一下地下室和两个塔楼。加西亚，我想清理一下教区长的房子和红衣主教的住宅。伊莱，你能确定，我们在主要楼层和唱诗班阁楼上什么也没漏掉吗？"

哈多克斯拍掉夹克衫上的雪花，戴上乳胶手套。"我看看能不能用他用过的不同手机。"他伸手接过夏娃递过来的购物袋，里面满是手机部件，是在苏里文尸体旁发现的。

"我们还要派警官去搜查他的家。"夏娃说。

法医验完苏里文被击毙时一直在使用的手机。"还要吗？"

夏娃接过来，遂又递给了哈多克斯，心想，尽管科学进步了，能帮助解决棘手案件，但有时依然无法理解人类的行为。无论你对通话模式、社交网络或消费习惯的分析有多细密，但并不是都可以量化的。偷盗武器解释不了，一连串死去的人质也解释不清。有时你就是无法弄明白某人是谁。

他做过可怕的事情。但他就是怪物吗？

他是个爱孩子的父亲。

一个丈夫——一度——爱他妻子。

一个发现生活艰难的人，一个付不起车款的人，一个不愿意看到自己十来岁女儿痛苦的人，甚至是一个不会把自己名字的首字母刻在皮带右边的人。

"我们走之前，你这儿还需要什么吗，夏娃？"伊莱问。

她似听非听。

皮带。

想到此处，她模糊地想到些什么，只有几秒钟。在这几秒钟里，她注意到另外的事情。

小事情。

就像他整理物品的方式，所有的物品都会回到初始的状态。他的饮料在左边，喝了一半的格兰诺拉麦片罐在盘子左边。他使用的手机掉到了他左边的地上。他从天窗往外看，但只有左边的灰尘被蹭掉了。他安了两台便携式电脑——都在他左边——密切监视他安装在大教堂内外的摄影镜头。

事实上，肖恩最后的几个小时始终用的是房间的左侧。夏娃知道，因为右边依然覆盖着厚厚的灰尘。

"你也想要这个吗？我把它弄脏了。我在他胸部的上衣口袋里找到的。"技术员递给夏娃一个小闪存盘。

她不由自主地又把闪盘递给了哈多克斯。

她凝视着那根横梁。这是她注意到其他事情之外的唯一一次例外。

那是肖恩·苏里文布置狙击步枪的地方。就在中央，不偏不倚。

一段在匡蒂科时期的遥远记忆让她有了一个念头。"加西亚——最优秀的狙击手经常用右手，对吗？"

"大多数，肯定是。狙击步枪都是为惯于右手的人制造的，但枪的设计真正特别注意的是人右眼的优势，而不是右手的优势。"

"通常一致吗？因此，惯于右手的人都是右眼视力强的人，反之亦然？"

"同样，通常。怎么？"

"你看看这支步枪，能知道是为惯于右手的人还是为惯于左手的人造的吗？"

加西亚得到了法医的许可，法医已查验过步枪上的指纹。他拿过来仔细看过。"记住，没有专为惯于左手造的步枪。但我可以说，这支带有瞄准器的特别步枪是为惯于右手的人造的。苏里文不是右手吗？"

"你知道，"梅斯提示道，"可能苏里文左右手都行。我左手的性能完全像我右手一样棒。"

"狙击手射击完全是不平常的事。"加西亚说。

"我同意。"夏娃表示自己已经注意到了这一点。线索记录表明，苏里文始终惯用左手。她说："我认为苏里文不是射手。"

起初，没有人质疑她。

随后梅斯突然说："你说我击毙了一个不是凶手的人？"

"苏里文是人质劫持者。"加西亚也怒冲冲道，"在我们进入房间时你听见了。他正在电话上跟你说话，夏娃。"

"我们救了四个人质，他们现在还发誓说，他就是那个负有责任的人。"伊莱提醒他们道，"他们肯定都认出了他身份证上的照片——并作证这个人是怎么把他们每个人拖进忏悔室的，让他们坦白自己曾干过的坏事。"

"我们抓到了凶手，阻止了他滥用私刑。那你怎么会认为他没开枪？"梅斯气极了。

加西亚的眼睛揉不进一点沙子。"你认为我知道答案？或许他有助手。或许强迫其中一个人质。"

"你还认为是一个精英狙击手吹嘘自己，实际却是逼迫一个人质射杀另一个？"

加西亚朝前迈了一步，塔楼的空间已经很狭窄了，他的移动更使空间拥挤了。"冷静点，别再抱怨了。如果他不是射手，那又怎么样？他也是劫持者中的一个。他胁迫人质。几乎可以肯定的是，他偷了威胁大教堂的炸药。因此，你杀了一个坏条子，关你什么事？"

"我不好动武。我很想杀了那些什么都不干的家伙。"

这就像看狮子遇到鬣狗一般，夏娃走过两人。"大家要冷静下来。这是我的案子。致命一击是我的决定。这些信息让一切事情变得复杂，但改变不了任何事实。"

哈多克斯手上拿着什么东西。他把它递了过去，像一个祭品。"关键是我们又有了另一件麻烦事。"

第85章

回到MRU，哈多克斯认为他已解开了这个难题。

夏娃花了数小时想弄明白，为什么肖恩·苏里文不值得信任。问题是，她一直在误区转悠。她认为人们的交流方式，无论是面部表情、肢体动作，还是说话的声调、选用的词汇，都能暴露他们的真正意图。

而哈多克斯信赖的是比特、字节和数据。人们撒谎，但他们手指的指纹却总是出卖了他们。一切都很简单。他确信，他们今天已找到一直在寻找的答案，全在肖恩·苏里文胸部口袋里的闪存盘里。他也是这么告诉夏娃的。

她同意道："尽管如此，但我仍认为仅依靠数据不可能得到全部答案。"

"那为什么？"他把闪存盘插进安全装置里，按了几个键开始运行后台诊断。

"因为这对他很重要，才会放在自己的胸口上。"

闪存盘上有两个文件夹。一个是JPEG格式的图片，创建时间是四十八小时之前，是一份数字副本。

你犯有什么罪？

这我早知道。

如果你看见封存在闪存盘里的卷宗，你就会知道你的处境，意识到你本人有多危险。

你的第一反应是报警。

不。

"我给弄糊涂了，"伊莱说，"这是苏里文发送的，还是他收到的？"
"等等，"哈多克斯回答道。"放轻松。"
"但苏里文就是那个警察。"伊莱咕哝道。

接着你会去找朋友。
那都不明智。

"咱们看看这个文件，"夏娃指了指，然后紧贴他俯下身子。

时间记录显示是15:53，日期是两天前。那个女孩正坐在床上，穿一条紧身牛仔裤、一件红色开襟毛衣和上面缀着亮片的短袜。她双手被捆在身后，脚也被带子绑着。一条长胶带封住了她的嘴，一直封到她栗色的长发上。

"乔治娜，"夏娃低声说，"这事恰发生在她从学校失踪后。"

"这是肖恩·苏里文本人正面临的险境，"哈萨克斯说道，"假定我们相信他是这份记录的接收者，而不是发送者。"

闪存盘里没有声音，只有一秒一帧的图片。

在图片里，女孩躺在地上，阳光在她身上投下一道阴影。

一个十字形图案的影子。这让哈多克斯瞬间想起圣十字架，也让他想起曾厄运般坐在监狱小隔间铁栅栏。

"回到这条信息上。"夏娃指了指道。

有三件事你完全可以放心：

1.我不会伤害那些照我的话去做的人。
2.我不会杀死那些不该有这种结局的人。

3.照我说的做，我就会保护你所珍惜的。

"安妮·马丁内斯没有按他的话做。据人质说，他让他们坦白自己最恶劣的罪行。他后来杀死的都是曾违背他意愿的那几个，是'应得的报应'。"夏娃边想边说出了声。

"他好像认为自己一直很理智。"伊莱摇摇头。

"那终究才是关键，"夏娃说，"对于世界上百分之九十九的人来说，一个人的推理是否荒谬并不重要。当你明白那个人如何为自己的行为辩护时，你才可能迈出重要的一步，即明白他们的动机。哈多克斯，肖恩·苏里文的电子邮件往来中有这方面的证据吗——不论是发件人还是收件人？"

"一点也没有，"哈多克斯确认道，"我想，我们可以假定这是某人发送来的。"他点击诊断报告，说道："时间记录是准确的。这个文件是从乔基自己的电脑上通过布赖恩特·帕克的公共Wi-Fi上传的图片产生的。"

"在那儿，公园里到处都是圣诞节商店，每天都要接待几十万游客。"伊莱酸酸地评论道。

"言归正传，还是说说可以假定的事吧。"夏娃把头发拢到耳后。"如果肖恩·苏里文确实收到这条信息，那又如何解释他的行为，就是前天15:53左右乔基从学校失踪后？"

"我们假定，这个闪存盘几乎是与此同时交到了苏里文手里。"伊莱说。

"那他会干什么呢？"夏娃边想边说，"他疯狂地寻找——但没找到。接着，他收到了指令。除了服从，他没有选择的余地。女儿被诱拐，他完全处于人质劫持者的掌控之中，无论叫他做什么，甚至是还未来圣帕特里克大教堂之前。前天开始，他一得到乔基被绑的消息，便是如此。"

"先做重要的事，"哈多克斯说，"我这就发一份寻找乔治娜·墨菲的安珀警戒。"

但没有单独为绑架者发布的公告，他仍然是个未知数。

"为什么是肖恩？"哈多克斯奇怪，"如果你是幕后操纵者，为什么不自己动手呢？"

"因为，你可能面临死亡。"伊莱指明道。

"因为，你真正的目的是做其他的事情，"夏娃说，"而且，此次人质劫持恰是要终结的意思。"

"他是个完美的替罪羊——因为人质劫持和武器偷盗，"伊莱补充说，"家庭问题，工作问题，一段偷盗的经历。大家都认为他这样做，是因为他非常绝望，并对自己的生活无法掌控。"

哈多克斯的电脑嘟嘟响起了警报，已经11:00了。

外面，雪下得正大，教堂的钟也敲响了，听起来犹如天使在祈祷。已允许人们回到大教堂了？或者联邦调查局的哪个特工是虔诚的天主教徒？

哈多克斯看着夏娃寻声走到窗口，她显然已经陷入了沉思。钟声敲响了海妖塞王之歌，承诺世界再次走上正轨，或者说恢复了它曾经的样子。泛光灯又一次让大教堂沐浴在迷人的黄、蓝色彩之中。南面的橡树是个童话般红色和金色的结合体，再次被七万一千盏灯照亮。北面的奥林匹克塔闪耀着明亮的白色。

政客们开始了所谓信誉和责任的秀场，新闻发布会正准备开场。一些新闻机构被重新邀请回洛克菲勒中心。市长站在第5大道中央，麦克风立在他面前，新闻记者们举着相机追踪着他。两英里半径范围内，交通依然封锁着，而法医们正在努力审核证据。市长宣布，他预计早高峰时交通恢复正常。这是纽约的假日季，意味着要向成千上万涌入市区和商店的人，向穿梭第5大道的出租车和公交车开放通行。

市长穿过人群来到被营救的人质面前，据说他们已收到各自体检后的放行证。这是危机后通常的程序处理。市长特别留意到珀涅罗珀·米勒，她的胳膊再未离开过她儿子，卢克。警察和安保人员都在四周护卫着，履行着他们的职责，眼睛警惕地观察着周围是否有异常。

不到五十英尺远的地方，国家广播公司（NBC）已支起帐篷，为有意愿接受采访的目击证人和纽约市警局指定的警官准备。

哈多克斯觉得很好笑，怎么能根据熟悉媒体与否来选择发言人，而不是选择真正了解要传达信息的人。

夏娃返回计算机站。"再跟我讲讲那个案子，就是肖恩·苏里文与那几个目击证人相关的那个案子。"

"没什么可说的。案件发生在7月，布莱恩特公园地铁站。一位女士遭遇抢劫，受伤死了。他们没抓到那个抢劫的家伙。"哈多克斯敲打着键盘，调出了一个文件。"在我们的名单中，有三个目击证人被确认在场。他们每一个人都接受过询问。根据警官的记录，我们认为卡西迪和路易斯也都在那儿。要么是他们提供了假名字，要么是询问的警官记错了他们的名字。"

"为什么到场的有两辆救护车？"夏娃问。

"你在哪儿看见的？"他眯起眼睛。

"在这儿。"她指着笔记区里一句字迹潦草的话。

"为什么不看看那个主要调查此案的警官是否记得？"伊莱尖着嗓子说。

"一个十三岁的女孩仍然下落不明，"哈多克斯严肃地提醒道，"你们真认为这个旧案子能让我们找到她？"

夏娃将手指在电脑屏幕上下滑到更多整齐印刷体字句上。"我认为我们要的全在这儿了。如果，她没被藏在大教堂里面，那么找出那个把肖恩当作爪牙的主谋，就是我们找到这个女孩的唯一机会。"

夏娃拨通了奥利弗·珀利尔中尉的电话，他正在洛克菲勒中心执勤，是那天夜里在市中心主动超时执勤的数百名警官中的一个。

毫无疑问，夏娃一亮明身份，珀利尔提出两个坦率的问题，"里面的那个家伙真是我们的人？一个坏警察？"

"这很复杂，但理论上是这样，"她回答道，"你认识肖恩·苏里文吗？"

"是那个人？不可能。他妈的不可能。"

"你非常了解他吗？"

"不十分了解。但我看他不像是个疯子。天哪……"

"我需要问你一桩案子，是你与他一块调查的。"夏娃叙述了地铁案的细节。"根据纽约市警局的卷宗，苏里文上尉提供了一般性的支持和人群控制。"

"如果上面是这么记录的，那就是啦。我不大记得了。"

她听出他声音里有怀疑的成分。"可以这么说，他并不是那个案子中必不可少的人，对吗？"

"是。说实话，事实上根本不是什么案子。有个街痞抢劫了一位女士，情况变得严重起来。她受了重伤，街痞逃走了。我们没有足够的证据去抓捕那个杂种。事情就这么结束了。我能跟你讲上千个这样的案子，正像这个。你们纽约市自己的童话。"

"我看到一个记录，说那个受害人是脑外伤。"

"她被猛地推到了轨道上，"他跟她说，"火车进站撞倒了她。当时她并没有死，是后来死了。"

"听起来不像是普通的路劫。"

"是。事实上，现在我已记不大清了。当时站台上甚至有一些疯狂的目击者试图阻止抢劫，当然是失败了。那就是受害人被推倒在轨道上的原因。幸运的是她在抢劫中幸存下来，但不幸的是她最后还是没有被抢救过来。"

"那么，是第二辆救护车救的她吗？"夏娃紧跟着问。

"是呀。我觉得那个目击者被打得很惨。想不起来后来发生的事。"

"我在报告上没看到人名，只记着J.D。"

"那是身份不明者的缩写，"他解释道，"我们对那类人很宽容。他们不愿讲出自己的名字，因为没有医疗保险。"

或者，在这种情况下，是因为他们难为情、尴尬、沮丧。因为他们想要当英雄，却好心没好报。

你上了头条，夏娃。肖恩是个令人信服的骗子。他必须做到，因为女儿命悬一线。真正的人质劫持者在监听他的每一次谈话，如同他们中的佼佼者一样。肖恩知道：最好的谎言总包含有真相的碎片。

"报纸上没有关于这个案子的报道，甚至邮报也没有，你知道为什么吗？"

"我们从不限制，即使那是你们的意思。但没有一个人是英雄，没有一个人抓到那个坏蛋，而且受害人的家人要求绝对保密。作为一个故事，记者们也因尿急错过了所有的关键材料。"

"没有其他材料可以提供那个求助者的名字吗？"

"你想要我给医院挂电话？"珀利尔提醒道，"他们会有记录的。"

"没关系，"夏娃跟他说，"其他的我在这儿就能解决。"

# 第86章

不久前，我读过一篇报道，说早高峰的时候，一个男子在港务局巴士终点站被抢劫，当时周围有很多人。

劫匪在车站追袭时，那人尖叫着求救。

没人呼叫安保人员。

没人拨打911。

没人出面救助。

拦路抢劫者追上受害人，用刀捅他，并抢劫了他。

后来，警方看到出现在"YouTube"网上的很多视频，惊得目瞪口呆。人们都在注视着……录制着……观看着。

但没人救助。

大约同一时间，我听说在英国利物浦，一位女士下午4:30在一条繁华的街道上遭遇袭击。一个男子试图把她拉进车里，她奋力反抗。

她尖叫着求救。

周围有很多人。

但是，既无一人过来救助，也没人报警。

自1964年热那亚人基蒂在公寓外遭遇袭击后，没有任何改变。三十八位邻居都听见了基蒂被刺伤的尖叫——被强奸——足足持续了三十二分钟。

没有人报警。等到有人报警时,一切都太迟了。

新闻记者对这种漠不关心的态度有种说法,心理学家称之为旁观者效应。当我想到这些事时,便无法入眠。我躺在床上彻夜未眠,想着斯泰西。我所忧虑的道德观和正义感统统从这个世上消失了。没有人在乎时,就会这样。

那个时候,并不是只有你的敌人看着你,希望你受到伤害。

那时我们中间有良知的人却不在场。

除了迷失的理由外,我们大家还剩什么?

我们犯有什么罪?

我想找出来。这是我给这个世界的礼物。

第87章

官方随即做出回应，展现出机构间的密切合作，联邦调查局、纽约市警局、国安局和国土部派出了他们的拆弹小组、人质营救队以及反恐部队前往圣帕特里克大教堂。所有人都保持着高度警惕。

当明确的消息最终传来时，却被坏消息冲淡了：没有发现乔治娜·墨菲的蛛丝马迹。

夏娃迅速奔到大教堂后面，市长和他的随行人员正对着麦迪逊大道上红衣主教住宅前的摄影机微笑着。雪轻轻飘落，不知道什么人在他身后的门上放了一个系着红丝带的常青花环，非常适合拍照，仿佛市长自己拯救了这个假日季。

夏娃仍紧贴警戒线的水泥路障站着。她隔着外套仍感觉到路障又冷又光滑。

她看见被救出的人质站在约三十五英尺外的地方，正同市长左边的一位警官谈着什么。其中一个人指着大教堂后屋顶的灰色石板瓦的斜坡。

目击证人在哪儿？

她最终看到了他们，正同一群摄影师在一起。除了辛妮亚·威利斯外，所有人似乎都在享受着这种关注。

记者、电视摄制组等媒体蜂拥而至，旁边是新闻摄影机和摄影师。伪造新闻通行证很容易，有通行证便可获得采访权。

夏娃仔细观察着他们。但此时，每个人似乎都在忙着自己的事。

"有什么计划？"哈多克斯站在她身旁。

"我还不知道，"她回答道，眼睛扫了一眼聚在那儿的人群。

"你？没有计划？"他扬起眉毛。"难道这不像不带果冻的花生酱？没有哈代的劳莱①？"

"没有金格的弗雷德吧？我确实同意你的看法。他们在彼此较量着，如同你我一般。现在，看看前面那些人。你看见了什么？"

"我看见了你们的市长，毫无疑问，因避免了更大的危机，他获得了荣誉。我看见格夫主教和教堂里的人，现在他们一点也不着急了，他们宝贵的大教堂安然无恙。"

"那些新闻媒体里可有什么人显得无所事事吗？"

"嗯……没有。"

"那些人质呢？"

"他们看上去很疲惫，仿佛被折磨了许久，只想回家。"他凝视着夏娃。"我们为什么要看这些人？他们只是合法的政客和记者，是目击证人和人质。"

"有些事不大对头。我必须要注意每一个人。"她使劲挤向前，打量着面前的那些面孔。她知道自己的判断力绝佳，但也并非万无一失。

珀涅罗珀·米勒面红耳赤，虽然看上去筋疲力尽，却如释重负。她没再放开自己的儿子，卢克，男孩也在她怀里半睡半醒。

埃伦·霍奇畏缩不前，像是要去什么地方却又不敢去似的。

迪安吉洛神父似乎很虚弱。夏娃觉得自己看见他在微微颤抖。

伊桑·雷诺仿佛很享受这种关注。

市长朝前门转过身去，电视摄制组和新闻摄影记者立刻动了起来，收起三脚架和灯光设备。他们要进入了红衣主教的住宅了。

夏娃点开耳机。"加西亚……你清理了教区长的住所和主教的住宅了吗？"

"清理过了。梅斯赶上来，让我慢一点，但一切看起来都很干净。

---

① 哈代与劳莱是两个喜剧演员，两人是搭档。

我们此时正穿过圣器收藏室往回返。"

"有一群人要进去了。看着点——警惕可能出现的异常。"

夏娃避开了新闻媒体，随后又避开了一群摄影师。他们一边往里挤，一边争抢着有利位置。

"我想，我们一定要找出那个女孩。肖恩的女儿。"哈多克斯低声说。

"是的。这是我们来这儿的原因。"她开始往人群最前面挤。

他跟上她，不顾别人的抗议。"我怎么帮你？"

"看看前面的那些人。帮我找出那个外表看似平静，但内心忐忑的人。"

"听起来很抽象。"

"那么，我给你说具体点。你凭什么认为像苏里文女儿这样的孩子会伤害自己？"

"因为她疯了？"

夏娃责备地瞪了他一眼。"因为她十分苦恼。她已经无法忍受更多的痛苦了，她一直都在寻找释放痛苦的途径。"

"我们谈的还是肖恩的女儿吗？"

夏娃眼睛睁得大大的。"你很聪明。绝对聪明。"

"更别说还是一个英俊的魔鬼。但我知道你在说什么。"

"类似，不是吗？肖恩的女儿为了减轻痛苦，喜欢上了最开放的时代、互联网。她需要人们的关注，而在现实生活中却是不存在的。我相信，我们今天在这儿看到的是同一枚硬币的另一面，是市里最公开的舞台表演。"

一切都在按计划进行。仍有一座教堂和多个灵魂在我的控制下，而美国最大的城市也在我的掌控之中。

只是他们不知道。

我汇入了人群。我们全都跟随市长及其随行人员进入了主教住宅的餐厅，这个餐厅是为举行大型国宴而设计的。不过，对今夜来这里的人来说，显然是不够的，因为他们渴望听到市长的讲话。

不过，我还是挺过来了，我别无选择。

我躲在人群中间。我向下弯腰，佯装系鞋带。我的健身包掉了。

然后，我直起身子，昂首挺胸地往前走。

自上次来过这里以后，有人便在房间右边沿着控制台的位置点燃了蜡烛。蜡烛的光芒使墙壁上散发出一种粉红色的温暖，餐厅里到处都在发光，很美。不过，是暂时的。

我看见罗西特工穿过房间，看起来她很困惑。

我松了一口气。

"我们需要她，"苏里文恳求过，"她会让你上头条。"

后来，他又提出另一个要求。"放那个男孩走吧。如果你的行动是不可预测的，他们则更难发现你。"

没错，我从那份警方报告里的诸多警官中挑出这个正直的人。苏里文上尉忠诚地完成了使命。从我偷盗武器、炸药陷害他的那一刻起，到他呼出最后一口气，我一直干着自己的事——我再也找不到比他更好的助手了。

是时候了。

新闻记者和社会学家指责互联网、电影暴力以及计算机游戏等文化造就了这最新的一代人，一代有道德感的婴儿杀手。

现在是终结考验的时候了。咱们来看看被造就的这些人吧。

咱们来看看什么人——除我之外——能站出来成为这个冷漠世界如此迫切需要的英雄。

第88章

夏娃的团队及时进入了住宅并分散开来。伊莱是最先溜进去的。他坐在前排中间的一个座位上。夏娃去了左边。加西亚去了右边。哈多克斯和梅斯挤进人群中。

房间里挤满了人。市长走到临时讲台的中央,把手放在小讲台上。一个神色疲惫的听众鼓起掌来。这并非真正意义上的庆祝大会,但危机已经结束了。共同的解脱是显见的。

我们找谁?梅斯的声音在夏娃的耳机里噼啪作响。

"任何有可能破坏这一时刻的人,"她回答,"我们要注意所有的角落。"

亨利·麻也走上台去,站在市长的右边,又微笑又握手。他由格夫主教和夏娃从未见过的教会另一个代表陪同。

"你肯定有事要发生,夏娃?"梅斯问道。

"相信我,但愿我错了,"她简洁地回答道。

更多的官员走到前面,在市长旁边谈论着他们的看法。她认出了副市长、纽约市警局局长、一个为有听力障碍打手语的人、五个被解救的人质——除那个被释放了的男孩外,另有四个——都站在市长左边颇为重要的地方。目击证人也聚在一起,站在离市长较远的地方。

再一次,夏娃竭力绘制她一直在寻找的人的图像。对目击证人的要求令她奇怪。他真的仅仅是想羞辱这几个男女吗?而人质的选择却很可怕。在很少或没有挑衅的情境下，杀死了几个有罪恶的人。劫持人质涉及巨大的风险和庞大的计划，但没有真正的酬金。

游戏的终结依然不明显，她不能有丝毫懈怠。

座无虚席。从隔壁客厅挤进来的人都贴墙而立。摄制组的人带着录音机和录制设备硬挤开一条路也都到了餐桌前边。嫌疑人通常会融于其中：全国广播公司（NBS）、哥伦比亚广播公司（CBS）、美国广播公司（ABC）、有线电视新闻网（CNN）、福克斯（Fox），还有当地的电台。

灯光通明，相机闪烁。

一个年轻官员开始了简要的介绍——身穿制服，脚蹬一双刺眼的鞋子。"女士们、先生们，感谢各位的光临。这仅是市长办公室的简要说明，并不是新闻发布会。新闻发布会晚些时候召开，等政府官员到达后才会举行。"他开始叙述人质事件，但随即被一大堆问题打断。

他没有回答任何人，只是点点头，微笑着，蜻蜓点水般回避了问题。然后，他给大家介绍了市长。

市长开始讲话时，低语声消失了。他感谢所有到场的人，重申了对奥尔巴尼（美国纽约州首府）和华盛顿哥伦比亚特区的感谢。

烛光摇曳，有很多人使劲挤近市长，以便能够看得清、听得见，更多地感受这里的氛围。

隔壁客厅里，一群人跪在地上庄重地祈祷着。

"看到什么了吗？"夏娃问。

"这儿什么也没有。"梅斯慢吞吞地说。

"这边也一样。"伊莱说。

哈多克斯也这么说。

夏娃开始用脚打拍子，耳机紧紧压在她耳朵上，弄得耳朵生疼。

还要进行多久？

市长肯定至少要讲十五分钟，并且前提是他没有把话筒交给亨利、战术行动负责人，或是从教会来的什么人，或者转给他们三个人。

她不能只是站在这儿，无助地站在这儿，此时一个十几岁女孩被囚禁，同时一个威胁正在逼近。

她打量着前排的这些面孔,随后又转向挨墙站立的那些人。她看到了什么?

有面皮光洁、很专注的脸,有满是皱纹、饱经风霜的脸,还有无聊的脸——僵硬得像块纸板。他们没有一个可疑。

她碰了一下自己的格洛克手枪,确认还在适当的位置,便朝客厅门口折返。她停下来,目光搜索着这个挤满人的房间。

她听见一个声响,一种啾啾声。有人收到了一条短信。

跟着是第二个。

第三个。第四个。

随后她就数不清了。满屋子人都收到了短信,即刻爆发一阵嘈杂声。

她摸摸自己的手机,从衣袋里掏出来。

上面显示:我此时引起你们的注意了吗?

发送人是个五位数的号码:"183-45"。

一阵喘息声。

"哈多克斯!这是怎么回事?"她问道。

"他设法给这屋子里的每个人都发了短信。"哈多克斯的声音传过来。我很吃惊。

"这怎么可能?"

"通过载体,依靠操纵位置数据。我以前曾遇到过。去约旦时,我们一过边境,在大巴上的每个人都会收到一条短信:欢迎来到约旦。"

又一声啾啾声。跟着又一声。然后是所有人的手机都响了起来。

每个人都收到第二条短信:"一个人都不能走。如果有人想走,那我们都会死。"

"我们必须阻止这件事,"夏娃厉声道,"谁在打字?"

她的眼睛再次扫视周围的面孔,那些专注的脸和阴晴变化的脸以及呆板的脸。这次甚至更难。屋子里的每个人都专注在他或她的手机上。

观察。等待。害怕。

即使是市长,也不例外。

安保人员在他的周围设置了一道防护屏障。纽约市警局的警官也对其他官员以及警方要人、先前的人质采取了同样措施。

哈多克斯解释道："这些短信可能是预先设置好在指定时间发送的。"

珀涅罗珀·米勒在哭泣。神父的眼睛闭上了，显然是在祈祷。

又一轮啾啾声响起。"这间屋子里有炸弹。你们必须照我说的做。"

为保持镇定，夏娃把手伸进了口袋。人群中升腾起一阵嘈杂声。人们在议论，但没有人动。他们惊恐地僵住了。

嘿——梅斯！你看见什么了吗？加西亚问道。

"目前还没有。"梅斯回答。

"我们知道他在这屋子里吗？"伊莱的声音在颤抖。

"别认为他会错过。"夏娃踮起脚尖站着，竭力争取更好的视野。

又一条短信在啾啾地叫："超过了一百次。特别行动队的罗西必须到房间前面来。"

夏娃的心怦怦直跳，即使房间里挤得像沙丁鱼罐头一般也无济于事。她开始往前移动时，前面人群闪出一条小道，就像红海。

更多的啾啾声。然后是："找到我的目击证人。叫他们站出来，这样他们站在众人面前了！"

此时，夏娃的心开始不规则地怦怦跳。这些目击证人已集中到了一起，离市长及其随行人员不远。在一个很近的地方，他能用一句特殊的话表示对他们的敬意，并认识他们。因为一个人，他们都拿出了手机。他们也在看短信。

辛妮亚·威利斯长长地一声哀号，布莱尔·范德维特则像片树叶似的瑟瑟发抖。

夏娃引来了阿琳娜·马特罗斯基的注意。"请按他说的做。我正在努力。"

阿琳娜点点头。她足够清醒地帮助其他人往前移动，直到在夏娃前面围成一个半圆。

收到一条短信。"这间屋子里有很多执法人员。他们都是相当不错的射手。包括你在内，夏娃。"

"不！"夏娃抗议道。

"当你们中间有人用子弹射穿他们中的一个，我们便都能回家，此次危机也便一劳永逸地结束了。"

有人尖叫，有几个妇女开始哭泣，更多的人开始祈祷。

"五分钟。否则炸弹就爆炸。"

夏娃的耳机传来梅斯的声音。真有炸弹吗？难道这间屋子没有彻底筛查过？

"当然。"加西亚发出震耳欲聋的声音。"但所有带着包和新闻摄影机以及录音话筒的这些人呢？什么东西不会混进来，我们无法断定。"

夏娃听见外面过圣诞节的声音。圣帕特里克大教堂的钟敲响了。饮酒狂欢的人——大概刚刚能够返回自己的家——做生意的人正在街上欢呼喊叫。

又一条短信，又一项要求："他们的生命仍命悬一线，至少你们中的一个要死。这屋里，有哪个人会出来救助？"

夏娃的眼睛扫视着屋子，搜索发出这些短信的罪犯。这些短信是给她的，但这屋子里的每个人都能收到。有人哭泣、祈祷，但很多人却安静了下来，因恐惧而失声不语。

夏娃注意地观察着阿琳娜。她仿佛是唯一一个沉着的目击证人。卡西迪先是急促地右转，然后又左转，完全是受逃跑本能的驱使。但房间里拥挤不堪，无处可逃。其他人站着，僵硬得一动不动，脸上因恐惧而显得茫然。

"叫他们祈祷吧——像忏悔者那样低头！"

夏娃没必要问。阿琳娜和卡西迪立刻摆出忏悔的样子。布莱尔尴尬地点点头。辛妮亚不住地来回转身，哀号。他们的话音起初很小——随后慢慢提高了音量。"救命。救命！救命！"

夏娃听见耳机里传来伊莱的声音。"关闭信号塔。让这个杂种跟夏娃说话，直接说！"

"没办法，"梅斯插进来说，"如果有炸弹，扰乱手机信号便可能自动引爆。"

夏娃诅咒着。别无选择。"只要确定传送人，屏蔽这些短信！"

"正在努力。"哈多克斯喃喃道。

摄影机仍在拍摄。所有的眼睛都集中到她身上，期盼她能解决目前的状况，因为她就是房间前面的那个人。因为短信发送人提到了她的名字。

市长的安保小组紧紧挤在一起，计划着撤出去的办法。

之前的几个人质恐慌地躲在一群警察身后，被围在里面的珀涅罗珀和卢克·米勒紧紧搂抱在一起。埃伦·霍奇镇定地站着，对着灯光眨眼睛。神父迪安吉洛仍在祈祷。伊桑·雷诺疯狂地在手机上发送短信。但他不是制造威胁的人。一个警察正越过他的肩头查看他敲出的每一个字。

又一条短信："四分钟。"

夏娃心跳加速，但她懂得如何保持冷静。她的策略很简单：她想象着巴赫大提琴G大调组曲的序曲，这首曲子是她母亲演奏过的。序曲稳定的节奏使夏娃的时间感不至于失控。一首心灵旋律——一个能让她冷静下来并专注于最重要事情上的技巧。

她瞥了一眼主管麻和警局局长。他们正在激烈地争论着什么。格夫主教和他的同伴正试图朝门口挤去，但没有成功。

大家的手机再次啾啾响起来。"必须有人站出来。只射杀一个见证人。挽救屋子里其余的人！"

发短信的人一定在这儿。一定在看着——见证这些话是否发挥作用。

夏娃用清晰、响亮的声音说。"就因为这个？事实上，这几个目击证人那天在地铁站上没帮你吗？"

没有回答。

屋子里只有人的声音：哀号、哭泣以及紧张的喘息。一位老人咕哝着我们的天父。夏娃身后的人正在祈祷玫瑰经。

手机啾啾声同时响起。"三分钟。杀死一个目击证人——否则我的炸弹就爆炸！"

房间里一片惊慌的沙沙声。

"难道你不想让他们解释？"夏娃问道。她看着阿琳娜。"去年7月，地铁站，你看到一次路劫，受害人需要帮助，几个目击证人都在场。跟我们说说怎么回事。"

泪水顺着阿琳娜的面颊流淌下来——黑色的睫毛膏变成丑陋的黑色河流。"我记得那次路劫。我记得那很可怕。我记得我在看。但我惊呆了。我不是害怕，确实。我只是动不了。"

"我也是，"辛妮亚插进来道，"那就像个噩梦。就像我的身体和我的脑袋都困在噩梦中一样。我动弹不了。我只能看着。"

"两分钟。"

"请听我说！"卡西迪祈求道，"我不想死！一定得有人阻止这一切！"

"现在，你的特警队在哪儿？警察在哪儿？联邦调查局呢？"范德维特发声说，"在我看来，并没有人干了什么龌龊事！我们大家只是站在这儿，这混蛋说我们中的一个人必须死，这间屋子才不会被炸，却没有一个人举起一根手指！难道没有人出来做点什么吗？"

他说的不是事实。所有执法人员都在加倍侦察。

观察。仔细看。

警察已设法将两条探测炸弹犬带了进来。

加西亚目光锐利。梅斯硬挤过人群检查着周围。伊莱在人群中警觉着。哈多克斯在屏蔽着能发送这些混蛋短信的手机载体。

夏娃的眼睛继续寻找着一个与众不同的人，搜索着会出卖这个疯狂制造者的肢体语言。

"六十秒，五十九秒，五十八……"

一条炸弹犬正沿房间的左边工作。另一条正在嗅查右边。

"四十四秒，四十三秒。救救你们自己吧。救救这整间屋子里的人吧。只杀死一个目击证人就行。"

时间不多了。人们开始嘀咕，随后便开始喊叫、尖叫。

市长的安保人员更加紧密地围着他。夏娃注视着他们协调的动作，他们正准备把市长救出去。

"三十二秒,三十一秒。没有人站出来吗?当个英雄?救很多人?"

"为什么你不站出来?"夏娃大声喊道,"你能救我们大家。你可以成为英雄。而不是像个懦夫一样袖手旁观,就像在那个地铁站台上的目击者一样。"

在房间的左边,人们正在移动。离开墙壁。那条嗅弹犬发出了信号。

所有的眼睛都转向了那儿。搜寻着。

"那个女人!那个袋子!就在那儿!"一个警察指着穿件米色外套,看起来完全不知所措的一位女士。她脚边放着一个橄榄色的运动包。

"你说得对!"一个光头的男子打开了那个袋子,里面露出一些电子材料。

恐慌吞噬了整个房间。"如果有人走,炸弹就会爆炸"的警告被忘得干干净净。一群人开始朝门口移去。

"二十三秒,二十二秒。"

"开枪打死一个该死的目击证人!"那个光头男子冲上前,试图夺走他身边一个警察的枪,另一个警察抱住了他。他们最后一起摔倒在地。

市长那一班人马正向前推进。夏娃怎么也找不到亨利。三个目击证人正试图随人群往外逃,但房间却是个瓶颈。

唯有范德维特还站在那儿——哆哆嗦嗦,完全瘫痪了。

短信依然在发。"十九秒,十八秒。"然而喊声和尖叫声如此之大,没有人听见手机计数的啾啾声。

人们推挤着,每个人都想着要逃跑,已经出现了踩踏的迹象。

但夏娃注意到:一个人行动异样。

"加西亚,"她喘息道,"你看见我看见的了吗?"她想起肖恩·苏里文说过的话:"没有显而易见的答案。"

肖恩是对的——尽管不是夏娃想象的那样。

一个人朝小讲台移去。夏娃认出军人的发型和行为。她在恐慌中看见了稳定的目标。尽管这解释不出其中的原因,还有更重要的东西。

夏娃用眼角瞥见梅斯在寻找位置,想看看还有什么他没看到的。

"你看见枪了吗?引爆器?我们面对的是什么样的威胁?"

"肢体语言，"夏娃回答道。她知道自己看到了，但她怎么才能把自己察觉到的说出来呢？某些跳跃是直觉的反映——产生于头脑和本能之间的瞬间。

"我发现了那个射手。"加西亚证实道。

"不，夏娃——别再这样。"梅斯警告道。

她没有听他的。加西亚明白。"抓住这个射手！"她命令道。

夏娃强迫自己将精力集中在这一刻。这一刻，不再去想曾下过的错误决定。

市长的安保人员在移动。人质在移动。目击证人在移动。

穿过房间，她注视着，并注意到加西亚手中枪的金属光泽。

一阵尖叫。人们喊道："不！他要射杀目击证人！"

一个孤独的声音喊道："让他去！"

四个目击证人退缩到墙边，没有了退路。

加西亚开枪了。

声音被石头墙放大了，那道光亮比相机的闪光灯还亮。

一个人质倒在了地上。

主教住宅陷入了惊恐的逃亡之中。

第89章

夏娃从静止不动一下子变得比闪电还快。她奋力挤过恐慌的人群,在紧围着市长的安保人员面前亮出自己的联邦调查局的警徽。

人质被击中猝然倒地,倒下的地方离市长只有八英尺。

夏娃听见了奔跑的脚步声。在主教住宅这个有限的空间里,脚步声听起来就像有千军万马。

有人在大声命令着,在为另一个被击中的受害人叫着医护人员和救护车。

此时,房间西侧演变成一场混战。为了制服加西亚,上来五个警官,但他不大配合。

"搞什么鬼,夏娃?"亨利·麻的脸因愤怒而扭曲。

"你的人是凶手?那个前突击队员——失去理智的那个?"

"你以后会谢我的,亨利。"她说着,眼睛扫视着地面。

"谢你?"他气喘吁吁地说。

"因为发出了挽救生命的命令。"夏娃在小讲台后面搜寻。

"你决不会为救很多人而射杀一个。"亨利额上青筋暴起,即将爆裂一般。"你从来不会认真对待这种疯狂的要求。加西亚击中了一个人质。"

夏娃看到电线、录音话筒及新闻摄像电缆。在它们中间,她找到了她想要的证物。

她没有动。

她将那些东西指给亨利和市长的安保人员看。

"把拆弹小组带到这儿来。"她命令道,"外面那位女士的包呢?那只是在分散注意力,可能里面都是炸药。这是真的。彻查一下这个建筑。"

"搞什么鬼?"市长从人群中挤了出来。

"是个引爆器,与在大教堂里的类型稍有不同。"

"你是说有人企图杀我?"市长脸色苍白。

"同其他人一样。"夏娃回答道。她非常冷,以至自己都能感到发抖。"目的是要我们大家都成为目击证人。为让我们确确实实尝到坐视不理的后果——见证我们自己的毁灭。"

"我不同意你的说法。"亨利说。

夏娃只是整理一下自己,但她现在明白了。人质劫持——唤来人质——完成游戏。肖恩·苏里文被当作祭品,完全是为了此时此刻设计的,为的是重现旁观者效应带来的危机,正像在那个地铁站台上一样,目击者就在旁边旁观。即使有更高的风险:市长、市里的官员以及数百旁观者的生命。

要惩罚的不只是那几个目击证人——那些拒绝帮助的目击者。

不仅是为了给这个世界上了一堂道德课——冷漠与腐败同属道德败坏。

重新制造这个痛苦,并将这一切告诉世人,是解决难以忍受的伤害的唯一方法。

"她是谁?"站在她旁边的梅斯问。

夏娃差点要说:"那个狙击手。"

"或者是绑架苏里文女儿的那个人。"

或者,简单地说,就是纽约州驾照上那位女士的名字——埃伦·霍奇。

然而,她回答道:"一匹特洛伊木马。"

当夏娃说这句话时,埃伦·霍奇举起她那血腥的手,擦了擦她面颊上的疤痕。

第90章

救护车里,埃伦·霍奇仍徘徊在意识边缘。夏娃靠过去,主治医生摇了摇头,表示不大乐观。

但是,夏娃不需要多少时间。这里不需要长篇大论。她对这位女士的辩解或理由不感兴趣。她不关心霍奇喃喃说着什么有意识无意识犯下的罪孽。

夏娃只有一个问题。"女孩在哪儿?"

"我为什么要告诉你?"这句话含糊不清。

"赦免。为你所有的罪过。"

"不需要。不想要。"

"不是教会,而是社会。"

极度痛苦之中,埃伦·霍奇抽搐着,呻吟着。

"告诉我,女孩在哪儿,"夏娃重复道,"你会是你想要成为的英雄。媒体的头条会肯定这点。你站出来了,你没有袖手旁观。难道这不是你想要的吗?"

唯一的回答是嘶哑的哽咽声。

夏娃的脑海里响起一句记忆清晰的话。"那么,你犯有什么罪?"

埃伦·霍奇将她的头歪向夏娃,张开嘴要说什么,却没吐出一个字,仅有鲜红的血流出来。她的眼神渐渐失去了光彩。

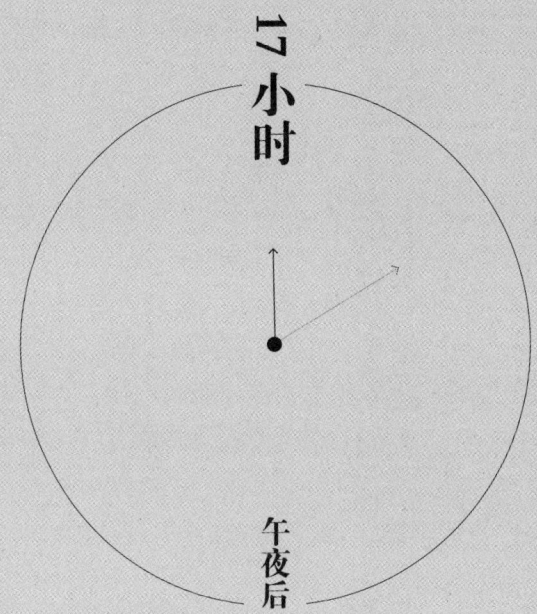

我们继续报道今天发生在圣帕特里克大教堂令人震惊的人质事件。

消息人士已将纽约市警局肖恩·苏里文上尉确定应为今天人质事件负责,此后他又撤回了声明。我们等待有关责任人的进一步消息。

在可能与危机有关,或者与危机无关,我们收到报告称,随着特警队往一处住宅聚集,皇后区的几条街刚刚被疏散。

有关第5大道周围五十多条街的区域何时对公众重新开放,目前尚无可靠消息,敬请期待事件的最新进展。

第91章

埃伦·霍奇的房子在皇后区的一条街上,街上全是科德角式①小屋、安妮女王朝代以及都铎王朝式建筑风格的房屋——几乎都装饰着节日的彩灯和绿色花环。但是,这幢房子却如同被废弃一般,周围都是光秃秃的树木和无人打理的花坛。

通过现场传回的视频,夏娃和哈多克斯看见身穿防护衣的警官们打开了房门,搜查壁橱,勘察阁楼。

他们一起静静地观看。没有声音。夏娃听见的唯一声音是她本人心跳的砰砰声。

哈多克斯一直盯着视频,也没忘记他正制作的深度背景资料。她四十七岁,是个寡妇,丈夫死在阿富汗。糟糕的是——她与他一起去了阿富汗。他接着解释了细节。

"所以当斯泰西·霍奇被杀时,没人去救他——即使她也救不了他——埃伦变成不作为的旁观者,"夏娃猜测,"地铁劫案后的事件让她的情绪急转直下:她忽然成了需要救助的受害者,没有人上前来救她。"

搜索队砸开了用挂锁锁住的地下室门,门在断裂的铁链上疯狂地摇晃着。

地下室里,楼梯很暗,墙壁上挂着拖把、扫帚和垃圾箱。

---

① 18世纪源于科德角的木质平房,有人字形屋顶和中心大烟囱。

楼梯底部，地板不过是压实的泥土。

搜索队分成了三个小组。

"看起来霍奇的家与圣帕特里克大教堂有关系，"哈多克斯分析道，"她父亲、祖父以及曾祖都是工人，都是建造大教堂的石匠。"

"所以她才选择了大教堂。"夏娃同意道。

"她为什么挑了苏里文？"

"埃伦知道，要揭开她与目击证人之间的关联，只是个时间问题——他们都是旁观者，目睹了地铁抢劫中她是那里失败的英雄。为确保所有的线索不指向她，她肯定调查了所有的调查人员。在肖恩身上，她找到了一个完美的棋子。他有个年少的女儿，她可以用他的女儿来控制他。她确实控制了他——他全在她的掌控之中，从她带走他孩子的那一刻起，他就完全是她的了。他是个像她一样的老兵，有足够的军事知识和技能，我们相信，他完全能操控步枪和炸药。最重要的是，他个人和职业方面存在严重的问题——她一偷走那些武器，便可轻易构陷他犯罪。"

他们看着一队人在仓库里搜索，里面装满了旧棋盘游戏、胶合板、沥青密封剂，还有一个很老旧的干湿真空机，可能已经不能用了。

另一组去了锅炉房，搜索锅炉、洗衣机和烘干机区和大油箱后面。

"还有一件事我始终不明白，"哈多克斯说，"埃伦·霍奇为什么要找你？"

"我认为不是她，"夏娃回答道，"我只能说，那是肖恩·苏里文的即兴表演。肖恩认为我能查出真相——救出他女儿。不知怎的他把这个主意卖给了埃伦。"

这个小组开始使用撬棍、铁锹和巨大的铁熨斗。他们想推倒一面墙。

墙后面有个密室。

里面有间小屋。

肖恩·苏里文的女儿乔治娜被关在这间小屋里——还活着，没有受到伤害。不过，乔治娜还有一个伴儿。一位六十七岁的女士，她说她叫莫娜·霍奇。

莫娜告诉营救她的人说，她儿子，斯泰西，在国外作战时，被杀了。而她的儿媳，埃伦，已被这件事弄得精神错乱了。

埃伦·霍奇将会上头条。

但不是她想要的方式。

尾声

6 天后

 这是个美丽的冬日，雪花纷纷扬扬，但并不大，草地上和树枝上也仅覆盖着一层清脆透明的白色，惊人的美。滨河公园的树林伸向远方，哈德逊河在云层密布的天空下闪烁着冰样的光洁。

 一辆小汽车停在了河滨和第107街拐角一座大理石住宅前面。

 梅斯跟司机说了几句后，下了车——后面跟着一条五岁大的黑褐色德国牧羊犬。狗蹿上人行道，跟着又跑上台阶，经过两个石狮子，坐在门前。

 "我给你带来一份礼物，"夏娃一打开滨河路350号房门，梅斯便说。

 "进来吧。其他人都已经到了。"她半蹲下来抱抱那条蹦来蹦去的异常活跃的狗。"真奇怪，你干吗不想要它。你厌倦了？"

 "没有，"梅斯笑着说，"我们彼此都很忙，甚至要接受康复训练。"

 "不可能。"加西亚走进房间，"你给我治疗过的狗。我不喜欢狗。"

 梅斯恼怒地瞪了加西亚一眼。"这正是我们相处不融洽的原因。你还是别想了吧，弗兰克。这条狗是夏娃的了。"它引起了她的注意。"没有什么比照顾别人来得更实在。另外，它还会帮你想起好时候，而不是坏时候。"

塞弗以前的家，现在是她的了。

塞弗以前的狗，现在是她的了。

"塞弗爱它。"夏娃说，把脸埋进巴赫的皮毛里。

梅斯把拴狗的皮带挂在墙上的挂钩上，一个醒目的位置。"这地方还不错。甚至还有隧道，是吧？"

伊莱和哈多克斯也同他们在一起。他们都是来帮夏娃清理和收拾塞弗的东西的。她没有请——但他们坚持认为这不是她一人能干的工作。

"我可以问你件事吗？"梅斯说。

"当然可以。"夏娃轻轻拍了拍巴赫的头。

"你要把房子留下，还是卖掉？"

这个问题好似一把冰冷的老虎钳，牢牢钳住了夏娃的心。"这幢房子对我来说，绝对是太大了。我要十一间浴室干什么？"

"你知道，在今天的市场上，有十一间浴室意味着要花多少钱吗？"伊莱把胶带卷捆在纸板上，做出了个盒底。"你可以退休，随便去哪个热带岛屿。不过你应该去斯坦韦。斯坦韦是筷子的意思。"

"我会想念雪的。"夏娃仰脸望着上边的吊灯。它好似一颗宝石，镶嵌着几十盏闪亮的钻石灯。很漂亮——但不是她的。

她看见古董式的长凳和镜子，看见塞弗从伊朗带回来的波斯地毯和从中国、韩国和日本带回的丝绸绘画和玉雕。她依然把这里当作塞弗的家，最后的遗嘱和遗嘱中的话都改变不了这一点。也许在法律上，这个家是她的，但她无法想象自己会在这里看电影、下载，付账并打扫人行道。

"你知道，"哈多克斯说，"如果你想要让它成为自己的，你只需要涂上一层新油漆就行了。"

"太多的历史。"她指着伊莱正在装的盒子，里面是塞弗的国际象棋，十八种不同的。她想起了塞弗的最后时刻，就在并不很远的哈德逊河边。

哈多克斯耸耸肩。"一些油漆和你自己的东西，足够重新开始了。"

她眯起眼睛。"为什么你的一切都是为了新的开始？"

"因为这是我们的动力，亲爱的。为什么我们要每天早晨起床。每一个新的一天都是美好的重复。"

"我不知道。大部分日子我都感到自己陷入了同样的困境，就像是土拨鼠比尔·莫瑞的日子一样。"伊莱说着摇摇头。

"约翰会怎么说？"哈多克斯玩笑着说。

"不知道，我们在休息。"

"我以为你喜欢约翰。"夏娃说。

"确实喜欢。但我不接他的电话，他就生气了。他的家人呢？你不知道这些人期望你承担多少义务。四家人的事——一个守灵，两个圣诞派对，还有一顿晚餐——就在本周。对我来说太多了。"

"期望太多。"哈多克斯同意道。

加西亚匆匆看了看这幢大房子。"你知道，我不想回医院。但我会来这儿工作。如果你想用它干点什么，那再好不过了。"

"这儿？"梅斯皱了皱眉，随后，脸上又绽出了笑容。"你知道——我明白了你的意思。"

"你们在说什么？"夏娃觉得他们推进什么，在计划着什么，而她却沉浸在过去。"过去十多年来，塞弗把这作为中情局的前哨基地，对吧？"加西亚用手指戳了一下前厅的护壁板。"为什么不把它变成你自己的工作中心？无论在联邦调查局——还是不在。"

"我不知道我想要干什么。"夏娃诚恳地说。

"那是因为你不喜欢在队内脸红。"梅斯跟她说。"也许有过一次——但现在你却没有了。不再有了。"

"很难说，我从十岁起就爱脸红。"夏娃扯下一段很长的胶带封上了一个盒子。

"我听说，这就好像是骑自行车一样，"哈多克斯跟她说，"好好想想。或许在吃晚饭的时候。"

她扔给他一卷新胶带。"如果你想约我吃晚饭，问问奥利维亚·弗雷法医。从她看你的眼神，我肯定她会答应的。"

"所以我才不问。挑战在哪儿？"

伙计们离开之后,她蜷缩在沙发上,巴赫也在旁边自己的地方卧了下来。此时就在门外,整座城市喧声不断。出租车司机大声鸣着笛。无聊的青少年大声叫喊着污秽不堪的脏话胡闹。狗吠不断。

这就是她喜欢这座城市的原因:她有多孤单,却从不孤独。

她渴望回到自己的公寓。但她却惊奇地发现,自己与巴赫在这儿很舒适。这儿有美好的回忆。自从塞弗死后,她第一次发现在这儿是种安慰,而不是痛苦。她用手指弹起孩童时代的大钢琴曲调,感到出人意料的满足。这是——最终——痛苦的第五个阶段吗?

接受。

她的电话嘟嘟响起来。

那个爱尔兰人来的信息。

"说到新开始:你知道我喜欢吃好吃的披萨。明天晚上怎么样?"

住宅区的第47个街区,在布朗克斯的爱尔兰区里,考利·哈多克斯来到戴德·拉比特餐馆,点了一品托的吉尼斯黑啤。自离开都柏林以后,他还是第一次做这样的美事:酒保了解他说的这种烈性黑啤酒。据说,这家伙对时机的把握略知一二。

他不停地注满酒杯,然后停了一百一十九秒。

差一点就两分钟了。

完全正确的数量,酒恰好上到值得骄傲的杯子边缘。

哈多克斯的电话嘟嘟响起来。夏娃在电话里说话了。"为什么不能事先计划提前一点。咱们还是遵守你的八一八规则吧。"

一切全在时机。他以为自己做得没错——但夏娃很机警。他承认,在这个案子中,比特和字节并没起到公正的作用。缺少所有的上下文:她下巴扬起,眼里的抑郁以及她什么都不说时显出的千百种交流方式。

仅靠屏幕上的文字,连一半都捕捉不到。

七秒钟后,她给了他一惊喜。"最好今晚就来。我饿了。"

他笑了笑,然后端起他的吉尼斯黑啤,喝下他的第一口——长长地并慢慢地,苦和甜的混合。

作者笔记

　　这本小说的构思，是在圣帕特里克大教堂开始大规模翻修工程后不久产生的。我第一次看到大教堂被完全埋在脚手架里，看到了其中的混乱和巨变，我开始想：万一呢？虽然这个里程碑式的建筑是真的，但我的故事却是虚构的。我融合了谣言和神话、传说和想象，创作了一个带有这个历史宝藏精神的事实与虚构的结合。同样，虽然有些人物可能与宗教、城市官员分享了官方的头衔，但他们完全是我自己创造的，不是基于哪个真实的个人。

　　那是1809年，臭名昭著的伪造者、小偷和伪装大师尤金·弗朗索瓦·维多克——一个未被抓捕监禁过的人——设法走进了亨利先生（法国一个县长）的办公室。厌倦了逃亡生活的维多克提出了一个惊人的要求：他将交出法国头号通缉犯和走私犯，以换取自己的清白。

　　这个独特的安排非常之好，以至亨利先生顿生灵感：有时候，用一个小偷才能抓住另一个小偷。他承诺可以给维多克以清白，但前提是维多克必须长期为警方工作。这是个很有说服力的提议：给他一个机会度过余生，而不是将一生都浪费在监狱或逃亡上。因此，维多克当然只有一个选择，然后以一种截然不同的方式发挥自己的才能，开发出一种创新的警察工作方法。维多克升任局长——当让他亲自挑选那些能成为他最优秀团队中的成员时，他不是从警队里挑选佼佼者，而是从街头。他组建了一支同他一样具有高超犯罪技艺的团队。他们的成功是传奇性的——至于他们是否真正守法,始终困扰着维多克的职业生涯。

很多人都研究过他。

很多人追随他。

还有——仅可能——一些被选中的人继承了他的遗产。